MATTHIAS P. GIBERT

Bullenhitze

DUNKELMÄNNER Günther Wohlrabe, Eigentümer des größten Bestattungsunternehmens der Region, stirbt nach einem Dinner in the Dark qualvoll. Was zunächst nach einem natürlichen Tod aussieht, entpuppt sich schon bald als raffiniert ausgeführter Mord: Wohlrabe wurde mit den hochgiftigen Samen der Rizinuspflanze getötet. Kurze Zeit später steht Hauptkommissar Paul Lenz von der Kripo Kassel vor einer zweiten Leiche: Der Bauunternehmer Werner Kronberger wurde tot in seinem Auto aufgefunden – mit laufendem Motor und einem Schlauch im Auspuff, der die Abgase in das Wageninnere leitete. Die Obduktion ergibt, dass er vor seinem Tod mit einem Elektroschocker betäubt wurde. Außerdem finden sich auch in seinem Körper Spuren von Rizinussamen.Und Lenz findet heraus, dass es zwischen den Toten eine weitere Gemeinsamkeit gibt: Beiden waren am Bau von Deutschlands größtem Krematorium im nahe gelegenen Hofgeismar beteiligt, einem höchst umstrittenen Projekt ...

© privat

Matthias P. Gibert, 1960 in Königstein im Taunus geboren, lebt seit vielen Jahren mit seiner Frau in Nordhessen. Nach einer kaufmännischen Ausbildung baute er ein Motorradgeschäft auf. 1993 stieg er komplett aus dem Unternehmen aus und orientierte sich neu. Seit 1995 entwickelt und leitet er Seminare in allen Bereichen der Betriebswirtschaftslehre. Mit seiner Frau erarbeitete er ein Konzept zur Depressionsprävention und ist mit diesem seit 2003 sehr erfolgreich für mehrere deutsche Unternehmen tätig. Seit 2009 ist Matthias P. Gibert hauptberuflich Autor.

MATTHIAS P. GIBERT

Bullenhitze

LENZ' FÜNFTER FALL

GMEINER

Immer informiert

Spannung pur – mit unserem Newsletter informieren wir Sie
regelmäßig über Wissenswertes aus unserer Bücherwelt.

Gefällt mir!

Facebook: @Gmeiner.Verlag
Instagram: @gmeinerverlag

Besuchen Sie uns im Internet:
www.gmeiner-verlag.de

© 2010 – Gmeiner-Verlag GmbH
Im Ehnried 5, 88605 Meßkirch
Telefon 0 75 75 / 20 95 - 0
info@gmeiner-verlag.de
Alle Rechte vorbehalten
4. Auflage 2023

Lektorat: Claudia Senghaas, Kirchardt
Herstellung: Mirjam Hecht
Umschlaggestaltung: U.O.R.G. Lutz Eberle, Stuttgart
unter Verwendung eines Bildes von fotolia.com /
Weiße Calla Lilie © Linleo
Druck: Custom Printing Warschau
Printed in Poland
ISBN 978-3-8392-1037-6

1

Das Klingeln des Telefons störte Horst Brandau zur absoluten Unzeit. Samstags nach 19 Uhr sollte man ihn nicht stören. Bei den meisten Männern übrigens sollte man um diese Zeit nicht anrufen; zumindest nicht bei denen, die kein Premiere-Abo haben. Sportschauzeit.

Der große, übergewichtige Mann wuchtete sich fluchend aus dem Sessel und trabte zum Sideboard, ohne den Blick vom Fernseher zu wenden.

»Brandau«, stöhnte er genervt in den Hörer.

»Hallo, Herr Brandau, hier ist Liane Bötsch.«

Er musste einen Moment nachdenken, bevor er den Namen und die Stimme mit einem Gesicht in Verbindung gebracht hatte. Die Chefin seiner Frau.

»'n Abend, Frau Bötsch. Is' gerade schlecht, wegen der Sportschau. Was gibt's denn?«

Sie zögerte, ehe sie antwortete. »Es ist wegen Ihrer Frau. Können Sie mal ganz schnell herkommen?«

»Zu Ihnen, ins Geschäft?«

»Genau.«

Im Fernsehen wurde Lukas Podolski an der Strafraumgrenze brutal von den Füßen geholt, doch der Schiedsrichter wollte nichts gesehen haben und forderte ihn auf, weiterzuspielen.

Brandau trippelte von einem Bein aufs andere. »Wie gesagt, is' im Moment gerade gar nicht gut. Sportschauzeit ist heilig, wenn Sie verstehen, was ich meine.«

»Es wäre aber wichtig.« Sie holte tief Luft. »Wegen Ihrer Frau.«

Podolski handelte sich wegen Reklamierens eine gelbe Karte ein.

»Was ist denn mit meiner Frau?«

»Darüber möchte ich am Telefon nicht spechen. Kommen Sie einfach her, am besten sofort.«

Brandau hätte kotzen können. Köln gegen Bayern, und er sollte sich in die Menschenmassen des Samstagsgeschäftes stürzen. Scheiße aber auch.

»Ich komme, muss mir nur schnell was anziehen. Bin in fünf Minuten da.« Hoffentlich hat sie keinen Scheiß gebaut, dachte der Bauarbeiter, als er den Schlüssel ins Zündschloss seines alten VW-Golf steckte.

Aus den fünf Minuten wurden zehn, weil er dreimal um den Block fahren musste, bis er einen Parkplatz ergattert hatte. Vor der Tür des Schuhgeschäftes, in dem seine Frau stundenweise aushalf, erwartete ihn eine kleine Menschenansammlung, die durch die Schaufensterscheibe ins hell erleuchtete Innere glotzte. Ein paar Meter entfernt kreisten die blauen Lichter eines verlassenen Notarztwagens. Brandau wischte sich einige Schneeflocken von der Stirn, drängelte sich durch, schob die Glastür auf und betrat den nach Leder riechenden Laden.

Liane Bötsch stand mit dem Rücken zur Eingangstür im Durchgang zum Lager. Mit dem dezenten Signal der Klingel, das Brandau ausgelöst hatte, drehte sie sich um. Ihr Gesicht war rot und feucht, die Hände hielt sie vor den Mund gepresst.

»Es tut mir so leid …«, stammelte sie.

Brandau hatte keinen Schimmer, wovon die Frau sprach.

»Was ist denn hier los, Frau Bötsch? Is' was passiert? Ich meine wegen dem Notarztwagen da draußen.«

Sie drehte sich um und fing leise an zu schluchzen.

Er sah irritiert an ihr vorbei in das kleine Lager. Dort blieb sein Blick an einem Paar dunkelblauer Schuhe hängen, die nach oben ragten und sich leicht hin und her bewegten. Es waren die gleichen, mit denen seine Frau einige Stunden zuvor zur Arbeit gegangen war. Auch die dunklen Strumpfhosen, die aus den Schuhen lugten und ein paar kräftige Frauenbeine umhüllten, kamen ihm bekannt vor. Er machte einen schnellen Schritt vorwärts und wollte den Raum betreten, wurde jedoch von einem in rot und neongelb gekleideten Rettungssanitäter gestoppt. Dahinter kniete ein weiterer Mann auf dem Boden, auf dessen Rücken in großen Buchstaben ARZT zu lesen war, und der sich hektisch auf und ab bewegte. Dabei presste er seine ineinander gefalteten Hände auf die nackte Brust einer Frau, die leblos, mit zerrissener Bluse und grau angelaufenem Gesicht, vor ihm lag. Horst Brandaus Frau. Aus ihrem Mund ragte ein schwarzer Plastikstopfen, der mit Heftpflaster um die Lippen herum verklebt war, und an dessen Ende ein durchsichtiger Schlauch hing. Über sie gebeugt stand ein weiterer Sanitäter mit einem Infusionsbeutel in der einen Hand. Mit der anderen versuchte er, die Anschlusskabel der Elektroden, die auf ihrer Brust angebracht waren, aus der Reichweite des Arztes zu halten. Hinter den Männern sah Brandau mehrere große, silberne Koffer, deren Klappen wie riesige Mäuler aufstanden. In einem davon war ein Gerät eingebaut, das einen leisen, dauerhaften Ton von sich gab. Überall lagen die Verpackungen der Utensilien herum, deren die Männer sich bedient hatten.

Der Bauarbeiter betrachtete ein paar Augenblicke lang die Szenerie, dann drehte er sich um und wankte einige Schritte zurück.

»Was ist denn mit ihr? Ist ihr nicht gut?«, fragte er Liane Bötsch, die mit zwei weiteren Mitarbeiterinnen vor einem Stiefelregal stand, besorgt.

»Ich glaube, es geht ihr gar nicht gut, Herr Brandau.«

Aus dem kleinen Lager drang ein unterdrücktes Stöhnen. Brandau und die Frauen drehten sich um und sahen, wie der Arzt sich erhob und die Gummihandschuhe von den Fingern streifte.

»Das war's«, erklärte er dem Rettungssanitäter mit resignierter Geste. Damit warf er die Handschuhe neben sich auf den Boden und betrat den Verkaufsraum. Frau Bötsch weinte nun hemmungslos.

»Es tut mir leid«, begann der Mediziner, »aber es war nichts mehr zu machen. Sie ist tot.«

Brandau schien noch immer nicht zu verstehen, was sich eigentlich abspielte.

»Sie sind der Ehemann?«, fragte der Arzt Brandau, bekam jedoch keine Antwort. Deshalb nickte Frau Bötsch heftig mit dem Kopf. »Ja, das ist ihr Mann.«

Horst Brandau sah von links nach rechts in die Runde, warf einen Blick auf die bewegungslosen Füße einen Raum weiter, und in diesem Moment dämmerte ihm, was passiert sein musste. »Das kann doch gar nicht sein. Sie kann doch nicht gestorben sein.«

»Doch, Herr Brandau, so leid es mir für Sie tut, aber Ihre Frau ist tot«, erklärte der Notfallmediziner. Brandau hörte ihm nicht zu, zumindest schien es so, sondern ging langsam zurück ins Lager. Dort kniete er sich neben seine tote Frau, zog ihren noch immer teilweise entkleideten Körper zu sich und umschlang sie. Ihre schlaffen Arme schleiften dabei über den Boden.

Eine Zeit lang später später befand sich Brandau noch immer in der gleichen Stellung. Um ihn herum waren die Sanitäter damit beschäftigt, die Geräte zu verpacken, den Müll aufzusammeln und anschließend die Koffer nach draußen zu schleppen. Der Notarzt trat hinter ihn und legte ihm vorsichtig die Hand auf die Schulter.

»Entschuldigen Sie, dass ich Sie stören muss, Herr Brandau, aber wir müssen weiter. Und es sind noch ein paar Formalitäten zu klären, bevor wir fahren.«

Der große, dicke Mann ließ seine tote Frau sanft zu Boden gleiten, nickte und stand auf.

»Ich habe hier den vorläufigen Totenschein«, erklärte der Mediziner. »Die Daten habe ich dem Personalausweis entnommen, den die Geschäftsführerin in der Tasche Ihrer verstorbenen Frau gefunden hat.«

Brandau senkte den Kopf und betrachtete seine Frau. »Wie geht es jetzt weiter? Nehmen Sie sie mit?«

»Nein, das dürfen wir nicht. Ich habe schon den Allgemeinmediziner verständigt, dessen Adresse auf der Quittung für die Praxisgebühr steht; auch die hatte Ihre Frau glücklicherweise in der Tasche. Er müsste in ein paar Minuten hier sein. Wenn er die Leichenschau vorgenommen hat, stellt er den Totenschein aus, dann kann der Leichnam abtransportiert werden. Damit müssten Sie einen Bestatter beauftragen.«

Brandau fuhr sich mit seiner schwieligen Pranke durchs Haar. »Und wo bekomme ich den her, heute, am Samstag und um diese Uhrzeit?«

»Das ist ganz einfach. Nahezu alle Bestatter haben einen Notdienst, der rund um die Uhr erreichbar ist. Wenn Sie im Branchenbuch nachsehen und sich vielleicht noch einen der drei großen aussuchen, sollte es keine Probleme geben.«

»Wer sind denn die drei großen?«

Der Arzt nannte die Namen von drei Bestattungsunternehmen.

»Wohlrabe hab ich schon mal gehört«, erwiderte Brandau.

»Gut, dann nehmen Sie den doch. Soll ich die Geschäftsführerin bitten, ihn zu benachrichtigen?«

Wieder betrachtete der Bauarbeiter den Leichnam. »Ja, bitte.«

Kurz nachdem der Notarzt mit seinen Leuten den Laden verlassen hatte, betrat ein etwa 50-jähriger, schlanker Mann mit grauen Haaren und einem großen Aluminiumkoffer in der Hand den Schuhladen und stellte sich als Dr. Horstmann vor. Er begrüßte freundlich die Anwesenden und kondolierte Brandau. »Ich habe den Notarzt noch kurz draußen im Wagen gesehen, er hat mich über alles informiert.«

Dann ließ er sich die Tote zeigen, bat darum, alleingelassen zu werden, zog den Vorhang zum Lager zu und begann mit der Untersuchung. Unterdessen hatte Liane Bötsch den Laden geschlossen und die übrige Belegschaft nach Hause geschickt. Auch der Menschenauflauf vor der Tür hatte sich aufgelöst.

»Möchten Sie einen Kaffee, Herr Brandau?«, fragte sie leise.

»Nein danke, ich will nichts trinken«, gab er abwesend zurück, ohne den Blick von der Auslegeware auf dem Boden zu heben.

»Kann ich sonst etwas für Sie tun?«

»Nein, ich brauch nichts.« Sein Ausdruck hatte nun fast etwas Unwirsches.

»Dann gehe ich jetzt nach unten und mache den Tagesabschluss. Wenn etwas sein sollte, müssen Sie nur rufen, ja?«

Er nickte. Sie nahm die Schublade aus der Kasse, ließ einen Ausdruck folgen und verzog sich. Brandau starrte noch immer regungslos auf den Boden.

31 Jahre. So lange waren er und Hannelore bis zu diesem Samstag verheiratet. Während all dieser Jahre war der Umgang zwischen ihnen nie von den ganz großen Gefühlen geprägt gewe-

sen. Nicht, dass seine Frau das nicht gewollt hätte, aber es war ganz einfach mit Horst Brandau nicht zu machen gewesen. Sie waren seit der Konfirmationszeit miteinander gegangen, hatten den ersten Kuss und die ersten schüchternen Annäherungsversuche gemeinsam erlebt und mit keinem anderen Menschen mehr ausprobiert. Den Heiratsantrag hatte er ihr nach einer schnellen Nummer auf dem Rücksitz seines alten Käfers gemacht, und ein Antrag im eigentlichen Sinn war es gar nicht. Eher hatte er ihr erklärt, wie es mit ihnen weitergehen würde.

In der ersten Zeit wollte er partout ein Kind, am liebsten natürlich einen Sohn, aber daraus wurde nichts. Und mit dem weiteren Verlauf der Ehe hatte er es zu schätzen gelernt, keine Kinder gezeugt zu haben. So vergingen die Jahre, und mit ihnen verflüchtigte sich jegliches Gefühl für den Partner. Hannelore und Horst Brandau lebten nebeneinander her, sprachen wenig miteinander und waren trotzdem auf ihre spezielle Art zufrieden mit ihrem Leben. Sie hatte immer stundenweise im Schuhladen ausgeholfen, seit sie vor vielen Jahren aus ihrem Heimatdorf nach Kassel gezogen waren, weil er einen Job bei einem großen Bauunternehmen bekommen hatte. Er arbeitete viel, machte Überstunden, so oft es ging, und vergnügte sich ein- oder zweimal im Monat in einem Puff mit immer der gleichen Rothaarigen, der zweiten Frau in seinem Leben. Hannelore wusste nichts davon, und wenn, hätte es ihr nichts ausgemacht, denn ihr Mann war ihr seit vielen Jahren gleichgültig. Oft hatte sie daran gedacht, sich scheiden zu lassen, doch vor der Alternative, dem Leben ohne Partner, hatte sie eine Heidenangst. Also war sie geblieben. Und nun lag sie tot im Lager eines Schuhladens, gestorben an einem schwachen Herzen, das vor mehr als zwei Jahren schon einen leichten Infarkt erlitten hatte, der allerdings unbemerkt geblieben war.

Es klopfte leise an der Scheibe. Brandau hob den Kopf und sah in die Gesichter von zwei Männern. Beide trugen schwarze, schlecht sitzende Anzüge, schwarze Mützen und billig wirkende Schuhe in eben dieser Farbe. Er wusste nicht, ob er öffnen sollte, doch diese Entscheidung wurde ihm von der die Treppe hochstürzenden Liane Bötsch abgenommen, die sofort auf die Eingangstür zuhielt.

»Die Bestattungsfirma«, murmelte sie dabei.

Eine knappe halbe Stunde später standen Brandau und Dr. Horstmann, der die Untersuchung beendet hatte, neben dem Eingang zum Lager, wo die beiden Mitarbeiter des Bestattungsinstituts damit beschäftigt waren, die Leiche in einen Sarg zu heben.

»Das mit dem Totenschein geht klar?«, wollte einer der beiden von dem Mediziner wissen.

»Ja, alles klar, Sie können sie mitnehmen«, erwiderte Dr. Horstmann.

»Hat sie leiden müssen, Herr Doktor?«, fragte der Witwer.

»Nein, das bestimmt nicht. Sie wussten ja sicher, dass es mit ihrem Herzen nicht zum Besten stand.«

»Ja, sie hat doch immer diese Medikamente nehmen müssen.«

»Und nun hat ihr Herz seinen Dienst versagt«, erklärte der Arzt.

»Einfach so?«

»Ja, das geht manchmal einfach so; so leid es mir auch für Sie tut. Immerhin war Ihre Gattin seit mehr als 15 Jahren meine Patientin.«

»Und es geht so schnell?«

»Das geht schnell, ja. Einerseits ist es gut, nicht leiden zu müssen, andererseits hat man als Hinterbliebener keine Möglichkeit zum Abschiednehmen. Aber ich kann Ihnen nochmal versichern, dass Ihre Frau wirklich nicht gelitten hat.«

»Wenigstens was«, erklärte Brandau emotionslos.

»Ich werde mich nun an den Schreibkram machen«, teilte der Mediziner mit. »Da ist leider immer eine ganze Menge zu tun.«

Damit griff er zu seinem Koffer, kramte einige A-4-Blätter und Umschläge daraus hervor und begann zu schreiben.

»Wo ist Ihre Frau geboren, Herr Brandau?«, war seine einzige Frage in den nächsten Minuten.

»In Schwalmstadt.«

Dann waren die Schreibarbeiten erledigt und der Mediziner händigte den Mitarbeitern des Bestattungsinstituts die Papiere aus.

»Ihre Rechnung kommt zu uns, Herr Doktor?«

»Ja, die schicke ich zu Ihrer Firma.«

»Dann laden wir sie jetzt ein und bringen sie weg.«

»Machen Sie das.«

Horstmann packte seinen Kram zusammen, ließ die Verschlüsse des Koffers zuschnappen und reichte Brandau die Hand zum Abschied.

»Auf Wiedersehen, Herr Brandau, und alles Gute für Sie. Wenn irgendetwas ist, können Sie mich gerne anrufen.«

»Wiedersehen, Herr Doktor«, gab Brandau leise zurück und fragte sich dabei, wie das Spiel der Kölner gegen die Bayern wohl ausgegangen war.

2

Hauptkommissar Paul Lenz stieg in seinen neuen Wagen, ließ den Motor an, legte den ersten Gang ein, und rollte langsam vom Hof des Händlers. Mit einem breiten Grinsen sinnierte er darüber, dass er sich noch nie in seinem Leben ein fabrikneues Auto gekauft hatte. Und dass er bis vor ein paar Tagen auch nicht damit gerechnet hätte, es jemals zu tun. Während er den Kleinwagen durch den samstäglichen Verkehr steuerte, wuchs seine Freude über das bevorstehende Treffen mit Maria in Fritzlar mit jeder Motorumdrehung.

Seit mehr als drei Wochen hatte er seine große Liebe nicht gesehen. Zuerst war sie mit ihrem Mann, dem Kasseler Oberbürgermeister Erich Zeislinger, für zehn Tage in Amerika gewesen. Von dort war sie mit einer deftigen Erkältung zurückgekommen, die sie für mehr als eine Woche aus dem Verkehr gezogen hatte. Doch nun war sie soweit genesen, dass eines der heimlichen Treffen mit ihrem Geliebten in Fritzlar möglich war.

Lenz fuhr am Auestadion auf die Autobahn, schaltete wegen des einsetzenden Regens den Scheibenwischer ein, und drehte die Musik etwas lauter. Danach regulierte er den Tempomat auf die erlaubten 100 Stundenkilometer und lehnte sich genüsslich zurück. Als er an der Autobahntankstelle hinter Baunatal vorbeikam, sah er interessiert nach rechts. Von den Schäden, die während einer Verfolgungsjagd mit ein paar Schwerkriminellen vor etwa einem halben Jahr entstanden waren, war nichts mehr zu sehen. Das stark in Mitleidenschaft gezogene Gebäude war danach abgerissen und neu aufgebaut worden.

Zwischen Gudensberg und Fritzlar trat er für ein paar Sekunden das Gaspedal bis zum Boden durch und wunderte sich über die Kraft, die der kleine Dreizylinder freisetzte.

Dann hatte er sein Ziel erreicht. Er stellte den Wagen auf dem Parkplatz hinter der Fußgängerzone ab und machte sich auf den Weg zur Arztpraxis seines Freundes Christian, eines Psychiaters. Dort angekommen, legte er die Sektflasche ins Eisfach, schaltete die Kaffeemaschine ein, und schüttete die mitgebrachten Süßigkeiten in eine Schale, weil er wusste, dass Maria nur höchst ungern aus der Tüte aß.

Während er bei Musik aus dem Radio wartete, dachte er über den Fall nach, der ihn über Wochen beschäftigt, und den er glücklicherweise am Morgen gelöst hatte. Ein älterer Mann und seine Frau hatten eine wohlhabende Nachbarin beraubt und umgebracht. Von Anfang an standen die beiden unter Verdacht, doch zu beweisen war ihnen die Tat nicht gewesen. Bis sich am Vortag ein Juwelier meldete, dem sie ein Collier angeboten hatten, das er selbst dem Mordopfer vor Jahren angefertigt hatte. Nach einer langen Nacht des Leugnens war die Frau am Morgen mürbe geworden und hatte ein Geständnis abgelegt.

Der Hauptkommissar sah auf die Uhr über der Tür und danach auf seine Armbanduhr. Maria war seit mehr als einer halben Stunde überfällig. Das war nicht außergewöhnlich, weil sie sich häufig verspätete und ihre zeitlichen Planungen eher den Charakter einer unverbindlichen Ankündigung hatten. Doch bis dato war es ihr immer möglich gewesen, ihre Verspätung per Telefon mitzuteilen. Dass sie es heute nicht tat, irritierte Lenz.

Er wartete eine weitere halbe Stunde, bevor er zum Telefon griff und ihre Kurzwahlnummer drückte. Sofort ertönte der Ansagetext ihrer Mailbox. Lenz drückte, ohne eine Nachricht zu hinterlassen, die rote Taste, goss sich eine Tasse Kaffee ein, und sah erneut auf die Uhr. Um 22.20 Uhr, also knapp zwei Stunden, nachdem er angekommen war, räumte er seine Sachen zusammen und verließ die Praxis. Bis dahin hatte er mehr als zwei Dutzend erfolglose Versuche unternommen, sie zu erreichen. Auch ihren Festnetzanschluss in Kassel hatte er vom Praxistelefon aus angerufen. Dort wurde ebenfalls nicht abgenommen.

Das Zucken der Blaulichter am wolkenverhangenen Himmel war kilometerweit zu sehen. In Lenz' Hals bildete sich schlagartig ein Kloß, der ihm die Luft abzuschnüren drohte. Mit zitternden Fingern schaltete er einen Gang zurück, trat das Gaspedal voll durch und trieb den neuen Motor zur Höchstleistung. Immer wieder versuchte der Polizist sich einzureden, dass das alles nur eine unglückliche Duplizität sein müsse, obwohl er sich innerlich sicher war, dass es nicht stimmte.

Die abgesperrte Unfallstelle lag auf der Gegenspur der A 49, etwa auf Höhe der Autobahnbrücke über die L 3221 zwischen Gudensberg und Besse. Lenz erkannte im Gewirr der Blaulichter die total zerstörten Überreste eines vermutlich blauen Lieferwagens und eine durchgeschlagene Leitplanke, etwa 50 Meter davon entfernt. Er verließ die Autobahn, parkte unter der Brücke, sprang aus dem Wagen und rannte los. Was er kurz danach im Gegenlicht des Lichtmastes sah, der die Szenerie erhellte, trieb ihm die Tränen in die Augen.

Marias silbernes Cabriolet lag auf dem Dach, das Stoffverdeck hing in Fetzen zu allen Seiten heraus; die A-Säule war abgeknickt bis zum Lenkrad. Der Vorderwagen war um einen guten Meter gekürzt.

»Sie können hier nicht durch«, wurde der Hauptkommissar von einem jungen Streifenpolizisten freundlich, aber bestimmt gebremst.

»Ich bin ein Kollege«, flüsterte Lenz, ohne den Blick von dem Autowrack zu lösen.

»Das kann ja jeder …«, versuchte der blau gekleidete Mann einzuwenden, doch ein einziger, im diffusen Licht eher zu erahnender als zu erkennender Blick ließ ihn verstummen. »Schon gut«, erklärte er. »Gehen Sie durch.«

Im Näherkommen sah Lenz die aufgestemmte Fahrertür von Marias Wagen und die Blutspuren auf dem Fahrersitz und dem Lenkrad. Er zog seinen Dienstausweis aus der Jacke, ging auf den nächsten Polizisten zu und hielt ihm die Karte unter die Nase.

»Lenz, Kripo Kassel. Was ist hier passiert?«

»Üble Sache, Herr Kommissar. Der Fahrer des Transporters oben auf der Bahn hat beim Überholen die Kontrolle über seine Karre verloren, vermutlich wegen eines geplatzten Reifens. Dabei hat er das Auto da drüben nach rechts abgedrängt und durch die Leitplanke geschickt.«

Lenz schluckte deutlich sichtbar.

»Danach«, fuhr der Polizist fort, »hat er sich mehrfach überschlagen. Beide Insassen, ein Mann und eine Frau, waren nicht angeschnallt und wurden herausgeschleudert. Sie war sofort tot, er ist im Krankenwagen gestorben.«

Er deutete auf die Überreste von Marias Cabriolet.

»Die Frau, die in dem Wagen saß, ist ebenfalls tot, ich hab es vorhin über Funk gehört. Sie ist im Krankenhaus gestorben. Aber wenn man sich das Wrack so ansieht, ist es verwunderlich, dass sie es überhaupt bis dorthin geschafft hat, oder?«

Lenz wollte seinen Dienstausweis in die Jacke zurückschieben, verfehlte jedoch die Innentasche. Die kleine grüne Karte fiel auf den Boden. Sein uniformierter Kollege bückte sich, griff nach dem Dokument, und reichte es dem Kommissar.

»Danke«, murmelte Lenz abwesend.

»Wollen Sie rübergehen, sich ein wenig umsehen? Ihre Kollegen aus Homberg sind natürlich schon da.«

Ohne ihm zu antworten, drehte Lenz sich um, presste die Zähne aufeinander und hatte dabei das Gefühl, in einem sehr, sehr bösen Traum gelandet zu sein, aus dem er nicht aufwachen konnte. Während er langsam und verstört auf seinen Wagen zuging, liefen dicke Tränen über sein Gesicht.

Zwei Minuten später saß er wie ein Zombie hinter dem Lenkrad, wendete, und fuhr Richtung Gudensberg. Ohne Ziel rollte er durch den Ort, wurde vom Fernlicht eines entgegenkommenden Fahrzeugs geblendet, steuerte eine Bushaltestelle an, schaltete den Motor aus und ließ sich vornüber auf den Lenkradkranz fallen. Gedanken und Bilder rasten durch seinen Kopf, kamen, gingen, und ließen sich doch nicht fassen. Er sah vor seinem geistigen Auge Marias Lachen, und im gleichen Moment kippte das Bild. Nun tauchte ihr total zerstörter Wagen auf und die Worte des Streifenpolizisten jagten durch sein Gehirn. ›… ich hab es vorhin über Funk gehört. Sie ist im Krankenhaus gestorben.‹

Der Kommissar griff zum Telefon und drückte die Kurzwahltaste seines Freundes und Kollegen Uwe Wagner. Er musste mit jemandem sprechen. Musste jemandem, der von seinem Verhältnis zur Frau des Kasseler Oberbürgermeisters wusste, erzählen, was passiert war.

Als die Leitung stand, wurde er sofort zu Wagners Mobilbox weitergeleitet. Scheiße, dachte er, wenn ich dich wirklich mal brauche, und warf das Gerät auf den Beifahrersitz.

Für einen Moment überlegte Lenz, zurück zum Unfallort zu fahren, verwarf die Idee jedoch. Dann klingelte sein Telefon. Er sah Uwe Wagners Namen aufleuchten.

»Hallo, Uwe«, meldete er sich knapp und mit zitternder Stimme.

»Hallo, Paul. Ich vermute, du weißt es bereits?«

Lenz schluckte. »Ja. Wir waren in Fritzlar verabredet. Sie ist nicht gekommen, und auf dem Rückweg bin ich praktisch dran vorbeigefahren. Woher weißt du es denn?«

»Der Kollege aus Homberg hat mich gerade angerufen. Er wollte nicht, dass ich es aus der Zeitung erfahre. Immerhin ist sie die Frau des OBs.« Er machte eine kurze Pause. »Wie geht es dir?«

Lenz holte tief Luft. »Wie soll es mir schon gehen? Ich habe vor zehn Minuten erfahren, dass die Frau, mit der ich gerne alt geworden wäre, tot ist.«

Nun schluckte Wagner deutlich hörbar.

»Sie ist gestorben?«, fragte er entsetzt.

»Ja, sie ist im Krankenhaus gestorben. Ein Streifenpolizist hat es mir gesagt.«

»Das kann nicht sein, Paul. Der Homberger Kollege hat mir erklärt, dass sie zwar sehr schwer verletzt, aber am Leben sei.«

3

»Kommst du, Monika?« Günther Wohlrabe zog den Schal über, griff zu seinem Hut, nahm den Mantel seiner Frau vom Bügel und positionierte sich neben der Eingangstür.

»Ich hatte vergessen, meine Tasche umzuräumen«, erklärte sie charmant und bewegte sich beschwingt auf die ausgebreiteten Arme ihres Mannes zu.

»Dir geht es augenscheinlich besser«, kommentierte er ihren Auftritt.

»Viel besser, ja.«

»Keine Angst mehr?«

»Na ja, keine wäre zu viel gesagt. Ich lasse den Abend auf mich zukommen, und wenn es mir zu viel wird, gehe ich einfach mal raus.«

»Gut. Dann lass uns jetzt losfahren. Macht es dir etwas aus, wenn ich hinfahre und du zurück? Ich würde gerne den heutigen Abend ein wenig alkoholisiert ausklingen lassen.«

Die junge Frau griff nach dem Hals ihres Mannes, zog seinen Kopf zu sich herunter und küsste ihn auf den Mund. »Nein, ganz und gar nicht. Es wäre nur schön, wenn du morgen früh fit wärst, weil morgen Sternchentag ist.«

Er drängte sich näher an sie heran, küsste sie auf den Hals und fuhr mit der rechten Hand über ihren Busen. »Sollten wir nicht heute Abend und morgen früh …?«

Sie befreite sich von ihm und öffnete mit einer schnellen Bewegung die Haustür. »Lieber nicht, Günther. Heute Abend wäre Lust, morgen früh ist Fortpflanzung. Und wir wollen doch um jeden Preis verhindern, dass deine Spermien um sieben in der Früh nicht vollzählig einsatzbereit sind, oder?«

»Ich gebe mich geschlagen«, antwortete er ein klein wenig zu schnell, griff nach dem Schirm neben der Tür und folgte ihr.

Nach einer kurzen Fahrt durch die verregnete Stadt erreichten die beiden das Piccolo Mondo, ein italienisches Restaurant der gehobenen Klasse mit einem besonderen Angebot.

Wohlrabe half seiner Frau mit geöffnetem Schirm beim Aussteigen, führte sie über die Straße und betrat hinter ihr das modern eingerichtete, helle Lokal mit der offenen Kochstelle in der Mitte des Raumes. Dort waren mehrere Köche und ihre Helfer mit der Zubereitung von Speisen beschäftigt. Etwa die Hälfte der Tische war besetzt, meist von Pärchen. Der Bestattungsunternehmer und seine junge, gut aussehende Frau wurden von einem Kellner in Empfang genommen, der ihnen aus den Mänteln half.

»Wir hatten reserviert, für Wohlrabe.«

»Si, naturalmente«, erwiderte der junge Mann. »Wenn Sie mir bitte folgen wollen«, setzte er mit italienischem Akzent hinzu. »Die anderen Gäste sind schon da.«

Er brachte die beiden zu einem seitlich stehenden, großen Holztisch, wo sechs Frauen und zwei Männer saßen, jeder mit einem Aperitif vor sich oder in der Hand.

»Bitte, nehmen Sie Platz. Möchten Sie einen alkoholischen oder einen alkoholfreien Aperitif?«

Wohlrabe orderte für sich einen mit, für seine Frau einen ohne Alkohol.

Nachdem die Getränke serviert waren, trat ein weiterer Kellner an den Tisch. Der Mann, offenbar ebenfalls Italiener, trug einen merkwürdigen Gurt um den Kopf, der von einem Kinnriemen gestützt wurde. Von der Stirn des Mannes ragte etwas nach vorne, das weder Wohlrabe noch seine Frau einordnen konnten.

»Buona sera, meine Damen und Herren«, begann er mit leichtem Akzent. »Mein Name ist Luca, und ich bin am heutigen Abend Ihr Kellner. Das heißt, dass Sie mich, obwohl ich Sie bediene, nicht zu Gesicht bekommen werden.«

Allgemeines Gelächter.

»Zunächst müssen wir leider das Bürokratische klären. Haben Sie alle die Reservierung dabei?«

Wohlrabe, die beiden anderen Männer und eine der Frauen schoben jeder ein Din-A4-Blatt über den Tisch. Luca, der Kellner, warf einen kurzen Blick auf die Papiere und machte dabei ein zufriedenes Gesicht.

»Allora, dann darf ich Sie über das weitere Vorgehen informieren. Zunächst ist es wichtig, dass jeder von Ihnen sein Mobiltelefon ausschaltet. Im Speisesaal ist jede Art von Licht unerwünscht, das gilt auch für fluoreszierende Uhren und sonstigen Schmuck.«

Einer der Männer griff sich an den linken Arm, löste das Lederband seiner Armbanduhr, und ließ sie in der Hosentasche verschwinden.

»Dann«, fuhr der Italiener fort, »muss ich Sie bitten, Ihren Platz unter keinen Umständen allein zu verlassen. Wenn Sie zur Toilette, in eine Rauchpause oder aus sonstigen Gründen den Raum verlassen möchten, stellen Sie bitte das Holzstück, das in der Mitte Ihres Tisches liegt, aufrecht. Ich weiß dann Bescheid, dass Sie einen Wunsch haben. Das gilt natürlich auch, wenn Sie ein weiteres Getränk möchten.«

Er lächelte die zehn Augenpaare an, die ihn aufmerksam fixierten. »Und scheuen Sie sich nicht, zu bestellen, was Sie möchten. Es ist alles im Preis inbegriffen.«

Er machte eine kurze Pause und wartete auf Fragen, doch es kamen keine.

»Es ist für uns überaus wichtig, dass Sie sich zu jeder Zeit Ihres Besuches bei uns wohl fühlen«, fuhr er fort. »Sollte irgendjemandem von Ihnen schlecht werden oder sich Beklemmung wegen der Dunkelheit einstellen, lassen Sie es mich bitte sofort wissen. Wir veranstalten heute Abend ein Dinner in the Dark und kein Überlebenstraining. Aber ich kann Ihnen versichern, dass die allermeisten unserer vielen Gäste großen Spaß an diesem Event haben.«

Wieder sah er in die Runde, ob einer der Teilnehmer etwas anmerken wollte.

»Weiterhin haben Sie sicher mein etwas ulkig wirkendes Aussehen, speziell im Bereich meines Kopfes, bemerkt. Hierbei handelt es sich um die Halterung für das Nachtsichtgerät, das ich benutze, um im Speiseraum sehen zu können. Es ist nicht das Sehen, wie gewohnt, aber ich kann erkennen, wo Sie sitzen, und ob Sie etwas wünschen.«

Wieder sah er in die Runde.

»Haben Sie Fragen?«

Eine der Frauen, die schon gewartet hatten, als Wohlrabe und seine Frau das Lokal betraten, hob die Hand.

»Bitte, Signora.«

»Wir hatten ja bereits in der Reservierung angegeben, ob wir Fleisch, Fisch, vegetarisch oder asiatisch essen möchten. Erzählen Sie uns jetzt, was es im Einzelnen zu essen gibt?«

Der Kellner lächelte.

»Das tut mir leid, aber Sie erfahren erst im Anschluss an unser Dinner detailliert, was ich Ihnen serviert habe. Sie haben ja im Reservierungsfragebogen angegeben, wogegen Sie allergisch sind oder was Sie überhaupt nicht mögen; das haben wir bei der Menüzusammenstellung natürlich berücksichtigt. Aber ich bin sicher, Sie schmecken heraus, was sich jeweils auf Ihrem Teller befindet. Am besten vertrauen Sie einfach Ihrem Geschmackssinn.« Wieder lächelte er die zehn

Teilnehmer des Dinner in the Dark an. »Und um den zu prüfen, schlage ich vor, jetzt zu beginnen.«

Nachdem er das Nachtsichtgerät eingeklinkt und startklar gemacht hatte, führte er jeweils zwei Personen durch eine Lichtschleuse in den absolut dunklen Raum, in dem das Essen stattfinden sollte. Günther Wohlrabe und seine Frau Monika waren zuletzt dran. An den Händen gefasst wie Schulkinder trotteten sie mit Trippelschritten hinter dem Kellner her ins Schwarze. Wohlrabe merkte an ihren feuchten Händen, dass seine Frau sich nicht wohl fühlte. Trotzdem ging sie tapfer weiter und ließ sich von Luca, dem Kellner mit dem unförmigen Nachtsichtgerät vor der Stirn, zu ihrem Tisch bringen.

Es verging eine Weile, bis sie saßen, denn ohne optische Orientierung dauerten die gewohnten Bewegungen und Abläufe deutlich länger. An den anderen Tischen unterhielten sich die Besucher leise miteinander, allein die vier Frauen, die gemeinsam essen wollten, lachten viel und mit erhöhter Lautstärke. Jeder der Anwesenden machte sich mit der Situation vertraut, tastete über den Tisch und war mehr oder weniger aufgeregt. Einzig Monika Wohlrabe machte Entspannungsübungen. Immer wieder spannte sie einzelne Muskelgruppen ihres schlanken, nahezu fettfreien Körpers an, atmete dazu tief ein, und löste die Anspannung während des Ausatmens.

Nun erschien Luca mit den Getränken für den ersten Tisch.

»Ich habe die Gläser oberhalb der Messer abgestellt«, erklärte er dem Paar, das sofort zu tasten begann. In rascher Folge bediente er die weiteren Tische, sodass nach kurzer Zeit alle mit Getränken versorgt waren. Danach brachte er die erste Vorspeise, den Salat. Wieder waren Wohlrabe und seine Frau die Letzten, die bedient wurden. Offenbar richtete sich die Reihenfolge nach dem Eintreffen.

Der Bestattungsunternehmer hatte das Fleisch-Menü gewählt, seine Frau die vegetarische Variante. Mit vorsichtigen Bewegungen, die Gabel in der rechten Hand, versuchten beide, sich einen groben Eindruck darüber zu verschaffen, was da auf ihrem Teller angerichtet war.

»Kommst du zurecht?«, fragte Wohlrabe leise.

»Na ja«, erwiderte seine Frau. »Als erstes habe ich mir ein großes Stück Brot in den Mund geschoben, danach zweimal die leere Gabel. Im Moment bin ich gerade dabei, mit Messer und Gabel für kleinere Stücke zu sorgen.«

»Mir ging es ganz ähnlich«, gab er in die Dunkelheit zurück und lachte dabei. »Auch ich hatte schon drei Leerfahrten mit der Gabel. Aber nun komme ich langsam zurande. Das, was ich bisher im Mund hatte, war köstlich.«

»Ja, bei mir auch. Ganz frisches Gemüse und knackige Salate mit einem herrlichen Dressing.«

»Hilft dir das Essen ein wenig über den Anflug von Panik hinweg?«, wollte er nach vorn gebeugt von ihr wissen.

»Du hast es gemerkt?«

Wohlrabe tastete nach ihrer Hand und streichelte darüber. »Natürlich, Monika. Wer, wenn nicht ich, kennt dich so gut?«

Sie legte das Messer auf den Tellerrand und erwiderte seinen Händedruck. »Das stimmt. Wer, wenn nicht du? Aber, um deine Frage zu beantworten, ja, das Essen hilft dabei, mich abzulenken. Ich habe allerdings die Augen permanent geschlossen, um nicht in die Dunkelheit sehen zu müssen.«

»Gute Idee. Lass es einfach so. Und wenn es tatsächlich nicht mehr gehen sollte, machen wir eben eine Pause.«

Seine Frau wollte etwas erwidern, wurde jedoch von einer der vier Frauen am Nachbartisch unterbrochen.

»Sie da, am Tisch gegenüber, Sie haben doch auch vegetarisch bestellt, oder? Was essen wir denn da gerade? Ist da Fenchel dabei?«

Monika Wohlrabe wusste nicht ganz genau, ob sie wirklich gemeint war, doch dann antwortete sie einfach in die Finsternis. »Ja, ich habe vegetarisch bestellt. Und nein, ich kann keinen Fenchel herausschmecken. Es könnte eher Mangold sein, was da so intensiv schmeckt.«

»Ah, Mangold. Den kenne ich gar nicht«, war die überraschende Reaktion.

Dieser Dialog war der Startschuss für einen ausgelassenen Diskurs über die Tische hinweg. Schlagartig wich die vornehme Zurückhaltung einem fröhlichen Abgleich der Eindrücke und Vermutungen, was denn alles in den servierten Salaten enthalten sein könnte. Und noch bevor Luca die Teller abgeräumt hatte, war nahezu jeder mit jedem per Du und wusste, woher er stammte.

Die vier Frauen am Nachbartisch kamen aus Göttingen und hatten sich gegenseitig mit den Einladungen zu diesem Event beschenkt. Das ältere Paar daneben kam aus Gotha und hatte die Karten für das Dinner von seinem Sohn überreicht bekommen. Nur die beiden auf der gegenüberliegenden Seite vom Tisch der Wohlrabes, ein junges Paar aus Westfalen, hielten sich etwas zurück. Die Frau blieb stumm wie der Fisch, den sie bestellt hatte, und auch ihr Gatte war nicht sehr gesprächig. Eher unwillig erzählte er, dass die Karten Teil eines Incentives in seiner Firma gewesen waren.

Während Luca den nächsten Gang, die Suppe, servierte, schilderten die Wohlrabes vergnügt, dass sie demnach die Einzigen im Raum waren, die für ihr Menü im Dunkeln selbst bezahlt hatten.

4

Lenz schaltete das Radio aus, lehnte sich zurück und streckte die Beine aus. Ruf an, dachte er. Ruf doch endlich an.

Uwe Wagner hatte ihm angeboten, mit dem Klinikum in Kassel zu telefonieren, um Genaueres über Marias tatsächlichen Zustand zu erfahren, und ihn sofort zurückzurufen. Nachdem sein Freund davon gesprochen hatte, dass Maria am Leben sein müsse, hatte Lenz für einen Augenblick befürchtet, verrückt zu werden. Er konnte keinen klaren Gedanken fassen und war froh darüber gewesen, dass der Pressesprecher, der Gott und die Welt kannte, sich für ihn informieren wollte. Nun leuchtete das Display auf, und die Melodie erklang. Der Hauptkommissar riss das vibrierende Gerät vom Beifahrersitz, drückte hektisch die kleine, grüne Taste, und führte das Telefon ans Ohr.

»Was ist?«

»Sie lebt«, antwortete Wagner bedrückt, »aber es sieht nicht gut aus. Sie hat ein Polytrauma und ist im Schockraum. Was sie alles abgekriegt hat, wissen die Ärzte noch nicht, aber es ist wohl genug. Sie kämpfen um sie, sagt meine Bekannte aus der Notaufnahme, mit der ich gesprochen habe.«

Lenz hätte gerne etwas erwidert, aber seine Zunge bewegte sich nicht.

»Die Sache mit der Falschinformation durch den Streifenkollegen kam daher, weil sie schon im Notarztwagen reanimiert werden musste. Vermutlich hat der Fahrer einfach durchgegeben, dass sie gestorben sei, du weißt, wie das manchmal läuft.«

»Ja, ich weiß«, antwortete Lenz leise und mit belegter Stimme. »Was soll ich jetzt machen?«

»Du kannst nichts tun, Paul. Selbst wenn du mit ihr verheiratet wärst, könntest du jetzt nicht zu ihr. Lass die Ärzte ihren Job machen und komm hierher. Du kannst gerne hier schlafen.«

Der Hauptkommissar überlegte kurz. »Gilt das Angebot auch später noch? Im Moment muss ich ein bisschen für mich sein, verstehst du?«

»Klar verstehe ich das. Komm, wenn du willst, egal wann. Ich bin hier und warte auf dich.«

»Danke, Uwe.«

»Gerne. Ich hab mit meiner Bekannten vereinbart, dass sie mich anruft, wenn es etwas Neues gibt. Was auch immer das bedeuten mag.«

»Ich darf gar nicht daran denken, was das alles bedeuten könnte, aber ich will mich nicht beschweren. Vor ein paar Minuten dachte ich noch, sie sei tot. Jetzt kann ich wenigstens hoffen, das ist doch schon mal was.«

»Stimmt. Und wenn du mir jetzt noch versprichst, dich nicht volllaufen zu lassen, bin ich fürs Erste zufrieden.«

»Versprochen«, antwortete Lenz knapp. »Und nochmal danke, Uwe.«

»Dafür nicht. Lass dich einfach blicken, wenn dir danach ist.«

»Wir werden sehen.« Damit beendete Lenz das Gespräch, legte das Telefon zurück auf den Beifahrersitz und fing hemmungslos an zu weinen.

Eine halbe Stunde später stand sein Wagen noch immer an der gleichen Stelle. Längst konnte er nichts mehr von dem erkennen, was um ihn herum vorging, weil die Scheiben total beschlagen waren.

Nachdem er seinen Tränen einige Minuten lang freien

Lauf gelassen hatte, war für den Moment die allergrößte Last von ihm abgefallen. Wenn er Uwe Wagner richtig interpretierte, stand es nicht gut um Maria, aber die Ärzte würden sicher alles geben, um ihr Leben zu retten. Lenz wischte mit dem Handrücken über die Innenseite der Frontscheibe, sodass Wasser auf die Oberseite des Armaturenbrettes tropfte. Dann startete er den Motor, legte den ersten Gang ein und rollte langsam an, ohne eine Idee zu haben, wohin er fahren sollte. Als die letzten Häuser von Gudensberg hinter ihm lagen, schaltete er das Radio wieder an, wo gerade die 23-Uhr-Nachrichten begannen. Der Unfall stand an Nummer drei der Schlagzeilen und es wurde vermeldet, dass die Frau des Kasseler Oberbürgermeisters Erich Zeislinger bei einem Verkehrsunfall am Abend lebensgefährlich verletzt worden war und die Ärzte im Klinikum Kassel um ihr Leben kämpften.

Über Orte, deren Namen er noch nie gehört hatte, kam er nach Felsberg. Dort suchte er nach einer Tankstelle, um sich etwas zu trinken zu kaufen, doch die einzige, an der er vorbeikam, war geschlossen. So fuhr er weiter nach Gensungen, drehte eine Runde durch den Stadtteil und stoppte schließlich vor einer modern und poppig beleuchteten Kneipe. Dort nahm er an einem Tisch in der Ecke Platz, bestellte sich eine große Cola, und sah aus dem Fenster in die Dunkelheit. Vor seinen Augen spukten Bilder von Maria umher. Ihr Lachen, wenn sie sich über etwas freute, ihr böses Gesicht, wenn sie eine zickige Phase durchlebte. Er roch den Duft ihrer Haare und ihren Schweiß, wenn sie sich geliebt hatten. Doch zuallererst schwebte über allem unsichtbar, aber gnadenlos die Angst, seine große Liebe zu verlieren.

Nachdem er ein paar Minuten einfach seinen Gedanken

nachgehangen hatte, betrachtete er die Menschen um sich herum. An der Theke standen mehrere junge Männer und diskutierten angeregt über Handball. Die meisten der vielen Tische waren von jungen Leuten besetzt, die miteinander quatschten oder knutschten. Hinter der Theke stand seine Bedienung, eine groß gewachsene, gut aussehende, blonde Frau von etwa 35 Jahren, die Gläser polierte und in ein Regal räumte. Der Kommissar stand auf, ging zur Theke, bezahlte sein Getränk und verließ das Lokal. Als er wieder im Auto saß, klingelte sein Telefon. Es war Uwe Wagner.

»Man kann immer noch auf der Internetseite unserer hoch geschätzten Lokalzeitung die falsche Meldung lesen, dass Maria Zeislinger tödlich verunglückt ist. Ich hab schon zweimal mit denen telefoniert, aber glaubst du, die seien in der Lage, die Meldung zu ändern? Da könnte ich doch glatt aus der Hose hüpfen.«

Wagner war dabei, sich in Rage zu reden.

»Sonst gibt es nichts Neues?«, wurde er von Lenz unterbrochen.

»Nein, sorry. Ich hätte nicht anrufen sollen.«

»Ist doch in Ordnung. Aber vielleicht kannst du verstehen, dass mich die Kapriolen unserer Lokalzeitung aktuell so gar nicht interessieren.«

»Ja, klar. War eine dumme Idee von mir. Wo steckst du?«

»Ich bin in Gensungen und hab gerade in einer Kneipe was getrunken. Eine Cola, um genau zu sein.«

»Hoffentlich Cola pur.«

»Cola total pur. Jetzt fahre ich zurück nach Kassel, aber ich weiß noch nicht, ob ich bei dir aufschlagen werde. Vielleicht bin ich wirklich lieber allein.«

»Ob du hierher kommst oder sonst wo hingehst, ist nicht so wichtig. Mir geht es darum, dass du keinen Unsinn anstellst in dieser Scheißnacht.«

»Wie gesagt, du kannst dich auf mich verlassen. Leg dich hin und schlaf.«

»Das mache ich. Und wenn du klingelst, bin ich für dich da.«

»Ich weiß.«

5

Monika Wohlrabe wurde immer sicherer. Die Angst vor der Dunkelheit war einer beschwingten Leichtigkeit gewichen, was sicher auch dadurch befördert wurde, dass sie ab und zu an den Getränken ihres Mannes nippte.

Die Suppe in der Dunkelheit zu essen, hatte sich als weniger große Herausforderung erwiesen als vermutet. Jeder der Teilnehmer am Dinner in the Dark gab lautstark seine Eindrücke preis, verbunden mit den vermuteten Inhaltsstoffen. Für Günther Wohlrabe war klar, dass er eine köstliche Pilzsuppe verzehrte, angereichert mit frischem Gemüse und einem Schuss Cognac. Seine Frau, bei der er probierte, hatte vermutlich eine Karottensuppe, mit einem Schuss Sahne abgeschmeckt, vor sich stehen. Der dazu gereichte Wein war dem Bestattungsunternehmer eine Nuance zu süß, was er jedoch für sich behielt. Monika Wohlrabe tippte bei ihrem Getränk auf Ginger Ale, war sich jedoch nicht ganz sicher. Nach der Suppe gab es eine kleine Pause im Menü, doch nach etwa 20 Minuten betrat Luca mit den ersten Tellern des Hauptgangs den Raum. Er war sowohl an den Geräuschen zu erkennen, die das Öffnen der Tür machte, wie an einer kleinen, hellgrünen LED, die leicht in der Dunkelheit von seinem Kopf schimmerte und anzeigte, wo sich das Nachtsichtgerät gerade befand. Außerdem grüßte er stets beim Hereinkommen.

»Allora, der Hauptgang«, ließ er nun die gespannt wartenden Teilnehmer wissen und stellte die ersten beiden Teller auf den Tisch des Paares aus Gotha. Wieder kamen danach die

Frauen aus Göttingen an die Reihe, dann das Paar aus Westfalen, und zum Schluss die Wohlrabes.

Etwa zwei Minuten herrschte ungewohnte Stille, weil jeder zunächst seinen Teller finden und betasten musste. Dann kamen die ersten Ahhs und Mhhs, allesamt Zustimmung zur Mahlzeit ausdrückend. Währenddessen servierte Luca die Getränke, was jedoch zunächst niemanden groß interessierte. Alle waren mit dem Hauptgang beschäftigt. Plötzlich gab es ein lautes Klappern, sodass die Gespräche augenblicklich verstummten.

»Sorry, meine Gabel ist runtergefallen«, flüsterte Monika Wohlrabe so laut, dass es alle im Raum hören konnten.

»Warte, ich kümmere mich darum«, wurde sie von ihrem Mann beruhigt, der seine eigene Gabel umdrehte und vorsichtig nach vorne schob. »Ich hab meine noch nicht benutzt. Wenn du die linke Hand ausstreckst, kannst du nach ihr greifen«, erklärte er.

»Aber Günther, lass doch. Wenn der Kellner …«

»Psst«, machte er. »Nimm schon, ich suche mir deine auf dem Boden und wische sie sauber.«

Sie streckte die Hand nach vorne, bekam den Griff zu fassen und nahm ihm die Gabel ab. Dann gab es ein schabendes Geräusch, als Wohlrabe den Tisch ein kleines Stück zur Seite schob, aufstand und im Anschluss in die Hocke ging. Keine fünf Sekunden später stand er wieder.

»Alles klar«, beruhigte er seine Frau und putzte mit der Serviette gewissenhaft die Zinken des Besteckteils ab.

»Das wird sich nie ändern«, tadelte sie ihn mit gespielter Strenge, »dass du heruntergefallenes Besteck nicht einfach zurückgehen lassen kannst.«

»Schon wieder zu benutzen«, erklärte er mit dem Brustton der Überzeugung. Dann war Ruhe am Tisch, sah man vom Geklapper des Bestecks ab.

»Ich habe drei oder vier verschiedene Sorten hausgemachte Nudeln, Günther«, erklärte Monika Wohlrabe ihrem Mann, »und eine Sorte ist leckerer als die andere. Tortellini mit …«, sie machte eine kurze Pause, während der sie offenbar die Füllung der Pasta erneut zu erschmecken versuchte, »frischen Steinpilzen. Köstlich.«

»Da bin ich ja richtig neidisch, obwohl meine Pilzsuppe vorhin auch ein absoluter Traum war.«

»Was hast du denn serviert bekommen?«, fragte Monika Wohlrabe ihren Mann.

Der kaute gerade auf einem Stück butterzartem Fleisch.

»Ich vermute, dass es sich um Lammfilet im Speckmantel handelt. Dazu hatte ich eine Ofenkartoffel mit Rosmarinkräutern. Und alles ist geschmacklich eine Offenbarung.« Er führte erneut die Gabel zum Mund. »Mhh, hier habe ich jetzt die Salatbeilage. Schmeckt ein wenig wie Kraut mit …« Er überlegte. »Krautsalat mit Currydressing. Und dazu irgendwelche Kerne, die ziemlich hart sind.«

»Pinienkerne?«

»Hmm, eher nicht. Dafür sind sie wirklich nicht weich genug. Keine Ahnung, ich schlucke sie einfach mit runter. Das Kraut mit dem Curry ist eine außergewöhnliche, aber interessante Kombination. Und das Fleisch und die Kartoffeln sind eine Sensation.«

Er bemerkte die tastende Hand seiner Frau und griff nach ihren Fingern.

»Schön, dass es dir jetzt wieder gut geht.«

»Und schön, dass es dir so gut schmeckt«, erwiderte sie, drückte noch einmal fest seine Hand, und widmete sich erneut ihrer Mahlzeit.

Auch das Dessert, mit dem das Dinner in the Dark stimmungsvoll abgeschlossen wurde, entsprach voll und ganz den

Vorstellungen der Wohlrabes. Der dazu gereichte Drink war sowohl in der alkoholischen wie auch der alkoholfreien Version gelungen ausgewählt und damit eine prickelnde Abrundung seiner Eisvariationen im Zimtpfannkuchen und ihrer Mascarpone-Brombeermousse.

Auf den besonderen Wunsch aller Anwesenden wurde nach dem Abräumen der Teller das Licht im Raum angeschaltet, obwohl das nicht vorgesehen war. Wieder gab es von allen Seiten Erstaunen, weil sich jeder der Teilnehmer ein völlig anderes Bild von der Einrichtung und der Ausstattung gemacht hatte. Nach einer Runde Kaffee und einem Grappa begann der Aufbruch. Günther Wohlrabe steckte dem Kellner im Gehen einen 20-Euro-Schein zu, um sich damit für die perfekte Betreuung zu bedanken, und half seiner Frau in den Mantel. Danach verabschiedeten sich die beiden von den restlichen Gästen des Dinners, verließen das Restaurant und saßen ein paar Sekunden später im Auto. Der Regen war mittlerweile in einen matschigen, trostlosen Schneeregen übergegangen und beide waren froh, als Monika Wohlrabe die schwere BMW-Limousine in der Garage abstellte und den Zündschlüssel umdrehte.

»Danke für den schönen Abend«, sagte die Frau, während sie sich nach rechts beugte und ihren Mann sanft auf den Mund küsste.

»Danke für das schöne Leben mit dir«, erwiderte er ebenso sanft und strich ihr über die Haare. »Und dass du dich mit so einem alten Kerl wie mir überhaupt abgibst.«

Sie legte ihm den Zeigefinger vor den Mund. »Hör auf, so zu reden. Ich liebe dich, und daran wird kein Altersunterschied etwas ändern.«

Bevor er antworten konnte, meldete sich sein Bauch mit einem lauten Verdauungsgeräusch. Beide lachten.

»Das ist vermutlich der Krautsalat«, erklärte er etwas verschämt. »Außerdem bin ich es nicht mehr gewohnt, so viel Alkohol zu trinken. Ich bin richtig beschwipst.«

Sie legte den Kopf auf seine Schulter und seufzte zufrieden. »Dann lass uns schlafen gehen, damit deine Lebensgeister sich bis morgen früh regeneriert haben.« Damit griff sie ihm in den Schritt. »Speziell diese Lebensgeister.«

Während sich Monika Wohlrabe für die Nacht fertigmachte, hörte ihr Mann den Anrufbeantworter im Büro ab. Es gab eine Nachricht von einem der Mitarbeiter, die am morgigen Sonntag Bereitschaftsdienst hatten. Seine Frau war mit einer akuten Blinddarmentzündung ins Krankenhaus eingeliefert und vor Kurzem operiert worden. Deshalb konnte der Mann, weil er sich um die vier kleinen Kinder kümmern musste, am nächsten Morgen nicht zum Dienst erscheinen. Wohlrabe hatte für solche Notfälle volles Verständnis, obwohl sie ihn persönlich betrafen. Fiel nämlich einer der in Bereitschaft stehenden Mitarbeiter aus, war er mit Einspringen an der Reihe. Also schickte er dem Mann eine SMS, in der er ihm mitteilte, dass er sich in Ruhe um die Kinder kümmern könne, und wünschte seiner Frau eine gute Genesung.

»Sallner ist ausgefallen«, berichtete er seiner Frau, die bereits im Bett lag, als er das Schlafzimmer betrat. »Seine Frau ist im Krankenhaus, nun muss er sich um die Kinder kümmern. Das heißt, dass ich morgen um sieben in der Firma sein muss.«

»Schade«, antwortete sie mit traurigem Gesicht, »aber die Arbeit geht nun einmal vor. Dann müssen wir eben den Wecker auf Viertel vor sechs stellen, damit wir auf keinen Fall den Sternchentag versäumen.«

Wieder ertönte ein lautes Geräusch aus seinem Bauch. Wohlrabe öffnete seine Weste, drückte ein paarmal mit den Fingern auf den Oberbauch, und zuckte mit den Schultern.

»Du hast recht, ich finde es auch schade. Gott sei Dank haben wir beide kein Problem damit, so früh aufzustehen.«

»Und so früh fit zu sein«, gab sie lächelnd zurück.

Zwei Stunden danach lag der Bestattungsunternehmer noch immer wach, lauschte dem ruhigen, gleichmäßigen Atmen seiner Frau, und kämpfte mit einer immer stärker werdenden Übelkeit, die von in Wellen wiederkehrenden Magenkrämpfen begleitet wurde. Wohlrabe stand leise auf, ging ins angrenzende Bad, öffnete den Arzneischrank, kramte darin und fand ein Medikament, das hoffentlich gegen seine Beschwerden helfen würde. Er träufelte sich 50 Tropfen direkt in den Mund, steckte die kleine Flasche zurück in die Verpackung und schlich ins Bett. 15 Minuten danach fiel er in einen unruhigen, von schmerzhaften Krämpfen häufig unterbrochenen Schlaf.

*

»Ich kann heute Morgen nicht«, erklärte er seiner Frau, nachdem der Wecker geklingelt hatte und sie auf seine Seite des Bettes und unter seine Decke gekrochen war.

»Was ist los?«, fragte sie verschlafen. »Noch zu betrunken?«

»Nein, das nicht«, erklärte er und befreite sich aus der Umklammerung ihrer Beine. »Ich habe ganz schlecht geschlafen. Mir ist, seit ich ins Bett gegangen bin, speiübel. Außerdem rumort und krampft es in meinem Magen und meinem Darm, dass es kaum auszuhalten ist. Und Durchfall habe ich obendrein.«

Sie beugte sich hoch, setzte sich aufrecht, und griff nach seiner Hand. »Dann lass uns gleich zum Arzt fahren. Das kommt doch bestimmt von dem Essen gestern Abend, auch wenn es noch so vorzüglich geschmeckt hat.«

»Nein, nein, so schlimm ist es auch wieder nicht. Ich ziehe mich jetzt an, mache mich fertig und fahre in die Firma. Wirst sehen, heute Mittag ist es bestimmt schon vorbei. Wahrscheinlich habe ich den vielen Alkohol nicht vertragen oder mir den Magen verdorben.« Er sah sie mit verkniffenem Gesicht an. »Du sagst doch immer, dass ich einen Magen wie ein Pferd habe, also: Lass mir etwas Zeit und ein paar Espressi, dann geht es wieder.«

Monika Wohlrabe betrachtete ihren Mann skeptisch. »Das wäre schön, Günther, aber du siehst wirklich ganz und gar nicht gut aus.«

Er schälte sich kraftlos aus dem Bett, richtete sich auf und trommelte wie Tarzan mit den Fäusten auf seiner Brust.

»So eine Magenverstimmung habe ich doch öfter, die haut doch einen Günther Wohlrabe nicht um. Ich mache mich fertig, und du schläfst noch ein paar Stunden. Wenn ich heute Nachmittag zurückkomme, bin ich das blühende Leben und bereit, dich mit meinen Spermien einzudecken. O. K.?«

»Gut«, antwortete sie alles andere als überzeugt, wusste allerdings, dass sie keine Chance hatte, ihn umzustimmen. Pflichterfüllung und Pflichtbewusstsein gehörten zu seinen bevorzugten Sekundärtugenden.

»Außerdem habe ich eine Überraschung für dich, und davon will ich dir unbedingt später noch erzählen«, eröffnete er ihr.

»Eine Überraschung? Das klingt ja spektakulär.«

»Worauf du dich verlassen kannst, Monika. Bald geht bei uns ein ganz anderer Tanz los. Mit dir zusammen könnte ich nämlich die ganze Welt aus den Angeln heben. Ach was, das ganze Universum! Nur leider nicht heute«, fügte er noch an und war schon wieder auf dem Weg zur Toilette.

*

Um Punkt 7 Uhr rollte der BMW durch das Tor des Bestattungsunternehmens. Die beiden anderen Mitarbeiter, die an diesem Sonntag Bereitschaftsdienst hatten, waren längst da und saßen mit den zwei übermüdet aussehenden Kräften der Nachtschicht bei einer Tasse Kaffee im Aufenthaltsraum.

»Morgen, Männer«, begrüßte ein schwitzender, abgespannt und angeschlagen aussehender Wohlrabe seine Mannschaft.

»Morgen, Chef!«, schallte es ihm entgegen.

»Was machen Sie denn hier, noch dazu in diesem Zustand?«, wollte Hubert Conradi, ein langjähriger Angestellter, von ihm wissen.

»Der Kollege Sallner ist ausgefallen, seine Frau ist krank. Deshalb müssen Sie leider mit mir vorliebnehmen.«

»Aber so ganz gesund sehen Sie beim besten Willen auch nicht aus, Chef«, bohrte Conradi nach.

»So fühle ich mich auch nicht, aber was hilft es denn? Die Arbeit muss gemacht werden, und ich will Sie zumindest bis Mittag oder Nachmittag unterstützen, so gut es geht. War viel los letzte Nacht?«

»Gestern Abend sind es zwei gewesen, in der Nacht sind drei dazugekommen. Liegen alle in der Kühlung.«

»Jemand dabei, den man kennen muss?«

Trotz des vollen Vertrauens, das Wohlrabe seinen Mitarbeitern entgegenbrachte, wollte er sich um die Hinterbliebenen sogenannter Premiumkunden immer persönlich kümmern. Als solche betrachtete er Verstorbene aus der Politik, der Wirtschaft, dem Sport oder sonstige Prominente, von denen es nach seiner Meinung leider viel zu wenige in Kassel gab.

»Leider nein, Chef«, klärte Walter Viesemann, ein anderer Mitarbeiter, ihn auf. »Alles ganz normale Sterbliche. Eigentlich könnten Sie gleich wieder umdrehen und sich zu Hause ins Bett legen. Was ist denn eigentlich mit Ihnen passiert, dass es Ihnen so schlecht geht? Zu viel Schnaps gestern Abend?«

Die Mitarbeiter des Bestatters am Tisch lachten freundlich.

»Nein, der Alkohol war es wohl nicht. Ich war gestern Abend mit meiner Frau aus zum Essen, und irgendwas davon habe ich offensichtlich nicht vertragen. Damit habe ich mich dann die ganze Nacht herumgeplagt.«

»Wollen Sie uns nicht verraten, wo man derart schlechtes Essen kriegt, dass man am nächsten Tag so aussieht wie Sie heute?«, fragte Conradi. »Das könnte uns vielleicht vor dem bösen Erwachen nach einem schönen Essen bewahren, was meinen Sie.«

Wieder Gelächter.

»Das könnte euch so passen«, feixte Wohlrabe zurück. »Ich sage euch, wo ich zum Essen war, und ihr posaunt in der ganzen Stadt aus, wie man sich fühlt, wenn man dort gegessen hat. Das können Sie getrost vergessen, meine Herren.«

»Außerdem«, bemerkte Viesemann, »war die Mahlzeit bestimmt in einer Preisliga angesiedelt, die wir uns eh nicht leisten können. Und von einer Currywurst bei der Bratwursthilde habe ich noch niemals nicht mal Bauchschmerzen gekriegt.«

»Das stimmt auch wieder«, gab Wohlrabe zurück. »Dafür schmeckt alles gleich und immer nach altem Frittenfett. Und jetzt genug davon, Männer, lasst uns loslegen.«

Alle tranken ihren Kaffee aus, standen auf und begaben sich an die Arbeit. Conradi folgte Wohlrabe mit ein paar schmalen Ordnern unter dem Arm in dessen Büro.

»Hier sind die Sachen, die am besten gleich heute Morgen erledigt werden sollten.« Er begann mit einer Aufstellung der Leichen, die seit dem vorigen Mittag angefallen waren.

»Wenn Sie wirklich nicht zu bremsen sind, Chef, können Sie diesen Brandau hier übernehmen. Der ist nicht der Hellste unter der Sonne, so weit ich es verstanden habe, und sollte relativ schnell gehen. Danach fahren Sie nach Hause zu Ihrer Frau, legen sich schnuckelig ins Bett, und lassen sich schön bedienen.«

Er sah Wohlrabe mitleidig an.

»Wobei ich ehrlich gesagt nicht verstehen kann, warum Sie sich das heute Morgen antun müssen. So viel ist doch beileibe nicht zu tun, dass wir es nicht allein schaffen würden.«

»So ist das eben Herr Conradi. Ich bin die Vertretung, wenn einer ausfällt, und das mache ich dann auch. Ich verlange nicht weniger von mir als das, was ich auch von Ihnen erwarten würde.«

»Ich weiß, Chef«, winkte Conradi ab. »Also fahren Sie zu diesem Brandau, ich übernehme den Rest. Und wenn tatsächlich noch eine der wenigen Kasseler Berühmtheiten abnippeln sollte, holen wir Sie gerne wieder ins Boot. Einverstanden?«

Wohlrabe nickte, griff sich an den Bauch, kniff die Augen zusammen und rannte los Richtung Toilette. Conradi sah ihm kopfschüttelnd hinterher.

6

Lenz warf einen letzten Blick auf die unter ihm liegende, von tausenden Lichtern erleuchtete Stadt, drehte sich um und ging am Oktogon des Herkules vorbei zu dem großen, einsamen Parkplatz, auf dem sein Wagen stand.

Nachdem er Gensungen verlassen hatte, war er auf die Autobahn nach Frankfurt gefahren. Ohne Sinn und ohne Ziel hatte er Kilometer um Kilometer Richtung Süden hinter sich gebracht, bis bei Bad Nauheim starker Schneefall einsetzte. Er war bis zur Raststätte Wetterau gefahren, wo er bei laufendem Motor ein wenig im Auto gedöst hatte. Nach drei Tassen Kaffee war er nach Kassel zurückgefahren und hatte die letzten zwei Stunden auf den Stufen des Herkules verbracht. Immer wieder war er von Schneeregengüssen durchnässt worden, bemerkte es jedoch kaum.

Nun saß der Kommissar in seinem neuen Wagen, konnte sich vor Kälte kaum noch bewegen, startete den Motor und drehte die Heizung voll auf. Bibbernd sah er auf die Uhr im Armaturenbrett und registrierte mit einem Rest an Zufriedenheit, dass es bald hell werden würde und er die Nacht überstanden hatte, ohne wahnsinnig zu werden. Zu Hause angekommen, ließ er Wasser ein, entkleidete sich umständlich und stieg in die Badewanne, doch auch dort hielt er es nicht lange aus. Dann jedoch forderte die Müdigkeit ihren Tribut und kurz nachdem er sich ins Bett gelegt hatte, schlief er ein.

Das Klingeln des Telefons weckte ihn um Viertel vor eins. Orientierungslos riss er die Augen auf, sah sich um, und hatte dabei das Gefühl, aus einem wohligen, sanften Traum gerissen zu werden. Mit zitternden Fingern griff er nach dem Gerät neben dem Bett.

»Ja«, meldete er sich, »Lenz.«

»Ich bin's, Uwe.«

»Hallo, Uwe. Warte eine Sekunde, ich muss erstmal durchatmen.« Er legte das Telefon neben sich, rieb sich die Augen und holte tief Luft. »Hoffentlich hast du keine schlechten Nachrichten für mich. Davor hab ich nämlich mächtig Schiss.«

»Nein, habe ich nicht, aber leider auch keine guten. Sie ist gerade wieder in den OP geschoben worden, nachdem sich bei einer Computertomografie herausgestellt hat, dass sich in ihrem Kopf ein Hämatom gebildet hat.«

»Scheiße.«

»Zunächst ist das weder gut noch ganz schlecht. Aber es kann zu bösen Komplikationen führen, das ist klar.«

»Was hat sie denn sonst noch?«

»Ziemlich viel. Ich habe eben noch mit Professor Richle telefoniert, den ich schon ziemlich lange und ganz gut kenne, und der sie letzte Nacht auch operiert hat. Er sagt, übrigens im vollen Vertrauen, dass ich mit niemandem darüber spreche, das Schlimmste seien die Verletzungen wegen des sogenannten Hochrasanztraumas, aber frag mich nicht, was das genau bedeutet. Er hat es mir so erklärt: Wenn der menschliche Körper bei einem Unfall wegen des Aufpralls stark verzögert wird, können die Organe aufgrund der Trägheit nicht sofort stoppen, und das kann schwere Verletzungen verursachen. Ich habe bisher noch nie davon gehört. Bei Maria sind wohl mehrere Organe davon betroffen, so weit ich es verstanden habe. Dazu kommt ein Rippenserienbruch rechts, verbunden mit einer Lungenverletzung, und ein mehrfacher

Beckenbruch. Und jede Menge Abschürfungen und Blutergüsse, aber das sind Petitessen. Sie muss ziemlich schnell gewesen sein beim Aufprall, sagt der Doc.«

»Wen wundert das«, erwiderte Lenz traurig. »Langsam fahren kann sie, glaube ich, überhaupt nicht. Außerdem hat sie ihre persönlichen Verspätungen so weit kultiviert, dass sie praktisch immer in Eile ist.«

»Dazu kommt jetzt natürlich noch die Sache mit dem Hämatom im Kopf. Richle sagt, dass man frühestens in ein paar Tagen mit Bestimmtheit sagen kann, ob sie durchkommt.« Er schluckte. »Wenn sie bis dahin …«

Es entstand eine Pause, weil keiner der Polizisten den Satz zu Ende brachte oder etwas anderes sagen wollte.

»Hast du geschlafen?«, fragte Wagner in die Stille.

»Ja, bis eben. Davor bin ich die halbe Nacht durch die Gegend gefahren, hab danach am Herkules im Regen gesessen und mir vermutlich eine Lungenentzündung geholt, und war so um halb 7 Uhr hier. Danach hab ich gepennt.«

»Hast du Lust, mit mir zu Mittag zu essen?«

Lenz überlegte. »Hunger hab ich gerade gar keinen, aber das kann ja noch werden. Wo willst du denn hin?«

»Das lasse ich dich entscheiden, wenn du mitkommst. Soll ich dich abholen?«

»Nein, ich bin selbst mobil.«

»Hast du ein Auto der Carsharing-Agentur?«

»Nein, ich hab seit gestern ein eigenes.«

Wagner war hörbar überrascht. »Wie, ein eigenes. Du hast dir ein Auto gekauft?«

»Ja, was ist daran so bemerkenswert?«

Kurze Pause.

»Vergiss es. Wir treffen uns in einer halben Stunde im Il Theatro am Entenanger, O. K.?«

»Gut. Und … danke, Uwe.«

»Nochmal, dafür nicht. Du bist mein bester Freund, und deiner Freundin, auch wenn sie die Frau unseres OB ist, geht es denkbar schlecht. Wenn ich in deiner Situation wäre, würde ich mir denken, dass das verdammt nochmal das Mindeste ist, was du für mich tun kannst. Und damit basta.«

»Basta. Ich bin in einer halben Stunde da.«

*

Aus der halben wurde eine knappe Dreiviertelstunde. Wagner hatte schon an einem der Tische Platz genommen und blätterte in der Speisekarte.

»Sorry, hat ein bisschen länger gedauert«, entschuldigte sich Lenz.

»Das scheint ja in der Familie zu liegen«, erwiderte Wagner in Anspielung auf Maria Zeislinger.

»Nein, eher nicht. Außerdem sind wir keine Familie, leider.«

»Was in der aktuellen Situation nur Nachteile für dich hat.«

Lenz nickte traurig.

»Da hast du recht. Und du machst dir keine Vorstellung, wie gerne ich sie sehen würde. Wie ich mir wünsche, einfach ihre Hand halten zu können.«

»Doch, das kann ich mir ausnehmend gut vorstellen, weil ich nur zu gut weiß, wie gerne man mit dem Menschen zusammen ist, den man liebt. Und gerade dann, wenn es ihm so schlecht geht wie deiner Maria jetzt. Stattdessen lungert *Schoppen-Erich* an ihrem Krankenbett herum.«

»An mir liegt es nicht, aber das weißt du. Wenn ich es entscheiden könnte, hätte sie ihn schon lange verlassen.

»Irgendwas scheint sie bei ihm zu halten, oder?«

Der Hauptkommissar strich sich über sein unrasiertes Gesicht.

»Das ist eine so lange Geschichte, Uwe, und das sollten wir besser nicht jetzt und hier erörtern. Lass uns lieber was essen, ich hab mittlerweile doch ziemlichen Hunger gekriegt.«

»Machen wir, aber zuerst will ich wissen, was es mit deinem neuen Auto auf sich hat. Wo ist es? Steht es hier irgendwo?«

Lenz deutete aus dem Fenster auf einen Kleinwagen.

»Hm«, machte sein Freund, ohne einen Versuch zu unternehmen, seine Enttäuschung zu verbergen. »Nichts für die Großfamilie.«

»Dann passt's ja«, gab Lenz zurück, »weil, wie wir eben festgestellt haben, ich ja keine Großfamilie transportieren muss.«

»Auch wieder wahr«, meinte Wagner, und griff erneut zur Speisekarte.

7

Horst Brandau hatte schlecht geschlafen, doch das war nichts Ungewöhnliches. Seit mehr als 15 Jahren wachte er regelmäßig zwischen 3 und 4 Uhr am Morgen auf und konnte danach bestenfalls dösen, aber auch das nicht immer. So hatte er es sich zur Angewohnheit gemacht, die frühen Morgenstunden vor dem Fernseher zu verbringen. Und obwohl er dort nie etwas bestellt hatte, kannte er sich bestens aus in den Angeboten der Home-Shopping-Sender. Hannelore, seiner Frau, war es recht gewesen, wenn sie das Bett für sich allein hatte, denn ihr Mann schnarchte laut und ohne Unterbrechung.

Nun jedoch hatte Brandau schlecht geschlafen, weil er sich allein gelassen fühlte. In den vielen Jahren ihrer Ehe hatten sie nicht mehr als 30, vielleicht 40 Nächte voneinander getrennt zugebracht. Einmal war Hannelore eine Woche im Krankenhaus gewesen, wegen einer Frauensache. Und Brandau selbst hatte eine vierwöchige Kur gemacht, um abzunehmen. Den Rest der vergangenen 31 Jahre waren sie miteinander oder nacheinander ins Bett gegangen und wieder aufgestanden. Nun war sie tot. Das Gefühl allerdings, das ihn bei dem Gedanken, dass sie nie mehr wiederkommen würde, beschlich, war eher Wut als Trauer.

Das Klingeln riss den Bauarbeiter aus seinen Gedanken und ließ ihn zur Uhr an der Küchenwand sehen. Viertel vor neun. Er sah an sich herunter und fragte sich, ob er nicht besser ein Hemd anziehen sollte, entschied sich jedoch dagegen.

So stapfte er in seinem Feinripp-Unterhemd, der abgewetzten Jogginghose und den alten Hausschlappen zur Tür und drückte auf den Knopf, der unten die Haustür öffnete. Wie immer hörte er das laute Rasseln, gefolgt von dem Klacken des aufspringenden Sperrriegels. Ein paar Sekunden später näherten sich im Hausflur Schritte.

»Guten … Morgen«, wurde er von einem etwa 55-jährigen, stark schwitzenden Mann in tadellos sitzendem Anzug begrüßt, nachdem er die Tür geöffnet hatte. »Mein Name ist … Wohlrabe, ich komme wegen der Formalitäten …, wegen …, Sie wissen schon. Bestattungsunternehmen.«

Brandau wusste gar nichts, deswegen sah er Wohlrabe einfach nur an. Der Bestattungsunternehmer wischte sich mit dem Handrücken über die nasse Stirn, holte tief Luft, und warf einen Blick in seine Unterlagen.

»Sie sind doch Herr … Brandau, oder?«

Brandau nickte stumm.

»Und Ihre Frau …, ich meine …, die ist doch gestern … gestorben?«

Der schwarz gekleidete Mann fing an zu taumeln, griff nach dem Treppengeländer in seinem Rücken und würgte dabei.

»Ist alles in Ordnung mit Ihnen?«, fragte Brandau irritiert, weil er vermutete, dass sein Besucher betrunken sein könnte. »Kommen Sie doch erstmal rein und setzen Sie sich. Vielleicht hilft Ihnen ein starker Kaffee.«

»Nein, lassen Sie … mal, mir geht es gut. Wenn ich nur kurz … Ihre Toilette benutzen dürfte?«

»Klar«, antwortete Brandau und trat zur Seite. »Hier gleich rechts.«

Wohlrabe sprang schwankend an ihm vorbei, riss die Tür auf und stürmte in das kleine Badezimmer. Doch noch bevor er die Toilette erreicht hatte, schoss eine Fontäne Erbrochenes aus seinem Mund und besudelte Boden, Waschbecken und Badewanne. Auch der Spiegel wurde gesprenkelt. Brandau stand in der offenen Tür und sah dem Treiben des Bestattungsunternehmers fassungslos zu, der mit dem Oberkörper in seiner Kotze gelandet war, zitterte, und unverständliche Wortfetzen von sich gab.

Der Bauarbeiter sah nach rechts, in den Hausflur, als ob er erwartete, dass sich eine weitere Person nähern und ihm die Situation erklären würde, doch da war niemand.

»Verdammt«, murmelte er. »Verdammicht.« Dann griff er dem Bestattungsunternehmer unter die Achseln, zog ihn hoch, und setzte ihn auf dem Badewannenrand ab. »Was ist denn mit Ihnen?«

»Tut … mir … leid«, erwiderte Wohlrabe mit Blick auf den Boden. »Aber … mir …« Damit fiel sein Kopf nach vorne.

»Verdammt!«, fluchte Brandau erneut, nun wesentlich lauter. »Kommt hier rein und kotzt mir alles voll. Das gibt's doch nicht.« Wieder griff er dem Mann unter die Achseln, drehte ihn um und wuchtete ihn in die Badewanne, wo sein Kopf hart aufschlug.

»'tschuldigung«, nuschelte Wohlrabe.

Nun bekam Brandau es mit der Angst zu tun. Sein merkwürdiger Besucher war offensichtlich ein Vertreter des Bestattungsinstituts, das sich gestern Abend um seine Frau gekümmert hatte, aber die Verfassung, in der er war, ließ den Bauarbeiter doch sehr an der Seriosität des Unternehmens zweifeln.

»Hallo!«, rief er laut und klebte dem Mann dabei links und rechts eine. Dessen Kopf flog von einer Seite zur anderen, ohne eine Regung zu zeigen. »Jetzt wird's mir aber zu bunt«, murmelte Brandau, verließ das Badezimmer, griff zum Telefon und wählte die 112.

»Brandau hier. Bei mir ist was ganz Komisches passiert.«

»Was denn, bitte?«, wollte die Mitarbeiterin der Leitstelle wissen.

»Bei mir hat gerade einer geklingelt, der sah ganz mitgenommen aus. Ich glaube, er ist von dem Bestattungsinstitut, weil meine Frau doch gestern Abend gestorben ist. Und dann ist er in mein Bad gestürmt und hat alles vollgekotzt. Jetzt liegt er in der Badewanne und rührt sich nicht mehr.«

»Ist der Mann betrunken?«

»Das dachte ich zuerst auch. Ich weiß es aber nicht. Können Sie nicht mal jemanden vorbeischicken, der nach ihm sieht? Ich weiß nämlich nicht, was ich mit ihm machen soll.«

»Ist er ansprechbar?«

»Nein, der sagt nichts mehr.«

»Zuerst sagen Sie mir jetzt bitte noch einmal langsam Ihren Namen und Ihre Adresse«, verlangte die Frau, »dann kann ich gleich den Einsatz veranlassen. Alles Weitere klärt der Notarzt mit Ihnen.«

Brandau nannte seinen Namen, seine Adresse, das Stockwerk, und seine Telefonnummer.

»Den Namen des Mannes, der in Ihrer Badewanne liegt, wissen Sie nicht?«

»Nein, woher denn auch?«

»Gut. Der Notarztwagen ist unterwegs und müsste in ein paar Minuten bei Ihnen sein. Solange bringen Sie den Mann bitte in eine stabile Seitenlage. Geht das?«

»Na ja, ich denke schon«, erwiderte Brandau nach einer Denkpause, während der er sich fragte, was um alles in der Welt nochmal eine stabile Seitenlage war. Irgendwo in der Ferne hörte er das Jaulen eines Martinshorns und betete lautlos dafür, dass der dazugehörige Krankenwagen hoffentlich auf dem Weg zu seiner Wohnung war.

»Ich höre gerade die Sirene«, ließ er die Frau wissen, bedankte sich und legte auf.

»Hier oben«, rief Brandau ins Treppenhaus, nachdem er zum zweiten Mal an diesem Sonntagmorgen auf den Öffner der Haustür gedrückt hatte. Zwei Sanitäter, ein Mann und eine Frau, gefolgt von einem Notarzt, kamen die Treppe hoch und standen keine zehn Sekunden später vor seiner Tür.

»Wohin?«, fragte der Mann.

»Hier«, erklärte Brandau, trat zur Seite und deutete auf die offenstehende Tür zum Badezimmer. »Da liegt er, in der Badewanne.«

Die beiden Sanitäter warfen einen kurzen Blick ins Bad, traten zur Seite, und winkten den Notarzt durch. Offenbar war es vor der Badewanne zu eng für alle drei.

Der Notarzt, der ein Schild mit der Aufschrift ›Dr. Bohl‹ auf der Jacke trug, warf einen Blick auf den Bewusstlosen, drehte sich weg, sah wieder hin, verzog überrascht das Gesicht und griff nach dessen Handgelenk.

»Das ist Wohlrabe, der Bestatter«, erklärte er, während er sein Stethoskop aus der Jacke zog und die Bügel mit der freien Hand in die Ohren fummelte.

Nun beugten sich der Sanitäter und seine Kollegin über den Badewannenrand und sahen ins Gesicht des Patienten. »Richtig, das ist er«, stimmte die Frau zu.

»Wie ist er denn hier gelandet?«, wollte der Sanitäter von Brandau wissen, während der Arzt sich bemühte, bei dem Bestattungsunternehmer einen Puls festzustellen.

»Das ist …«, wollte Brandau antworten, wurde jedoch von Dr. Bohl barsch unterbrochen.

»Kammerflimmern! Defi, aber rasch«, verlangte er von den beiden rot gekleideten Helfern. Der Mann schob Brandau aus der Tür in den Flur, öffnete die große, schwarze Kunststofftasche, die er vorher dort abgestellt hatte, und zog ein Gerät von der Größe eines kleinen Computers heraus. Er machte den Defibrillator einsatzbereit und stellte ihn neben den Mediziner. Dr. Bohl sah, während er Wohlrabes Herz massierte, auf das Display, wartete ein paar Sekunden, bis eine grüne LED aufleuchtete, und griff zu den beiden Paddles, die rechts und links an der Seite eingeklinkt waren. Er hob sie aus den Halterungen und sah dem Sanitäter dabei zu, wie er Wohlrabe zuerst die Krawatte öffnete, dann das Sakko, und zum Schluss das Hemd.

»Moment«, brüllte der Sanitäter und klopfte mit einem Fingerknochen gegen die Badewanne.

»Passt schon, ist Kunststoff.«

»Dann alles zur Seite«, erwiderte der Arzt, und drückte die Paddles links oberhalb und rechts unterhalb von Wohlrabes Herz auf den Brustkorb. Der Bestatter wurde durch die Wirkung des Stromstoßes leicht angehoben, sackte jedoch sofort in seine Ausgangsposition zurück. Dr. Bohl reichte dem Sanitäter die beiden Elektroden, griff zum Stethoskop, drückte das Bruststück auf Wohlrabes Oberkörper und lauschte.

»Raus mit ihm aus der Wanne«, rief er seinen Begleitern zu, riss sich die Ohrbügel des Stethoskops herunter und sprang auf. Zu dritt hoben sie den Bestattungsunternehmer aus der Badewanne und legten ihn im deutlich breiteren Flur ab.

»Oberkörper freimachen, komplett«, forderte der Notarzt. »Und Suprarenin, intrakardial. Pronto!«

Die Sanitäterin sprang zu ihrer Tasche, zog einen Reißverschluss auf, griff nach einer Ampulle, bereitete die Injektion vor, und reichte dem Notfallmediziner die fertige Spritze. Dr. Bohl fühlte mit zwei Fingern nach der richtigen Stelle, setzte die Nadel an, stach zu, und drückte den Kolben langsam bis zum Anschlag. Nach dem Herausziehen der Kanüle massierte er erneut das Herz des Bestatters.

Brandau betrachtete die ganze Szene mit gehörigem Unverständnis.

»Vorbei«, sagte der völlig durchgeschwitzte Notarzt zehn Minuten später zu seinen Begleitern.

»Nicht noch ein Versuch mit dem Defi?«, fragte die Sanitäterin.

»Nein, da kommt nichts mehr. Er ist tot.«

»Scheiße«, murmelte sie und begann, die herumliegenden Utensilien einzusammeln.

Dr. Bohl stand auf, streifte sich die Einweghandschuhe von den Fingern und trat neben Brandau. »Was wollte er bei Ihnen? Haben Sie einen Trauerfall?«

Der Bauarbeiter nickte. »Ja. Meine Frau ist gestern Abend gestorben. Während der Sportschau.«

»Mein Beileid. Und Sie hatten einen Termin mit ihm?«

»Nein, eigentlich nicht. Ich dachte, ich muss morgen da hingehen, um alles klar zu machen.«

Bohl schüttelte den Kopf. »Nun ja. Es ist nicht ungewöhnlich, dass der Bestatter vorbeikommt, um die Details zu klären. Allerdings, wenn er keinen Termin hatte ...« Er sah auf den toten Mann im Flur. »Wie war das denn, als er hier ankam?«

»Na, wie wohl. Er hat geklingelt, und ich hab aufgemacht. Dann kam er hier oben an und ich dachte mir gleich, dass mit ihm was nicht stimmt. Er hat ganz doll geschwitzt, und so warm ist es ja draußen gar nicht. Außerdem hat er sich den Bauch gehalten. Und bevor er mir richtig erklären konnte, wer er eigentlich ist, hat er mich gefragt, ob er mein Klo benutzen kann. Klar, hab ich gesagt, weil, der sah wirklich schlecht aus. Dann ist er ins Bad gestürzt, hat alles vollgekotzt, und ist umgefallen. Das war's eigentlich. Ich hab noch versucht, ihn aufzuwecken, aber er war ziemlich hinüber.«

»Aber Sie haben ihm nichts gegeben – ein Medikament oder etwas Ähnliches?«

Brandau sah ihn empört an. »Nein, wie kommen Sie denn darauf? Ich kannte den Kerl doch gar nicht. Und wenn nicht gestern meine Frau gestorben wäre und er mit seinem Ordner unter dem Arm nicht meinen Namen gefaselt hätte, wäre er mir doch gar nicht über die Schwelle gekommen. Dann wäre er im Hausflur umgefallen.«

»Ja, ist schon gut, Herr …?«

»Brandau. Horst Brandau.«

»Also, Herr Brandau, er war schon ziemlich angeschlagen, als er bei Ihnen an der Tür ankam?«

»Das sag ich doch. Der sah aus wie sein eigener Großvater. Und richtig reden konnte er auch nicht, nur so komisches Zeug hat er gefaselt.«

»Und den Bauch hat er sich gehalten?«

»Ja, den Bauch.«

»Nicht den linken Arm oder die Brust?«, fragte der Arzt und wies mit der Hand auf seinen Brustkorb.

»Nein, den Bauch. Und geschwitzt hat er, stark sogar, aber das hab ich Ihnen ja schon gesagt.«

»Ja, danke. Fürs Erste wäre es das, Herr Brandau. Wir verständigen jetzt die Kriminalpolizei, weil ich nicht ausschließen kann, dass Herrn Wohlrabes Todesursache nicht natürlich ist.«

Wieder verfinsterte sich Brandaus Miene. »Was heißt denn das nun schon wieder? Wollen Sie sagen, dass ich da nachgeholfen hätte, dass er jetzt hier in meinem Flur liegt? Sie haben sie wohl nicht alle!«

Der Arzt legte beschwichtigend die Hand auf Brandaus Arm. »Nein, wo denken Sie hin, das sage ich doch überhaupt nicht. Ich sage nur, dass die Todesursache für mich nicht zu klären ist, und deshalb verlangen die Regularien, dass ich die

Kriminalpolizei verständigen muss, die dann festlegt, wie es mit ihm weitergeht. Damit will ich natürlich nicht sagen, dass Sie etwas mit seinem Tod zu tun haben.«

»Das will ich aber auch gemeint haben«, erwiderte der Bauarbeiter gekränkt.

Ein paar Minuten später erschienen die Mitarbeiter des Kriminaldauerdienstes, vernahmen den Notarzt, die Sanitäter sowie Brandau, sahen sich den Toten und die Spurenlage an und entschieden, die Staatsanwaltschaft wegen der Beantragung einer Obduktion zu verständigen.

8

Hubert Altenburg setzte den kleinen Citation CJ3+-Jet sanft auf die Landebahn des Flughafens Paderborn-Lippstadt, rollte nach dem Abbremsen langsam aufs Vorfeld und bezog die ihm vom Tower zugewiesene Parkposition. Danach schaltete er die beiden Turbinen ab, löste den Sicherheitsgurt, und atmete zufrieden durch. Noch immer bereitete dem 62-jährigen Mann die Fliegerei mit seinem eigenen Jet viel Freude. Seine Frau Mona, die während des Fluges neben ihm im Cockpit gesessen hatte, schnallte sich ebenfalls ab und lächelte ihn an.

»Alles in Ordnung?«, fragte sie ihren Mann.

»Mehr als das. Aber das weißt du doch.«

»Und du willst wirklich nicht, dass ich mitkomme?«

»Nein, wirklich nicht. Es ist eine stinklangweilige Veranstaltung, und du kannst dir in der Zeit ein paar hübsche Dinge kaufen.«

Sie zog amüsiert die Augenbrauen hoch. »So, so, ein paar hübsche Dinge kaufen. Aber du weißt schon, wo wir hier sind, oder?«

Er warf einen Blick aus dem Cockpitfenster. Draußen fiel Regen, durchsetzt mit ein wenig Schnee.

»Aber natürlich. Also lass uns aussteigen und uns beeilen, damit wir diesen ungastlichen Ort so schnell wie möglich wieder verlassen können.«

20 Minuten später klopfte Altenburg an die Tür von Zimmer 113 des Airporthotels. In der Hand hielt er einen brau-

nen Diplomatenkoffer und eine Ausgabe der Süddeutschen Zeitung.

»Ja bitte«, ertönte es gedämpft.

Er sah kurz nach links und nach rechts, doch außer ihm war niemand auf dem Flur unterwegs, drückte die Klinke herunter und schob die Tür nach innen. Dort saßen zwei Männer an einem kleinen Tisch und studierten einen Bauplan. Die beiden erhoben sich und begrüßten ihn.

»Guten Flug gehabt, Herr Altenburg, trotz des miesen Wetters?«, fragte der Ältere, ein groß gewachsener Endfünfziger mit grauen Schläfen und einem markanten Gesicht.

Altenburg nickte. »Beim Start in Palma hatten wir 19 Grad, und über den Wolken herrscht ohnehin immer gutes Wetter. Hier allerdings …«, er deutete auf die trostlose Szenerie vor dem Fenster, »… möchte man am liebsten gleich umdrehen und wieder starten.«

»Das können Sie, sobald wir hier fertig sind. Ich bin sicher, wir finden heute einen Weg, uns zu einigen.« Damit rückte er einen weiteren Stuhl an den Tisch und bot seinem Gast den Platz an.

»Danke«, meinte Altenburg höflich, sah dem zweiten im Raum anwesenden Mann fest in die Augen, und hob die Hand. »Wir hatten, wenn ich mich recht erinnere, noch nicht das Vergnügen miteinander, Herr …?«

»Das ist mein Sohn Roland, Herr Altenburg«, dröhnte der Ältere. »Er wird eines Tages in meine Fußstapfen treten und damit das größte Bauunternehmen in Nordhessen übernehmen. Deswegen habe ich ihn dazugeholt, damit er lernen kann, wie echte, lukrative Geschäfte gemacht werden. Geschäfte unter Männern.«

Altenburg ließ den jungen Mann nicht aus den Augen und drückte ihm dabei fest die Hand.

»Roland Kronberger«, stellte der sich mit weicher, fast

zarter Stimme vor. Seine Finger lagen wie ein toter Fisch in Altenburgs Hand.

»Angenehm«, erklärte der Mann von den Balearen, zog den Stuhl zurecht und setzte sich.

Die beiden anderen nahmen ebenfalls Platz.

»Lassen Sie mich zunächst fragen, woher Ihre Zuversicht rührt, dass wir uns heute einigen werden, Herr Kronberger?«, begann Altenburg. »Bis jetzt liegen unsere Positionen weiter auseinander als unsere Wohnorte.«

»Ich weiß, ich weiß. Aber nach reiflichem Überlegen habe ich mich dazu entschlossen, Ihnen noch ein gutes Stück entgegenzukommen und bin mir sicher, dass Sie meinen Vorschlag nicht ablehnen werden. Sie wollen das Krematorium, ich will es bauen, also sollten wir unsere Interessen bündeln, was meinen Sie?«

»Das versuche ich Ihnen seit mehreren Monaten klarzumachen«, erwiderte Altenburg lächelnd, »bisher allerdings ohne den gewünschten Erfolg. Deshalb bin ich sehr gespannt, was Sie mir nun anzubieten haben. Und, ob es Neuigkeiten in Bezug auf die Genehmigung gibt, was mich, offen gestanden, noch viel mehr interessieren würde.«

Kronberger lehnte sich genüsslich zurück. »Alles zu seiner Zeit, Herr Altenburg. Zuerst möchte ich Ihnen sagen, dass der Vorschlag, den ich Ihnen gleich unterbreiten werde, auf dem Mist meines Sohnes gewachsen ist, deshalb habe ich ihn mitgebracht. Und natürlich, weil ich große Stücke auf ihn halte.«

»Das freut mich zu hören.«

»Oder, obwohl«, fuhr Kronberger fort und zog dabei eine Zigarre aus der Sakkotasche. »Vielleicht sollten wir mit den guten Nachrichten beginnen. Erzähl's ihm, Roland«, forderte er seinen Sohn auf, während er mit den Zähnen die Spitze der Zigarre abbiss.

»Wir haben den größten Kritiker des Projekts auf unsere Seite ziehen können«, begann Roland Kronberger stolz.

Altenburg sah ihn erstaunt an. »Sie haben diesen Bittner umgedreht? Einfach so?«

»Ganz so einfach war es natürlich nicht«, mischte sich Werner Kronberger ein. »Hat uns eine schöne Stange Geld gekostet, diesen Miesepeter zu kaufen, aber es hat sich gelohnt. Es hat sich wirklich gelohnt. Weiter, Roland.«

»Bittner«, setzte der Jüngere wieder an, »ist, wie Sie wissen, der Meinungsführer gegen das Projekt Krematorium in Hofgeismar gewesen. Dadurch, dass wir ihn umstimmen konnten, haben wir die Gegner empfindlich geschwächt und rechnen damit, dass die Genehmigung innerhalb der nächsten Wochen erteilt wird und die Bagger anrücken können.«

»Das bedeutet, dass dieser Bittner seine Parteifreunde überreden wird, die Hand zu heben?«

Der junge Kronberger hob warnend die Hand. »Dafür gibt es leider keine Sicherheit. Wie gesagt, Bittner ist der Meinungsführer, doch in der Stadt gibt es viel Unmut. Die Leute haben nun einmal Angst vor dem Gestank und davor, dass der Wert ihrer Häuser wegen des Krematoriums in den Keller geht.«

»Ich will nicht noch einmal davon anfangen«, erklärte Altenburg ruhig, »dass das alles purer Quatsch ist. Das habe ich den Leuten in Hofgeismar schon des Öfteren gesagt. Es gibt weder irgendeine Form von Geruch oder sonstiger Belästigung durch das Krematorium, noch werden die Immobilienpreise sinken. Ganz im Gegenteil, ich bin mir sicher, dass viele Menschen einen Vorteil daraus ziehen werden, dass wir an dieser Stelle das größte Krematorium Deutschlands bauen wollen. Das Fernsehen wird darüber berichten, die Zeitungen und die Radiostationen. Hofgeismar wird über Monate in den Medien vertreten sein. Allein das ist schon Millionen für die Stadt wert, egal, wie man über das Projekt denkt.«

»Das wissen wir doch bereits, Herr Altenburg«, bestätigte Werner Kronberger. »Und wir tun alles, um vorwärts zu kommen, aber die Bretter, die wir bohren müssen, sind nun mal ziemlich dick.« Er deutete mit den Händen einen Abstand von etwa 30 Zentimetern an. »Ziemlich dick.«

»Nichtsdestotrotz glauben wir, dass spätestens im Frühjahr alles in trockenen Tüchern ist und wir beginnen können«, fuhr sein Sohn fort. »Die Vermessungsarbeiten sind abgeschlossen, die Anträge fertig. Wenn die Politik zugestimmt hat, geht es los.«

»Es ist natürlich schön zu hören, dass dieser Bittner sich auf unsere Seite geschlagen hat«, sprach Altenburg mit seiner dunklen, sonoren Stimme weiter, »doch auch das löst nicht den gordischen Knoten, der zwischen uns steht, meine Herren. Deshalb bin ich sehr gespannt, was Sie mir weiterhin präsentieren wollen.«

Werner Kronberger zündete sich zu Altenburgs großem Missvergnügen seine Zigarre an, obwohl drei große Piktogramme an den Wänden den Raum eindeutig als Nichtraucherzimmer auswiesen. Der Bauunternehmer paffte genüsslich, stieß dichten, blauen Qualm aus, und steckte das Feuerzeug zurück in seine Tasche. Aus der anderen Jackentasche zog er einen kleinen Klappaschenbecher.

»Halten Sie sich fest und hören Sie zu, was mein Sohn ausbaldowert hat, damit wir diesen gotischen Knoten ein für alle Mal in Schutt und Asche legen können«, erklärte der alte Kronberger selbstsicher.

*

Knappe zwei Stunden später checkte Hubert Altenburg seinen kleinen Jet für den Start. Seine Frau saß wieder neben ihm im Cockpit und unterstützte ihn, so gut ihr das möglich war.

Kurze Zeit später rollten sie über das Vorfeld zur Startbahn und hoben exakt um 13.33 Uhr mit Ziel Palma de Mallorca ab.

»Ist dein Termin nicht so verlaufen, wie du es dir vorgestellt hast?«, fragte Mona Altenburg vorsichtig, nachdem das Flugzeug seine Reiseflughöhe erreicht und Altenburg den Autopiloten eingeschaltet hatte. Er löste seinen Sicherheitsgurt, beugte sich nach rechts, küsste ihr Haar und schmunzelte dabei.

»Nein, so hatte ich ihn mir ganz sicher nicht vorgestellt.«

9

»Ich kann jetzt nicht nach Hause fahren«, erklärte der Hauptkommissar seinem Freund, während sie im Ausgang des italienischen Restaurants standen und die Kragen ihrer Jacken
hochschlugen.

»Willst du mit zu mir kommen? Meine Frauen sind heute
Morgen zu meiner Schwiegermutter gefahren und kommen
frühestens am Abend zurück.«

Lenz überlegte ein paar Sekunden.

»Nein, vielen Dank. Das ist lieb gemeint, aber ich fahre ins
Büro und mache ein bisschen Schreibkram, das lenkt mich am
besten ab.«

»Wie du willst«, gab Wagner zurück und umarmte Lenz, »aber
auf Büro habe ich heute wirklich keinen Bock. Wenn du es dir
anders überlegen solltest, ruf einfach an, ich freu mich auf dich.«

»Und wenn du etwas Neues erfährst, meldest du dich bei
mir, egal, was es ist.«

»Versprochen. Mach's gut.« Damit schob der Pressespre-
cher seinen Freund zur Seite, rannte zu seinem Wagen und
sprang auf den Fahrersitz. Lenz hatte bei seiner Ankunft einen
Parkplatz direkt vor der Tür ergattert und musste nur ein paar
Schritte durch den Regen laufen, bevor er in seinem Auto
Platz nehmen konnte.

»Was willst du denn hier?«, wurde er von Horst ›Lemmi‹
Lehmann in Empfang genommen, einem Hauptkommissar
von K 31, des Kriminaldauerdienstes.

Lenz hatte mit dieser Frage gerechnet und sich während der Fahrt zum Präsidium eine plausible Antwort überlegt.

»Auf meinem Schreibtisch liegen so viele Akten, die bearbeitet werden wollen«, erklärte er dem Kollegen, »dass ich besser mal einen heiligen Sonntag opfere, als vollends den Überblick zu verlieren.«

Lehmann sah ihn mitleidig an. »Wenn du sonst keine Hobbys hast …«

»Na ja«, legte Lenz nach, »das Wetter lädt ganz sicher auch nicht dazu ein, irgendwas zu unternehmen, oder?«

Lehmann warf einen Blick aus dem Fenster und nickte zustimmend.

»Auch wieder wahr.« Dann hob er den Arm und wollte sich schon von Lenz verabschieden, als ihm offenbar etwas einfiel. »Willst du vielleicht vorher kurz zu den Kollegen in die Maybachstraße fahren? Dort gibt es einen Toten, den du dir ansehen könntest. Und das Drumherum natürlich.«

Lenz dachte kurz nach und entschied, dass jeder Fall eine bessere Ablenkung für ihn wäre, als Akten zu bearbeiten. »Mach ich. Was ist denn passiert?«

»Kennst du Günther Wohlrabe, den Bestatter?«

»Klar, wer kennt den nicht.«

»Er ist der Tote.«

Lenz sah den Kollegen erstaunt an. »Das ist ja ein Ding. Wenn du mich dabeihaben willst, tippe ich auf Fremdverschulden.«

»Kann sein, muss nicht. Auf jeden Fall sagen die Kollegen, dass einiges an der Sache mysteriös ist, aber das besprichst du lieber direkt mit ihnen. Sie sind noch vor Ort.«

»Dann fahre ich doch am besten gleich los.«

»Schön. Und danke.«

»Gerne.«

*

Vor dem Haus, in dem Brandau wohnte, und das deutlich bessere Zeiten gesehen hatte, parkte ein Leichenwagen des Bestattungsunternehmens Schrick. Lenz lief daran vorbei, betrat durch die offenstehende Tür das Haus und ging nach oben. Dort schaute er in das missmutig-erstaunte Gesicht von Dr. Peter Franz, dem Rechtsmediziner, der sich gerade von der Leiche abwendete. Sonst war niemand zu sehen.

»Wenn jetzt noch Ihr Kollege Hain auftaucht, sind wir vollzählig«, begrüßte der Mediziner Lenz, streifte sich die Einweghandschuhe ab und reichte dem Polizisten die Hand.

»Die jungen Leute sind leider nicht mehr so belastbar, Herr Doktor. Deshalb muss der Kollege Hain sich heute erholen, und Sie dürfen mit mir vorliebnehmen.«

Franz fing an zu lachen und warf die Handschuhe in eine Plastiktüte. »Wissen Sie, wer der Tote ist?«

Der Polizist nickte. »Wohlrabe, der Bestattungsunternehmer, wenn ich richtig informiert wurde.«

»Stimmt.«

»Irgendwas faul an der Sache?«

Der Mediziner machte mit beiden Händen eine abwehrende Geste. »Vor der Obduktion wollte ich dazu eigentlich gar nichts sagen.«

»Und uneigentlich?«

»Gut möglich, dass da jemand nachgeholfen hat. Aber wie auch immer, ich würde Stein und Bein schwören, dass ich nichts dazu gesagt habe.«

Lenz grinste ihn an und deutete auf den Leichnam vor ihren Füßen. »Ach, Herr Doktor. Jetzt kennen wir uns schon so lange, und immer wieder kommen Sie mir mit der gleichen Leier. Was vermuten Sie?«

Nun schmunzelte Franz. »Geduld, Herr Kommissar. Jetzt lasse ich ihn zu mir ins Institut liefern, dann öffne ich ihn gepflegt, und danach kriegen Sie meinen Bericht. Wenn alles gut läuft, liegt er Dienstag oder Mittwoch in Ihrem Postfach.«

Das Lächeln verschwand aus dem Gesicht des Polizisten.

»Kommen Sie, Doc, wenigstens ein erster Eindruck. Bitte!«

Franz schnaufte tief durch. »Sein Erbrochenes ist blutig, sehr blutig. Das muss jetzt nicht unbedingt etwas heißen, aber nach dem, was der Wohnungsinhaber ausgesagt hat, könnte es auf eine Vergiftung hinweisen. Möglicherweise.«

»Na, das hilft uns doch weiter«, erwiderte Lenz dankbar. »Wo sind denn die Kollegen?«

»Zwei sind bereits gegangen, die anderen beiden sind mit dem Wohnungsinhaber im Wohnzimmer.«

»Und die Bestatter? Unten steht ein Auto der Firma Schrick.«

»Die waren kurz hier, sind aber nochmal weggegangen, weil ich sie nicht um mich haben wollte.«

Wie auf Bestellung tauchten zwei schwarz gekleidete Männer mit Brötchentüten in der Hand im Hausflur auf.

»Können wir jetzt?«, wollte einer der beiden wissen.

Dr. Franz nickte. »Ja, jetzt können Sie.«

»Dann holen wir die Kiste aus dem Wagen«, gab der zweite zur Antwort.

Lenz klopfte leise an der Wohnzimmertür. Von innen hörte er ein gedämpftes Herein. Er öffnete die Tür und schaute in die Runde.

»Hallo, Paul«, wurde er von Walter Ernst begrüßt, einem Hauptkommissar des Kriminaldauerdienstes. Neben ihm saß Tobias Rüther, ein junger Oberkommissar, den Lenz nur flüchtig kannte.

»Hallo, Walter.«

»Was machst du denn hier? Sieht aus, als wolltest du dir den freien Sonntag verderben.«

»Nein, nein«, widersprach Lenz. »Ich war im Büro, weil ich ein bisschen Schreibkram machen wollte, da hab ich Lemmi getroffen. Und der hat mir von der Geschichte hier erzählt.«

»Dann kannst du ja gleich komplett übernehmen«, gab Ernst heiter zurück.

»Nein, lass mal. Ich will mich nur ein wenig umsehen, weil die Sache ohnehin morgen früh auf meinem Schreibtisch landet, egal, was nun dabei rauskommt.«

»Davon ist schwer auszugehen.«

Ernst wies mit einer Hand auf Horst Brandau. »Das ist der Wohnungseigentümer, Herr Brandau.«

Lenz reichte dem Mann die Hand und stellte sich vor.

»Seine Frau ist leider gestern Abend verstorben, deshalb wahrscheinlich Wohlrabes Besuch. Dass er hier in der Wohnung zusammengebrochen ist, war vermutlich ein dummer Zufall.«

Lenz kondolierte dem Mann, bevor er sich weiter mit seinem Kollegen unterhielt. »Habt ihr schon mit der Familie gesprochen?«

Ernst deutete in Richtung seines Kollegen. »Nein, das hat leider nicht geklappt. Tobias hat in der Firma angerufen, dort ist niemand drangegangen. Er hat per Anrufbeantworter um Rückruf gebeten.«

»Ich kümmere mich darum. Weißt du, wo Wohlrabe privat wohnt?«

»Nein, tut mir leid, keine Ahnung.«

»Und Sie, Herr Brandau, sind also eher zufällig in die Sache reingerutscht?«, wollte Lenz wissen.

Der Bauarbeiter nickte. »Total zufällig, ja«, erklärte er.

Vor der Tür gab es ein lautes Geräusch, so, als ob etwas umgefallen wäre. Lenz drehte sich um, öffnete die Tür, und sah in den Flur. Dort war einer der beiden Bestattungsleute dabei, die Tragegriffe der schief hängenden Transportkiste vom Boden aufzuheben.

»Er hat ihn fallen gelassen«, kommentierte Dr. Franz die Aktion kopfschüttelnd.

»Entschuldigung«, sagte der Mann verschämt, hob die Träger an, und gab seinem Kollegen ein Zeichen mit dem Kopf. »Los.«

Damit verschwanden die beiden im Hausflur.

»Wenn er nicht schon tot wäre, hätte er vermutlich jetzt eine schwere Zeit vor sich«, sinnierte Dr. Franz, »aber das ist ja nichts Ungewöhnliches.«

»Warum?«, wollte Lenz wissen.

Der Mediziner winkte ab. »Diese Arbeit ist nicht sonderlich gut bezahlt, was man unschwer an den Menschen erkennen kann, die den Beruf ausüben. Das sind oftmals Hilfsarbeiter.«

»Aha«, machte Lenz.

»Aber ich will mich nicht aufregen. Ich fahre jetzt in mein Institut, esse etwas Schönes, und danach sehe ich mir Herrn Wohlrabe genauer an. Machen Sie es gut, Herr Kommissar.«

Lenz verabschiedete sich und ging zurück ins Wohnzimmer, wo Ernst und Rüther sich gerade vom Wohnungseigentümer verabschiedeten.

»Wenn du willst«, meinte Ernst, »kannst du dich hier noch ein wenig umsehen, Paul. Wir sind fertig und fahren zurück ins Präsidium. Spätestens morgen hören wir voneinander.«

»Ja, danke, Walter. Bis morgen.«

Kurze Zeit später saß Lenz mit einer Tasse Kaffee in der Hand dem Witwer gegenüber.

»Das mit Ihrer Frau tut mir leid«, sagte der Hauptkommissar.

Brandau nickte mit hochgezogenen Schultern. »Danke.«

»Ist sie ganz plötzlich gestorben?«

Wieder ein Nicken. »Ja. Gestern Mittag ist sie wie immer zur Arbeit gegangen. Dann kam der Anruf, während der Sportschau, dass ich da hinkommen soll. Als ich da war, war sie schon gestorben.«

»War sie krank?«

»Nein, ich glaube nicht.«

Der Polizist zupfte sich am Ohr. »Ich weiß, Herr Brandau, dass Sie das alles bereits den Kollegen geschildert haben, aber ich würde gerne wissen, wie sich das vorhin genau abgespielt hat, mit Herrn Wohlrabe. Würden Sie es mir bitte noch einmal schildern?«

»Klar«, antwortete Brandau und holte tief Luft.

10

Lenz parkte seinen Wagen gegenüber der Grundstücksein-
fahrt, stellte den Motor ab, und zog den Schlüssel aus dem
Schloss.

Nach Brandaus Schilderung der Ereignisse um den Zusam-
menbruch des Bestattungsunternehmers in seiner Wohnung
hatte Lenz noch das Badezimmer in Augenschein genommen
und danach die Wohnung verlassen. Über das Präsidium war
er an die Privatadresse der Wohlrabes gekommen, vor deren
Haus er nun im Auto saß. Mittlerweile fielen dicke Schneeflocken vom Himmel, und Lenz nahm sich vor, gleich morgen einen Schirm zu kaufen. Nun überquerte er ohne einen
Regenschutz die Straße, betrat das großzügige Grundstück
mit dem dichten Baumbestand, und legte ein paar Sekunden
später den Finger auf den Klingelknopf.

»Ja bitte«, meldete sich eine Frauenstimme.

»Hauptkommissar Lenz, Kripo Kassel, guten Tag. Könnte
ich bitte hereinkommen?«

»Worum geht es bitte? Wenn Sie zu meinem Mann wollen,
der ist leider nicht zu Hause.«

»Sind Sie Frau Wohlrabe?«, fragte der Polizist.

»Ja, natürlich.«

»Es geht um Ihren Mann.«

Einer kurzen Pause folgte das Summen des Türöffners.
Lenz schob die Tür nach vorne und betrat das Haus. Im
Flur stehend erkannte er durch eine Milchglastür, dass sich
jemand näherte.

»Monika Wohlrabe, guten Tag«, sagte die Frau im Bademantel und mit den nassen Haaren, die nun vor ihm auftauchte. »Was ist mit meinem Mann? Ist ihm etwas zugestoßen?«

Lenz hasste diese Situationen. Er trippelte von einem Fuß auf den anderen, um etwas Zeit zu gewinnen, strich sich mit der rechten Hand durchs Haar und holte tief Luft. »Es tut mir leid, Ihnen diese Mitteilung machen zu müssen, Frau Wohlrabe, aber Ihr Mann ist vor etwa zwei Stunden verstorben.«

Sie lief kreidebleich an, schloss die Augen, aus denen sofort Tränen schossen, und schluckte.

»Nein«, flüsterte sie. »Das ist nicht ... Wie ist das passiert?«

»Dazu kann ich Ihnen bedauerlicherweise noch nicht viel sagen. Wir ermitteln in alle Richtungen.«

Die Frau sah den Kommissar ungläubig an. »Wollen Sie damit sagen, dass er ...?«

»Zur Zeit noch nicht. Wie gesagt, wir ermitteln in alle Richtungen.«

Ein Ruck ging durch ihren Körper.

»Entschuldigung ..., ich ...«, stammelte sie, öffnete die Glastür, und bat Lenz ins Haus.

Monika Wohlrabe stand mit einem Glas Wasser in der Hand vor einem riesigen Fenster und weinte. Draußen schneite es noch immer, und Lenz hatte den Eindruck, dass das schlechte Wetter durch die lange Glasfront noch um einiges deprimierender auf ihn wirkte. Sie hatte ihre Mutter angerufen, die sich sofort auf den Weg machen wollte, und danach angezogen. Dann hatte Lenz ihr die Umstände erklärt, unter denen ihr Mann gestorben war.

»War Ihr Mann krank, Frau Wohlrabe?«

Sie nahm einen Schluck Wasser und dachte kurz nach. »Nichts, worüber wir uns Sorgen gemacht hätten. Sein Blutdruck war an manchen Tagen ein bisschen hoch, aber das hat er mit Sport unter Kontrolle gehalten. Manchmal hatte er einen nervösen Magen, so wie letzte Nacht auch, aber daran stirbt man doch nicht.«

»Sein Herz war in Ordnung?«

»Ja, absolut. Er war erst vor ein paar Wochen zum jährlichen Check, das Belastungs-EKG sah sehr gut aus, wie er mir sagte.«

»Gibt es jemanden, mit dem sich Ihr Mann überhaupt nicht verstanden hat?«

»Sie meinen, ob er Feinde hatte?«

Lenz nickte.

Wieder zögerte sie, bevor sie antwortete. »Jeder Bestattungsunternehmer hat Feinde, und das nicht zu knapp, Herr Kommissar. Und die kommen in der Regel aus seinem Berufsstand.«

»Sie meinen seine Kollegen?«

»Kollegen, Wettbewerber, Konkurrenten, nennen Sie sie, wie Sie wollen. Das Bestattungswesen ist ein heiß umkämpfter Markt, auf dem mit harten Bandagen gearbeitet wird.«

»Aha«, machte der Kommissar. »Wie alt war Ihr Mann eigentlich?«

»Er war 58 Jahre alt.«

»Darf ich Sie nach Ihrem Alter fragen?«

»Ich bin 29.«

»Ein gehöriger Altersunterschied.«

»Richtig.«

Lenz hätte gerne mehr über diese Differenz erfahren, wollte die Frau jedoch nicht verärgern und hakte deshalb nicht weiter nach.

»Wollen Sie mir ein wenig mehr über das Bestatterwesen erzählen? Sie meinten …«

»Das Bestatterwesen als solches, das gibt es nicht«, unterbrach sie ihn. »Es gibt einen Haufen Bestattungsunternehmer, von denen jeder einzelne dem anderen die Butter auf dem Brot nicht gönnt. Mein Mann war der größte Anbieter in Kassel, und der größte schart automatisch immer die meisten Neider um sich.«

»Ich kenne den Markt nicht so genau, Frau Wohlrabe. Wie viele Bestatter gibt es in der Stadt?«

»Da fragen Sie mich zu viel.«

Wieder liefen dicke Tränen über ihr Gesicht. »Außerdem würde ich Sie bitten, mich jetzt allein zu lassen. Ich bin im Moment wirklich nicht in der Lage, weiterhin Ihre Fragen zu beantworten.«

»Selbstverständlich«, hob er wie zur Entschuldigung die Hände. »Dafür habe ich volles Verständnis. Eine Frage zum Abschluss hätte ich noch, aber das geht ganz schnell.«

»Wenn es nur eine ist, bitte.«

»Ja, nur eine. Sie sagten vorhin, dass Ihr Mann einen nervösen Magen gehabt hätte, der ihn auch in der letzten Nacht plagte. Wie darf ich mir das vorstellen?«

»Er hat wenig geschlafen und sich mehrmals übergeben. Auch erzählte er mir heute Morgen, dass er unter Durchfall litt.«

»Und das kam häufig vor?«

»Nicht oft, aber eben manchmal. Sein Magen war nicht sehr belastbar, wie gesagt.«

»Vielleicht hatte er einfach gestern etwas Falsches gegessen?«

»Das haben wir auch vermutet. Wir waren gestern Abend Teilnehmer an einem sogenannten Dark Dinner, was nichts anderes heißt, als dass man seine Mahlzeit in totaler Dunkelheit einnimmt.«

»Wie meinen Sie das, in totaler Dunkelheit?«, fragte der Kommissar nach.

»Nun ja, der Raum ist absolut dunkel. Man sieht weder,

was man isst, noch, was man trinkt. Und man weiß zu allem Überfluss auch nicht, was man zu essen bekommt.«

»Und Sie vermuten, dass sich Ihr Mann bei diesem Essen den Magen verdorben hat?«

»Wie gesagt, Herr Kommissar, das weiß ich nicht genau. Er hat es vermutet.«

»Wo hat das Essen stattgefunden?«

»Im Piccolo Mondo, in der Innenstadt.«

Lenz stand auf. »Dann will ich Sie jetzt nicht länger stören, Frau Wohlrabe. Nochmal mein herzliches Beileid und auf Wiedersehen.«

»Finden Sie allein hinaus?«

»Ja, natürlich. Bleiben Sie nur hier.«

Er reichte ihr die Hand, verabschiedete sich, und verließ das Haus.

»Hast du schon einmal von einem Dark Dinner gehört?«

Uwe Wagner am anderen Ende der Leitung drehte die Musik leiser, bevor er Lenz antwortete. »Wie heißt das? Dark Dinner?«

»Ja, Dark Dinner.«

»Nö, nie davon gehört. Was soll das sein?«

»Ein Essen in absoluter Dunkelheit.«

»Warte, doch«, sprudelte es aus Wagner heraus. »Klar habe ich davon gehört. Neulich kam was darüber im Fernsehen, aber ich hab nur mit einem Ohr hingehört, wie so oft. Warum willst du das wissen?«

»Wohlrabe, der Bestattungsunternehmer, ist vorhin gestorben. Und der war gestern mit seiner schönen, jungen Frau bei einem solchen Dark Dinner.«

»Wohlrabe ist tot?«, fragte sein Freund überrascht zurück.

»Sag ich doch.«

»Und was hast du damit zu tun? Kein natürlicher Tod?«

»Dr. Franz hat da so seine Zweifel.«

»Und du willst nicht das Ergebnis der Obduktion abwarten und hast deswegen schon mal deine Nase in die Geschichte gesteckt.«

»Genau.«

»Na, das wäre aber ein Ding, wenn beim Tod des größten Bestatters in der Gegend jemand nachgeholfen hätte.«

»Nix is fix, Uwe. Ich werde in die Sache nicht viel Arbeit investieren, solange ich nichts Genaueres über die Todesursache weiß.«

»Kluge Entscheidung.«

»Gibt's was Neues aus dem Krankenhaus?«, wechselte Lenz das Thema.

»Sie ist aus dem OP und liegt auf Intensiv. Ihr geht es nicht gut, aber es könnte ihr auch schlechter gehen. Mehr weiß ich nicht.«

»Was ist mit ihrem Kopf?«

»Er ist noch dran.«

»Wenigstens etwas«, erwiderte der Hauptkommissar müde.

11

Werner Kronberger zog die Tür des Mercedes zu, startete den Motor, und schoss vom Hof des Hotels. Während er sich auf den Zubringer zur A44 einfädelte, blickte er noch einmal auf das Flughafengelände und die Startbahn, wo gerade eine Boeing 737 dröhnend in den grauen Himmel stieg.

»Ich hätte auch Spaß an so einem Flugzeug, wie Altenburg es hat«, erklärte er seinem Sohn. Der nickte, ohne von den Papieren auf seinem Schoß aufzublicken.

»Warum so ein großes? Eins mit Propellern tut es doch auch.«

Sein Vater winkte ab.

»Ist doch egal, ob mit Düse oder Propeller. Hauptsache, nicht mehr im Stau stehen müssen.«

»Ist aber teuer, so ein Ding. Außerdem hast du keinen Pilotenschein.«

»Als ob das so schwierig wäre. Viel mehr als für ein Auto brauchst du bei diesen Dingern auch nicht zu können.«

»Wenn du meinst«, erwiderte Roland Kronberger und hoffte, dass das Thema damit erledigt wäre.

»Und fahr bitte nicht so schnell, Vater. Der Schneefall wird immer stärker, und ich habe keine Lust, wegen deiner Raserei im Graben zu landen.«

»Nun hab dich mal nicht so«, erwiderte der Senior mit schneidendem Ton. »Wenn du mit deinem Motorrad in der Gegend herumfährst, ist das wesentlich gefährlicher als alles, was ich jemals mit dem Auto anstellen könnte.«

Roland Kronberger stöhnte genervt auf. »Ich fahre einen Chopper, Vater. Das heißt, ich genieße viel mehr das ruhige Dahingleiten, als dass ich rase.«

Er blätterte in einer Kladde vor und zurück, als würde er etwas suchen. »Bis jetzt dachte ich immer, wir gehen von acht Verbrennungsöfen aus. In allen Unterlagen, die ich hier habe, tauchen aber nur vier auf. Was ist denn nun richtig?«

Sein Vater winkte ab. »In Altenburgs Genehmigungsantrag stehen vier drin, mit der Option auf vier weitere. Das ist ein Deal mit der Stadt, damit die Dimensionen des Krematoriums nicht gleich alle Mitbürger verschrecken, auch die eher positiv eingestellten.«

»Aber das ganze Rechenmodell basiert doch auf acht Öfen, die in drei Schichten laufen sollen?«

»Ja, klar. Altenburg hat mir neulich erzählt, dass er die acht Öfen auch alle sofort kauft. Vier werden eingebaut, die restlichen vier zwischengelagert und nach drei, vier Monaten in Betrieb genommen.«

»Und er meint, dass das gut geht?«

»Logisch. Nach ein paar Wochen Betrieb fängt er an zu jammern und bittet um die Genehmigung, die vier weiteren Öfen einbauen zu dürfen. Das klappt sicherlich, auch wegen der zusätzlichen Gewerbesteuer, die für die Kommune dabei abfallen wird. Und Geld, das war schon immer so, ist nun einmal das beste Argument.«

Werner Kronberger hatte die Autobahn erreicht, regelte den Tempomat auf 160 Stundenkilometer ein, und nahm den Fuß vom Gaspedal.

»Wenn aber«, bohrte sein Sohn weiter, »aus irgendeinem Grund die vier zusätzlichen Öfen nicht in Betrieb gehen sollten, ist das Krematorium in einem Jahr pleite, das weißt du.«

Nun wurde Werner Kronberger böse. »Was bildest du dir eigentlich ein, mein Freund«, fuhr er seinen Sohn an. »Treibst dich drei Jahre auf meine Kosten in Amerika herum, kommst nach Hause, hängst ein weiteres Gammeljahr an und willst mir dann erklären, wie mein Geschäft funktioniert? Ich glaube, du spinnst!«

»Bleib bitte sachlich, Vater. Ich habe weder in New York auf deine Kosten gelebt, noch habe ich hier ein Gammeljahr verbracht. Ich habe, ganz im Gegenteil, hart an meiner Zukunft gearbeitet.«

»Du glaubst doch wohl nicht, dass ich dein sogenanntes Studium und dieses Praktikum ernst nehme? Psychologie? Da lachen ja die Hühner.«

»Immerhin haben meine psychologischen Fähigkeiten dazu geführt, dass Altenburg vor nicht einmal zwei Stunden geradezu begeistert reagiert hat, oder?«

Werner Kronberger schaltete den Scheibenwischer eine Stufe höher und nahm die Geschwindigkeit etwas zurück. »Das, und das gebe ich gerne zu, war eine schöne Leistung. Aber ob dazu ein weiteres Studium nötig gewesen wäre, bezweifle ich doch sehr. Mir hätte dein BWL-Examen völlig gereicht, wenn auch gerne mit einem besseren Abschluss. Summa irgendwas, sagt man doch bei euch Gebildeten.«

Roland Kronberger überhörte die sowohl unverhohlene als auch sachlich völlig falsche Kritik an seinem knapp guten BWL-Abschluss. »Wie auch immer, wir haben unsere Vorschläge fast eins zu eins durchgedrückt. Und das haben wir ausschließlich meinem Verhandlungsgeschick zu verdanken.«

»Ausschließlich …«, knurrte der Senior, wurde jedoch vom Klingeln seines Telefons unterbrochen. Er deaktivierte die Freisprechanlage, drückte die grüne Taste und hielt sich das Gerät ans Ohr. »Kronberger«, bellte er. Dann lauschte er dem Anrufer, fügte ein leises ›ich komme‹ an und beendete das Gespräch.

»Was Wichtiges?«, fragte sein Sohn.

»Nichts, was für einen psychologisch geschulten Menschen von Bedeutung wäre«, gab der Senior schnippisch zurück.

Eine halbe Stunde später hatten sie Kassel erreicht. Kronberger setzte seinen Sohn vor dessen Wohnung ab und fuhr ohne ein weiteres Wort davon.

*

»Was bilden Sie sich ein, mich hierher zu zitieren?«, herrschte Kronberger den Mann an, nachdem er in dessen Auto gestiegen war. »Treffpunkt am Autobahnrasthof, wie in einem schlechten Krimi.«

»Wir hätten uns auch am Hauptbahnhof treffen können, aber weder wollen Sie mit mir gesehen werden, noch ich mit Ihnen.«

Kronberger nickte unwirsch. »Und was möchten Sie von mir? Sind Sie schon wieder knapp bei Kasse?«

»Nein, nein, es geht nicht um Geld. Ich wollte Ihnen von einem Treffen erzählen, das heute stattgefunden hat.«

Der Bauunternehmer schluckte. Wie es aussah, war sein Treffen mit Altenburg nicht geheim geblieben. »Und?«

»Wollen Sie gar nicht wissen, wer sich mit wem getroffen hat?«

Nun wurde der korpulente Mann unsicher. »Wie, wer mit wem?«

»Na, wer sich heute Mittag in einem diskreten Hotel in der Nähe des Bahnhofes Wilhelmshöhe mit Anselm Himmelmann, dem Bürgermeister von Hofgeismar, getroffen hat?«

Kronberger atmete erleichtert durch. »Und mit wem hat sich der Herr Bürgermeister getroffen? Sollte mich das interessieren?«

»Durchaus. Es war nämlich kein Geringerer als Roger van Dunckeren.«

Nun schluckte der Bauunternehmer hörbar. »Der Belgier?«

»Richtig, der Belgier. Eigentümer von Eurokrem, dem größten europäischen Krematoriumsbetreiber.«

»Das glaube ich nicht. Van Dunckeren hat vor mehr als einem halben Jahr wegen der Bürgerproteste seinen Ausstieg aus dem Projekt erklärt. Warum sollte der jetzt wieder mitspielen wollen?«

»Vielleicht, weil er mitgekriegt hat, dass Sebastian Bittner umgekippt ist. Eine feine Leistung übrigens, die Sie da vollbracht haben. Dass es Ihnen gelingen würde, den umzudrehen, hätte ich nicht erwartet.«

»Alles eine Frage der eingesetzten Mittel«, erwiderte der Bauunternehmer genervt. »Viel wichtiger ist allerdings, diesen verdammten Belgier aus der Sache rauszuhalten. Haben Sie eine Idee, wie wir das anstellen könnten?«

»Nein, tut mir leid. Wenn er nach dem gleichen Muster arbeitet wie Sie, dann hat er meinen Boss geschmiert. Eine andere Lösung kann ich mir beim besten Willen nicht vorstellen.«

Werner Kronberger wäre Klaus Patzner, dem persönlichen Referenten des Hofgeismarer Bürgermeisters Anselm Himmelmann, am liebsten an die Gurgel gegangen, doch er wusste, dass er sich damit mehr schaden als nützen würde. Also beließ er es bei einem bösen Blick.

»Woher wissen Sie eigentlich von dem Treffen? Himmelmann wird es Ihnen doch sicherlich nicht auf die Nase gebunden haben, mit wem er sich da trifft.«

»Gott bewahre, nein. Das habe ich meinem Spürsinn zu verdanken. Ich hatte diesen Termin in seinem Kalender gesehen. Wenn er etwas zu verheimlichen hat, macht er immer nur ein kleines Sternchen und schreibt Ort und Zeit dazu. Also habe ich mich ins Auto gesetzt und bin hingefahren, um zu sehen, was sich hinter dem Sternchen verbirgt.«

»Alle Achtung, Patzner, Sie sind Ihr Geld tatsächlich wert. Meinen Sie, es wird Ihnen möglich sein, mehr über dieses Treffen zu erfahren, speziell, worum es dabei ging? Immerhin könnte es sein, dass die beiden einfach nur Gefallen aneinander gefunden und sich rein privat getroffen haben.«

»Und die Erde ist eine Scheibe«, unkte Patzner. »Natürlich ist da irgendwas im Busch. Ich hätte Sie ohnehin angerufen, weil Himmelmann in der vergangenen Woche so ein paar kryptische Andeutungen gemacht hat, von wegen Wettbewerb und so. Ich glaube, der Belgier hat ihm ein Angebot gemacht, das er nicht ablehnen konnte, deshalb ist er wieder im Spiel, und zwar mittendrin.«

Kronberger griff in die Innentasche seines Mantels, zog seine Brieftasche heraus, entnahm ihr einen Fünfhunderteuroschein, und hielt ihn Patzner hin. Der fixierte den Schein, zierte sich jedoch, zuzugreifen. »Nun werden Sie mal nicht albern, Mann. Sie liefern Informationen, ich bezahle. Dass diese Art von Deal nicht legal ist, wissen wir seit dem ersten Mal. Also.«

Nun griff Patzner zu. »Eigentlich mache ich das nicht wegen des Geldes, Herr Kronberger. Mir liegt eher das Wohl der Gemeinde Hofgeismar am Herzen.«

Und, dachte Kronberger, dass du vielleicht irgendwann deinen Boss beerben kannst.

12

Die Sonne hatte sich längst Richtung Westen verabschiedet, als Lenz beschloss, nach Hause zu fahren und ins Bett zu kriechen. Er war todmüde und gleichzeitig hellwach, in seinem Mund schmeckte es seifig und er hatte die totale Panik, Maria zu verlieren. Auf Höhe der Berliner Brücke klingelte sein Mobiltelefon. Für einen Augenblick war ihm danach, den Anruf nicht entgegenzunehmen, dann wurde ihm jedoch sofort klar, dass er damit den Lauf der Ereignisse nicht würde aufhalten können. Mit trockener Kehle meldete er sich.

»Ja, Lenz.«

»Franz, Göttingen«, kam es zurück.

»Hallo, Herr Doktor. Mit Ihrem Anruf hätte ich heute beim besten Willen nicht mehr gerechnet. Was kann ich für Sie tun?«

»Ich kann etwas für Sie tun, Herr Lenz. Ich kann Ihnen nämlich mit an Sicherheit grenzender Wahrscheinlichkeit sagen, dass dieser Wohlrabe von heute Morgen nicht eines natürlichen Todes gestorben ist, sondern dass nachgeholfen wurde, von wem auch immer.«

Lenz schnappte nach Luft. »Erzählen Sie!«

»Die Sache war mir gleich nicht geheuer, wie ich Ihnen bereits gesagt habe. Weil ich nichts Wichtiges sonst auf dem Tisch hatte, bin ich dem Kerl gleich zu Leibe gerückt. Und siehe da, in seinem ziemlich übel zugerichteten Magen und im Darm fanden sich Reste von Rizinussamen.«

»Rizinussamen?«, fragte Lenz fassungslos zurück, während er sich bildlich vorstellte, wie Wohlrabe an Rizinus gestorben sein könnte.

»Ja, Rizinussamen. Und jetzt streichen Sie mal gleich den Gedanken aus Ihrem Hirn, den Sie gerade hatten. Obwohl er in einem Badezimmer mit Toilettenbecken gestorben ist, hat er sich nicht …, na, Sie wissen schon.«

»Wie stirbt man denn an Rizinussamen, wenn man sich nicht ›na, Sie wissen schon‹ hat.«

»Rizin, der Wirkstoff, um den es hier geht, ist eines der stärksten Gifte, die unsere Natur im Angebot hat, Herr Kommissar. Und die Menge der Samenkörner, die ich in Magen und Darm des Herren gefunden habe, hätte vermutlich ausgereicht, um mehrere Männer seines Kalibers zu töten; wobei die Literatur, was die letale Dosis angeht, etwas uneinheitlich daherkommt.«

Lenz konnte dem Rechtsmediziner nicht recht folgen, war aber guter Hoffnung, dass Dr. Franz noch ein paar Erläuterungen nachschieben würde, was dann auch ohne Verzögerung geschah.

»Ich erkläre es Ihnen mal so, als ob Sie ein totaler medizinischer Laie wären«, fuhr Franz schmunzelnd fort. »Rizin ist ein Gift, das, egal wie es dem Organismus zugeführt wird, dafür sorgt, dass die kontaminierten Zellen absterben. Im Fall Wohlrabe betrifft das hauptsächlich das Verdauungssystem, also Magen, Darm, Leber und Nieren. Normalerweise hat der Betroffene ein paar Stunden länger Zeit, sich auf den Tod vorzubereiten als unser Bestatter, aber es hängt eher mit der hohen Dosis zusammen, dass es bei ihm relativ schnell ging.«

Lenz verstand wieder nur Bahnhof, was der Mediziner zu merken schien.

»Nach meiner Schätzung hat er die Samenkörner mit seiner letzten Mahlzeit zu sich genommen, die im Übrigen recht üppig ausgefallen ist, wenn ich das hinzufügen darf. Und normalerweise stirbt man nicht so schnell, wie es unserem guten Wohlrabe nun passiert ist. Das, wie gesagt, dürfte daran liegen, dass er etwa 25 bis 30 dieser Samenkörner zu sich genommen hat.«

»Wie viele braucht es denn, um einen erwachsenen Menschen umzubringen?«, wollte Lenz wissen.

»Da liegen, wie ich vorhin erwähnt habe, die Beschreibungen in der Literatur extrem weit auseinander. Eine Quelle gibt an, dass drei oder vier Samenkörner ausreichen, eine andere geht davon aus, dass auch 20 oder 30 davon zu überleben seien. Ich persönlich glaube, dass es signifikant damit zusammenhängt, wie schnell man das Zeug aus dem Körper bekommt, vulgo, anfängt, es auszukotzen.«

»Das hat Wohlrabe demnach versäumt?«

»Na ja, kurz vor seinem Tod hat es ja noch geklappt, nur leider war das viel, viel zu spät.«

»Und woran ist er letztlich genau gestorben?«

»An einer Atemlähmung. Früher oder später sterben die roten Blutkörperchen ab, danach gibt es nicht mehr viel zu tun. Immerhin hat sich sein Leiden nicht lange hingezogen, obwohl ich nach Durchsicht seiner Organe sagen muss, dass er wahrscheinlich gelitten hat wie ein Hund. Aber allzu lange hätte er vermutlich ohnehin nicht mehr zu leben gehabt.«

»War er krank?«

»Sozusagen ja, aber vermutlich wusste er noch nichts davon, sonst hätte er im Krankenhaus gelegen. Er hat ein abdominales Aortenaneurysma mit sich herumgetragen, ein echtes Trumm im Übrigen. Das Ding war ganz sicher kurz davor, zu platzen und das ist dann eindeutig das Finale.«

»Geht auch das noch für medizinische Laien?«, fragte Lenz, der mittlerweile mit laufendem Motor auf einem Parkstreifen stand.

»Klar. Dann mache ich aber wirklich Feierabend, Herr Kommissar«, erwiderte Franz, der offensichtlich seinen Spaß hatte. »Ein Aortenaneurysma ist eine meist sackförmige Erweiterung der Hauptschlagader des Menschen, in unserem Fall im Bauchraum, deshalb sprechen wir von der abdominellen Variante. Wenn so ein Ding platzt, hilft in der Regel auch beten nicht weiter, weil man innerhalb kürzester Zeit innerlich verblutet. Laienhaft genug?«

»Oh ja, vielen Dank«, imitierte Lenz den Tonfall seines Gesprächspartners. »Ich fasse dann mal zusammen, Herr Doktor: Er ist an einer Vergiftung gestorben, die ihm vermutlich von außen beigebracht wurde.«

»Richtig.«

»Er könnte allerdings auch diese Rizinussamen in suizidaler Absicht selbst gefuttert haben?«

»Auch richtig, allerdings hat er dann einiges falsch verstanden. Denn an diesem Zeug zu sterben, ist kein Vergnügen.«

»Und unnötig war die ganze Aktion obendrein, weil er eh in der nächsten Zeit von uns gegangen wäre …«

»Ja, vermutlich. Vielleicht, wenn er zufällig gerade im Krankenhaus gewesen wäre und man sofort hätte operieren können …; aber soviel Glück wollen wir jetzt nicht voraussetzen. Die Verdickung war schon sehr, sehr weit fortgeschritten, mit der Folge, dass das Schlagadergewebe dünn wie Papier war.«

Lenz versuchte, sich das alles vorzustellen, kam jedoch damit nicht so recht voran. »Und an diese Rizinussamen zu kommen, stellt kein großes Problem dar?«

»So weit ich weiß, nein. Rizin selbst, der Wirkstoff, fällt zwar unter verschiedene Konventionen, aber die Samen könnten Sie auch zu Hause in Ihrem Garten ziehen.«

»Und wann hat er dieses finale, opulente, rizinusverseuchte Mahl zu sich genommen, von dem Sie vorhin sprachen?«

»10 bis 12 Stunden vor seinem Tod, also gestern Abend zwischen 21 und 23.«

»Das passt«, sinnierte Lenz. »Haben Sie schon einmal von einem Dark Dinner gehört, Doc?«

»Klar. Meine Frau und ich haben so was mal mitgemacht. Schöne Sache, warum fragen Sie?«

»Weil unser Toter gestern Abend an so einer Veranstaltung teilgenommen hat.«

»An einem Dinner in the Dark?«

»Genau.«

»Na, das würde ja unter Umständen einiges erklären. Am Besten beschaffen Sie sich schnellstmöglich eine Liste aller anwesenden Gäste.«

»Sehe ich auch so. Sie sprachen allerdings am Anfang unseres Telefonats von ›mit an Sicherheit grenzender Wahrscheinlichkeit‹. Wie groß sind Ihre Zweifel denn?«

»Unter einem halben Prozent. Ich warte noch auf eine Blutanalyse, aber das ist reine Formsache. Wenn Sie mich morgen gegen 10 Uhr anrufen, haben wir Klarheit.«

»Übrigens«, fiel Lenz noch etwas ein, »seine Frau hat mir erzählt, dass er seit gestern Abend an einer Magenverstimmung gelitten hat.«

»Warum wundert mich das jetzt überhaupt nicht? Wie gesagt, er war ein harter Typ, unser guter Bestatter. Mit dieser Symptomatik wäre ich vermutlich im Lauf der Nacht ins Krankenhaus marschiert, und zwar pronto.«

»Ja, vermutlich«, paraphrasierte Lenz. »Tun Sie mir noch den Gefallen und rufen die Kollegen vom KDD an, damit die Bescheid wissen?«

»Mache ich«, versprach der Mediziner und legte auf.

✻

Bevor er den Gang einlegte, dachte Lenz kurz über das nach, was Dr. Franz ihm berichtet hatte. Wohlrabe war offensichtlich vergiftet worden, so stellte sich sein Tod zumindest im Augenblick dar. Das verwendete Gift war ein überall zu beziehendes, natürliches, nichtsdestotrotz hoch toxisches Produkt. Und der Bestattungsunternehmer war am Vorabend seines Todes Teilnehmer einer Veranstaltung, bei der eine Mahlzeit in absoluter Dunkelheit eingenommen wurde. Na bitte, triumphierte der Hauptkommissar. Dann fädelte er sich in den zäh dahinrollenden Verkehr ein, drehte an der nächsten Kreuzung um und fuhr zurück in die Innenstadt. Auf dem Weg dorthin ließ er sich vom Diensthabenden auf dem Revier die Adresse des Piccolo Mondo geben und parkte kurze Zeit später gegenüber des hell erleuchteten, gut besuchten Restaurants.

»Hauptkommissar Lenz, guten Abend«, stellte er sich mit dem Dienstausweis in der Hand einem jungen Mann hinter der Theke vor, der offensichtlich kein Deutsch sprach und auf Italienisch nach einem in der Nähe stehenden Kellner rief, der sofort herbeieilte.

»Luca Petroni«, wurde der Polizist von ihm mit Handschlag begrüßt. »Was kann ich für Sie tun, Signore?«

Lenz hielt erneut seinen Ausweis hoch und nannte ihm seinen Namen. »Ich bin Hauptkommissar bei der Kriminalpolizei hier in Kassel, Herr Petroni, und hätte ein paar Fragen zu dem Dark Dinner, das gestern Abend hier stattgefunden hat.«

Petroni betrachtete den Dienstausweis ausführlich und legte dabei die Stirn in Falten. »Mio Dio, Commissario, was kann ich für die Polizei tun? Haben wir irgendetwas falsch gemacht?«

»Das weiß ich nicht. Ich ermittle in einem Todesfall, und

der Verstorbene hat gestern Abend hier im Restaurant gegessen. Sind Sie der Eigentümer des Restaurants?«

»No, der Eigentümer ist ein Onkel von mir. Ich bin der Geschäftsführer.«

»Aber Sie waren gestern Abend hier?«

»Si, naturalmente. Samstags immer, wegen des Dinner in the Dark.«

»Dann haben Sie also die Gäste bedient?«

»Ja, wie ich sage.« Der Italiener warf einen verstohlenen Blick in das Lokal. »Wollen wir vielleicht in mein Büro gehen, Signore Commissario? Da ist es etwas ruhiger.«

»Gerne.«

»Möchten Sie vielleicht einen Caffè? Oder einen Cappuccino?«

»Nein, vielen Dank«, antwortete Lenz.

Petroni führte ihn an den Toiletten vorbei zu einem kleinen, modern eingerichteten Büroraum, bot dem Kommissar einen Stuhl an und nahm hinter dem Schreibtisch Platz.

»Also, worum geht es, Herr Kommissar?«

»Sie hatten gestern Abend dieses besagte Dark Dinner. Einer der Teilnehmer, ein Herr Wohlrabe, ist heute Vormittag gestorben. Weil die Umstände seines Todes noch relativ unklar sind und wir ein Fremdverschulden nicht ausschließen können, müssen wir wissen, wer mit ihm zusammen an dem Essen teilgenommen hat. Es gibt doch sicher eine Liste der Teilnehmer, oder?«

Petroni sah ihn verstört an. »Sie sagen, dass der Signore, der gestern Abend hier gegessen hat, heute Morgen gestorben ist? Und dass es …, dass er …, vielleicht wurde er …? Das ist ja horribile. Schrecklich.«

»Ja, das ist durchaus schrecklich«, bestätigte Lenz, »aber ich muss jetzt wissen, wer an diesem Essen alles teilgenommen hat. Gibt es eine Liste?«

»Si, si, es gibt immer eine Liste«, erwiderte der Italiener geistesabwesend. »Sie liegt an der Theke, ich bin noch nicht dazu gekommen, sie abzuheften. Soll ich sie gleich holen?«

»Das wäre nett. Und bitte einen Plan, wer wo gesessen hat. Und wenn Sie gerade dabei sind, auch noch die Speisefolge. Das wäre es fürs Erste, glaube ich.«

»Aber wir können doch nichts dafür, dass der Mann gestorben ist«, hievte Petroni sich in die Rolle des Unschuldigen. »Er ist doch nicht gestorben, weil er bei uns gegessen hat, Commissario.«

»Das wollte ich damit auch nicht sagen. Aber ich muss alles untersuchen, was mit diesem Fall zusammenhängt, und das ist nun mal auch das Essen in Ihrem Restaurant.«

»Si, si, capisce«, gab der Italiener verstört zurück, stand auf, und ging zur Tür. »Momento, Signore.«

Während er wartete, dachte Lenz über die Situation nach, in der Petroni sich befand. Sollte es sich herausstellen, dass Wohlrabe während des Dinner in the Dark vergiftet worden war, konnte sich das zu einem großen Problem für das Restaurant auswachsen. Nicht unbedingt juristisch, eher in Bezug auf das Vertrauen, das die potenziellen Gäste der Mahlzeit in der Finsternis entgegenbrachten.

Ein paar Minuten später wurde die Tür geöffnet und Petroni kam zurück ins Büro.

»Hier ist fast alles, was Sie wollten. Wenn Sie mich kurz in das Nebenzimmer begleiten, in dem das Dinner in the Dark stattfindet, kann ich Ihnen eine kleine Skizze machen, wer wo gesessen hat.«

»Gerne«, erwiderte Lenz, und folgte dem Geschäftsführer in einen Raum, dessen Fenster mit schwarzer Folie abgeklebt waren, und dessen Einrichtung eher an den Saal einer Dorfkneipe auf dem Land vor 50 Jahren erinnerte. Es gab sechs größere und drei kleinere Tische, und in einer Ecke standen ein Staubsauger und ein paar weitere Reinigungsgeräte. Der Italiener bemerkte den erstaunten Blick des Kommissars.

»Hier ist es normalerweise ganz dunkel, Commissario«, meinte er, während er mit einem Kuli ein paar Quadrate auf ein Blatt Papier malte. »Niemand kann erkennen, wie es hier aussieht. Wir nehmen uns immer wieder vor, zu renovieren und eine neue Bestuhlung zu kaufen, aber irgendwas kommt ständig dazwischen. Bis auf ganz wenige Ausnahmen führen wir die Gäste im Dunkeln herein und im Dunkeln wieder hinaus. Also ist das auch nicht wichtig.«

»Wie war das gestern? Haben die Gäste den Raum gesehen?«

Petroni überlegte. »Si, gestern Abend wünschten die Gäste, dass ich das Licht anmache.« Er deutete auf die Reinigungsgeräte. »Aber da standen der Staubsauger und das andere Zeug nicht in der Ecke.«

»Wenn es hier drin so dunkel ist, wie Sie sagen, woher wissen Sie dann, wo Sie die Teller und die Gläser hinstellen müssen?«

»Ich habe die Augen einer Eule«, erwiderte der Italiener mit einem Anflug von Humor, wurde jedoch sofort wieder ernst. »No, so ist es leider nicht, Commissario. Ich benutze ein Nachtsichtgerät, damit ich sehe, wo ich hinmuss.«

»Ein Nachtsichtgerät? Das ist ja interessant. Kann ich mir das mal anschauen?«

»Si, ich hole es. Momento, per favore.«

Keine 10 Sekunden später kam Petroni mit einem Gerät zurück, das wie ein aufgeblasenes Fernglas aussah.

»Hier, das ist es. Den Gurt, mit dem es am Kopf befestigt wird, habe ich jetzt nicht mitgebracht, aber wenn Sie ihn brauchen, hole ich ihn gerne.«

»Nein, nein«, wehrte Lenz ab, »den benötigen wir nicht. Ich will nur mal durchschauen, was man alles damit sieht, wenn es komplett dunkel ist.«

»Si, ich schalte es ein. Aber vorher machen wir besser das Licht aus, sonst dauert es zu lange, bis wir es benutzen können.«

Damit ging er zur Tür, drückte sie ins Schloss, knipste das Licht aus und schaltete das Nachtsichtgerät ein. Sofort blinkte kaum sichtbar eine winzige, rote LED, die ein paar Sekunden später die Farbe wechselte und nun grün schimmerte.

»Jetzt ist es an. Bitte, halten Sie es sich vor die Augen.«

Lenz tastete in der Dunkelheit nach dem matten grünen Licht, landete aus Versehen an der Hand des Italieners und bekam gleich darauf das Gerät zu fassen. Mit beiden Händen führte er es an seinen Kopf und sah hindurch. Durch einen hellen Grünschimmer konnte er plötzlich die Tische sehen, die Stühle, die darum gruppiert waren, und die ausgeschalteten Lampen, die noch immer wesentlich heller erschienen als die Umgebung. Dann hob er den Kopf und erschrak, weil er mitten in Petronis angespannt wirkendes Gesicht schaute. Sofort drehte er den Kopf und sah in eine andere Richtung, als ihm klar wurde, dass der Mann ihn im Gegenzug ja überhaupt nicht sehen konnte. Also drehte er sich wieder, ging tastend ein paar Zentimeter zurück und erkannte wieder das Konterfei des Italieners, der an ihm vorbei Richtung Wand starrte. Die Hände hielt er wie ein Kleriker vor dem Bauch verschränkt.

»Alles in Ordnung, Commissario? Funktioniert es?«

Lenz blickte ihm lange ins Gesicht, bevor er antwortete. »Ja, natürlich. Einen kleinen Moment noch, ich will mich über einen der Tische beugen.«

Damit drehte der Polizist sich um, nahm Kurs auf den nächsten Tisch, und beugte sich nach vorn. Die Schärfe wurde blitzartig nachgeregelt, dann konnte er das Muster der Tischdecke erkennen. Verrückt, dachte er und nahm das Gerät zur Seite. Noch immer tanzten kleine grüne Punkte vor seinen Augen.

»Sie können das Licht wieder anmachen, Herr Petroni.«

»Mache ich, aber Sie dürfen dabei nicht in das Nachtsichtgerät sehen, davon kann man angeblich blind werden.«

»Nein, ich habe es von den Augen weggenommen.«

»Gut, dann schalte ich das Licht jetzt ein.«

Es gab ein leises Geräusch, dann wurde es wieder hell im Raum.

»Interessant«, bemerkte Lenz, und reichte dem Mann das Gerät.

»Ja. Am Anfang hatte ich Schwierigkeiten, damit zu gehen, weil ich mir vorkam wie betrunken, aber das hat sich bald gelegt. Nun bemerke ich es kaum noch, wenn ich es trage.«

»Und wenn Sie den Raum verlassen, schalten Sie es aus?«

»No, Commissario. Ich klappe es einfach in der Halterung nach oben, das ist viel besser und geht schneller.«

»Wollen wir wieder in Ihr Büro zurückgehen? Ich hätte noch ein paar Fragen.«

»Si, naturalmente.«

»Ist Ihnen gestern Abend etwas an den Teilnehmern dieses Essens aufgefallen?«, wollte Lenz zuerst wissen, als sie wieder am Schreibtisch im Büro saßen.

»Was meinen Sie?«

»Sie sind derjenige, der als Einziger in der Dunkelheit etwas sehen konnte. Hat sich irgendjemand von seinem Platz erhoben oder sonst etwas Ungewöhnliches gemacht? Sich vielleicht über den Nachbartisch gebeugt?«

»Nein, Commissario, das sage ich immer gleich am Anfang dazu, dass es absolut verboten ist, in der Dunkelheit allein von seinem Platz aufzustehen. Das geht nicht, weil wir nicht wollen, dass jemand stürzt oder sich irgendwo stößt.«

»Also war in der Zeit, in der Sie mit Ihrem Nachtsichtgerät im Raum waren, alles in Ordnung?«

»Si, Signore, alles tutto bene.«

Lenz deutete auf den Sitzplan in seiner Hand. »Können Sie sich an den Mann erinnern, der an diesem Tisch saß? Mit einer viel jüngeren Frau?«

»Natürlich.«

»Und Ihnen ist nichts Ungewöhnliches aufgefallen, woran Sie sich erinnern?«

»No. Die beiden waren am Anfang etwas, wie sagt man, etwas angespannt. Das wurde aber mit der Zeit besser, und am Ende waren die beiden richtig locker. Der Mann hat mir sogar ein ziemlich großes Trinkgeld gegeben. Er war, glaube ich, ein bisschen betrunken.«

»Die Frau nicht?«

»No, sie hatte Getränke ohne Alkohol.«

»Wann haben die beiden das Restaurant verlassen?«

Er überlegte. »Kurz nach Mitternacht. Sie sind ins Auto gestiegen und weggefahren, und es sah alles ganz normal aus. Deswegen fällt es mir so schwer zu glauben, dass der Mann tot sein soll.«

»Glauben Sie mir, er ist es.«

Damit sah Lenz auf die Liste der Teilnehmer des Dinner in the Dark vom Vorabend. Von jedem Einzelnen standen dort Namen, Adresse und Telefonnummer.

»Schön, Herr Petroni«, fuhr Lenz fort. »Hat sich vielleicht bei Ihnen sonst noch einer der Gäste gemeldet und über Magenprobleme oder Ähnliches geklagt?«

»Nein, Commissario. Vertrauen Sie mir, das würde ich Ihnen sagen.«

»Auch bei Ihrem Personal ist alles in Ordnung? Keiner hat sich krank gemeldet?«

»No, alles in Ordnung.«

Der Kommissar dachte kurz darüber nach, sich in der Küche umzusehen, verwarf den Gedanken jedoch so schnell, wie er ihm gekommen war. Wonach sollte er suchen? »Gut, dann waren das meine Fragen bis hierher. Es kann sein, dass ich noch einmal vorbeikomme, wenn mir etwas unklar ist. Oder geben Sie mir doch am besten Ihre Telefonnummer, dann brauche ich nicht persönlich vorbeizukommen.«

Der Italiener griff in die Schublade und reichte ihm eine Karte. Lenz hatte keine dabei, deshalb stand er auf und ging zur Tür. Der Italiener kam um den Schreibtisch herum und streckte die rechte Hand nach vorne.

»Vielleicht können Sie, bis Sie genau wissen, was mit dem armen Mann passiert ist, den Namen unseres Restaurants aus der Sache heraushalten, Herr Kommissar. Sie wissen, wenn der Ruf erst einmal ruiniert ist, gehen die Geschäfte schneller den Bach runter, als man eine gute Pizza gemacht hat.«

»Ich werde sehen, was ich tun kann, Herr Petroni. Und danke, dass Sie sich die Zeit genommen haben.«

»Kein Problem, das habe ich gerne gemacht.«

✳

Lenz legte sich um kurz nach 23 Uhr ins Bett und war eingeschlafen, noch bevor der Kopf das Kissen berührt hatte. Auf dem Heimweg im Auto hatte er sich immer wieder dabei ertappt, wie er gedanklich Movies über Marias Gesundheitszustand und den Unfallhergang machte. Als er deswegen eine rote Ampel viel zu spät wahrnahm, versuchte er, sich auf andere Dinge zu konzentrieren, was ihm jedoch nur leidlich gelang. Später, unter der Dusche, wurde er von einer solch tiefen Verzweiflung erfasst, dass ihm die Tränen in Bächen aus den Augen schossen.

Eine gute Stunde, nachdem er eingeschlafen war, klingelte sein Telefon. Zunächst baute er das Geräusch in einen Traum ein, doch dann schreckte er hoch, stierte in die Dunkelheit, sprang auf und rannte in die Küche, wo das Gerät auf dem Tisch lag.

»Ja«, meldete er sich verschlafen.

»Ich bin's, Uwe.«

»Scheiße, Uwe, sag mir jetzt nicht, dass sie es nicht geschafft hat. Bitte nicht.«

»Nein, das sage ich nicht. Und es tut mir leid, dass ich dich offensichtlich geweckt habe, aber wenn du willst, kannst du sie kurz sehen. Ich hab vorhin mit einem Bekannten telefoniert, der mir im Lauf des Gespräches erzählt hat, dass seine Tochter auf der Intensivstation Nachtwache schiebt. Er hat bei ihr nachgefragt, ob ein rein dienstlicher, sehr diskreter, kurzer Besuch möglich ist, und sie hat sich bereit erklärt, beide Augen zuzudrücken. Außerdem wollte sie nicht wissen, wer kommt.«

Lenz konnte nicht sofort realisieren, was sein Freund ihm da gerade offerierte.

»Ich kann jetzt ins Krankenhaus fahren und sie sehen?«, fragte er ungläubig.

»So ist es. Aber lass dich nicht erwischen, hörst du? Über die möglichen Folgen muss ich dir mit Sicherheit nichts erzählen.« Wagner gab ihm noch durch, wo er sich melden sollte, und beendete dann das Gespräch.

Lenz stand frierend und in der Unterhose am Küchentisch, legte langsam das Telefon zur Seite, öffnete den Kühlschrank und nahm einen tiefen Schluck abgestandene Cola.

*

Anne Wolters-Richling, die junge Frau, die ihm den Besuch ermöglichen wollte, empfing ihn mit dem Zeigefinger am

Mund an der Stationstür. »Leise, bitte. Meine Kollegin macht zwar gerade ein Nickerchen, aber das soll nichts heißen.« Sie griff hinter sich und reichte dem Kommissar einen grünen Kittel und einen Mundschutz. »Das müssen Sie anziehen, wegen der Infektionsgefahr. Und falls irgendein Gerät im Zimmer Alarm schlägt, während Sie drin sind, müssen Sie so schnell wie möglich flitzen gehen. Alles klar?«

»Klar«, erwiderte Lenz, während er sich den Stoff von vorn über die Schulter legte und zuband.

»Dann los. Und immer schön leise«, wiederholte sie.

Marias Kopf steckte unter einem dicken Verband, sodass von ihrem Gesicht nur die verschrammte Nase und der an der Seite aufgeplatzte Mund zu sehen waren, aus dem ein Schlauch ragte. Der Raum, in dem sie lag, war bis auf die diffusen Lichter der zahlreichen Monitore völlig dunkel. Hinter ihrem Bett schnaufte leise eine Maschine, die sie vermutlich mit Sauerstoff versorgte. Ihr Körper lag unter einer dünnen Decke, die bis knapp über ihre Brust reichte.

»Nur ein paar Minuten«, flüsterte Anne Wolters-Richling in seinem Rücken, als er langsam auf das Bett zuging. Kurz darauf hörte er das leise Klacken der Tür. Dann war er allein mit seiner Geliebten und den Geräuschen der Geräte, die ihr Überleben sicherstellen sollten. Direkt neben ihrem Bett hörte er zum ersten Mal bewusst das Signal, das ihren Herzton akustisch wiedergab. Und er sah, wie sich ihr Brustkorb rhythmisch hob und senkte.

Mit zitternden Fingern griff er nach ihrer schlaffen rechten Hand, in der eine Kanüle mit einem dünnen, durchsichtigen Schlauch daran steckte, der an einer Infusionsflasche über ihrem Kopf endete. Der Kommissar bekam feuchte Augen, als er ihre kalten Finger sanft zwischen seinen rieb. Dann legte er die Hand zurück und streichelte ihr kaum spürbar über die blau angelaufene linke Wange. Für einen Augenblick bildete er sich ein, sie würde die Augen öffnen und ihn ansehen, aber es blieb bei der Einbildung.

Piep, piep, piep, hörte er dem Ton ihres Herzschlages zu und wünschte sich dabei nichts mehr, als dass er sie eines Tages wieder in seine Arme würde nehmen können.

»Werd gesund, meine Liebe«, flüsterte er, betrachtete noch einmal ihr Gesicht, drehte sich um und verließ leise den Raum. Vor der Tür wurde er vom wesentlich helleren Licht auf dem Flur so geblendet, dass er sich die Hand vor die Augen halten musste. Dann erschien auch schon Anne Wolters-Richling mit einem Tablett in der Hand.

»Alles in Ordnung mit Ihnen?«, fragte sie flüsternd.

»Na ja, wie man's nimmt«, erwiderte er, zog sich den Kittel aus und legte ihn auf ein neben ihm stehendes Schränkchen.

»Ich weiß, sie sieht schrecklich aus. Aber sie ist stark, das hilft ihr.«

»Hoffentlich«, flüsterte Lenz, und versuchte sich in einem Lächeln. »Wollen Sie eigentlich gar nicht wissen, wer ich bin?«

»Mein Vater hat mir gesagt, Sie seien der Freund eines Freundes, das reicht mir. Ich persönlich glaube, dass Sie mit ihr was am Start haben, aber das bleibt besser Ihr Geheimnis, was meinen Sie?«

Lenz nickte. »Immerhin setzen Sie bei dieser Aktion Ihren Job aufs Spiel, Frau …?«

»Wolters-Richling. Anne Wolters-Richling. Und das mit meinem Job ist so eine Sache. Hier im Klinikum werden wöchentlich irgendwelche Jobs abgebaut und meiner ist lange nicht mehr so sicher, wie ich es gerne hätte.« Sie überlegte eine Sekunde. »Darum geht es aber in Ihrem Fall gar nicht.« Ihr Blick ging zur Tür, hinter der Maria um ihr Leben kämpfte. »Ihr Mann, der OB, war heute Abend hier, kurz nachdem ich meinen Dienst angefangen hatte. Meinte, er sei was Besonderes und wollte gleich mit dem zuständigen Arzt sprechen, weil er es vorher nicht geschafft hatte, ans Krankenbett seiner echt schwer verletzten Frau zu kommen. Dringende Sache in Berlin oder so. Und weil ich mich über diesen Politfuzzi so furchtbar geärgert hab, konnte ich bei Ihnen gut ja sagen.«

»Vielen Dank dafür.«

»Gern geschehen.« Sie griff in ihre Brusttasche und reichte ihm einen Zettel.

»Das ist die Nummer der Station. Ich habe die nächsten fünf Nächte Dienst. Wenn Sie wollen, und es passt, können Sie gerne wieder vorbeikommen und nach ihr sehen.«

Lenz hätte die junge Frau vor Freude am liebsten umarmt.

»Das ist unglaublich lieb von Ihnen, Frau Wolters-Richling. Hoffentlich kann ich das irgendwann wieder gutmachen.«

Wieder warf sie einen Blick auf die Tür.»Ich glaube, dass es ihr hilft, wenn sich jemand um sie kümmert, der sie mag, und den sie vermutlich ebenso mag. Also, ich muss jetzt weiter. Außerdem«, fuhr die junge Frau fort, »wacht nach aller Erfahrung innerhalb der nächsten Viertelstunde meine Kollegin auf.«

Lenz wollte ihr die Hand schütteln, doch sie winkte ab.

»Wegen der Infektionsgefahr«, erklärte sie mit einem müden Lächeln.

»Dann einfach so vielen Dank und auf Wiedersehen.«

»Wiedersehen.«

Damit drehte sie sich um und ging davon. Lenz steuerte auf die große Automatiktür zu, durch die er die Station betreten hatte, doch noch bevor er den Regelkreis des Sensors erreicht hatte, hörte er noch einmal ihre Stimme.

»Pssst«, rief sie.

Der Polizist drehte sich erstaunt um.

»Ich würde mich freuen, wenn Sie mit ihr was am Start hätten«, flüsterte sie recht laut über den Flur.

»So, so«, erwiderte Lenz ebenso flüsternd. »Wieso denn?«

»Erstens würde es meinen durch und durch unsoliden Lebenswandel ein bisschen weniger ruchlos erscheinen lassen, und zweitens sind Sie viel netter als ihr Mann.«

»Danke.«

»Gerne. Bis morgen vielleicht. Und gute Nacht.«

»Gute Nacht«, wollte Lenz ihr noch hinterherrufen, doch da war sie schon in einem der Zimmer verschwunden.

13

Nach einer unruhigen und traumintensiven Nacht wachte der Kommissar um kurz vor 6 Uhr auf, trank einen starken Kaffee, duschte und rasierte sich so gründlich, wie er es seit Tagen nicht mehr getan hatte. Um 7.15 Uhr stieg er in seinen Wagen und fuhr zum Präsidium. Thilo Hain kam gleichzeitig mit ihm auf dem großen Parkplatz an.

»Was ist denn das, großer Buana?«, fragte sein junger Mitarbeiter irritiert, während er sein kleines japanisches Cabriolet abschloss. »Heute nicht mit dem Bus unterwegs?«

»Nein, heute nicht«, erwiderte Lenz.

»Ist das eine Karre von der Car-Sharing-Truppe? Sieht so neu aus, das Ding.«

»Stimmt, der ist nagelneu. Und er gehört nicht der Car-Sharing-Truppe, sondern mir ganz allein.«

Hain blieb stehen. »Du hast dir ein Auto gekauft? Das kannst du deiner Großmutter erzählen.«

»Wird ein ziemlich einseitiges Gespräch; sie ist seit ein paar Jahren tot, wie du weißt.«

»Das gibt's doch trotzdem nicht«, murmelte Hain, noch immer zweifelnd. »Dann bist du ja jetzt einer dieser ganz smarten Typen, die immer und überall einen Parkplatz finden. Nur auf die Autobahn solltest du dich mit diesem Elefantenrollschuh lieber nicht wagen, das könnte nämlich böse enden«, frotzelte der junge Oberkommissar.

»Ich werd's mir merken«, gab Lenz zurück.

»Hast du gehört, dass die Kasseler First Lady einen ziemlich üblen Unfall hatte?«, wollte Hain wissen, als sie das Gebäude betraten.

»Nein«, log Lenz. »Was ist denn passiert?«

»Sie ist bei Gudensberg von der Autobahn geschubst worden. Es kam gestern Abend in den Nachrichten.«

»Aha«, machte Lenz möglichst unbeteiligt. »Wie geht es ihr?«

Hain blieb kopfschüttelnd vor der Fahrstuhltür stehen und schlug mit der flachen Hand auf den Anforderungsknopf. »Hast du wirklich gestern Abend nicht ferngesehen? Was macht einer wie du denn an einem Sonntagabend, wenn er allein zu Hause rumhängt?«

Lenz band ihm besser nicht auf die Nase, wo er sich am Abend zuvor herumgetrieben hatte, denn so gerne er Thilo Hain auch mochte, in Punkto Diskretion vertraute er ihm nicht für fünf Pfennige. Deshalb hütete er sein kleines Geheimnis mit Maria auch gegenüber seinem Mitarbeiter wie einen Augapfel. »Ich hab gelesen und dabei Musik gehört. Solltest du auch ab und zu machen, ist gut für die Augen. Ich war zudem müde, weil ich mir den halben Sonntag wegen eines mysteriösen Todesfalls um die Ohren geschlagen hab.«

Das machte Hain neugierig. »Was für ein Todesfall?«, wollte er mit großen Augen wissen.

»Kriegst du oben mit, wenn RW und Ludger dabei sind, sonst muss ich alles zwei- oder dreimal erzählen, und dazu habe ich echt keine Lust.«

Es klingelte leise, und die Fahrstuhltüren öffneten sich.

»Wenn ich es richtig verstanden habe, hat sie ein paar ziemlich schwere Treffer abgekriegt«, nahm Hain den Faden wieder auf, während der Fahrstuhl sich in Bewegung setzte. »Vielleicht kommt sie durch, aber das ist alles andere als sicher.«

»Von wem sprichst du jetzt, Thilo?«

»Na, von der Esche von Schoppen-Erich. Von unserer First Lady, Maria Zeislinger.«

Wieder schickte Lenz nur ein leises ›Aha‹ zurück. »Ich muss noch kurz bei Uwe vorbei«, erklärte er Hain. »Trommel doch schon mal die Jungs zusammen, wir sehen uns in zehn Minuten in meinem Büro.«

»Mach ich, bis gleich.«

⁂

»Und, hat alles geklappt?«, wurde er von Uwe Wagner in dessen Büro empfangen. »Bist du bei ihr gewesen?«

Lenz nickte. »Danke, alles gut. Obwohl sie wirklich nicht gut aussieht.«

»Hast du Zeit für einen Kaffee?«, fragte der Pressesprecher.

Wieder nickte Lenz.

Wagner sprang auf, befüllte einen Becher mit dem frisch aufgebrühten Getränk und reichte ihn seinem Freund. »Die kleine Wolters ist eine Kanone, oder?«

»Wohl wahr«, stimmte Lenz ihm zu. »Und sie mag mich lieber als Schoppen-Erich, sagt sie.«

Wagner sah ihn mit großen Augen an. »Hast du ihr gesagt, wer du bist? Und vielleicht auch noch, was dich mit der Frau des OBs verbindet?«

»Quatsch. Aber das Mädel ist aufgeweckt, dem muss man gar nichts erzählen. Die peilt das alles schon von ganz allein. Außerdem, sagt sie, wäre es ihr recht, wenn ich was mit Maria ›am Start hätte‹, weil das ihren durch und durch unmoralischen Lebenswandel ein bisschen weniger anrüchig erscheinen ließe.«

»Grundgütiger, die hat erst letztes Jahr geheiratet. Was mag der arme Kerl durchmachen, der sie abgekriegt hat?«

»Wenn ich sie richtig einschätze, weiß er nichts davon. Also ist niemandem geschadet.«

»Das würde ich an deiner Stelle auch so sehen. Meine Perspektive, also die des hoffentlich nicht beschissenen Ehemannes, ist eine andere, wie du dir bestimmt denken kannst.«

Lenz zuckte mit den Schultern. »Ist mir egal, wie du dir auch bestimmt denken kannst. Mir ist zur Zeit nur wichtig, dass Maria wieder auf die Beine kommt.«

»Dafür drücke ich dir alle Daumen. Und wenn es soweit ist, soll sie ihrem unfreundlichen Mann den Laufpass geben. Richte ihr das von mir aus.«

»Zunächst hab ich Tag und Nacht verdammt Schiss, dass sie sterben könnte. Aber ich weiß, dass mir die Hände gebunden sind. Trotzdem werde ich sie heute Nacht wieder besuchen.«

»Klappt das so einfach?«

»Ja. Anne Wolters-Richling hat noch ein paar Tage Nachtwache und mir erklärt, wie es am besten funktioniert.«

»Dann lass dich nicht erwischen.« Er nahm einen Schluck Kaffee. »Hast du schon was in der Sache Wohlrabe gehört? Peters, der Schmierfink unserer Lokalzeitung, hat nämlich in der Sache auf meinem Anrufbeantworter um Rückruf nachgesucht.«

»Wie es aussieht, wurde er tatsächlich vergiftet, aber viel mehr kann ich dir noch nicht sagen. Ich treffe mich gleich mit Ludger und den Jungs, um ihnen zu erzählen, was ich weiß, dann läuft die Sache richtig an. Deshalb muss ich mich jetzt auch losmachen.«

»Ja, mach's gut. Aber vergiss mich nicht, wenn du was Genaueres weißt.«

»Kennst mich doch«, erwiderte Lenz schmunzelnd und verließ den Raum.

»Deshalb ja«, hörte er den Pressesprecher noch hinter sich herrufen.

Die sechs Kollegen warteten schon auf den Hauptkommissar.

»Fass dich bitte kurz, Paul«, wurde er von Kriminalrat Ludger Brandt, seinem Vorgesetzten, gebeten. »So leid es mir tut, aber in spätestens 20 Minuten muss ich zu einem Meeting nach Gießen losfahren.«

»Kein Problem«, wurde er von Lenz beruhigt. »So lange brauchen wir eh nicht.«

Dann begann der Leiter von K11 mit seinem Abriss der Ereignisse vom Vortag. Als er geendet hatte, ergriff als Erster Rolf-Werner Gecks das Wort.

»Ich hatte ein paarmal mit Wohlrabe zu tun. Außerdem hat er sowohl meine Mutter als auch meinen Vater unter die Erde respektive ins Feuer gebracht. Netter Kerl, soweit ich das in Erinnerung behalten habe, aber auch ein knallharter Geschäftsmann.«

»Das«, mischte Hain sich ein, »ist mir während deiner Schilderungen eben auch durch den Kopf gegangen. Das Bestattergewerbe ist ein elendes Haifischbecken, in dem mit Haken und Ösen um jede Leiche gerungen wird. Vielleicht sollten wir die Wettbewerber nicht ganz außen vor lassen?«

»So sehe ich es auch«, pflichtete Brandt ihm bei. »Ich glaube, dass jeder Mensch ab einem bestimmten Alter so seine Erfahrungen mit Bestattern gemacht hat, wobei die meisten eher teuer gewesen sein dürften. Aber die Witwe hätte auch ein Motiv, sofern Sie erbberechtigt ist.«

»Die Motivlage ist noch denkbar unübersichtlich«, bremste Lenz den Elan seines Chefs. »Fix ist bisher nur, dass er am Samstagabend bei dieser Veranstaltung gewesen ist, dass er vergiftet wurde, und dass er gestern gestorben ist. Alles Weitere ist jetzt akribische Polizeiarbeit.«

»Einer von uns sollte sich auf jeden Fall mit den Kollegen vom KDD kurzschließen, nur zur Sicherheit«, schlug Gecks vor.

»Dr. Franz hat ihnen gestern noch seine Ergebnisse rübergemailt, ich hatte ihn darum gebeten. Aber du hast recht damit, dass einer rübergehen sollte, schon um des lieben Friedens willen.«

Lenz sah den altgedienten Kollegen an. »Willst du das machen, RW?«

»Nächstes Mal halte ich einfach mein Maul«, knurrte der, um gleich ein leises ›klar, mache ich‹ hinterher zu schieben.

»Thilo und ich statten der Witwe einen weiteren Besuch ab«, kündigte Lenz an, während Brandt nach einem Blick zur Uhr aufstand.

»Ich muss los, Männer. Seht zu, dass ihr schnell zu einem Ergebnis kommt; Wohlrabe war ein bekannter Mann hier in der Gegend.«

»Das hat ihm erstens nichts geholfen«, gab Lenz zurück, »und zweitens ist uns ein Fall so lieb wie der andere, ohne Ansehen der Person.«

»Ich weiß«, ruderte der Kriminalrat ein wenig zurück. »Das war auch mehr als Scherz gemeint«, erklärte er, griff nach seiner Tasche und verabschiedete sich von dem Sextett.

»Auf jeden Fall müssen wir jedem einzelnen Teilnehmer dieses Dinner in the Dark auf den Zahn fühlen«, gab Wolf Rauball zu bedenken.

»Genau«, bestätigte Lenz. »Darum kümmerst du dich am besten, Wolf.« Er reichte dem Oberkommissar die Liste, die er am Vorabend von Luca Petroni erhalten hatte.

»Dann würde ich sagen«, vermutete der letzte Verbliebene am Tisch, Oberkommissar Rüdiger Ponelies, »dass an mir wieder irgendeine Drecksarbeit hängenbleibt.«

»Ganz und gar nicht, Rüdiger. An dir bleibt hängen, alles

über Wohlrabe und seine Frau herauszufinden. Stimmte es in deren Ehe, wie sind die finanziellen Verhältnisse und so weiter.«

»Na«, erwiderte Ponelies, »da hab ich ja mal richtig Glück gehabt.«

»Genau. Und jetzt lasst uns anfangen, wenn es keine Fragen mehr gibt.«

»Habt ihr das von der Zeislinger gehört?«, wollte Gecks wissen, als sie schon an der Tür waren.

»Ich schon«, erwiderte Hain. »Unser weltfremder Boss hier hat allerdings nichts davon mitgekriegt«, setzte er mit einem Blick auf Lenz hinzu.

Gecks nickte zustimmend. »Ich hab vorhin in der Zeitung ein Bild von ihrer Karre gesehen. Dass die Dame noch lebt, ist wohl eher als Wunder zu bezeichnen.«

»Lasst uns loslegen, Jungs«, warf Lenz mit belegter Stimme ein, »und hoffen wir für die Frau das Beste.«

14

Horst Brandau lag wach im Bett, neben ihm dudelte aus dem Radiowecker die Seniorenwelle des regionalen Radiosenders. Der Bauarbeiter hatte sich bei seinem Chef für die Woche freigenommen, um Zeit für die Vorbereitung der Beerdigung zu haben. Noch immer spukte in seinem Kopf die Szene herum, als der Bestatter in seinem Badezimmer zusammengebrochen war, und noch immer fragte er sich, wieso sich der Mann gerade bei ihm hatte übergeben müssen. Und dann sterben.

Brandau mochte es, wenn die Dinge ihren Routinen folgten. Alles, was abseits davon lag, war nicht sein Ding. Der Tod seiner Frau war in seinen Augen genug Abseits gewesen für die nächste Zeit. Eigentlich für die nächsten Jahre. Irgendwann hatte er in der Zeitung, die die Kollegen gerne im Bauwagen liegen ließen, gelesen, dass Frauen statistisch ein paar Jahre länger lebten als Männer. Abends hatte er mit einer Flasche Bier in der Hand seiner Frau vor dem Fernseher vorgerechnet, dass sie ihn, weil sie obendrein jünger war als er, um mindestens neun Jahre überleben würde. Diese Rechnung und deren vermeintliche Auswirkungen waren ihm praktisch in Fleisch und Blut übergegangen, und so war es umso überraschender für ihn, dass seine Hannelore nun tot war.

Am Vorabend, während des Tatorts im Fernsehen, hatte er kurz darüber nachgedacht, dass ihm ihr Tod eigentlich gar nicht viel ausmachte. Sie war tot, er lebte, so war das nun. Und insgeheim war er wütend auf sie, dass sie ihn mit diesem ganzen Krempel allein gelassen hatte. Beerdigung, Trauerfeier,

Leichenschmaus, Einladungen. Wen würde er einladen müssen von den Nachbarn oder der Verwandtschaft? Freunde im eigentlichen Sinn hatten sie beide nicht, weil Horst Brandau das Zusammensein mit anderen Menschen nicht so sehr mochte. ›Lass mich zufrieden damit‹, hatte er immer wieder zu ihr gesagt, wenn sie angeregt hatte, doch mal zu einer Familienfeier zu gehen, oder irgendwohin zum Essen. ›Wir haben hier alles, was wir brauchen‹, war sein Argument gewesen, wenn sie von Urlaub oder wenigstens einem verlängerten Wochenende an der Ostsee angefangen hatte.

Und nun war sie tot, und er konnte nicht trauern, weil er nicht traurig war. Seit ihm klargeworden war, dass sie nie mehr nach Hause kommen, nie mehr etwas zu essen kochen, und dass sie ihn nie mehr mit ihren glupschigen Rehaugen ansehen würde, hatte er auf die Trauer gewartet. Vergeblich.

Er stand auf, schaltete das Radio aus, schlüpfte in seine Hausschuhe und schlurfte in die Küche. Dort setzte er einen Kessel mit Wasser auf und nahm anschließend Kurs aufs Bad. Doch als er die Tür nur einen kleinen Spalt geöffnet hatte, bereute er, nicht gleich am Vortag die Kotze des toten Bestatters beseitigt zu haben. Die seitdem vergangene Zeit und die Wärme der Heizungsluft hatten dafür gesorgt, dass das Zeug beinahe wieder zum Leben erweckt worden war. Es stank abscheulich. Und wieder wurde Brandau wütend. Wütend, dass dieser Idiot ausgerechnet in sein Bad gereihert hatte, und dass er die Sauerei nun beseitigen musste.

Putzen war nie seine große Stärke gewesen, das hatte immer Hannelore erledigt. Putzen und kochen. Mit hochgezogenen Nasenflügeln hob er einen Eimer in die Badewanne und öffnete den Wasserhahn. In diesem Moment klingelte es. Brandau drehte den Hahn zu, stellte den Eimer in die Wanne, warf einen Blick in den schmierigen Spiegel, verließ das Badezimmer und drückte auf den Türöffner. Ein paar Sekunden später erschien ein groß gewachsener, grauhaariger Mann auf der Treppe und sah sich suchend um.

»Wollen Sie zu mir?«, fragte Brandau mürrisch durch den Spalt in der halb geöffneten Tür.

»Wenn Sie Herr Horst Brandau sind, dann ja.«

»Und was wollen Sie?« Die Stimme des Bauarbeiters klang ebenso gereizt wie genervt.

»Mein Name ist Setafilo«, erwiderte der Besucher freundlich mit leichtem italienischen Akzent und trat dicht an die Tür, »ich komme vom Bestattungsinstitut Schrick. Es geht um die Beerdigung Ihrer leider viel zu früh verstorbenen Frau.«

»Aber das macht doch die andere Firma. Die wollten sich um alles kümmern.«

»Das weiß ich, Herr Brandau. Allerdings ist ja gestern der Chef des Hauses ganz plötzlich verstorben, wie mir zu Ohren gekommen ist. Und die Firma Wohlrabe hat bestimmt andere Sorgen, als sich um die Beerdigung Ihrer Frau zu kümmern. Da ging es ja schon zu normalen Zeiten mehr drunter und drüber, als man sich das vorstellen kann. Und jetzt, nachdem der Chef tot ist? Das wollen wir uns doch lieber nicht vorstellen müssen.«

Brandau sah den Mann misstrauisch an.

»Der Herr Wohlrabe ist hier bei mir gestorben, wissen Sie das auch?«

Setafilo verzog mitleidig das Gesicht, strich sich über den struppigen Oberlippenbart und zeigte seine vorstehende, schiefe, obere Schneidezahnreihe.

»Aber ja, natürlich weiß ich das. So leid es mir für den armen Mann tut, für Sie war es bestimmt ein zusätzlicher Schock, so kurz nach dem überraschenden Tod Ihrer Frau. Und wenn ich es recht verstanden habe, ist Ihr Badezimmer auch noch beträchtlich in Mitleidenschaft gezogen worden.«

»Das sage ich Ihnen«, gab der Bauarbeiter aufgebracht zurück und deutete auf die Badezimmertür. »Da drin sieht es aus, als ob Jugendliche eine Party gefeiert hätten, und es stinkt furchtbar. Und das alles nur, weil dieser Wohlrabe ausgerechnet bei mir tot umfallen musste.«

»Sehen Sie, Herr Brandau, das ist ein echter Fall von Pech. Aber wir wären nicht die Firma Schrick, wenn wir nicht für alle Eventualitäten eine Lösung anbieten könnten. Und die Lösung Ihrer Probleme kostet mich nicht mehr als einen kurzen Anruf, glauben Sie mir.«

»Und dann ist mein Badezimmer wieder sauber? Das glauben Sie doch selber nicht!«

Setafilo grinste Brandau an, nickte wissend mit dem Kopf, und legte ihm seine rechte Hand auf die Schulter. »Ganz so schnell geht es leider nicht, aber wenn Sie mir eine Stunde geben, werden Sie Ihr Bad nicht wiedererkennen. Und in der Zwischenzeit erkläre ich Ihnen, wie Sie dabei noch einen Haufen Geld sparen können, Herr Brandau.«

»Und das kostet mich wirklich nichts extra, dass die jetzt mein Badezimmer sauber macht?«, fragte Brandau zum dritten Mal, während Setafilo auf einem Taschenrechner herumhämmerte, der nicht nach seinen Vorstellungen zu funktionieren schien. Der frisch gebackene Witwer konnte noch immer nicht fassen, dass zehn Minuten nach dem Anruf des Bestatters eine Frau aufgetaucht war, die sofort mit der Grundreinigung seines Badezimmers begonnen hatte.

»Nein, so glauben Sie mir doch. Das ist ein Service unseres Hauses.«

Brandau war beeindruckt und begeistert. Wenn er es richtig verstanden hatte, bekam er gratis sein Bad geputzt und sparte noch mindestens 500 Euro an der Beerdigung seiner Frau, weil nach Setafilos Aussage Wohlrabe zu den teuersten Vertretern der Bestatterzunft gehörte, das Institut Schrick hingegen immer an seine Kunden dachte und mit viel weniger Gewinnspanne arbeitete.

»Aber meine Frau liegt doch bei denen im Kühlschrank«, warf Brandau zögernd ein. »Sie können sie doch nicht so einfach da abholen.«

»Und ob, Herr Brandau«, widersprach Setafilo vorsichtig, »und ob. Sie sind der nächste Hinterbliebene, und Sie bestimmen, wie mit der Leiche, also mit Ihrer Frau, verfahren wird. Wenn Sie uns jetzt beauftragen, fahren gleich zwei unserer Leute los und holen Ihre Frau ab. Damit ist die Geschichte für Sie erledigt, weil wir uns sogar noch um die Abrechnung mit Wohlrabe wegen des Transports vom Samstag kümmern. Alles kein Problem, Herr Brandau, wenn Sie nur hier …«, er deutete auf einen vor ihm liegenden Din-A4-Bogen, »… wenn Sie nur hier unterschreiben. Zudem, das habe ich ja schon gesagt, sparen Sie damit bares Geld, das Sie in Ihrer jetzigen Situation doch viel besser gebrauchen können, als es dem Bestatter in den Rachen zu werfen.« Er lächelte gütig. »Wir sind immer im Sinne der kleinen Leute unterwegs, Herr Brandau, das können Sie mir glauben. Wenn ich Ihnen sage, dass Sie Geld sparen, können Sie es mir glauben. Da erzähle ich Ihnen garantiert keinen Unsinn.«

»Das glaube ich Ihnen ja, aber ich traue dem Braten noch nicht so ganz, dass Sie meine Frau bei Wohlrabe einfach wegholen können.«

»Wenn es stimmt, dass Sie bei denen noch nichts unterschrieben haben, und das glaube ich Ihnen natürlich, dann hat das Beerdigungsinstitut Wohlrabe keine Handhabe gegen Sie, denn es gibt ja gar keinen rechtsgültigen Vertrag.«

Wieder drückte er verbissen auf dem Taschenrechner herum.

»Jetzt hab ich es«, vermeldete er ein paar Augenblicke später. »Ich fasse also nochmal zusammen, Herr Brandau: Das, was wir vorhin besprochen haben, kostet Sie in etwa 2.800 Euro. Ist das nicht billig? Oder besser preiswert?«

»Na, ich weiß ja nicht«, mokierte Brandau sich. »2.800 Euro kommt mir jetzt nicht gerade wie ein Sonderangebot vor.«

»Aber da ist doch eigentlich alles drin, Herr Brandau. Wir kümmern uns um jedes Papier, um die Kremation, also das Verbrennen, die Überführung, die vorgeschriebene zweite Leichenschau. Und in der Friedhofskapelle ist auch alles geregelt. Jetzt sagen Sie nur, dass Ihnen der Preis nicht gefällt. Das würde mir, ganz ehrlich, persönlich wehtun, Herr Brandau.«

»Nein, so meine ich das nicht. Auch habe ich keine Erfahrung mit solchen Preisen. Aber 2.800 Euro sind nun mal für einen einfachen Bauarbeiter kein Pappenstiel.«

»Das verstehe ich, Herr Brandau, und die Summe mag Ihnen beim ersten Eindruck auch ziemlich hoch erscheinen, aber bedenken Sie bitte, was Sie dafür alles bekommen. Und wie viel Geld Sie sparen.« Er deutete auf den Taschenrechner. »Da hätten wir zum Beispiel die Verbrennung im Krematorium in Diemelstadt, und nicht in Kassel, wo es doch viel teurer ist. Da sparen Sie gut und gerne 60 Euro.«

»Ja, schon, aber ...«, machte Brandau einen letzten, hoffnungslosen Versuch.

»Und ich glaube nicht, dass die Firma Wohlrabe Ihnen einen kostenlosen Putzservice zur Verfügung gestellt hätte«, brachte Setafilo erneut die Reinigungsaktion in Brandaus Badezimmer ins Spiel, »obwohl die eigentlich die Verursacher gewesen sind, bei allem Respekt für einen Toten.«

Brandau zog die Nase hoch und griff nach dem Kostenvoranschlag, wo der Mitarbeiter des Bestattungsunternehmens Schrick eben noch die Zahlen eingetragen hatte. »Na, dann her mit dem Ding. Und sehen Sie zu, dass da nicht noch so viel dazu kommt, sonst sind wir die längste Zeit Freunde gewesen. Klar?«

Damit setzte er seine krakelige Unterschrift unter das nicht sehr aussagefähige Papier.

»Nein, Sie können sich da voll und ganz auf mich verlassen, Herr Brandau. Ich mache ein ehrliches Geschäft, oder ich mache gar kein Geschäft, das ist meine Devise. Da können Sie jeden Fragen. Setafilo ist eine ehrliche Haut, erkundigen Sie sich. Da können Sie wirklich jeden fragen, jeden.«

»Ich glaub Ihnen ja«, beschwichtigte Brandau den Mann, der nun das Papier in seine alte, abgewetzte Ledertasche schob und aufstand.

»In einer Stunde liegt Ihre Frau bei uns in der Kühlung, Herr Brandau, und glauben Sie mir, wenn Sie es erleben könnte, würde Sie sich dort um einiges wohler fühlen als bei der Firma Wohlrabe, ganz ehrlich. Und nun schauen wir mal nach, wie weit unsere Svetlana mit der Reinigung Ihres Bades ist.«

Eine Dreiviertelstunde später stand Horst Brandau in seinem auf Vordermann gebrachten, nach Tannennadeln duftenden Bad, betrachtete sein altes, gegerbtes Gesicht im Spiegel und freute sich, dass er keine Arbeit mit der Leiche seiner Frau mehr haben würde.

Gut, 2.800 Euro waren wirklich kein Kindergeburtstag, aber er hatte insgeheim mit mehr gerechnet, viel mehr. Und wenn ihm dieser Setafila oder wie er hieß auch ziemlich auf den Wecker gegangen war, so musste er dem Italiener doch lassen, dass er sich bemüht hatte, überall ein paar Euro einzusparen.

Gerade, als er nach dem Rasierapparat greifen wollte, klingelte das Telefon im Flur.

»Brandau«, meldete er sich.

»Guten Morgen, Herr Brandau. Hier spricht Hubert Conradi vom Bestattungsinstitut Wohlrabe.«

Brandau schluckte und schwieg.

»Herr Brandau?«

»Ja, ich bin dran. Was gibt's denn?«

»Hier sind zwei Mitarbeiter der Firma Schrick, die wollen die Leiche Ihrer Frau abholen. Das kann sich doch hoffentlich nur um einen Irrtum handeln, oder?«

Brandau überlegte fieberhaft, wie er aus der Situation herauskommen könnte.

»Herr Brandau?«

»Ja.«

»Haben Sie das veranlasst, dass die Bestattung an die Firma Schrick gegangen ist?«

»Na ja«, versuchte Brandau auf Zeit zu spielen, »Ihr Boss ist ja nun nicht mehr, und die Firma Schrick ist auch viel billiger, wie man so hört.«

»Aber das ist doch Unsinn, Herr Brandau. Wir sind der größte Bestatter in der ganzen Gegend, und wir sind es nur, weil wir die deutlich günstigsten Preise machen können. Was Schrick da erzählt, ist so doch gar nicht haltbar.«

Brandau merkte, wie sich auf seiner Stirn die ersten Schweißperlen breit machten. »Ja … nein …«, stotterte er, immer noch auf der Suche nach der einfachen Lösung.

»Ich dachte, Sie waren mit unserer Leistung zufrieden, immerhin haben wir Ihre Frau am Samstagnachmittag ohne Murren und Knurren abgeholt, Herr Brandau. Oder hat Ihnen irgendetwas nicht gefallen? Gab es vielleicht ein Problem?«

»Nein, es gab kein Problem«, stöhnte der Bauarbeiter nun deutlich genervt. »Aber ich habe jetzt einen Vertrag mit der Firma Schrick gemacht, da komme ich doch nicht so einfach wieder raus.«

»Das lassen Sie ruhig meine Sorge sein, Herr Brandau. Wie die bei Schrick sich das vorstellen, geht das ja schon mal gar nicht. Immerhin hatten Sie uns zuerst beauftragt, und wer die Leiche hat, der hat den Auftrag, so sieht das nämlich aus, und nicht anders. Und wenn Sie mir jetzt sagen, dass wir uns um die Beerdigung Ihrer Frau kümmern sollen, dann schicke ich die beiden Lümmel von Schrick einfach wieder weg, ja?«

Brandau schluckte erneut, kniff die Augen zusammen und fühlte sich unendlich mies.

»Also, Herr Brandau, was soll ich machen? Sind wir noch im Geschäft, oder wollen Sie Ihre arme Frau diesen Strolchen von Schrick anvertrauen?«

»Nein, Sie können sich um alles kümmern, wie abgemacht. Aber dann sorgen Sie auch dafür, dass mich diese andere Firma in Ruhe lässt. Ich habe keine Lust, dass ständig mein Telefon klingelt oder jemand bei mir schellt, weil er meine Frau unter die Erde bringen will. Sind wir uns da einig?«

»Absolut, Herr Brandau. Und ich sage Ihnen hiermit verbindlich zu, dass wir mindestens 10 Prozent günstiger sind als das Angebot, dass Schrick Ihnen gemacht hat.«

In diesem Moment hellte sich Horst Brandaus Miene deutlich auf. »Dann sind wir erst recht im Geschäft.«

»Ich danke Ihnen, Herr Brandau, und ich garantiere Ihnen,dass Sie es nicht bereuen werden.«

»Na, da lass ich mich mal überraschen«, gab der Bauarbeiter zurück und legte auf.

15

»Du hättest mich ruhig gestern anrufen können«, nölte Hain, während er mit dem Dienstwagen vom Hof des Präsidiums rollte. »Sonst meldest du dich ja auch wegen jedem Furz bei mir.«

»Ich hab darüber nachgedacht«, versuchte Lenz seinen Kollegen zu beschwichtigen, der gewohnt sensibel auf diese vermeintliche Ausgrenzung reagierte, »aber was, außer Überstunden, von denen du wahrlich genug auf dem Konto hast, hätte es gebracht, wenn wir zusammen losgezogen wären. Zudem gab es bis vorhin noch die klitzekleine Chance, dass es sich gar nicht um ein Fremdverschulden handelt.«

Dr. Franz, der Rechtsmediziner, hatte sich eine Viertelstunde zuvor gemeldet und die Ergebnisse der Blutuntersuchungen durchgegeben. Damit war jeder Zweifel an der Todesursache beseitigt.

»Stimmt schon«, lenkte Hain ein. »Außerdem hatte ich auch ohne dich einen richtig schönen Sonntag.«

»Mit deiner Carla?«

»Logisch, was glaubst du denn?«

Der junge Oberkommissar lebte seit ein paar Monaten mit einer Krankengymnastin zusammen, die er während der Reha nach einer Schussverletzung kennen und lieben gelernt hatte.

»Das scheint ja was Ernstes zu sein mit euch beiden.«

»Ja, es scheint tatsächlich so«, erwiderte Hain zufrieden.

»Da, links, das ist das Haus«, erklärte Lenz seinem Kollegen, nachdem er auf die Straße im Stadtteil Wolfsanger eingebogen war.

»Das hätte ich mir aber viel größer und luxuriöser vorgestellt«, bemerkte der Oberkommissar mit einem Blick auf den Bungalow.

»Warum das denn?«

»Na ja, immerhin reden wir, nach deiner Aussage, vom größten Bestatter in der Gegend. Und dann diese bescheidene Hütte?«

»Was soll das denn? Es gibt nun mal Leute, die nicht gerne protzen, und vielleicht gehörte dieser Wohlrabe zu eben jenen Menschen.«

»Ho, ho, Brauner«, gab Hain mit erhobenen Händen zurück. »Ich hab doch nur angemerkt, dass mir die Hütte ein klein wenig unrepräsentativ vorkommt. Mach doch daraus keinen Staatsakt.«

Lenz atmete tief durch. »Entschuldigung, war nicht so gemeint. Ich hab, glaube ich, heute nicht meinen besten Tag.«

Hain griff zum Türöffner. »Ist O. K. Ich glaube nun mal nicht daran, dass die Menschen ihre Werte und ihren Wohlstand nicht auch zur Schau stellen wollen. Jeder, der etwas hat, will auch ein klein wenig damit protzen. Und du kannst mir nicht erzählen, dass jemand einen Golf fährt, wenn er sich eine S-Klasse leisten könnte.«

Nun stiegen beide aus und warfen die Türen des Opel Vectra zu.

»Da bin ich ganz anderer Meinung. Leider kennen wir nicht jeden Golf-Fahrer und können ihm seinen Wohlstand nachweisen, aber ich glaube es trotzdem einfach nicht.«

»Ich würde es auf jeden Fall nicht so machen«, versuchte Hain es mit einem letzten Argument über das Dach hinweg. »Wenn ich mir etwas Größeres, Stärkeres zu fahren leisten könnte, würde ich es auf jeden Fall machen. Und meine Woh-

nung würde auch meine finanziellen Möglichkeiten wider-
spiegeln. Und damit basta.«

✳

Sie wurden nach dem zweiten Klingeln von Monika Wohlrabe eingelassen und an der Glastür empfangen.

»Haben Sie Zeit für ein paar Fragen, Frau Wohlrabe?«,
erkundigte sich Lenz, nachdem er kurz seinen Kollegen vorgestellt hatte.

»Natürlich. Allerdings habe ich im Lauf des Vormittages
einige Termine, die ich nicht verschieben kann. Es ist nach
solch einem Schicksalsschlag viel zu tun, wie Sie sich sicher
vorstellen können.«

Die Frau, die einen hellen Jogginganzug und Sportschuhe
trug, bat die Polizisten in die Küche. Dort servierte sie Kaffee
und setzte sich dann ebenfalls an den großen Buchenholztisch.

»Bitte, Herr Kommissar, was haben Sie für Fragen?«

Lenz nahm einen Schluck Kaffee, während Hain seinen
Notizblock aus der Jacke kramte und aufklappte.

»Zunächst«, begann der Hauptkommissar, »ist es leider
zur Gewissheit geworden, dass Ihr Mann an einer Vergiftung gestorben ist«.

Sie riss die Augen auf und hielt sich dabei die Hände vor
den Mund.

»Wie es dazu kam«, fuhr Lenz ungerührt fort, »versuchen
wir nun herauszufinden.«

»Wollen Sie damit sagen, dass mein Mann umgebracht
wurde?«

»Wie erwähnt, wir ermitteln in alle Richtungen. Das
schließt natürlich auch ein wie auch immer geartetes Fremdverschulden ein.« Er machte eine kurze Pause, bevor er wei-
terfragte. »Zunächst interessieren wir uns für den Samstag-

abend. Sie sprachen gestern davon, dass Ihr Mann nach dem Essen über Magenprobleme klagte. Wann war das?«

Monika Wohlrabe warf den Kopf zurück und wischte sich mit der linken Hand über die Augen. »Nachdem wir hier angekommen waren, ist er noch einmal kurz hinüber ins Büro, während ich mich für die Nacht fertig gemacht habe. Als er zu mir ins Bett kam, hat er zum ersten Mal über Magenschmerzen und Übelkeit geklagt.«

»Wie lange nach dem Essen war das?«

»Eineinhalb, höchstens zwei Stunden.«

»Hatte er eine Idee, womit das Unwohlsein zusammenhängen konnte?«

»Er hatte Krautsalat gegessen. Und den hat er nie besonders gut vertragen. Im Nachhinein ist mir aber auch noch eingefallen, dass er eine Pilzsuppe hatte. Vielleicht lag es ja daran.«

Sie sah die Polizisten mit großen Augen an. »Ist er am Ende an einer Pilzvergiftung gestorben?«

Lenz zuckte mit den Schultern. »Woran genau Ihr Mann gestorben ist, können wir aus ermittlungstaktischen Gründen nicht preisgeben. Bitte haben Sie dafür Verständnis.«

»Ja, natürlich, ich meinte ja nur …«

»Wie ging es dann weiter? Hat er normal geschlafen?«

»Nein, aber leider habe ich davon nichts mitbekommen, weil ich einen sehr tiefen und festen Schlaf habe. Als wir gestern Morgen aufgewacht sind und er wirklich nicht gut aussah, hat er mir erzählt, dass die Nacht für ihn wohl sehr ungemütlich verlaufen ist.«

»Was bedeutet das?«, mischte Hain sich ein.

»Nach seiner Schilderung hat er mehr Zeit auf der Toilette als im Bett verbracht.«

»Wie kommt es dann, dass er nicht zum Arzt gegangen ist?«

Die Frau kramte in der Hosentasche nach einem Papiertaschentuch, schnäuzte sich laut und wischte erneut über ihre Augen.

»Einer der Mitarbeiter hatte private Probleme«, fuhr sie fort. »Seine Frau wurde am Samstag ins Krankenhaus eingeliefert, also musste mein Mann für ihn einspringen. Und weil er der pflichtbewussteste und diszipliniertеste Mensch war, den ich jemals kennengelernt habe, war es für ihn klar, dass er in die Firma fahren würde. Er dachte ja, dass es sich um eine Magenverstimmung oder etwas Ähnliches handeln würde und hat versucht, das Ganze eher scherzhaft zu sehen. Ein tragischer Fehler, wie wir jetzt wissen.«

»Das stimmt leider«, bestätigte Lenz. »Trotzdem muss ich Ihnen noch ein paar Fragen zu diesem Dinner in the Dark stellen.«

»Bitte, fragen Sie.«

»Dieses Essen hat in absoluter Dunkelheit stattgefunden?«

»Ja, das ist der Sinn, der dahinter steht.«

»Das heißt, Sie konnten nicht sehen, was Ihnen serviert wurde?«

»Auch das ist richtig.«

»Und am Essen gab es geschmacklich nichts auszusetzen?«

»Nein, alles war vorzüglich. Natürlich hat jeder Mensch seine Vorlieben, was er gerne mag und was weniger, aber grundsätzlich war das Menü eine Offenbarung.«

»Und während des Dinners ist Ihnen auch nichts Besonderes aufgefallen?«

»Nein, was meinen Sie?«

»Dass sich jemand an dem Teller Ihres Mannes zu schaffen gemacht hätte, zum Beispiel. Immerhin konnten Sie gar nichts sehen, da wäre das doch ohne Weiteres möglich gewesen.«

»Nein«, schüttelte sie den Kopf, »da ist mir nichts aufgefallen. Aber ich kann es mir auch nicht vorstellen, weil jeder

der Beteiligten damit beschäftigt war, seinen eigenen Teller zu finden und zu leeren.« Wieder warf sie den Kopf ins Genick, als ob sie nachdenken würde. »Warten Sie, etwas war doch ungewöhnlich. Der Mann am Nachbartisch hat sich einmal zu uns herüber gebeugt. Ich hätte es gar nicht bemerkt, aber er hat meinen Mann dabei angestoßen, deshalb ist es ihm aufgefallen.«

»Aha«, machte der Hauptkommissar.

»Wie weit standen die Tische denn auseinander?«, mischte Hain sich wieder ein.

»Etwa eine Handbreit, vielleicht etwas mehr, aber daran kann ich mich nicht mehr so genau erinnern. Der Raum, in dem die Veranstaltung stattfindet, ist nicht sehr groß, deshalb ist zwischen den einzelnen Tischen nicht viel Platz. Ich vermute sogar, dass die beiden Tische im Normalfall zusammenstehen.«

Der Oberkommissar machte sich ein paar Notizen. »Und der Mann hat sich zu Ihrem Tisch herübergebeugt. Hat er dabei etwas Ungewöhnliches gemacht?«

»Das weiß ich natürlich nicht, weil ich es nicht gesehen habe. Ich habe von der ganzen Aktion erst etwas mitbekommen, als mein Mann zu ihm sagte, dass er ihm nichts abgeben würde, und wenn er noch so dicht auf seine Pelle rücken würde. Das war natürlich scherzhaft gemeint.«

»Natürlich«, bestätigte Hain und kritzelte wieder etwas in seinen Block.

»Wie war denn insgesamt die Stimmung während des Dinners?«

»Zuerst etwas verhalten, weil man sich ja nicht gekannt hat. Aber mit jeder Minute wurden die Teilnehmer lockerer und haben sich dann ganz angeregt miteinander unterhalten.«

»Worum ging es dabei?«

»Na ja, wo kommen Sie her, warum sind Sie hier gelandet, solche Sachen halt. Nur das Ehepaar, das neben uns saß, also das, wo der Mann sich herübergebeugt hat, war nicht sehr gesprächig. Besonders sie war extrem wortkarg.«

»Er hat aber gesprochen? Können Sie sich erinnern, was er gesagt hat, oder wo er herkam?«

»Nein, da kann ich Ihnen nicht helfen.«

»Das macht nichts«, erklärte Lenz. »Wie war das denn mit den Bedienungen?«, fuhr er fort. »Wie haben die sich denn orientiert, in totaler Finsternis?«

»Es war nur ein Kellner, Luca. Der hat so ein Gerät auf dem Kopf gehabt, mit dem er auch in dieser Dunkelheit etwas sehen konnte. Fragen Sie mich aber bitte nicht, wie das funktioniert.«

»Und an dem ist Ihnen nichts Besonderes aufgefallen?«

»Doch, aber das wird Ihnen vermutlich nicht weiterhelfen. Der Mann war ausgesucht höflich, zuvorkommend und professionell. So etwas findet man heute nicht so häufig in der Gastronomie.«

»Aha«, machte Lenz wieder.

»Ja, mein Mann hat ihm deshalb auch ein schönes Trinkgeld gegeben.«

»Was heißt das?«

»20 Euro.«

Lenz pfiff leise durch die Zähne. »Das ist wirklich ein ordentliches Trinkgeld. Und nach dem Essen sind Sie beide gleich nach Hause gefahren? Oder waren Sie noch irgendwo anders?«

»Nein, wir sind gleich hierher gefahren.«

»Sind Sie gefahren oder Ihr Mann?«, wollte Hain wissen.

»Ich. Mein Mann hatte etwas getrunken. Ausnahmsweise.«

Es entstand eine Pause, während der Lenz seinen Kollegen kurz ansah. Der zuckte mit den Schultern.

»Gut«, meinte der Hauptkommissar dann. »Das wäre es fürs Erste. Wenn wir weitere Fragen ...«

»Eine Frage hätte ich doch noch«, fiel Hain ihm ins Wort. »Vermutlich sind Sie, Frau Wohlrabe, die Alleinerbin Ihres Mannes, oder?«

»Selbstverständlich, ja.«

»Sie haben also keine Kinder?«

»Nein, wir haben uns gegen ein Leben mit Kindern entschieden. Mein Mann sagte dazu gerne, dass er nicht im Rollstuhl zur Abiturfeier seiner Kinder geschoben werden wollte.«

»Wie lange waren Sie und Ihr Mann verheiratet?«

»Ein Jahr und vier Monate.«

»War Ihr Mann früher schon einmal verheiratet?«

»Ja, das war er.«

»Ebenfalls kinderlos?«

»Ja.«

»Lebt seine erste Frau noch?«

»Ja, sie lebt noch. Sehr gut sogar.«

Wieder machte sich der Oberkommissar ein paar Notizen. »Haben Sie ihre Adresse?«

»Die Dame wohnt im Nachbarhaus. Sie treten einfach auf die Straße, gehen nach links, und klingeln im nächsten Haus. Selbst der Name stimmt überein.«

*

»Wie findest du die trauernde Witwe?«, fragte Lenz seinen Kollegen, als sie wieder auf der Straße standen.

»Geiles Fahrwerk, würde ich sagen.«

Lenz hatte einen bösen Spruch auf den Lippen, schob ihn jedoch zurück in den Hals. »Und als Polizist, ohne das ganze Testosteron in den Augen?«

»Sie ist die Witwe mit Motiv, soviel ist klar. Zumal sie mit an Sicherheit grenzender Wahrscheinlichkeit ganz in der Nähe war, als ihm das Gift verabreicht wurde.«

»Und irgendwie hält sich ihre Trauer in überschaubaren Grenzen, oder?«

»Das hab ich auch gedacht, ja. Sie ist eindeutig zu cool.«

»Wollen wir ihrer Vorgängerin noch einen kurzen Besuch abstatten?«

»Von mir aus. Wobei ich mir schlecht vorstellen kann, dass deren Fahrwerk mit dem des Nachfolgemodells mithalten kann.«

»Machoarsch!«

16

Peter Schrick stürmte aus dem Büro, stieg wutentbrannt in sein Porsche-Cabriolet und startete den Motor. Während er sich aggressiv in den zähen Innenstadtverkehr einfädelte, zündete er sich eine Zigarette an, die er jedoch nach einem Zug wieder aus dem Fenster warf, nur um sich an der nächsten Kreuzung eine neue in den Mund zu stecken. Etwa zehn Minuten später hatte er sein Fahrtziel erreicht.

»Wo ist dieser Idiot von Bollinger?«, brüllte er einen Auszubildenden auf dem Hof der Friedhofsverwaltung an. Der Junge zuckte erschreckt zusammen und deutete mit hochgezogenen Schultern auf die hintere Tür des Krematoriums.

»Vielleicht ...«

»Vergiss es, du Nichtsnutz!«, zischte Schrick, lief mit schnellen Schritten in die Richtung, in die der Junge gezeigt hatte, und riss an der verschlossenen Tür. Dann schlug er mit der rechten Faust gegen die Sicherheitsglasscheibe. Zunächst passierte nichts, dann erschien ein Mann im blauen Arbeitsanzug, der sich langsam auf die Tür zubewegte.

»Moment, Moment«, gab er beruhigend von sich. »Hier kommt jeder dran.«

Als er die Tür erreicht hatte, drückte er die Klinke herunter und wollte daran ziehen, doch Schrick schob ihn sofort ins Innere des mit allerhand EDV-Utensilien bestückten Raumes.

»Hallo, hallo, Herr Schrick«, jammerte er, »so geht das aber nicht. Was wollen Sie denn?«

»Tag, Herr Abel. Wo ist Bollinger? Wo ist dieser verdammte Bollinger?«

Der Arbeiter im Blaumann sah ihn verstört an. »Der Jürgen ist unten. Was wollen Sie denn von ihm? Und warum um alles in der Welt sind Sie so geladen?«

Ohne zu antworten schob der Bestattungsunternehmer ihn zur Seite, verließ das Büro durch die Hintertür und betrat die mit Gitterrost belegte Treppe ins Untergeschoss. Dort fand er Jürgen Bollinger vor der mit großem Lärm arbeitenden Knochenmühle. Der Krematoriumsmitarbeiter trug einen Gehörschutz und bekam deshalb nicht mit, dass Schrick sich näherte.

»He!«, brüllte der Bestatter in den Krach der Maschine und schlug Bollinger dabei auf die Schulter. Der zuckte erschrocken zusammen, drehte sich um, und streifte dabei den Gehörschutz von den Ohren.

»Was soll denn das? Sind Sie wahnsinnig geworden?«, fragte er völlig entgeistert.

»Haben Sie gestern während einer Führung behauptet, dass es völlig in Ordnung sei, Verstorbene ohne Schmuckurne beizusetzen? Dass diese blöde Aschekapsel, in der die Überreste von euch verschickt werden, völlig ausreicht?«

Bollinger drückte einen Knopf an der Knochenmühle, sodass der Lärm langsam abebbte und die Maschine schließlich ganz verstummte.

»Klar hab ich das gesagt«, erwiderte er ungerührt. »Ist doch die Wahrheit, oder?«

»Das tut doch gar nichts zur Sache, ob es die Wahrheit ist oder nicht, Sie Idiot. Was glauben Sie denn, was passiert, wenn wir keine Schmuckurnen mehr verkaufen können, weil Sie den Besuchern Flausen in den Kopf setzen? Das ist doch das Einzige, an dem wir noch halbwegs was verdienen.«

Bollinger sah ihn mit großen Augen an, schüttelte den Kopf und hatte offenbar große Mühe, ein Grinsen zu unterdrücken. »Ich will Ihnen ja nicht zu nahe treten, Herr Schrick, und ich sage es mit allem gebotenen Respekt, aber das ist doch gequirlte Scheiße, was Sie hier erzählen. Und das wissen Sie auch ganz genau.«

Der Bestattungsunternehmer lief feuerrot an und verengte die Augen zu Schlitzen, bevor er antwortete.

»Hören Sie zu, Sie Arschloch, so geht das nicht. Ich werde jetzt zu Ihrem Chef rübergehen und mich über Sie beschweren. Und wenn es irgendeine Möglichkeit geben sollte, wie ich Sie in Zukunft aus den Führungen raushalten kann, dann mache ich das lieber gleich als später. Sie gehen mir nämlich mit Ihrer renitenten Art schon eine ganze Weile auf den Sack, Sie verdammter Penner.«

»Viel Vergnügen dabei«, murmelte Bollinger, schob sich den Gehörschutz zurück auf die Ohren und schaltete die Knochenmühle wieder ein.

»Das könnte dir so passen«, brüllte Schrick, nun fast rasend vor Zorn, und schlug dem Krematoriumsmitarbeiter mit der flachen Hand gegen den Kopf. Bollinger flog nach vorne und knallte mit der Stirn gegen die Knochenmühle.

»Was ist denn hier los?«, hörte er die Stimme seines Kollegen Roland Langer, bevor er zu Boden stürzte.

✳

»Was fällt Ihnen ein, den armen Schrick zu schlagen?«

Jürgen Bollinger sah seinen Chef entsetzt an, dem er etwa 15 Minuten später in dessen Büro gegenübersaß. »Ich hab den Arsch nicht geschlagen, Boss. Ehrlich nicht.«

Werner Debus, der Leiter der Friedhofsverwaltung, ging nicht darauf ein.

»Der Kollege Langer hat es gesehen und kann es bezeugen, Herr Bollinger. Sie sollten sich auf der Stelle bei Herrn

Schrick entschuldigen, vielleicht können wir die Situation dadurch doch noch retten. Er sitzt draußen und kühlt sich sein rot angelaufenes Gesicht.«

Bollinger schüttelte entgeistert den Kopf, wobei sich der dilettantisch angebrachte Verband um seine Stirn bedenklich hin und her bewegte. »Was erzählt dieser Langer, dieser Spinner? Hat der sie nicht mehr alle? Ich stand vor der Knochenmühle und hab an nichts Böses gedacht, als der Kerl mich wegen einer Aussage während der Führung gestern Nachmittag anbrüllt. Ich erkläre ihm, dass ich nichts Schlimmes getan, sondern nur die Wahrheit gesagt habe und will weiterarbeiten, als er mir an die Birne haut.« Er deutete auf seinen verbundenen Kopf. »Dabei bin ich mit der Rübe gegen die Mühle geknallt und auf dem Boden gelandet. Und jetzt soll ich ihm eine gehauen haben? Das ist doch wohl nicht wahr?«

»Aber der Kollege Langer …«

»Der Kollege Langer«, wurde er von Bollinger schroff unterbrochen, »der Kollege Langer steckt so tief im Hintern der Bestatter, dass er seine Umwelt gar nicht mehr wahrnimmt. Der würde jeden Meineid schwören, um sich sein Ansehen bei denen zu erhalten. Und die Trinkgelder, wenn er ihnen ihre Wünsche mal wieder von den Augen abliest.«

»Nun machen Sie mal halblang, Herr Bollinger. Der Kollege Langer ist ein guter und durch und durch geschätzter Mitarbeiter, der sich noch nie etwas zuschulden kommen lassen hat. Was man von Ihnen bei Gott nicht behaupten kann. Also, was ist mit einer Entschuldigung?«

Bollinger überlegte kurz. Wenn Langer, dieser kleine Arschkriecher, tatsächlich bestätigen würde, dass er Schrick geschlagen hätte, konnte die Geschichte übel ausgehen. »Aber Boss, es ist wirklich nicht …«, machte er einen weiteren Versuch, wurde jedoch diesmal von Debus unterbrochen.

»Keine Chance, Herr Bollinger, selbst wenn Sie noch so sehr an mich heranreden. Diesmal sind Sie zu weit gegangen. Sie wissen selbst, dass ich Sie auf der Stelle rauswerfen müsste, wenn ich mich an die Statuten halten würde, was ich eigentlich tun sollte und müsste. Also, entschuldigen Sie sich bei dem Mann.«

Jürgen Bollinger stand auf, trat vor seinen Chef, und beugte sich über den Schreibtisch zu ihm hinunter. »Ich weiß nicht, ob Sie selbst glauben, was hier gerade abgeht, aber ich will es nicht glauben, und ich werde es nicht hinnehmen. Ich gehe jetzt da raus, schreite ganz gemütlich an dem netten Herrn Schrick vorbei und nehme meine Arbeit wieder auf. Aber nur, wenn Sie mir glauben. Wenn nicht, fahre ich auf der Stelle ins Krankenhaus und lasse mich untersuchen. Danach zeige ich diesen Blödmann bei der Polizei wegen Körperverletzung an. Und ich bin sicher, dass sich auf diese Geschichte nicht nur die örtliche Presse stürzen wird.«

Debus' Gesicht verfinsterte sich schlagartig.

»Wollen Sie mir drohen, Bollinger?«

»Ich will gar nichts, Herr Debus. Ich will nur nicht von diesen beiden Rotzlöffeln eingetütet werden.«

Nun stand der Friedhofsverwaltungsleiter auf und kam um den Schreibtisch herum. »Seien Sie doch kein Dummkopf, Herr Bollinger. Und denken Sie bei allem, was Sie tun, auch an das große Ganze, denken Sie auch bitte an Ihre Kollegen. Wir sind auf die Bestatter angewiesen, ach was, eigentlich sind wir ihnen auf Gedeih und Verderb ausgeliefert, das muss ich doch gerade Ihnen nicht erzählen. Wenn die uns in Zukunft nicht mehr beliefern, sind wir geliefert.«

Er atmete tief durch.

»Sie haben keine Chance, und nun springen Sie über Ihren Schatten und halten Schrick die Hand hin. Entschuldigen Sie sich bei ihm, den Rest regle ich.«

Wieder dachte Bollinger nach und wog die Argumente gegeneinander ab. Natürlich hatte sein Boss recht; das Krematorium war auf die Bestatter angewiesen. Aber das durfte doch nicht dazu führen, dass er hier vorgeführt wurde. Nicht von diesen beiden Spinnern! Auf der anderen Seite stand die Aussage von Langer, diesem Scheißkerl. Wenn er wirklich in einem Verfahren lügen würde, war er seinen Job los. Damit war auch niemandem gedient.

»Gut«, knirschte Bollinger. »Ich werde mich entschuldigen, aber das ist kein Schuldeingeständnis, dass das klar ist.«

»Aber natürlich, Herr Bollinger. Sie entschuldigen sich, ich trinke einen Kaffee mit ihm, und alles ist wieder in Butter.« Damit schlug er seinem Mitarbeiter kräftig auf die Schulter. »Worum ging es eigentlich bei Ihrer Auseinandersetzung?«

»Ach, Boss, es ist doch irgendwie immer das Gleiche. Diesmal hat er sich auf den Schlips getreten gefühlt, weil ich einer Teilnehmerin der gestrigen Führung erzählt habe, dass es nicht unbedingt notwendig ist, unsere Aschekapsel in eine Schmuckurne zu stecken, nur um sie anschließend in der Erde zu versenken.«

Debus verzog säuerlich das Gesicht. »Das hatten wir doch nun schon öfter, Herr Bollinger. Und Sie haben mir erst vor einem Vierteljahr, wenn ich mich recht erinnere, versprochen, sich mit solchen Aussagen, die die Verdienstmöglichkeiten der Bestatter betreffen, zurückzuhalten. Fällt es Ihnen denn wirklich so schwer, einfach mal den Mund zu halten?«

»Ganz und gar nicht, Herr Debus. Aber es geht mir einfach auf den Wecker, wenn diesen alten, oft auch noch ziemlich armen Leuten auf solch miese Weise das Geld aus der Tasche gezogen wird.«

Debus nickte verständnisvoll. »Das sehe ich doch genauso, Herr Bollinger. Aber es ist nun einmal nicht unsere Aufgabe, die potenziellen Hinterbliebenen während der Führungen in

Sachen Kostenersparnis zu beraten. Das sollen und können wir nicht leisten, und außerdem belastet es, wie wir sehen, das Verhältnis zu unseren Geschäftspartnern, den Bestattern, in ganz erheblichem Umfang.«

»Wenn das Ihre größte Sorge ist …«

»Ja, Sie Ignorant, das ist meine größte Sorge. In diesem Betrieb arbeiten viele Menschen, und alle sind darauf angewiesen, dass die Bestatter ihre Leichen bei uns abliefern und nicht irgendwo anders. Sie wissen doch ganz genau, wie viel Umsatz uns weggebrochen ist, seit das Krematorium in Diemelstadt eröffnet worden ist. Dazu Schwarzenborn. Göttingen ist nur gut 40 Kilometer entfernt, und am Horizont droht uns mit der Einrichtung in Hofgeismar das größte Krematorium der Republik. Glauben Sie wirklich nicht, dass jeder Einzelne hier, also auch Sie, für jeden anderen Mitverantwortung trägt?«

Nun war Bollinger endgültig geschlagen.

»Ja, natürlich, Sie haben ja recht«, erwiderte er zerknirscht. »Aber wie gesagt, das wird kein Schuldeingeständnis, wenn ich mich bei Schrick entschuldige. Überhaupt nicht und in keinster Weise.«

»Noch einmal, das verlangt ja auch niemand von Ihnen. Sie entschuldigen sich, den Rest erledige ich.«

Eine halbe Minute später hatte Bollinger den Kotau hinter sich gebracht. Debus war mit ihm auf den Flur gegangen und hatte überwacht, dass es wirklich eine vollständige Entschuldigung war, die sein Mitarbeiter dem Bestatter andiente. Danach war er mit Schrick in seinem Büro verschwunden.

*

»Ich könnte kotzen!«, ärgerte sich der immer noch aufgebrachte Bollinger während der Mittagspause.

»Lass gut sein«, beschwichtigte ihn sein Freund und Vorgesetzter Klaus Steinhoff, der technische Leiter des Krematoriums. »Langer ist ein Arsch, das weiß doch jeder hier. Und du kannst froh sein, dass der Boss dich nicht gleich rausgeworfen hat. Das ist nur passiert, weil er erstens Langer auch nicht hundertprozentig vertraut, und zweitens, weil wir uns in der derzeitigen Situation keine Schlagzeilen leisten können. Ich hab sowieso keine Idee, wie das alles hier weitergehen soll, wenn Hofgeismar wirklich genehmigt wird.«

»Das glaubst du doch selbst nicht, dass die da draußen dieses Riesending hochgezogen kriegen. Wo soll denn bei der jetzigen Wirtschaftslage das Geld dafür herkommen? Der Belgier, der das alles schultern wollte, ist doch nicht grundlos ausgestiegen.«

»Ich weiß, und wir führen diese Diskussion ja auch nicht zum ersten Mal, Jürgen. Aber ich mache mir schon Gedanken um die Zukunft, und die sieht bestimmt nicht rosiger aus, wenn es tatsächlich so kommen sollte.«

»Und jetzt kommt dieser blöde Schrick, haut mir eine runter und behauptet dann, ich hätte ihm eine gelangt. Das ist so dermaßen ungerecht, das glaubst du nicht.«

»Ich kann dich wirklich verstehen, aber das ändert nichts. Ich glaube dir, dass du ihm keine geschmiert hast, aber das nützt uns nichts.«

»Und wenn mir Langer noch einmal querkommt ...«, wollte Bollinger eine Drohung aussprechen, wurde jedoch von seinem Freund unterbrochen.

»... dann behältst du die Faust in der Tasche, drehst dich um und gehst weg. Was anderes kostet dich nur deinen Job, und das willst du als allerletztes.«

»Stimmt«, bestätigte Bollinger.

*

Während Bollinger und Steinhoff in ihr Gespräch vertieft waren, wurde zur gleichen Zeit im Nebengebäude ihr Chef von Peter Schrick unter Druck gesetzt.

»Das geht so nicht weiter mit diesem Bollinger«, erklärte der Bestatter dem Leiter der Friedhofsverwaltung. »Das müssen doch auch Sie einsehen, Herr Debus.«

»Ich kann verstehen, dass Sie aufgebracht sind, Herr Schrick, aber Jürgen Bollinger ist ein langjähriger und zuverlässiger Mitarbeiter des Krematoriums.«

Schrick deutete auf seinen Kopf. »Und was ist damit? Wenn ich mit dieser Verletzung zum Arzt gehe, diagnostiziert der mit Sicherheit eine Gehirnerschütterung. Ich weiß ohnehin nicht, warum ich Ihnen diesen Gefallen tun soll.«

»Vielleicht, weil es am Ende gar nicht so schlimm ist, wie Sie sagen. Und weil Roland Langer nicht immer der Ehrlichste meiner Mitarbeiter ist.«

Schrick beugte sich aufgebracht in seinem Stuhl nach vorne. »Wollen Sie damit sagen, dass ich lüge?«

»Nein, das will ich natürlich nicht sagen. Was ich aber sagen will, ist, dass Langer alles tun würde, um den Job des Betriebsleiters in Hofgeismar zu bekommen, wenn das Krematorium dort wirklich gebaut werden sollte. Und was ich weiterhin sagen will ist, dass die Spatzen von den Dächern pfeifen, dass Sie, Herr Schrick, sich mit ein paar Prozent an der Einrichtung beteiligen wollen.«

Der Bestatter schnappte nach Luft. »Das ist eine üble Unterstellung, Herr Debus. Ich kann mir überhaupt nicht vorstellen, wie Sie auf diese Idee kommen.«

»Na ja, dann lassen wir uns eben überraschen, wenn es soweit ist. Und bis dahin müssen Sie noch mit Jürgen Bollinger auskommen.«

»Sie wollen also nichts gegen diesen gewalttätigen und renitenten Mann unternehmen?«

»Ganz und gar nicht, nein.«

»Dann weiß ich nicht, ob ich in Zukunft meine Leichen noch im hiesigen Krematorium verbrennen lassen möchte.«

Debus lehnte sich mit einem Schulterzucken in seinen Stuhl zurück. »Das bleibt Ihnen unbenommen, Herr Schrick. Allerdings weiß ich aus berufenem Mund, dass Sie schon seit geraumer Zeit auch in Diemelstadt und Schwarzenborn kremieren lassen. Also, was soll diese Drohung?«

»Ich könnte ganz abwandern, Herr Debus. Dann würden Ihnen 180 bis 220 Leichen jedes Jahr fehlen.«

»Planen Sie das nicht sowieso, wenn Hofgeismar seinen Betrieb aufnimmt? Anders wäre Ihre Beteiligung dort doch schwer zu verstehen, oder?«

Der Bestattungsunternehmer sprang aus seinem Stuhl auf und funkelte Debus an. »Übertreiben Sie es nicht. Ich bin mir meiner Marktmacht durchaus bewusst. Und wenn ich gehe, ziehe ich sicher den einen oder anderen Kollegen mit, das können Sie mir glauben.«

Der Verwaltungsleiter stand ebenfalls auf und reichte ihm die Hand. »Wiedersehen, Herr Schrick. Und vergessen Sie nicht, Ihre Beule zu kühlen.«

17

Hain legte den Finger auf den kleinen Taster und trat wieder einen Schritt zurück. Keine zehn Sekunden später wurde die Tür von einer etwa 55-jährigen, sportlich wirkenden, dunkelhaarigen Frau geöffnet.

»Ja, bitte?«, fragte sie freundlich.

Die beiden Polizisten wiesen sich aus und stellten sich vor.

»So, so, die Polizei. Kommen Sie wegen des Todes meines Exmannes?«

Lenz nickte. »Ja. Hätten Sie Zeit für ein paar Fragen?«

Die Frau sah auf ihre Armbanduhr. »Ich muss einen Massagetermin sausen lassen, aber das macht nichts. Kommen Sie nur herein.«

Die Beamten folgten ihr ins Wohnzimmer, wo sie jedem einen Platz auf einer halbrunden, cognacfarbenen Ledercouch anbot.

»Bitte, meine Herren. Ich habe gerade Kaffee aufgesetzt, darf ich Ihnen einen anbieten?«

Beide nahmen dankbar an.

»Dass Ihr ehemaliger Mann tot ist, hat sich also auch bis zu Ihnen herumgesprochen?«

»Ja, gute Nachrichten verbreiten sich scheinbar immer schneller als schlechte.«

Lenz und Hain sahen sich kurz an.

»Darf ich Ihren Worten entnehmen, dass der Tod Ihres Mannes, äh, Verzeihung, Exmannes, Sie nicht sonderlich berührt?«

»Berühren? Ich habe seinen Tod mit einem wohligen Schauer über meinem Rücken zur Kenntnis genommen«, versuchte sie nicht einmal im Ansatz, die Kommissare zu belügen.

»Das heißt, dass das Verhältnis zu Ihrem ehemaligen Mann eher unterkühlt war.«

»Unterkühlt ist ein schöner Ausdruck für die Antarktis. Nicht existent würde es treffender beschreiben.«

»Wie kam das?«

Wieder sah sie auf die Uhr. »Da müsste ich ein wenig weiter ausholen. Haben Sie ein bisschen Zeit mitgebracht, meine Herren?«

Beide nickten.

»Gut«, begann sie. »Ich habe bis vor etwa zweieinhalb Jahren mit meinem geschiedenen Mann im Nachbarhaus gewohnt, Sie waren vermutlich schon drüben. Dann hat er mir, ganz nonchalant während eines Abendessens, eröffnet, dass er sich von mir scheiden lassen würde. Einfach so, aus heiterem Himmel. Dabei dachte ich immer, wir würden eine relativ solide und harmonische Ehe führen. Nun ja. Der Grund war seine damalige Sekretärin und jetzige Witwe.«

»Frau Wohlrabe ..., also ... die Frau Wohlrabe von nebenan«, stotterte Lenz, »war die Sekretärin Ihres verstorbenen Exmannes?«

»Ja, sie war seine Sekretärin. Es war die klassische Geschichte, in der die gehörnte Ehefrau es als Letzte bemerkt. Später habe ich natürlich erfahren, dass sich die Belegschaft seit Monaten das Maul zerrissen hatte, aber mir hat bedauerlicherweise niemand etwas davon erzählt.«

»Sie sind damals sofort ausgezogen?«

»Auf der Stelle, ja. Keine Woche später ist seine jetzige Frau und aktuelle Witwe eingezogen.«

»Wie kommt es, dass Sie direkt nach nebenan gezogen sind?«, wollte Hain wissen.

Sie lächelte ihn verschmitzt an. »Ach, das war eigentlich mehr die Rache der betrogenen Frau. Etwa vor einem guten Jahr ist mir zu Ohren gekommen, dass unsere alten Nachbarn nach Spanien auswandern würden, um dort ihren Lebensabend zu verbringen. In einem Anfall von Rachegelüsten habe ich mir überlegt, dass es mir eine große Freude wäre, dem turtelnden, frisch vermählten Ehepaar ein klein wenig die gute Laune dadurch zu vermiesen, dass sie mir beim Rasenmähen zusehen müssen, während sie auf ihrer frisch renovierten Terrasse den Morgenkaffee genießen.«

Nun musste auch Lenz schmunzeln. »Hat Ihr Plan funktioniert?«

»Anfangs haben sie es mit Stellwänden probiert. Nachdem die während eines Sturmes davongeflogen und in meinem Garten gelandet sind, haben sich die beiden ins gemütliche Innere des Hauses zurückgezogen. Trotzdem glaube ich, dass der Stachel, den ich ihnen ins Fleisch gesteckt habe, tief sitzt. Und ich kann mir keine schönere Wohngegend in Kassel vorstellen als diese. Ich wohne überaus gerne hier, auch wenn meine Nachbarschaft zur Linken aus moralisch nicht sehr anspruchsvollen Menschen besteht.«

»Wie lange waren Sie mit Herrn Wohlrabe verheiratet?«, wollte Hain wissen, der mittlerweile wieder seinen Notizblock in der Hand hielt und mitschrieb.

»31 Jahre, sechs Monate und 13 Tage.«

»So genau wäre es nicht nötig gewesen.«

»Lassen Sie mal. Solche Daten hat man einfach im Kopf, wenn man sich abserviert fühlt wegen einer Jüngeren, Schöneren.«

Es entstand eine kurze Pause.

»Haben Sie im Betrieb Ihres Exmannes mitgearbeitet?«, wollte Lenz wissen.

»Zunächst muss ich Ihnen erklären, dass der Betrieb von

meinem Vater gegründet wurde. Günther hat bei der Hochzeit meinen Namen angenommen, was damals noch sehr ungewöhnlich war, um für eine eventuell anstehende Übernahme keine Namensänderung vornehmen zu müssen.«

»Interessant«, meinte Lenz.

»Ja, durchaus. Aber ich habe, um auf Ihre Frage zurückzukommen, nie im Bestattungsinstitut mitgearbeitet. Im Nachhinein ging mir manchmal durch den Kopf, dass sich dadurch vielleicht eine Sekretärin hätte einsparen lassen, aber na ja. Wie man es macht, es ist am Ende immer falsch.«

»Haben Sie einen Beruf?«

»Ich bin Lehrerin, Herr Kommissar. Grundschullehrerin.«

»Und Sie unterrichten?«

»Aber natürlich, ja, mit ganz viel Freude. Wenn ich in den letzten Jahren meinen Job nicht gehabt hätte, würde ich vermutlich schon an irgendeinem Baum hängen.«

»So schlimm?«

»Schlimmer. Aber ich will mich nicht beschweren. Eine gute Freundin von mir hat am Samstag einen schweren Unfall gehabt und liegt im Koma. Das ist etwas, was mich zur Zeit viel mehr beschäftigt.«

Lenz schluckte.

»Im Angesicht des Todes ist ein bisschen Liebeskummer doch zu vernachlässigen, was meinen Sie?«

»Durchaus«, bestätigte Lenz und dachte dabei daran, dass der Tod oder der nahe Tod manchmal so etwas wie Liebeskummer auslösen kann.

»Wann haben Sie Ihren geschiedenen Mann zuletzt gesehen?«, riss Hain ihn mit der Frage aus seinen schlagartig trübe gewordenen Gedanken.

»Das ist schon ein paar Tage her, Anfang letzter Woche, glaube ich. Da sah er allerdings noch aus wie das blühende

Leben. Seine neue Frau hat ihm offenbar sehr gut getan«, schickte sie süffisant hinterher.

»Und danach nicht mehr?«

Nun setzte Gerlinde Wohlrabe ihr gewinnendstes Lächeln auf. »Nein, danach nicht mehr, Herr Kommissar. Und ich kann nur hoffen, dass ich für den Zeitpunkt, an dem mein geschiedener Mann das Zeitliche gesegnet hat, ein perfektes Alibi habe, weil ich ganz sicher ein noch perfekteres Motiv gehabt hätte, ihn zu ermorden, was ja offensichtlich geschehen ist, wenn man den Gerüchten in der Stadt und Ihrem Besuch glauben darf.«

»Wir gehen tatsächlich davon aus, dass Ihr Exmann ermordet wurde«, bestätigte Lenz. »Und weil wir gerade davon sprechen, wo waren Sie am Samstag zwischen 20 Uhr und Mitternacht?«

»Treffer«, antwortete sie, ohne einen Moment nachzudenken. »Ich war am Samstag auf der Geburtstagsfeier einer Freundin, zusammen mit etwa 80 weiteren Teilnehmern. Wenn man 50 wird, macht man es gerne etwas größer.«

»Und dort waren Sie den ganzen Abend?«

»Ja, den ganzen Abend. Aber selbst wenn ich die Party für eine oder zwei Stunden verlassen hätte, könnte ich unmöglich in Kassel gewesen sein, weil die Festivität sich nämlich in Rosenheim im tiefsten Bayern zugetragen hat.«

Wieder lächelte sie. Dabei wurde ein kleines Grübchen auf ihrer rechten Wange sichtbar.

»Und um die Sache komplett zu machen, gebe ich Ihnen gleich die Kontaktdaten meiner Freundin, damit sie Ihnen das alles bestätigen kann.«

Sie ratterte so schnell einen Namen, eine Adresse und eine Telefonnummer herunter, dass Hain Schwierigkeiten hatte, mitzuschreiben.

»Und nach Ihrer Meinung«, fragte Lenz im Anschluss weiter, »hatten Ihr Exmann und seine neue Partnerin eine harmonische Beziehung?«

»Da bin ich nicht die Richtige, das zu beurteilen. Natürlich habe ich mir direkt nach der Trennung gewünscht, dass den beiden ihre junge Liebe nach ein paar Wochen um die Ohren fliegen würde, schon wegen des gewaltigen Altersunterschiedes, aber das hat sich nicht erfüllt, wie wir wissen. Und ein paar Monate später war es mir egal, da hätte er auf Knien um Verzeihung bitten können, es war einfach vorbei. Mittlerweile bin ich ihm sogar in gewisser Weise dankbar.«

»Hatte er Feinde?«

»Mein Exmann war nie zimperlich. Das hat ihm eine Menge wirtschaftlichen Erfolg, aber auch jede Menge Menschen eingebracht, die ihn auf den Tod nicht leiden konnten. Wenn ich es recht überlege, könnte jeder andere Bestatter in der Stadt sein potenzieller Mörder sein.«

»Geht es in der Branche wirklich so ruppig zu?«

Sie lachte laut auf.

»Ruppig ist ein Wort, das vielleicht auf dem Sportplatz seine Berechtigung hat, wenn die Spieler zweier Mannschaften sich gegenseitig die Knochen kaputt treten, weil sie einem Ball hinterherhetzen. In der Bestatterbranche würde ich eher von Hauen und Stechen sprechen. Nach meiner Wahrnehmung hat er sich den Gepflogenheiten der Branche angepasst, wenn er nicht sogar den Takt vorgab. Das galt allerdings nur bis zu unserer Trennung, was nach der Scheidung passiert ist, kann ich Ihnen natürlich nicht sagen. Aber ich vermute, er hat sich nicht groß verändert, was das Geschäftliche angeht. Privat schon eher«, fügte sie sarkastisch hinzu.

»Gab es eine einvernehmliche Scheidung?«

»Nein, wo denken Sie hin. Da wurde um jede Tasse und jeden Löffel gefochten. Das ist deins und das ist meins, nach dem Motto etwa.«

»Sind Sie mit den Lösungen zufrieden, die gefunden wurden?«

»Geschirr und Porzellan haben mich noch nie besonders interessiert, Herr Kommissar. Und bei den restlichen Dingen bin ich überaus gut weggekommen.«

»Das heißt, Sie haben keine finanziellen Sorgen?«

Wieder ihr süffisantes Grinsen. »Nicht im Geringsten.«

※

»Jetzt haben wir zwei Witwen mit Motiv«, fasste Hain die Befragung zusammen, während er den Motor des Dienstwagens startete.

»Aber die zweite hat, vorbehaltlich der Prüfung, ein wasserdichtes Alibi.«

»Ja, das wird sie wohl haben. Aber ich kann ihren Ärger gut verstehen, an ihrer Stelle wäre ich auch sauer auf den Kerl gewesen. Da bringt man erst 30 Jahre Ehe hinter sich, denkt, dass man aus dem Gröbsten raus ist, und dann so was. Das ist doch wirklich scheiße. Davon abgesehen will kein Mensch gerne betrogen werden.«

»Ach was«, knurrte Lenz. »Manche Ehe liegt seit Jahren am Boden, nur will es sich keiner eingestehen. Man kann den Leuten immer nur bis zur Stirn sehen, was sich dahinter verbirgt, kriegt keiner mit. Und jetzt sag bloß, du hättest noch nie eine deiner vielen Liebschaften betrogen?«

»Nein, das sag ich ja gar nicht. Natürlich hab ich auch Dreck am Stecken, was das angeht, aber doch nicht nach 30 Jahren Ehe. Das glaub ich nicht, dass ich das übers Herz bringen würde.«

Lenz sah ihn mit schief gelegtem Kopf an. »Du bist mir ja ein komischer Heiliger. Machst das an den Jahren fest, die man miteinander verbracht hat. Das halt ich doch im Kopf …«

Das Klingeln seines Telefons unterbrach ihn. Er griff in die Innentasche seiner Jacke und zog das Gerät umständlich heraus, immer noch den Kopf schüttelnd.

»Lenz«, meldete er sich und hörte im Anschluss ein paar Sekunden lang zu. Dann deutete er auf Hains Brusttasche. Der junge Oberkommissar verstand sofort und zog seinen Notizblock heraus.

»Vermutlich Suizid«, wiederholte er die Ansage des Anrufers. »Auf dem Parkplatz hinter der Wendeschleife am Auestadion. Gut, haben wir. Kann sich darum denn niemand anders kümmern, Ludger? Wir stecken mitten in der Wohlrabe-Sache.«

Der Hauptkommissar hörte wieder zu.

»Ich weiß, Ludger, aber ... O. K, machen wir.« Er steckte das Telefon zurück in die Jacke und sah Hain genervt an. »Am Auestadion steht ein Wagen, dessen Auspuffgase ins Innere geleitet wurden, vermutlich Suizid. Wir sollen kurz hinfahren und es uns ansehen, sagt Ludger, weil sonst gerade niemand verfügbar ist.«

»Aber gleichzeitig sollen wir die bösen Buben möglichst schnell erwischen, die Wohlrabe kalt gemacht haben«, merkte Hain an. »Manchmal glaube ich, Ludger sollte mal wieder ein paar Runden mit uns drehen, damit er sieht, dass wir richtig arbeiten und uns nicht den lieben langen Tag die Eier schaukeln.«

‹›

Der S-Klasse-Mercedes stand im hintersten Winkel des riesigen Parkplatzes, direkt unter einer Kastanie. Lenz und Hain parkten etwa 50 Meter davon entfernt, gingen auf den Luxuswagen zu und begrüßten die uniformierten Kollegen, die den Fundort bereits mit Trassierband abgesperrt hatten.

»Wissen wir schon, wer es ist?«

Eine junge Uniformierte kam auf die beiden zu und begrüßte Lenz mit Handschlag.

»Hallo, Frau Brede, schön, Sie zu sehen«, gab der Hauptkommissar zurück.

»Ja, ich freue mich auch.«

»Alles wieder halbwegs in Ordnung mit Ihnen?«

Die junge Frau hatte etwa ein Jahr zuvor miterleben müssen, wie ein Kollege, der neben ihr im Streifenwagen saß, von einem Killer kaltblütig ermordet wurde.

»Ja, soweit ganz gut. Ich glaube, richtig los wird man so was nie mehr, aber ich arbeite dran, dass es besser wird, und das ist es auch definitiv geworden, sonst würde ich jetzt nicht hier stehen.«

»Das klingt vielversprechend«, erwiderte Lenz mit einem väterlichen Lächeln.

»Das ist es auch. Aber Sie sind nicht hier, um sich mit mir über meine Traumata auszutauschen, Herr Lenz, oder?«

»Nein«, bestätigte er.

»Der Wagen ist auf einen gewissen Werner Kronberger zugelassen, einen Bauunternehmer. Der Tote selbst hat leider keine Papiere bei sich, aber es spricht einiges dafür, dass es Kronberger selbst ist, der da drin sitzt. Vom Alter her könnte es auf jeden Fall passen. Der Motor lief noch, als die Sanitäter kamen, aber der ist wahrscheinlich so leise, dass man ihn in drei Metern Entfernung bereits nicht mehr hört, zumal bei dem Krach hier von der Auestadion-Kreuzung.«

»Gut. Dann gehen wir rüber und sehen uns die Sache an. Danke, Frau Brede, und alles Gute für Sie.«

»Auch für Sie, Herr Lenz.«

Hain stand schon vor dem Auto und sah den Sanitätern zu, die dabei waren, ihre Utensilien einzupacken.

»Schönes Auto«, meinte Lenz im Näherkommen.

»Dann hättest du dir doch besser so was gekauft, als deinen Elefantenrollschuh.«

»Die Lieferzeit war mir zu lang«, gab der Hauptkommissar pikiert zurück und zog ein paar Einweghandschuhe aus der Jackentasche. Dann ging er zum Heck des Mercedes und betrachtete den Schlauch, der aus dem Auspuff ragte und über die hintere rechte Seitenscheibe in den Innenraum geführt wurde.

»Komischer Ort für so eine Sache«, bemerkte eine Stimme aus dem Hintergrund. Der Polizist drehte sich um.

»Hallo, Dr. Franz«, begrüßte er den Rechtsmediziner. »Das war auch mein erster Eindruck. Aber des Menschen Wille ist sein Himmelreich, nicht wahr?«

»Das werden wir wissen, wenn wir etwas genauer hingeschaut haben, Herr Kommissar.«

Damit stellte er seine große Tasche neben sich auf den Boden, bereitete seine Utensilien vor, streifte die Gummihandschuhe über, trat neben den Mercedes, ließ sich mit der rechten Seite auf dem Einstiegsblech nieder und betrachtete den toten Bauunternehmer, der mit einem blauen Mantel und einem Pepitahut bekleidet war und mit auf den Oberschenkeln ruhenden Armen im Auto saß. Seine Haltung und sein Gesichtsausdruck wirkten sehr entspannt und friedlich.

»Haben Sie schon mal vom Regenschirmattentat gehört, Herr Lenz? Oder dem Bulgarischen Regenschirm?«, fragte der Rechtsmediziner.

»Offen gestanden, nein«, antwortete der Kommissar.

»Das habe ich mir gedacht. Die Sache mit diesem Bestatter, diesem Wohlrabe, hat mich noch ein bisschen beschäftigt, deshalb habe ich ein wenig recherchiert, und bin dabei auf dieses Attentat aus den 70er-Jahren des vorigen Jahrhunderts gestoßen.«

Er schüttelte kaum wahrnehmbar den Kopf, ließ jedoch den Blick nicht von dem Toten.

»Wie das klingt, die 70er-Jahre des vorigen Jahrhunderts. Als ob wir damals noch nicht gelebt hätten.«

Nun griff er mit der rechten Hand an Kronbergers Ohr und steckte etwas hinein.

»Na ja, wie auch immer. Auf jeden Fall hat damals der Bulgarische Geheimdienst in London einen Dissidenten ermordet, und zwar mit dem gleichen Rizin, an dem auch der Bestatter gestorben ist. Die haben es zwar etwas eleganter gemacht, mit eben jener präparierten Regenschirmspitze, doch der Tod ist da nicht so wählerisch. Allerdings ist auch dieses Verbrechen aufgeflogen. Gefasst hat man den Mörder nach meinem Kenntnisstand nicht.«

Ein leises Piepen ertönte, woraufhin er das Thermometer aus Kronbergers Ohr zog und einen Blick darauf warf.

»Wer hat ihn gefunden?«, rief er in die Runde der Uniformierten.

»Das war ein Straßenbahnfahrer, der hier pinkeln wollte«, wurde er von einem älteren Beamten aufgeklärt.

»Wann war das?«

»Der Notruf ging um 10.23 Uhr bei uns ein.«

»Und Sie waren dann als Erster vor Ort?«

Der Uniformierte deutete auf einen Kollegen. »Wir beide, ja.«

Franz warf erneut einen Blick auf das Thermometer. »Als Sie hier ankamen, lief da der Motor noch?«

»Ja, der lief noch. Wir haben ihn gleich ausgeschaltet.«

Der Mediziner warf einen Blick auf die Mittelkonsole des Mercedes. »Sonst haben Sie aber nichts verändert? Auch Ihr Kollege nicht?«

»Nein«, antworteten die beiden im Chor.

Lenz, der dem Treiben des Arztes bis dahin regungslos

zugesehen hatte, warf nun ebenfalls einen Blick in den Wagen.
»Worauf wollen Sie hinaus, Doc?«

Franz fing an zu grinsen. »Ich hab Ihnen ein bisschen Arbeit abgenommen und gleichzeitig meine gemacht.«

Der Kommissar und Hain, der mittlerweile neben ihm stand, sahen ihn verständnislos an.

»Es geht um seine Körpertemperatur. Nach dem Wert, den ich gemessen habe, könnte er sich jetzt mit ein klein wenig Fieber an den Frühstückstisch setzen. 37,6 Grad. So sieht er allerdings ganz und gar nicht aus. Also hat er sich entweder selbst ziemlich eingeheizt, oder jemand anderes hat es übernommen.«

Er deutete auf den Regler der Heizung in der Mittelkonsole. »Der ist voll aufgedreht, ebenso das Gebläse. Wissen Sie, was passiert, wenn man bei diesem Modell die Heizung und das Gebläse voll aufdreht? Da gehen Sie spätestens nach fünf Minuten ein«, beantwortete er seine rhetorische Frage gleich selbst. Er deutete auf die Schuhe des Toten und auf den gekiesten Platz unter dem Wagen.

»Seine Schuhe sind sauber, das heißt, er ist hier nicht ausgestiegen. Das wiederum heißt, dass er entweder geflogen sein muss, um den Schlauch einzustecken, oder er mit dem Schlauch im Auspuff hierher gefahren ist, was ich ausschließen würde, oder, und das ist zur Zeit mein Favorit, dass uns hier jemand gewaltig auf die Rolle nehmen will.«

Die beiden Polizisten hatten bei jedem seiner Worte größere Augen gemacht.

»Nach meiner ersten Einschätzung ist er seit etwa sechs, vielleicht acht Stunden tot. Thermisch kann das nicht sein, was allerdings durch die auf volle Pulle gedrehte Heizung zum Teil erklärt wird. Was mich aber wirklich stutzig macht, ist, dass es garantiert kein Mensch erträgt, in diesem Modell die Heizung und das Gebläse voll aufzudrehen. Das geht vielleicht im tiefsten Winter am Polarkreis, aber nicht in unseren Breiten, und schon gar nicht in einer mäßig kalten Herbstnacht.«

Lenz nickte anerkennend mit dem Kopf. »Gute Polizeiarbeit, Doc. Das heißt, dass Sie den armen Kerl auf jeden Fall obduzieren werden?«

»Worauf Sie sich verlassen können. Aber vorher schaue ich ihn mir hier noch ein wenig genauer an.«

18

Anselm Himmelmann, der Bürgermeister von Hofgeismar, war noch immer außer sich vor Wut. Viermal hatte er nun den Bericht in der Lokalzeitung gelesen, und mit jeder erneuten Lektüre hatte sich seine ohnehin nicht übermäßig gesunde Gesichtsfarbe ein paar Nuancen weiter in Richtung dunkelrot bewegt.

»Klaus!«, brüllte er. »Klaus, wo steckst du, ich brauche dich!«

Klaus Patzner öffnete die Tür seines Büros, trat auf den Flur und stand eine Sekunde später vor Himmelmann. »Was ist denn los, Anselm? Man könnte meinen, marodierende Horden stünden vor der Stadt, so wie du brüllst.«

Der Bürgermeister musterte ihn verächtlich. »Ich brülle, weil ich mal wieder deinen Job erledigen muss. Ich brülle außerdem, weil in diesem verdammten Kaff nichts, aber auch gar nichts mit der gebotenen Diskretion zu bewerkstelligen ist.«

Damit deutete er auf die Zeitung auf seinem Tisch. Patzner beugte sich hinunter, las, und las den Artikel gleich noch einmal.

»Du hast dich mit dem Belgier getroffen, diesem van Dunckeren? Stimmt das?«, fragte er erstaunt.

»Wer, glaubst du, ist deutlich auf den Bildern zu sehen? Frag doch nicht so blöd.«

»Und warum machst du das? Ich dachte, er sei raus aus der Geschichte.«

»Mann, Klaus, stell dich doch nicht noch dümmer, als du ohnehin schon bist. Wir haben in den letzten Jahren den Kontakt nie abreißen lassen und immer wieder mal telefoniert. Der Typ ist clever und weiß, wann es Zeit ist, sich zurückzuziehen. Aber er weiß auch genauso gut, wann es Zeit ist, sich wieder zu engagieren.«

»Du meinst die Sache mit Bittner?«

»Logisch. Seitdem Bittner umgefallen ist und das Projekt damit eine realistische Chance hat realisiert zu werden, ist er wieder mit im Boot. Und zwar mittendrin.«

»Das heißt, er würde das Krematorium bauen?«

»Das heißt es. Er würde es bauen und betreiben.«

»Aber du weißt, dass es mit ihm nicht funktionieren kann, Anselm. Der Kerl hat seine eigene Bauunternehmung, mit der er aus Belgien anrücken würde. Das ist, wie sich gezeigt hat, der hiesigen Bevölkerung, speziell den Bauunternehmern, nicht zu vermitteln.«

Himmelmann drehte sich um und betrachtete eine Weile die vom Wind umhergetriebenen Wolken. »Ach Klaus, lass mich doch mit diesem kleinkarierten Scheiß zufrieden. Klar hat van Dunckeren seine eigenen Leute und seine festen Vorstellungen, aber das ist doch nicht in Stein gemeißelt. Da ist noch jede Menge Interpretationsspielraum drin. Mir geht es momentan nicht darum, wer wann was baut, sondern wie diese Schmierfinken von der Zeitung von dem Treffen Wind gekriegt haben.«

Patzner zog die Schultern hoch. »Keine Ahnung. Wem hast du denn davon erzählt? Mir nicht.«

»Niemand hat es gewusst. Ich hätte die Sache natürlich gleich heute mit dir besprochen, nachher beim Mittagessen, aber das ist ja jetzt nicht mehr notwendig.«

Klar, dachte Patzner. Das kannst du deiner Großmutter erzählen.

»Aber wenn es niemand gewusst hat, wie können die dann an die Informationen gekommen sein?« Er beugte sich erneut über die Zeitung. »Dieser Peters aus Kassel hat es gemacht. Den brauche ich gar nicht zu fragen, der kann keinen von uns beiden leiden.«

»Es ist mir scheißegal, ob dieser miese Schreiberling einen von uns leiden kann oder nicht«, brüllte Himmelmann so unvermittelt, dass Patzner zusammenzuckte. »Ich will wissen, wer hinter dieser Scheiße steckt. Und wenn du mir diesmal nicht Antworten auf die Fragen lieferst, die ich dir stelle, ist deine Zeit hier abgelaufen. Haben wir uns verstanden?«

»Aber Anselm, wie soll ich …«, begann der Mitarbeiter devot, wurde jedoch von Himmelmann barsch unterbrochen.

»Bis heute Abend will ich wissen, woher dieser Peters seine Informationen hat. Und jetzt geh mir aus den Augen, du Versager.«

Patzner nickte und trat den Rückzug an. In seinem Büro angekommen setzte er sich hinter den Schreibtisch, fing an zu grinsen und griff zum Telefon. »Ich bin's. Können wir uns sehen?«

※

Eine Stunde später ging Patzner mit raumgreifenden Schritten auf den Eingang des kleinen, versteckt liegenden Asia-Imbisses zu, betrat den Laden und setzte sich gegenüber von Werner Peters, dem Journalisten, der den Artikel über das Treffen zwischen Himmelmann und dem Belgier in die Zeitung gebracht hatte.

»Hast du da nicht ein bisschen heftig auf den Brei gehauen?«, fragte der Referent grinsend, nachdem die Bedienung ihre Bestellung entgegengenommen hatte und wieder hinter der Theke verschwunden war.

»Was denn, du wolltest doch die volle Ladung. Nun fang bloß nicht an zu jammern. Gib mir noch zwei, drei Tage, dann ist die Bastion Himmelmann sturmreif geschossen.«

»Ich beschwere mich ja überhaupt nicht«, gab Patzner zurück. Peters legte eine Ausgabe der Zeitung vor sich und schlug den Artikel auf.

Welches Spiel treibt Anselm Himmelmann?, lautete die Schlagzeile. Darüber zwei Bilder, die zum einen den Bürgermeister bei der Ankunft, zum anderen die Verabschiedung zwischen ihm und van Dunckeren in der Hotellobby zeigten.

»Wenn der wüsste, dass du die geschossen hast, würde er dich eigenhändig erwürgen«, bemerkte der Journalist mit Blick auf die Fotos.

»Und weil ich noch eine Weile am Leben bleiben will, erfährt er besser nichts davon«, erwiderte Patzner. »Was planst du denn für morgen?«

»Ich hab eine alte Stellungnahme rausgekramt, in der er kein gutes Haar an dem Belgier lässt. Daraus werde ich genüsslich zitieren.«

»Das wird ihm genauso wenig gefallen wie die Sache von heute. Finde ich aber gut.«

»Ich muss nur aufpassen, dass ich es mir nicht mit der Redaktion und dem Chefredakteur verderbe. Die hängen zwar immer gerne einen Lokalpolitiker hin, aber in Sachen Krematoriumsbau ist intern noch keine Leitlinie festzustellen. Und wenn es sich herausstellen sollte, dass die eher den Bau unterstützen, muss ich mich anpassen.«

»Aber bis dahin sollten wir Himmelmann doch längst abgeschossen haben. Und dann kannst du sowieso schreiben, was du willst.«

»Wirst du wirklich sein Nachfolger, wenn …«, wollte Peters eine Frage loslassen, wurde jedoch vom Klingeln seines Mobiltelefons unterbrochen. Er nahm das Gespräch an, meldete sich und lauschte konzentriert. Dann sagte er kurz ›ich bin schon unterwegs‹, legte auf, und ließ das Gerät auf den Tisch fallen.

»Was ist denn passiert«, wollte Patzner von Peters wissen, der schlagartig kreidebleich geworden war.

»Kronberger ist tot«, murmelte der Journalist.

Patzner brauchte eine Sekunde, um das Gehörte zu verarbeiten. »Red keinen Quatsch«, fauchte er. »Wer erzählt denn so einen Unsinn?«

»Mein Chefredakteur. Und du kannst sicher sein, dass der keinen Scheiß erzählt.« Damit stand er auf, warf einen Zehneuroschein auf den Tisch, und zog sich die Jacke über. »Er wurde am Auestadion tot aufgefunden, in seinem Wagen. Ich muss los.«

»Warte, warte, ich komme mit!«, rief Patzner und sprang ebenfalls auf.

»Das wirst du schön lassen, mein Lieber. Wir treffen uns in dieser Kaschemme, damit uns möglichst niemand miteinander sieht, und dann tauchen wir gemeinsam dort auf? Du spinnst wohl!«

»Ist ja gut, du hast recht«, sah Patzner ein. »Weißt du, wie es passiert ist?«

»Angeblich hat er sich umgebracht.«

»Kronberger?«

»Ja klar, Kronberger, wer denn sonst?«

»Da, mein Freund, kannst du einen fetten Haken dran machen. Kronberger hätte sich niemals umgebracht. Nie im Leben.«

»Wir werden sehen. Auf jeden Fall müssen wir heute Abend miteinander telefonieren, um das weitere Vorgehen zu besprechen. Ich ruf dich gegen 19 Uhr an, ja?«

»Mach das, ich bin auf jeden Fall zu erreichen.«

*

Klaus Patzner überfuhr die Kreuzung am Auestadion, bog am Kegelzentrum nach links ab und parkte seinen Wagen etwa 200 Meter stadtauswärts. Dann stieg er aus und ging langsam zurück, bis er durch die nahezu laubfreien Bäume auf die Streifenwagen und die wuchtige Mercedes-Limousine dazwischen sehen konnte. Ein großes Aufgebot an Polizisten sperrte das Areal um den Wagen ab, davor standen etwa drei Dutzend Schaulustige. Er versuchte, Peters in der Menge auszumachen, konnte ihn jedoch nicht entdecken.

Klaus Patzner: 44 Jahre alt, verheiratet, zwei Kinder, Verwaltungsfachwirt, Opportunist und Arschkriecher.

So hatte ihn seine Frau vor etwa einem Jahr während einer ihrer häufigen Auseinandersetzungen beschrieben.

Zwar lebten die beiden noch immer unter einem gemeinsamen Dach, doch war das von ihm aus primär der Außenansicht geschuldet, während ihr Hauptaugenmerk der Versorgungslage galt.

Geheiratet hatten sie vor 21 Jahren, nachdem er sich für zwölf Jahre bei der Bundeswehr verpflichtet hatte. Seine Karriere dort war zunächst steil verlaufen, kam jedoch nach einem Saufgelage mit anschließender, allerdings nie bewiesener, Vergewaltigung einer weiblichen Gefreiten zum Stillstand. Danach quälte er sich durch die letzten drei Jahre, die er mit einer Ausbildung zum Verwaltungsfachwirt absaß.

Kurz nachdem er die Truppe verlassen hatte, kam das zweite Kind; ein unbeabsichtigter Randtreffer, wie er gerne verlauten ließ. Danach die Anstellung beim Regierungspräsidium in Kassel. Dort lernte er Anselm Himmelmann kennen, der sich seit Langem in der Politik engagierte und dort Karriere machen wollte. Über ihn kam es zu ersten Kontakten mit der Partei, und als Himmelmann vor vier Jahren zum Bürgermeister der Gemeinde Hofgeismar gewählt wurde, ließ er sich beim RP freistellen und folgte ihm als Referent in den 16.000-Einwohner-Ort nördlich von Kassel.

Dort hatte er in den ersten Monaten schwer mit den Rathausmitarbeitern zu kämpfen, die dem abgewählten Bürgermeister nachtrauerten und in ihm den Drahtzieher von Himmelmanns überaus schmutzigem Wahlkampf sahen. Mit der Zeit jedoch war es ihm, auch aufgrund seiner solide gesponnenen Netzwerke, gelungen, die Mehrheit der Mitarbeiter auf seine Seite zu ziehen. Dass er sich dabei nicht immer sauberer Methoden bediente, war ihm völlig egal. Dann, im Anschluss an eine feuchtfröhliche Weihnachtsfeier, lernte er Werner Kronberger kennen. Die zwei merkten schnell, dass sie aus dem gleichen Holz geschnitzt waren, wenn auch mit anderen Härtegraden. Kronberger, der Bauunternehmer und Macher, und Patzner, der Schleimer und Kriecher, ergänzten sich seitdem zum gegenseitigen Nutzen, was nicht immer zum Vorteil der Gemeinde Hofgeismar sein musste.

Als vor eineinhalb Jahren zum ersten Mal Pläne öffentlich wurden, nach denen in Hofgeismar ein sehr großes Krematorium gebaut werden sollte, waren sowohl Himmelmann als auch Patzner hellauf begeistert. Der Bürgermeister sah in diesem Leuchtturmprojekt ein willkommenes Geschenk an die Gemeinde, um seine Wiederwahl in zwei Jahren abzusichern, während seinem Referenten bewusst war, dass sein Wohltäter und Förderer Kronberger sich von den Bauarbeiten den Löwenanteil schnappen würde.

Bis Roger van Dunckeren, der belgische Industrielle und Inhaber von Eurokrem, dem größten europäischen Krematoriumsbetreiber, zum ersten Mal der Gemeinde seine Aufwartung gemacht hatte. Danach war klar, dass weder viele Arbeitsplätze entstehen würden, weil der Betrieb des Krematoriums nahezu vollautomatisch ablaufen würde, noch die regionale Bauindustrie die Bauarbeiten würde ausführen können, weil van Dunckeren auch eines der größten belgischen Bauunternehmen kontrollierte.

Nach diesem Tag war die zunächst verhalten positive Stimmung innerhalb der Bevölkerung gekippt. Umgehend wurde eine Bürgerinitiative gegründet, unterstützt von der Evangelischen Kirche als Betreiber des Krematoriums in Kassel, also dem nächsten Wettbewerber, und den Oppositionsparteien im Rathaus. Sprecher der BI war Sebastian Bittner, einziges fraktionsloses Mitglied der Stadtverordnetenversammlung, und als ehemaliger Olympiateilnehmer im Zehnkampf einer der wenigen erfolgreichen Söhne der Stadt. Nach einem längeren Hin und Her, vielen Telefonaten, Faxen und E-Mails, Einwänden und Auflagen hatte van Dunckeren vor etwa einem halben Jahr die Nase voll gehabt und seinen Ausstieg aus dem Projekt erklärt. Bis dahin war allerdings von der Gemeinde der größte Teil der Planungsarbeiten erledigt worden. So stand Anselm Himmelmann vor einem Scherbenhaufen, der ihn, wenn es schlecht lief, mit Getöse aus der Rathausführung katapultieren würde.

Ein paar Wochen später tauchte Hubert Altenburg auf, ein Investor aus dem Rheinland, der seit vielen Jahren auf Mallorca lebte, und unterbreitete dem Bürgermeister einen Plan, wie das Projekt noch zu retten sei. Allerdings sah das Memorandum vor, dass die Gemeinde mit ins Boot würde steigen müssen, oder, wie Altenburg es ausdrückte, ›Hofgeismar Geld in die Hand nehmen muss‹. Das wiederum schmeckte Anselm Himmelmann ganz und gar nicht, der mit Blick auf die Finanzlage der Stadt dazu keine Möglichkeit sah. Allerdings lockte der Mallorquinische Unternehmer damit, dass sämtliche Arbeiten garantiert von regionalen Bauunternehmen ausgeführt würden.

Der Bürgermeister wand sich und suchte im Hintergrund nach einer anderen Lösung, doch Altenburg war der einzige ernst zu nehmende Interessent. Während Himmelmann sich noch zierte und wann immer es ging kundtat, dass die Stadt Hofgeismar nicht als Geldgeber in das Projekt einsteigen würde, brachte Patzner Altenburg mit seinem Mentor Kronberger zusammen, doch die Vorstellungen der beiden lagen um Welten auseinander. Zu dem von Altenburg anvisierten Preis konnte Kronbergers Baufirma das Krematorium unmöglich kostendeckend erstellen. Trotzdem waren die Unternehmer immer im Gespräch geblieben.

Wieder blickte Klaus Patzner auf die Szenerie vor der Kulisse des im Umbau befindlichen Auestadions, aus dessen Mitte zwei große Baukräne aufragten. Er hätte etwas für ein Fernglas gegeben und überlegte einen Augenblick, sich noch etwas näher heranzuwagen, ließ es jedoch mit Rücksicht auf Peters bleiben.

19

Der Rechtsmediziner hob erst Kronbergers schlaffen rechten Arm an, danach den linken, und betrachtete die beiden Handgelenke. Danach sprach er leise etwas in ein Diktiergerät. Im Anschluss wiederholte er die Prozedur an den Fußgelenken. Wieder benutzte er sein Diktiergerät.

»Kommen Sie bitte mal her«, forderte er zwei neben einem Leichenwagen stehende Bestattungshelfer auf, »und helfen Sie mir, ihn aus dem Wagen zu heben.«

Die Männer kamen mit einer Bahre in der Hand näher, stellten das Metallgestell neben den Mercedes und hievten den Toten vorsichtig aus dem Auto. Nachdem sie ihn abgelegt hatten, traten sie zur Seite, und Franz kniete sich neben die Bahre.

»Kommen Sie mal her, Herr Lenz.«

Der Kommissar und Hain traten neben ihn.

Mit einer geschickten Bewegung hob der Arzt Kronbergers Kopf an und schob den Mantelkragen zurück.

»Genau so habe ich mir das vorgestellt«, erklärte er mit dem Anflug eines Lächelns um die Lippen und ließ den schlaffen Körper zurücksinken. »Vorbehaltlich der Obduktion natürlich gehe ich stark davon aus, dass er tot oder zumindest bewusstlos war, als er ins Auto gesetzt wurde. Es gibt eindeutige Haltespuren an seinen Handgelenken und im Genick, also den Stellen, wo man einen Leblosen in der Regel anfassen muss, um ihn zu transportieren. Und ich bin sicher, dass ich unter seinen Achseln die gleichen Hinweise finde, allerdings bin ich gerade zu faul, um ihn hier zu entkleiden. Das muss ich im Institut ohnehin machen.«

»Dann können wir ab jetzt davon ausgehen, dass er für seinen Tod nicht selbst verantwortlich ist?«

Dr. Franz nickte. »Wie gesagt, vorbehaltlich der Obduktion, deren Ergebnisse Sie spätestens morgen Nachmittag haben. Aber Zweifel habe ich definitiv keine mehr.«

»Tja«, meinte Hain, »dann bestellen wir am besten gleich die Spurensicherung, damit nicht noch mehr Spuren von herumwuselnden Polizisten zerstört werden.«

»Gute Idee. Übernimmst du das bitte, Thilo«, gab Lenz zurück.

20 Minuten danach standen die beiden Polizisten etwas abseits und sahen den Kollegen der Spurensicherung bei der Arbeit zu. Die Leiche des Bauunternehmers war unterdessen auf dem Weg ins Rechtsmedizinische Institut nach Göttingen.

»So schnell geht das, und man hat zwei Mordfälle innerhalb von 24 Stunden«, bemerkte Hain und trat dabei von einem Bein auf das andere, um sich warm zu halten.

»Sollen wir die Sache hier abgeben, oder willst du uns das auch noch aufhalsen?«

»Darüber hab ich vorhin nachgedacht. Ich glaube, das hier geben wir ab, damit wir uns ganz auf die Wohlrabe-Geschichte konzentrieren können. Außerdem sind wir nicht mehr die Jüngsten, was meinst du?«

Sein um viele Jahre jüngerer Kollege musterte ihn. »Da hast du ausnahmsweise recht, wenn du dich damit meinst. Ein bisschen Sport würde dir zur Abwechslung sicher ganz gut tun, du siehst nämlich nicht fit aus, mein Freund.«

Der Hauptkommissar winkte ab. »Ich fühl mich auch nicht so besonders prickelnd. Aber das wird schon wieder. Und vielleicht hast du recht, vielleicht sollte ich mal wieder Sport treiben. Aber jetzt lass uns den Kollegen den Fall übertragen und dann an unserer Sache weitermachen. Das hat auch den unbestreitbaren Vorteil, dass sie den Hinterbliebenen die Todesnachricht überbringen müssen.«

*

Um Punkt 13 Uhr fuhren die beiden auf den Hof des Bestattungsinstituts Wohlrabe. Hain stellte den Dienstwagen gegenüber des Eingangs auf einen Parkplatz und stieg aus.

»Ist dir das wenigstens feudal genug?«, fragte Lenz ketzerisch, während er sich aus dem Sitz schälte. Der Oberkommissar sah sich um.

»Ja, das geht«, kommentierte er die noble Aufmachung des Gebäudes und der Außenanlagen. »Aber ich konnte ja nicht ahnen, dass meine Enttäuschung und die daraus resultierende Äußerung über Wohlrabes Wohnsituation eine so tiefe Kränkung bei dir hinterlassen haben.«

»Haben sie gar nicht«, widersprach Lenz. »Ich fand es halt ziemlich daneben.«

»Dann entschuldige ich mich dafür«, gab Hain zurück. »Aber du weißt ohnehin, dass ich es nicht ernst meine«, fügte er grinsend hinzu.

»Dann hätten wir das auch geklärt«, resignierte der Hauptkommissar, »und können uns jetzt wieder den wichtigen Dingen des Lebens zuwenden.«

»Genau.«

Sie betraten das Bestattungsinstitut, wobei das extrem leise Läuten einer elektronischen Klingel ausgelöst wurde. Bevor sich jemand um sie kümmerte, konnten sie sich in dem großen, geräuschgedämmten Raum umsehen.

Rechts von ihnen waren etwa 15 Särge, alle mit offenen Deckeln, aufgereiht. Daneben stand ein großer, hölzerner Schreibtisch, vor dem sich vier Chromstühle befanden. Links davon gab es mehrere Tische, auf denen Urnen, Grabschmuck und verschiedene Textilien dekoriert waren, mit denen die Kommissare jedoch nichts anfangen konnten.

»Guten Tag, meine Herren. Was kann ich bitte für Sie tun?«, fragte nun leise ein schwarz gekleideter Mann, der hinter einem Vorhang hervorgetreten war.

Lenz hielt ihm seinen Dienstausweis hin und stellte sich und Hain vor. »Wir kommen wegen des Todes von Herrn Wohlrabe, Herr …?«

»Conradi. Hubert Conradi.«

»Hätten Sie ein wenig Zeit für uns, Herr Conradi? Wir haben ein paar Fragen.«

»Gern. Darf ich Sie in mein Büro bitten, dort sind wir ungestört.«

Die Polizisten nickten und folgten Conradi zu einem kleinen, mit allerlei Aktenordnern voll gestellten Büroraum. Der Angestellte bot seinen Besuchern einen Platz an, griff zum Telefonhörer, wählte eine kurze Nummer und wartete.

»Ich bin's, Hubert. Die Polizei ist hier und hat ein paar Fragen. Kannst du bitte den Laden übernehmen, ich möchte bis auf Weiteres nicht gestört werden.« Damit legte er, ohne eine Antwort abzuwarten, auf und wandte sich den Beamten zu.

»Leider kann ich Ihnen keinen Kaffee oder etwas Ähnliches anbieten, weil unsere Kaffeemaschine seit gestern Mittag defekt ist. Ein Wasser vielleicht?«

Beide verneinten.

»Dann stehe ich Ihnen jetzt für Ihre Fragen zur Verfügung.«

»Wie Sie sicher schon erfahren haben, wurde Herr Wohlrabe vergiftet. Das …«

»Er ist vergiftet worden?«, unterbrach Conradi perplex den Kommissar, schüttelte wie in Zeitlupe den Kopf und legte erschüttert die rechte Hand vor den Mund. »Nein, das wusste ich nicht.«

Lenz und Hain sahen sich irritiert an.

»Entschuldigung, Herr Conradi, wir haben angenommen, dass Frau Wohlrabe Sie informiert hätte.«

»Das hat sie auch, das ist richtig. Aber sie hat nichts davon erwähnt, dass der Chef vergiftet wurde.«

»Wann hat sich Frau Wohlrabe denn bei Ihnen gemeldet?«

»Gestern Abend, gegen 18.30 Uhr. Ich wollte gerade meinen Sonntagsdienst beenden und nach Hause fahren.« Wieder bewegte er den Kopf hin und her. »Das kann ich gar nicht glauben. Wer sollte denn so etwas tun? Ich meine, unseren Chef vergiften?«

»Das wissen wir leider noch nicht. Aber vielleicht können Sie uns mit Ihren Antworten helfen, der Aufklärung näher zu kommen.«

»Sie haben also gestern Abend erfahren, dass Herr Wohlrabe gestorben ist«, wollte Hain wissen.

»Ja«, bestätigte Conradi.

»Wann haben Sie Ihren Chef zum letzten Mal gesehen?«

»Gestern Morgen«, antwortete der Mann wie aus der Pistole geschossen. »Er hatte eigentlich keinen Dienst, aber ein Mitarbeiter war ausgefallen, deshalb ist er hier gewesen.«

»Wie lange?«

»Eine Stunde vielleicht. Wir haben ein bisschen geredet, sind die Sterbefälle der Nacht durchgegangen, und danach ist er losgefahren zu diesem Herrn Brandau.«

»Wann war das etwa?«, fragte Hain weiter, der nun seinen Notizblock in der Hand hielt und mitschrieb.

»Vielleicht um 8.15 Uhr, so genau kann ich es Ihnen nicht sagen.«

»Ist Ihnen etwas an ihm aufgefallen? War er anders als sonst?«

»Und ob«, erwiderte Conradi. »Er sah aus, als gehöre er dringend ins Bett. Und in der kurzen Zeit, in der er hier war, rannte er mehrmals auf die Toilette. Ich habe ihm angeboten, dass er nach Hause fahren soll, damit sich seine Frau um ihn kümmern könne, aber er wollte nicht.«

»Kennen Sie seine Frau?«

»Natürlich. Jeder hier kennt seine Frau.«

»Woher?«

Conradi presste ein wenig Luft durch die Zähne, bevor er antwortete. »Ach, Herr Kommissar, jetzt wollen Sie mich aber aufs Glatteis führen. Sie sind doch sicher schon bei ihr gewesen und haben mit ihr gesprochen. Da brauchen Sie mich doch nicht mehr, um Herrn Wohlrabes Privatleben zu durchleuchten.«

»Tut uns leid, Herr Conradi«, antwortete Lenz, »aber Frau Wohlrabe hat uns nichts darüber erzählt. Was immer Sie andeuten wollen, wir wissen davon nichts.«

»Na ja …«, zierte Conradi sich. »Ich weiß nicht …« Er fuhr sich nervös durch die Haare. »Also die Monika, ich meine, die jetzige Frau Wohlrabe, die war hier bei uns im Betrieb angestellt, bis der Chef sich von seiner Frau getrennt hat. Danach hat sie sofort aufgehört.«

»Ach so«, gab Hain den Unwissenden, »daher kennen Sie die Frau.«

»Natürlich. Wie gesagt, jeder hier kennt sie.«

»Das klingt ein bisschen wie: Aber nicht jeder kann sie leiden.«

»Nein, das will ich damit nicht gesagt haben. Bis die Monika, also die Frau Wohlrabe, hier aufgehört hat, sind alle gut mit ihr ausgekommen.«

»Und danach?«

»Na ja, danach hat sie sich halt ein wenig verändert. Es war nicht leicht für uns, mit ihr als neuer Chefin klar zu kommen. Auch, weil sie ...« Er brach seinen Satz ab.

»Auch, weil sie was?«

»Sie hielt sich für was Besseres, deshalb. So, jetzt ist es raus.«

»Und sie war seine zweite Frau?«

»Ja.«

»Kannten Sie auch die erste Frau Ihres Chefs?«

»Natürlich«, hellte Conradis Miene sich augenblicklich auf.

»Die hielt sich nicht für was Besseres?«

»Nein, die nicht. Frau Wohlrabe ist eine ganz feine Frau.«

»Hat sie im Betrieb mitgearbeitet, bevor ihr Mann sich von ihr getrennt hat?«

»Nein, wo denken Sie hin? Sie ist Lehrerin.«

»Aber sie war schon öfter hier?«

»Ja, natürlich. Immerhin hat ihr Vater dieses Unternehmen gegründet. Regulär war sie die Chefin.«

»Können Sie«, mischte Lenz sich wieder ein, »noch ein bisschen mehr erzählen über die jetzige Frau Wohlrabe? Wie lange ist es denn her, dass sie hier aufgehört hat? Und wie kam das eigentlich alles?«

»Vielleicht«, entgegnete Conradi, der sich sichtlich unwohl fühlte, »sollten Sie das eher sie fragen. Ich weiß nicht, ob ich ...«

Wieder blieb das Ende seines Satzes im luftleeren Raum hängen.

»Sie können, Herr Conradi«, wurde er von Lenz bestärkt, »Sie können ganz bestimmt.«

»Na gut, aber alles, was ich Ihnen erzähle, muss unter uns bleiben. Darauf kann ich mich hundertprozentig verlassen?«

»Hundertprozentig«, bestätigte der Hauptkommissar.

»Also, angefangen hat die Monika bei uns vor knapp drei

Jahren. Zuerst als Bürokraft, aber schon kurze Zeit später war sie die Sekretärin des Chefs. Sie war wirklich patent, konnte gut mit den Leuten und hat sich schnell eingearbeitet, obwohl sie vorher nur im Reisebüro geschafft hat. Dort hatte sie auch ihre Lehre gemacht, in einem Reisebüro in der Stadt. Und schon im ersten Jahr hat der Hoffunk vermeldet, dass die beiden was miteinander hätten. Ich hab das für Blödsinn gehalten, erstens, weil sie doch so viel jünger ist als er, und weil zweitens in einer Firma mit fast 40 Leuten immer viel gequatscht und getratscht wird. Aber ich habe mich geirrt.«

Er machte eine kurze Pause und dachte nach.

»Sie war gerade ein knappes halbes Jahr hier, da hat es eingeschlagen wie eine Bombe. Eines Morgens kam die Frau Wohlrabe, also die alte Frau Wohlrabe, hier angefahren und ist wutschnaubend zum Chef ins Büro gestürmt. Den Krach, den die beiden dann hatten, konnte man noch zwei Straßenzüge weiter mit anhören. Es war entwürdigend, was sie sich an den Kopf geworfen haben.«

Wieder machte er eine kurze Pause, während der er augenscheinlich den Film von damals noch einmal erlebte.

»Ich war zufällig im Vorzimmer, stand also direkt bei Monika, um die es in dem Streit ja hauptsächlich ging. Sie saß seelenruhig da, hat sich das alles angehört und dabei gegrinst, gerade so, als ob sie es darauf angelegt hätte. 14 Tage später ist sie bei ihm eingezogen.«

»Und direkt danach hat sie aufgehört, hier zu arbeiten?«

»Ja, an dem Tag, an dem sie sich häuslich bei ihm eingerichtet hat, kam sie morgens ins Büro und hat ihre Sachen gepackt. Das ging so schnell, das glauben Sie gar nicht.«

»Da war aber die alte Frau Wohlrabe schon ausgezogen, oder?«, wollte Hain wissen.

»Soweit ich weiß, ja. Wir haben das alles ja immer nur hier mitbekommen. Das, was da am Wolfsanger im Haus gewesen ist, darüber gibt es zwar mehr Gerüchte als über den Tod von Kennedy, aber was Genaues weiß eben niemand.«

»Und von dem Moment an hat sich die spätere Frau Wohlrabe verändert? Ging das richtig schlagartig, oder war das mehr so ein schleichender Prozess?«

Conradi sah zur Decke und schüttelte kurz den Kopf, bevor er fortfuhr. »Nein, das ging schon ziemlich schnell. Und das Schlimmste war, dass der Herr Wohlrabe, also der Chef, das überhaupt nicht mitbekommen hat. Ich glaube, der wollte das einfach nicht so sehen, sonst ...«

»Was sonst?«, bohrte Hain nach.

»Nun ja, sonst wäre vielleicht sein Wolkenkuckucksheim, das er sich da zurechtgezimmert hatte, zusammengestürzt. Er war, wie man so schön sagt, blind vor Liebe. Und Monika hat das, wie ich finde, schamlos ausgenutzt.«

»Wie ging das vonstatten?«

»Gleich nachdem sie bei ihm eingezogen ist, hat er ihr ein schönes Auto gekauft, einen Sportwagen. Und er hat ihr Klamotten geschenkt, als ob es eine Woche drauf keine mehr zu kaufen gäbe. Das hat sich zwar ein wenig gelegt, als er seine Frau auszahlen musste, aber sie hat trotzdem, wann immer sie hier aufgetaucht ist, nur die neueste Mode getragen. Da habe ich nie etwas zweimal gesehen.«

»Vorher hat sie nicht viel Geld für Kleidung ausgegeben?«

»Ach woher. Von dem bisschen, was man als Sekretärin verdient? Nein, das ging alles erst so richtig los, nachdem er und sie ...«

»Hatte die neue Frau Wohlrabe vorher einen Freund?«

»Ja, da war einer. Aber da dürfen Sie mich nicht fragen, daran kann ich mich nicht mehr so richtig erinnern.«

»Das macht nichts«, beruhigte Lenz den Mann. »Und nachdem die Exfrau ausgezogen war, ist sie natürlich auch nicht mehr hier im Betrieb gewesen, oder?«

»Doch, doch, ein paarmal war sie noch hier.« Er deutete mit der rechten Hand auf eine kleine Blockhütte, die etwas abseits stand.

»Sie töpfert. Dafür hatte sie sich ein kleines Atelier eingerichtet. Sie hat dort seltene Orchideen gezüchtet, so weit ich weiß. Aber von uns hat da nie jemand reingeschaut, weil wir wussten, dass sie das nicht mag. Wenn sie kam, war sie zu allen freundlich und zuvorkommend und hat für jeden ein offenes Ohr gehabt, aber wenn sie da drinnen verschwunden ist, wollte sie nicht mehr gestört werden. War ja auch kein Problem für uns.«

»Wann haben Sie die neue Frau Wohlrabe zuletzt gesehen?«

»Das muss ein paar Wochen her sein. Ich glaube, sie hat gemerkt, dass wir enttäuscht waren von ihr, und hat sich deshalb nicht mehr so oft hier blicken lassen. Mit dem Chef war das Verhältnis gut, so lange man das Thema Frauen vermied, aber mit ihr hat es einfach nicht mehr geklappt.«

Hain machte sich eifrig Notizen. »Und wie war das nun gestern Morgen?«, wollte er wissen.

»Herr Wohlrabe war krank, sagten Sie?«, fügte Lenz hinzu.

»Ja, er war definitiv krank. Aber vielleicht war er auch schon vergiftet, das weiß ich ja nicht. Auf jeden Fall hat er sich den Bauch gehalten vor Schmerzen und ist immer wieder zur Toilette gerannt.«

»Haben Sie ihn darauf angesprochen?«

»Ja, das habe ich Ihnen doch vorhin erzählt. Ich hätte seinen Kunden übernommen, doch er wollte es nicht.«

»Wissen Sie etwas darüber, ob Herr Wohlrabe Feinde hatte? Gibt es Menschen, mit denen er sich ganz und gar nicht verstanden hat?«

Conradi winkte ab.

»In unserer Branche heißt es zuschlagen, oder die Brocken werden einem weggeschnappt. Das Bestattungsinstitut Wohlrabe ist das größte in der Gegend, und alle wollen sich einen Teil unseres Umsatzes holen. Der Chef war nicht zimperlich im Umgang mit den anderen Bestattern, das kann ich Ihnen versichern, aber ohne diese Härte kann man in der Branche einfach nichts werden.«

»Kam es dabei auch zu ernsthaften Auseinandersetzungen?«

»Die Auseinandersetzungen haben in der Regel die Mitarbeiter vor Ort, die sich mit den anderen Bestattern herumärgern müssen. Da passieren schon mal haarsträubende Sachen, und das hatte der Herr Wohlrabe nicht so gerne. Der hat seinen Claim, wie er es nannte, mit Zähnen und Klauen verteidigt.«

Er holte tief Luft.

»Und dann war da ja auch noch die Sache mit dem Krematorium in Hofgeismar.«

»Was genau meinen Sie?«, fragte Lenz.

»Na ja, darüber möchte ich eigentlich nicht sprechen. Das wäre Herrn Wohlrabe, auch wenn er nun tot ist, sicher nicht recht.«

»Denken Sie bitte daran«, ermahnte Lenz den Mann, »dass es uns möglicherweise helfen kann, die Umstände seines Todes schneller aufzuklären.«

»Sie machen es mir aber auch wirklich schwer«, stöhnte Conradi, doch sein Widerstand war bereits gebrochen. »Ich weiß zwar nichts Genaues, weil er darüber nie gesprochen hat, aber es wird gemunkelt, dass er sich an dem neuen Krematorium beteiligen wollte. Als Inhaber, meine ich.«

»In Hofgeismar soll ein Krematorium gebaut werden?«, fragte Hain erstaunt. »Ich kann mich noch an den Aufstand erinnern, als das Ding in Diemelstadt eröffnet wurde.«

»Also«, hob Conradi beschwichtigend die Hände, »es sind wirklich nur Gerüchte, dass unser Chef da seine Finger drin hätte. Aber im Vergleich zu Diemelstadt soll in Hofgeismar ein richtig großes Krematorium gebaut werden, angeblich das größte überhaupt in Deutschland.«

Lenz und Hain waren irritiert.

»Das größte Krematorium Deutschlands soll nach Hofgeismar?«, echote der Hauptkommissar.

Nun musterte Conradi die beiden Polizisten mit einem Blick der Marke ›hinter welchem Berg lebt ihr eigentlich?‹. »Lesen Sie keine Zeitung? Darüber wird seit mehr als einem Jahr berichtet!«

»Nein«, antwortete Lenz für seinen Kollegen mit. »Davon habe ich nichts gehört. Und Sie meinen, dass Herr Wohlrabe an diesem Projekt beteiligt war?«

Conradi zog die Schultern hoch. »Wie gesagt, das sind alles Gerüchte. Ich habe ihn einmal ganz vorsichtig darauf angesprochen, fällt mir gerade ein, vor etwa zwei oder drei Monaten, aber er hat mich abblitzen lassen. Darüber wollte er nicht reden.«

»Wer ist denn noch an dem Bau beteiligt?«, fragte Hain.

»Da muss ich passen, tut mir leid«, antwortete Conradi. »Bis vor ein paar Monaten war es ein Belgier, dessen Namen ich vergessen habe. Der ist, so weit ich weiß, aber ausgestiegen, weil es zu viele Proteste aus der Bevölkerung gegeben hat und sich das Genehmigungsverfahren vermutlich zu lange hingezogen hätte. Danach, habe ich gehört, soll ein Investor aus Mallorca Interesse bekundet haben, der mit einem Bauunternehmer aus Kassel gemeinsame Sache macht. Kronburg oder so ähnlich heißt er, aber das kann sich mittlerweile auch schon längst wieder geändert haben.«

Hains elektrisierter Blick flog von seinem Notizblock hoch und fixierte sein Gegenüber für ein paar Sekundenbruchteile.

»Moment, meinen Sie vielleicht einen Herrn Kronberger?«

Er blätterte ein paar Seiten in seinen Notizen zurück. »Werner Kronberger?«

»Ja«, bestätigte Conradi, »Kronberger, genau das ist er.«

Die beiden Kommissare warfen sich einen schnellen Blick zu.

»Kennen Sie diesen Herrn Kronberger?«

»Nein, woher denn. Alles, was ich Ihnen gerade über den Chef gesagt habe, sind Gerüchte und der übliche Hoffunk. Der eine schnappt etwas auf, das er, garniert mit ein paar eigenen Ideen, weiterträgt. Und am Ende kommt etwas heraus, was vielleicht mit der Wahrheit überhaupt nichts mehr zu tun hat.«

»Wissen Sie vielleicht noch, von wem Sie das Gerücht aufgeschnappt haben?«

»Ach du lieber Gott, nein. Das macht doch bestimmt schon seit einem Jahr die Runde in der Branche.«

»Das heißt, es wussten auch Betriebsfremde davon?«

»Ja, bestimmt, Herr Kommissar. Kassel ist ein Dorf, da bleibt so was nicht geheim. Zumal sich die Leute natürlich auch das Maul darüber zerrissen haben, dass der Chef seine Frau einfach so abserviert hat.«

Er überlegte.

»Ich kann es natürlich nicht mit Zahlen belegen, aber ich würde Stein und Bein schwören, dass in den ersten Monaten nach der Trennung der Umsatz zurückgegangen ist. Da sind die Leute eigen, glauben Sie mir.«

Hain klappte seinen Notizblock zusammen, nickte seinem Boss kurz zu, der ihm mit einer knappen Geste zu verstehen gab, dass er keine Fragen mehr hatte, und stand auf.

»Da haben Sie garantiert recht, Herr Conradi.«

Lenz erhob sich ebenfalls und hielt dem Mann eine Visitenkarte hin. »Wenn Ihnen noch etwas einfällt, rufen Sie mich bitte an. Wenn wir noch Fragen haben sollten, können wir Sie am besten hier erreichen, nehme ich an?«

»Ja, ich bin an Werktagen tagsüber immer hier. Wobei wir

natürlich erst einmal klären müssen, wie es eigentlich mit uns weitergehen wird. Bis jetzt hat sich die Moni, also die Frau Wohlrabe, dazu ja noch gar nicht geäußert.«

»Das wird sie bestimmt zeitnah erledigen«, orakelte Hain, der sichtbar zum Aufbruch drängte, und reichte Conradi die Hand.

*

»Was sagt man dazu, verdammt nochmal?«, fluchte Hain auf dem Weg zum Wagen. Lenz blieb stehen und warf einen letzten Blick zurück.

»Vielleicht gibt es wirklich einen Zusammenhang zwischen diesen beiden Todesfällen. Wenn, dann müssen wir das Bindeglied finden, denn das, was wir bis jetzt haben, reicht dafür hinten und vorne nicht. Aber zuerst müssen wir mit Dr. Franz telefonieren und ihm erklären, dass er bei Kronberger ganz besonders genau hinsehen soll.«

»Oh, oh, das machst aber besser du«, spielte der Oberkommissar den Ängstlichen. »Wenn ich ihn darum bitte, brauche ich dem Guten in den nächsten Wochen nicht mehr unter die Augen zu treten, wo er mich doch sowieso schon nicht richtig leiden kann. Das wäre glatte Majestätsbeleidigung.«

»Hör auf, so einen Blödsinn zu erzählen, sonst glaubt dir am Ende noch einer. Dr. Franz hat überhaupt nichts gegen dich.« Hain machte mit den Händen eine Geste, die aussagen sollte, dass er Lenz' Worten nicht über den Weg traute.

»Also gut«, entschied der Hauptkommissar. »Ich rufe in Göttingen an, und du informierst die Kollegen, dass der Fall Kronberger, was immer dabei herauskommen sollte, doch bei uns bleibt. O. K.?«

»Gerne«, erwiderte Hain, und griff zum Telefonhörer.

171

Kurz vor der Ankunft der beiden im Präsidium rief Dr. Franz zurück, der sich ein paar Minuten zuvor nicht gemeldet hatte. Lenz erklärte ihm den möglichen Zusammenhang zwischen Kronbergers Tod und dem Fall Wohlrabe und äußerte vorsichtig seinen Wunsch.

»Kein Problem, Herr Kommissar«, tönte es freundlich aus dem Mobiltelefon. »Obwohl ich Ihnen versichern kann, dass meine Kollegen und ich immer mit der größtmöglichen Sorgfalt unserer Arbeit nachgehen, werde ich alles unternehmen, um Sie zu unterstützen. Und wenn es keine Komplikationen gibt, bekommen Sie noch heute Abend einen vorläufigen Bericht per Telefon.«

Lenz bedankte sich und beendete das Gespräch.

»War doch gar nicht so schwer.«

Auf dem Weg zu ihren Büros lief ihnen Rolf-Werner Gecks über den Weg.

»Gut, dass wir uns treffen, ich wollte euch sowieso eben anrufen«, eröffnete er den Kollegen.

»Und es ist noch besser, dass wir dich treffen, es gibt nämlich Neuigkeiten.«

Ein paar Minuten später war Gecks über die letzten Entwicklungen und den vermutlich gewaltsamen Tod des Werner Kronberger informiert.

»Na, das wäre ja ein Ding«, bemerkte er, »wenn es da wirklich einen Zusammenhang gäbe. Und nachdem ihr eure Neuigkeiten los geworden seid, will ich jetzt auch meine erzählen.«

»Dann los, RW.«

»Also, ich habe mit Wolf getauscht. Er hat sich mit den Kollegen vom KDD zusammengesetzt, und ich hab mir die Gästeliste vorgenommen.«

»So wird mit meinen Anweisungen umgegangen«, warf Lenz frustriert ein.

»Hör mit dem Quatsch auf, Paul«, erwiderte Gecks. »Wolf hat drei Jahre mit denen zusammen gearbeitet, der kennt da jede Büroklammer mit Vornamen. Also haben wir auf dem kleinen Dienstweg entschieden, dass es so herum besser ist. Er ist noch drüben«, ergänzte er mit einem Blick auf seine Uhr, »wollte aber innerhalb der nächsten Stunde wieder hier sein.«

»Kein Problem«, beruhigte Lenz seinen langjährigen Mitarbeiter mit einem Klaps auf die Schulter. »Da hätte ich auch selbst drauf kommen können. Gut gemacht.«

»Zunächst habe ich mir die Damen aus Göttingen vorgenommen und versucht, jede zu erreichen, was mir auch relativ leicht gelungen ist. Etwas mehr Stress hat es gemacht, die älteren Leute aus Gotha ausfindig zu machen, weil die kein Telefon haben.«

»So was gibt es noch?«, warf Hain erstaunt ein.

»Ja, so was gibt es auch im 21. Jahrhundert noch. Über den Sohn, der eine kleine Internetfirma betreibt, und der ihnen auch die Karten für dieses Dunkelessen geschenkt hat, habe ich sie aber doch ausfindig gemacht. Er ist gleich losgefahren, hat sie in sein Büro geholt, und sie haben mich zurückgerufen.«

»Warte, RW, willst du uns nicht erstmal erzählen, was du mit den Leuten besprochen hast?«, wollte Lenz wissen.

»Kommt gleich. Sei doch nicht so neugierig«, beschied ihm Gecks mit einem missbilligenden Blick. »Am Interessantesten war das Telefonat mit dieser Frau Hödecke aus Werl, die angeblich mit ihrem Mann am Samstagabend im Piccolo Mondo gewesen ist. Der soll sich nach Aussage seiner Frau ja auch zu Wohlrabe herübergebeugt haben.«

»Wo liegt denn Werl?«, fragte Lenz und erntete dafür die nächsten strafenden Blicke, diesmal von beiden Kollegen.

»Werl liegt in Westfalen, an der A 44, kurz vor Dortmund, aber das spielt keine Rolle. Viel wichtiger ist, dass diese Frau

Hödecke sich zuerst gar nicht daran erinnern konnte oder wollte, dass sie den Abend in Kassel verbracht hat, nachdem ich ihr erklärt habe, dass sich die Polizei für dieses Dinner interessiert.«

»Ach«, warf Lenz ein. »Das ist ja interessant.«

»Es kommt noch besser. Danach hat sie sich plötzlich doch daran erinnert und behauptet, allein dort gewesen zu sein. Irgendwann ist mir die Sache zu blöd geworden und ich hab ihr eröffnet, dass ich sie auch vorladen lassen kann. Darauf hat sie erstaunlicherweise ganz cool reagiert und mir erklärt, dass sie keiner Einladung Folge leisten würde, die von einem Polizeirevier kommt. Da müsste ich mich schon um eine staatsanwaltliche oder eine richterliche Vorladung bemühen, hat sie mich belehrt. Offenbar kennt sie sich, was das angeht, ganz gut aus, was mich, nachdem ich das Gespräch ohne greifbares Ergebnis beendet hatte, neugierig gemacht hat. Und siehe da, die Dame ist Juristin mit eigener Kanzlei, die sie mit ein paar Kollegen in Dortmund betreibt; unter anderem auch mit einem gewissen Helge Hödecke.«

»Hast du sie in der Kanzlei oder zu Hause erwischt?«, fragte Hain nach.

»Zu Hause, du Klugscheißer. Sonst hätte ich bestimmt nicht recherchieren müssen, dass sie Anwältin ist. Aber weil ich auch nicht völlig auf den Kopf gefallen bin, hab ich gleich in Dortmund in der Kanzlei angerufen und wollte mit Herrn Dr. Hödecke sprechen, um ihn zu fragen, ob er der Bruder oder der Ehemann ist.«

Er sah in die Runde, als erwarte er ein besonderes Lob.

»RW ...!«, zischte Lenz.

»Gut, gut. Herr Dr. Helge Hödecke ist der Ehemann von Beate Hödecke und gestern Morgen um 5.45 Uhr nach Manila abgeflogen, wo er sich angeblich mit einem Mandanten treffen will.«

Für ein paar Sekunden war Stille im Raum. Hain fand als Erster wieder zu Worten. »Das könnte alles ein ganz irrer Zufall sein.«

»Verbunden mit temporärer Amnesie bei Frau Hödecke, die für mich ab sofort zu den Verdächtigen zählt?«, ätzte Lenz.

»Was willst du ihr denn vorwerfen?«, erkundigte Hain sich vorsichtig. Sein Chef dachte ein paar Sekunden nach.

»Das überlege ich mir noch. Ich will mit der Frau reden, möglichst schnell. Können wir das organisieren? Aber vorher müssen wir mit den Hinterbliebenen von diesem Kronberger sprechen.«

20

Klaus Patzner zuckte zusammen, als sein Telefon klingelte, obwohl niemand in der Nähe war. Noch immer stand er frierend an der gleichen Stelle wie zwei Stunden zuvor, beobachtete das Treiben um den Mercedes des toten Werner Kronberger, und machte sich ernsthafte Sorgen um seine Zukunft.

Kronberger war tot, daran bestand kein Zweifel. Und der Bauunternehmer war derjenige, auf den Patzner alle Chips gesetzt hatte. Rien ne va plus, Monsieur Patzner. Mit Kronberger im Rücken hätte er den Sturz von Himmelmann unbeschadet überstehen und bei den folgenden Wahlen reüssieren können. Das war nun alles fraglich geworden. Überaus fraglich.

Er sah auf das Display des kleinen, trendigen Mobiltelefons. Der Anruf kam von Himmelmann. Leck mich, du undankbarer Arsch, dachte er, und steckte das Gerät zurück in die Jackentasche. Dann gab er sich einen Ruck und ging zurück zu seinem Wagen, stieg ein, startete den Motor, drehte die Heizung auf und fuhr davon. Kurz darauf meldete sich sein Telefon erneut. Da er sich sicher war, dass es wieder sein Chef war, ließ ihn das Klingeln völlig kalt.

Wenn es schlecht laufen würde, war er in zwei oder drei Stunden als Referent des Hofgeismarer Bürgermeisters Geschichte. Er wusste, dass Himmelmann ihn ohne jegliche Skrupel über die Klinge springen lassen würde, wenn er sich einen Vorteil davon versprach. Und es gab einen weiteren Aspekt, der

Patzner ängstigte. Wenn Himmelmann ihn entlassen würde, wäre er ein idealer Sündenbock für alles, was im Laufe seiner Amtszeit passiert war, Krematoriumsdesaster inklusive. Das würde Patzner um jeden Preis verhindern müssen, wenn er in seinem Leben noch irgendwo auf der Welt einen Fuß auf den Boden bekommen wollte. Aber mit Himmelmann konnte er im Moment nicht reden, auch das war ihm nach dem Desaster mit dem aufgeflogenen Treffen klar. Er hätte sich am liebsten in den Arsch gebissen, dass er Peters auch noch die Fotos geliefert hatte, aber wer konnte schon ahnen, dass Kronberger am nächsten Tag das Zeitliche segnen würde.

Wieder erklang der Ton seines Mobiltelefons, und diesmal siegte die Neugier über den Verdrängungsmechanismus, mit dessen Hilfe er gerne Dinge auszusitzen pflegte, bis sie sich von allein erledigt hatten. Erneut sah er auf das Display, doch jetzt war es nicht Himmelmann, sondern jemand, der mit unterdrückter Nummer anrief. Einen Wimpernschlag lang durchzuckte ihn der Gedanke, dass sein Chef es anonym versuchte, doch er widerstand dem Impuls, das Telefon auf den Beifahrersitz zu werfen.

»Ja, Patzner«, meldete er sich knapp.

»Hallo, Herr Patzner«, hörte er eine leise Männerstimme. Dann war Stille in der Leitung.

»Ja, Klaus Patzner hier, wer ist denn da?«

»Das tut nichts zur Sache. Ich würde mich gerne mit Ihnen treffen.«

Der Referent nahm das Telefon vom Ohr, sah noch einmal auf das Display, doch die Anzeige hatte sich natürlich nicht verändert. »Ich treffe mich mit niemandem, der mir nicht sagen will, wer er ist«, knurrte er ins Telefon.

Wieder eine Pause.

»Das wäre dumm von Ihnen, weil ich derjenige bin, der dafür sorgen kann, dass Sie Ihren Job behalten können.«

Patzner wurde kreidebleich und musste schlucken. Dann hatte er sich wieder gefangen. »Das ist doch Nonsens. Mein Job ist nämlich überhaupt nicht in Gefahr.«

Ein leises, heiseres Lachen aus dem Telefon.

»Wenn Ihr Boss erfahren würde, wer die Bilder geschossen hat, die er sich heute in der Zeitung anschauen musste, wäre Ihr Job ganz sicher in Gefahr, davon bin ich überzeugt.«

Patzner schluckte, schloss für einen Sekundenbruchteil die Augen und biss die Zähne aufeinander. »Damit habe ich nichts zu tun«, versuchte er Zeit zu gewinnen.

»Lassen wir das doch einfach, Herr Patzner. Entweder Sie treffen sich mit mir, oder Sie sind heute Abend Ihren Job los.«

»Selbst wenn es so gewesen sein sollte, was ich ganz klar bestreite, wie wollten Sie es denn beweisen?«

Wieder dieses heisere Lachen.

»Keine Spielchen mehr. Wir treffen uns in genau 60 Minuten auf dem Parkplatz oberhalb von Lutterberg. Seien Sie pünktlich und kommen Sie allein, sonst fahre ich einfach wieder weg und mache die Mail an Ihren Boss fertig.«

Patzner überlegte fieberhaft, welchen Parkplatz der Unbekannte meinen könnte. Doch noch bevor er nach dem genauen Treffpunkt fragen konnte, hörte er ein kurzes Klicken in seinem Ohr, gefolgt vom enervierenden tüt-tüt-tüt. »Scheiße«, brüllte er, warf das Telefon in die Mittelkonsole, verlangsamte die Geschwindigkeit und fuhr den Wagen auf den Randstreifen.

»Scheiße, Scheiße!«, schrie er wieder und wieder und schlug dabei auf das Lenkrad ein. Dann jedoch erwachten seine Instinkte und er fing an, nachzudenken.

Wenn der Typ es ernst meint, was kann ich schon verlieren?, schoss es ihm durch den Kopf. Geliefert war er sowieso, weil er Himmelmann unmöglich erklären konnte, dass die Indiskretion, die in der Zeitung stand, auf seinem Mist gewachsen war. Und vielleicht machte der Mann, der ihn sehen wollte, ihm ja ein Angebot.

In jedem Ende steckt ein neuer Anfang, tröstete er sich. Jetzt galt es nur noch, den Parkplatz zu finden, auf dem der Anrufer sich mit ihm treffen wollte.

45 Minuten später bog er von der Hauptstraße, die zur Autobahnauffahrt führt, auf die kleinere Straße hinunter nach Landwehrhagen ein. Mittlerweile war es dämmrig geworden und der kleine Ort, der sich in der Hauptsache links der Straße erstreckte, lag im dichten Herbstnebel. Patzner blickte nach rechts und nach links, konnte jedoch zwischen der Abfahrt und dem Ortsschild keinen Parkplatz entdecken. Er fuhr bis zu einer Abzweigung, wendete und sah von rechts einen Motorroller auf die Kreuzung zuhalten. Schnell schaltete er die Warnblinkanlage ein, ließ die Scheibe der Beifahrerseite herunterfahren und winkte dem Rollerfahrer zu. Im Näherkommen sah er, dass es sich um ein junges Mädchen mit einem dieser modernen Jethelme auf dem Kopf handelte.

»Entschuldigen Sie«, rief er laut, als sie fast mit ihrer Lampe in seiner Tür stand, »ich suche den Parkplatz oberhalb von Lutterberg. Können Sie mir helfen?«

»Klar«, nickte das Mädchen, nahm sich den Schal vom Mund und deutete nach rechts. »Da fahren Sie hoch bis zur Kreuzung und dort links, dann sehen Sie den Parkplatz schon.«

Patzner bedankte sich, fuhr an und sah im Rückspiegel, wie die Rollerfahrerin über die Kreuzung schoss und ein paar Augenblicke später verschwunden war. Eine halbe Minute später hielt er an der Kreuzung, an der er vorher links abgebogen war, setzte den Blinker nach links und beschleunigte. Danach musste er sofort wieder scharf bremsen, denn im dichten Nebel hätte er beinahe die Einfahrt zum Parkplatz übersehen. Er fuhr gegen die vorgeschriebene Fahrtrichtung ein, verlangsamte auf Schrittgeschwindigkeit und sah sich um. Direkt neben ihm tauchte im Dunst die riesig wirkende Silhouette einer abgestellten, unbeleuchteten Zugmaschine auf. Er hielt an, sah kurz hinüber und entschied, dass sein Anrufer nicht mit diesem Fahrzeug gekommen war. Langsam ließ er seinen Wagen anrollen und entdeckte im Scheinwerferlicht eine große, helle Limousine, deren Motorhaube in seine Richtung zeigte. Wieder trat er auf das Bremspedal, bis der Wagen stand, reckte den Kopf nach vorne und versuchte, im dichten Nebel mehr als die Konturen des Wagens zu erkennen. Erneut ließ er sein Auto ein paar Meter rollen, zog dann die Handbremse an und schaltete den Motor aus. Sofort wurde der scharf konturierte Lichtkegel, den seine Scheinwerfer in die Dunkelheit warfen, ein Stück dunkler.

Bei dem Gedanken, aus seinem Wagen aussteigen zu müssen, lief Klaus Patzner ein kalter Schauer über den Rücken. Mit zitternden Fingern ertastete er den Knopf der Zentralverriegelung und drückte ihn nach unten. Im gleichen Moment jedoch wurde er von den Scheinwerfern des weißen Autos geblendet, die zweimal kurz aufleuchteten. Patzner sah sich um, doch außer ihm und dem Fremden im Fahrzeug gegenüber, etwa 20 Meter entfernt, war der Parkplatz augenscheinlich leer. Wieder kroch ein Schauer über seinen Rücken, als er in dem Wagen eine Bewegung wahrnahm. Kurz danach wurde die Fahrertür geöffnet und ein mittelgroßer, dunkel gekleideter Mann mit einem großen Hut auf dem Kopf stieg aus, schlug die Tür zu, drehte sich nach links und lehnte sich mit den Händen in den Taschen an den Kotflügel. Patzner hatte den Eindruck, den Mann schon einmal gesehen zu haben, konnte ihn jedoch nicht einordnen, zumal er sein Gesicht noch nicht sehen konnte. Dann schluckte er, widerstand dem Drang, einfach den Motor zu starten und davonzufahren, griff zum Türöffner und stieg aus dem Wagen.

»Hallo!«, rief er in das Licht seiner Scheinwerfer, doch der Mann bewegte sich nicht.

»Wer sind Sie, verdammt nochmal?«, brüllte er nun mit aller Lautstärke. Daraufhin setzte der Fremde sich in Bewegung, kam langsam auf ihn zu und zog die rechte Hand aus der Manteltasche. Patzner hob ebenfalls die Hand, in dem Gedanken, der Mann wolle ihn begrüßen. Dann allerdings wurde er schlagartig von dem Gedanken überrollt, einen schweren Fehler gemacht zu haben.

»Bitte nicht«, rief er und warf die Arme nach oben, doch im gleichen Moment drückte der Mann auf den Abzug des Tasers in seiner Hand.

Patzner spürte ein leichtes Kribbeln, als die beiden mit Nadeln an der Spitze versehenen Projektile seinen Brustkorb trafen, die, angetrieben von einem Gasdrucksystem, aus der Waffe katapultiert worden waren. An ihrem Ende surrten hauchdünne, isolierte Drähte mit durch die Luft und stellten eine elektrisch leitende Verbindung von Klaus Patzners Körper zu der merkwürdig geformten, klobig wirkenden Waffe in der Hand des Fremden her. Der Referent geriet in Panik, wollte schreien und zurück zu seinem Wagen springen, dazu kam er jedoch nicht mehr. Mit einer einzigen kurzen Bewegung seines rechten Zeigefingers gab der Mann etwa vier Ampere Stromstärke frei, die bei Patzner einen unglaublich intensiven Schmerz auslösten, wie er ihn noch nie zuvor erlebt hatte. Trotzdem blieb er auf den Beinen, und obwohl die Muskelgruppen, die zwischen den beiden mit Widerhaken versehenen Nadeln lagen, ihm den Dienst komplett versagten, dachte er instinktiv daran, zu fliehen. Erst die zweite Ladung Strom, die der Fremde direkt im Anschluss freisetzte, ließ ihn bewusstlos werden und hart auf dem kalten Asphalt aufschlagen.

21

»Bleibt noch sitzen«, forderte Rüdiger Ponelies seine Kollegen auf, die sich gerade von ihren Stühlen erhoben, als er den Raum betrat.

»Gut«, erwiderte Lenz und ließ sich wieder in den Stuhl zurückfallen. »Was hast du für uns, Rüdiger?«

Der Oberkommissar schlug eine blaue Kladde auf und nahm ein Din-A4-Blatt heraus.

»Über die Ehe der Wohlrabes konnte ich recht wenig herausfinden, weil …«, begann er, wurde jedoch gleich von seinem Chef unterbrochen.

»Das kannst du vernachlässigen, da waren Thilo und ich schon dran.«

»Gut. Interessanter ist sowieso die finanzielle Situation Wohlrabes. Oder besser, die aktuelle Situation.« Er warf einen Blick auf das Blatt in seiner Hand. »Nach Auskunft der Creditrecours ist bis vor ungefähr zwei Jahren alles in bester Ordnung gewesen. Solide Konten, solide Eigenkapitaldecke, solides Wirtschaften. Dann, vor etwa eineinhalb Jahren, hat er einen ersten größeren Kredit aufgenommen, für den aber noch immer alles im grünen Bereich gewesen ist. Richtig interessant wird der Deckel, den er vor zwei Monaten gemacht hat. Ich habe mit einem Freund darüber gesprochen, der bei einer Bank für das Firmenkreditgeschäft zuständig ist, und der meint, dass er dafür vermutlich Haus und Hof verpfänden musste, gerade in der heutigen Zeit, wo es ungemein schwer ist, den Banken Kohle aus den Rippen zu leiern.«

»Weißt du, wofür er das Geld gebraucht hat?«

»Nein, das war nicht in Erfahrung zu bringen. Viel kurioser ist jedoch die Tatsache, dass er den Kredit zwar erhalten, das Geld aber noch nicht abgerufen hat. Das heißt, er zahlt momentan Zinsen für einen Kredit, den er erst noch in Anspruch nehmen will. Oder besser wollte, weil da, wo er jetzt ist, kommt er gut ohne Bargeld aus.«

Lenz überlegte einen Moment. »Das deckt sich so ziemlich mit dem, was wir herausgefunden haben.«

Damit gab er dem jungen Kollegen einen Abriss der Gespräche vom Vormittag.

»Die erste Kohleladung für die Exfrau, die zweite für das geplante Krematorium, an dem er sich beteiligen wollte«, fasste er zusammen. »Das könnte passen.«

»Aber warum beschafft er sich die Kohle, bevor definitiv klar ist, dass das Krematorium gebaut wird?«, warf Hain in den Raum.

»Gute Frage«, lobte Lenz. »Ideen dazu?«

»Vielleicht hat er sich gedacht, dass die Zeiten für Kredite nur schlechter werden können«, vermutete Gecks.

»Oder er wollte für den Fall gewappnet sein, dass es schnell gehen musste«, gab Ponelies zu bedenken.

»Alles ganz logisch«, stellte Lenz fest, »aber so ein Projekt wie das größte Krematorium der Republik hat doch nicht solch eine Eilmaßnahme nötig.«

»Wir sollten uns nicht so intensiv mit dieser Frage beschäftigen«, warf Gecks ein, »weil sie am Ende mit der Sache gar nichts zu tun haben könnte. Vielleicht hat er es gemacht, weil ihm irgendjemand gesteckt hat, dass die Zinsen wieder steigen, was weiß ich. Aber allzu wichtig sollten wir es trotzdem nicht nehmen.«

Lenz nickte zustimmend. »Gut. Dann werden wir jetzt versuchen, die Schnittstellen zwischen Wohlrabe und diesem Kronberger zu finden. Natürlich ist da die erste Wahl das angedachte Krematorium, aber wir müssen trotzdem in alle Ecken und Winkel schauen. Rüdiger und RW, ihr beide geht da gemeinsam dran. Thilo und ich fahren zu Kronberger nach Hause und sehen, was wir dort herausfinden können.«

*

Die Privatadresse von Werner Kronberger war die gleiche wie die Firmenadresse. Hain steuerte den Dienstwagen durch ein großes Tor, über dem auf einer riesigen Werbetafel das Firmenschild zu sehen war: *Hier residiert und arbeitet die Kronberger-Bau-GmbH*, wurde der eventuell unwissende Besucher informiert. Hinter dem großen, staubigen Hof, auf dem etwa 40 Lastwagen, die meisten davon Kipper, standen, schloss sich ein eher mickriges, ungepflegt wirkendes Bürogebäude an, dem eine ebenso heruntergewirtschaftete Lagerhalle folgte. Links daneben, etwa 20 Meter nach hinten versetzt, gab es noch einen Bungalow, der durch ein paar Büsche mehr schlecht als recht vom übrigen Gelände abgegrenzt war.

Vor der Lagerhalle hatte sich in der Dämmerung eine Ansammlung von ungefähr 60 oder auch 70 Männern in Bauarbeitermontur eingefunden, die von ein paar Halogenstrahlern beleuchtet wurden und zu einem etwa 35-jährigen Mann blickten, der auf einer Rampe über ihnen stand. Während die beiden Polizisten ausstiegen, hob der Mann ein Megafon und richtete es auf die Menge.

»Männer, … es ist etwas … Furchtbares passiert«, begann er pathetisch und mit leiser Stimme. »Mein Vater …, euer Chef …, und der Mann meiner leider ebenfalls viel zu früh verstorbenen Mutter, … ist heute Mittag tot in seinem Wagen aufgefunden worden.«

Ein Raunen ging durch die Menge.

»Wie es dazu gekommen ist, weiß ich noch nicht, aber ich bin davon überzeugt, dass sich das klären wird. Bei all dem Schmerz, den diese Nachricht in mir auslöst, ist es mir trotzdem ein großes Bedürfnis, euch zu versichern, dass auch nach seinem Tod die Firma wie gewohnt weiterlaufen wird. Wir werden versuchen müssen, seinen nicht zu ersetzenden Verlust zu verschmerzen und ohne ihn unseren erfolgreichen Weg fortzusetzen.«

Er nahm das Megafon herunter und putzte sich die Nase.

»Ich weiß«, fuhr er fort, »dass viele von euch bei uns gelernt und die meisten ihr ganzes Berufsleben hier zugebracht haben. Manche habe ich schon kennengelernt, als ich noch mit dem Dreirad zwischen den Lastern umhergekurvt bin, und mehr als einmal habt ihr mich verflucht, wenn ich euch mit meinen nervtötenden Fragen auf den Wecker gegangen bin. Trotzdem, und obwohl ich kein Mann des Baus bin, sondern ein Erbsenzähler, ein Wirtschaftler, bitte ich euch, mir zu vertrauen. Ich bitte euch, mir zuzutrauen, dass ich diese Firma so leiten kann, dass am Monatsende immer alle satt werden und genug Geld verdienen, um gut über die Runden zu kommen, trotz der Krise, in der wir uns gegenwärtig befinden. Vielen Dank.«

Nach ein paar vereinzelten Klatschern brandete doch noch richtiger Applaus auf, obwohl einige der Arbeiter in den hinteren Reihen mit Kopfschütteln auf die Rede von Kronberger Junior reagierten.

»Na«, meinte Hain, »da haben wir die ersten Informationen gekriegt.«

»Stimmt. Lass uns trotzdem sehen, dass uns der Junge nicht abhaut.«

Sie bahnten sich ihren Weg durch die noch immer in kleinen Gruppen zusammenstehenden, diskutierenden Arbeiter. Als sie an der Rampe ankamen, sahen sie den Mann mit dem Megafon neben einem anderen, gut gekleideten Mann stehen, dem er gerade die Flüstertüte in die Hand drückte und sich abwandte.

»Herr Kronberger«, rief Hain hinter ihm her, doch es kam keine Reaktion.

»Herr Kronberger, hallo«, rief der Oberkommissar wieder, diesmal deutlich lauter. Nun blieb der Mann stehen und sah sich um.

»Ja bitte?«, rief er in Richtung der Polizisten, die ein paar Augenblicke später mit ihren Dienstausweisen in der Hand vor ihm standen.

»Ah, mal wieder die Polizei. Gibt es etwas Neues?«

»Das kommt darauf an, was Sie schon wissen, Herr ...?«, erwiderte Hain.

»Kronberger. Roland Kronberger.«

»Was haben Ihnen unsere Kollegen denn erzählt?«

»Dass mein Vater tot in seinem Wagen aufgefunden wurde, in der Nähe des Auestadions. Zu den näheren Umständen konnten oder wollten sie keine Angaben machen.«

»Das ist leider im Moment wirklich etwas schwierig«, erklärte Lenz. »Können wir Sie kurz sprechen, Herr Kronberger?«

Er sah die Kommissare abwesend an, nickte und drehte sich um. »Wenn es geht, bitte nicht so lang. Ich weiß nicht, wo mir der Kopf steht, immerhin habe ich heute meinen Vater verloren«, erklärte er im Gehen.

»Selbstverständlich. Wir haben nur ein paar kurze Fragen, es wird nicht lange dauern.«

Kronberger ging voraus zu einem nicht sonderlich gepflegten Sozialraum, bot jedem Polizisten einen Platz an und setzte sich ebenfalls an den mit einer Resopalplatte versehenen Tisch.

»Also, was kann ich für Sie tun, meine Herren?«

»Wie Sie richtig bemerkt haben, Herr Kronberger«, nahm Lenz das Gespräch auf, »gibt es Irritationen wegen der Todesursache Ihres verstorbenen Vaters. Zur Stunde wird sein Leichnam obduziert, um die genauen Umstände, die zu seinem Tod geführt haben, zu klären. Hat Ihr Vater in der letzten Zeit einmal darüber gesprochen, sterben zu wollen? Sich das Leben nehmen zu wollen?«

Roland Kronberger schüttelte fassungslos den Kopf. »Sind Sie wahnsinnig?«, blaffte er den Kommissar an. »Mein Vater stand mitten im Leben, und diesen Zustand wollte er auf keinen Fall, verstehen Sie, auf gar keinen Fall, selbst beenden.«

»Bitte beruhigen Sie sich, Herr Kronberger«, bat Lenz. »Ich kann verstehen, dass die Nachricht vom Tod Ihres Vaters Sie schwer getroffen hat, aber wir machen nur unsere Arbeit.«

Der Sohn des toten Bauunternehmers hob entschuldigend die Hände. »Sorry, meine Herren. Ich wollte sie nicht persönlich angreifen. Aber der Gedanke, dass mein Vater sich das Leben genommen haben könnte, ist derartig abwegig, dass er mir beinahe körperliche Schmerzen bereitet.«

»Schon in Ordnung«, akzeptierte Hain die Entschuldigung. »Sind Sie eigentlich in die Geschäftsführung integriert, Herr Kronberger?«

»Bis heute Morgen noch nicht in vollem Umfang, nein. Das muss und wird sich nun natürlich ändern. Ich habe ein paar Jahre in Amerika Psychologie studiert, danach ein einjähriges Praktikum bei einer Unternehmensberatung in Frankfurt angehängt.«

»Bei einer Unternehmensberatung?«, wunderte sich Lenz. »Als Psychologe?«

»Mein Schwerpunkt ist Wirtschaftspsychologie.«

»Aha«, machte der Kommissar.

»Aber Sie hatten schon vor, sich im Geschäft Ihres Vaters einzubringen?«, setzte Hain die Befragung fort.

»Natürlich. Ich habe zwei Universitätsstudiengänge abgeschlossen, was sollte mich hindern?«

»Neben Psychologie noch einen weiteren?«

»Ja, ich bin außerdem Betriebswirt.«

»Ich muss noch einmal auf den Tod Ihres Vaters zurückkommen, Herr Kronberger«, übernahm Lenz wieder die Gesprächsführung. »Wenn Sie einen möglichen Suizid Ihres Vaters so kategorisch ausschließen, bliebe als Todesursache eigentlich nur noch ein Fremdverschulden. Hatte Ihr Vater Feinde, über die er mit Ihnen gesprochen hat? In der Baubranche geht es ja mitunter ziemlich rau zu. Oder auch im Privatleben?«

Kronberger hob den Kopf, sah zur Decke und zuckte mit den Schultern. »Da bin ich wirklich überfragt, meine Herren. Ich bin seit einem knappen halben Jahr wieder in Kassel, doch über mögliche Feindschaften habe ich mit meinem Vater nie gesprochen. Wenn Sie mich allerdings so direkt fragen, glaube ich natürlich schon, dass es in der Baubranche ohne ein gerütteltes Maß an Durchsetzungskraft nicht geht. Und diese Durchsetzungskraft hatte mein Vater nun einmal. Dass er sich damit nicht nur Freunde gemacht hat, versteht sich von selbst.«

»Ja, das versteht sich sicher von selbst«, paraphrasierte Lenz und dachte dabei daran, dass er dieses Statement so ähnlich schon einmal gehört hatte an diesem Tag.

»Und seine privaten Dinge hat er seit dem Tod meiner Mutter vor knapp fünf Jahren bewusst sehr diskret behandelt«, beantwortete der junge Mann auch den zweiten Teil der Frage.

»Hatte er eine neue Partnerin?«

Wieder hob Kronberger die Schultern. »Mit diskret meine ich, dass er auch mit mir nicht darüber gesprochen hat. Was im Klartext heißt, dass ich es nicht weiß.« Erneut musste Kronberger sich bemühen, nicht die Fassung zu verlieren.

»Wann haben Sie Ihren Vater zum letzten Mal gesehen?«

»Das war gestern Abend. Wir hatten einen gemeinsamen Termin außerhalb, danach hat er mich an meiner Wohnung abgesetzt.«

»Wo war dieser Termin?«

»Außerhalb. Mehr möchte ich dazu nicht sagen, weil wir unserem Geschäftspartner gegenüber Stillschweigen vereinbart haben.«

»Dann können Sie uns natürlich auch nicht sagen, um was es bei diesem Geschäftstermin ging?«, hakte Hain nach.

Kronberger atmete mit geschlossenen Augen durch. Er vermittelte den Anschein, als würde er in den nächsten Sekunden explodieren. »Das versteht sich doch bei der geschilderten Ausgangslage von selbst, oder?«

»Vermutlich, ja«, lenkte der Oberkommissar ein. »Was haben Sie gemacht, nachdem Ihr Vater Sie zu Hause abgesetzt hatte?«

Nun funkelte Kronberger zuerst Hain an, danach Lenz. Dann sprang er unvermittelt und mit solchem Schwung auf, dass sein Stuhl nach hinten umkippte und klappernd auf dem Boden aufschlug. »Meine Herren, unser Gespräch ist hiermit beendet. Sollten Sie weitere Fragen an mich haben, bin ich gerne bereit, mit Ihnen zu sprechen, allerdings nur in Gegenwart meines Rechtsbeistandes.« Er bedachte jeden der Polizisten mit einem sparsamen Kopfnicken. »Ich hoffe, wir haben uns verstanden.«

Natürlich, wollte Lenz erwidern, doch da war der neue starke Mann der Kronberger-Bau-GmbH schon aus der Tür.

22

Klaus Patzner rannte über eine sanft abfallende, grüne, saftige Wiese, vor ihm seine Frau und seine beiden Mädchen.

Nicht so schnell, ich komme ja gar nicht hinterher, wollte er ihnen zurufen, doch aus seinem Mund kamen keine Worte, sondern nur ein seltsames Stöhnen. Wieder versuchte er, seiner Familie etwas zuzurufen, doch nun wurden seine Worte von einem startenden Düsenflugzeug übertönt. Er schrie lauter, noch lauter, doch die drei liefen einfach weiter. Dann stolperte er, fiel hin und überschlug sich mehrfach. Als er schließlich liegenblieb, durchzuckte ihn ein stechender Schmerz in der Brust.

Er holte tief Luft, öffnete das linke Auge und erschrak furchtbar, weil er nichts um sich herum erkennen konnte. In der Zwischenwelt zwischen Traum und Wirklichkeit, in der er sich nach seiner Meinung befand, gab es keine Helligkeit. Dann öffnete er das rechte Auge, schluckte, blinzelte und bekam den nächsten Schrecken, weil ihm nun klar wurde, dass er nicht mehr schlief, sondern wach war. Trotzdem hatte sich nichts an der Dunkelheit um ihn herum verändert. Und das Düsenflugzeug war noch immer dabei zu starten.

Er versuchte, einen Orientierungspunkt zu finden, doch es gab um ihn herum nichts als tiefes, Furcht einflößendes Schwarz. Sein nächster Versuch galt einer Bewegung, doch schon die kleinste Regung löste sowohl einen beklemmenden Schmerz in der Brust als auch die vage Erinnerung an zuvor durchlittene Schmerzen aus. Schließlich wurde er wieder von einer entspannenden, wohltuenden Bewusstlosigkeit erlöst, die jedoch nur kurz anhielt. Dann schlug die Erkenntnis der Realität umso erbarmungsloser zu, weil sein Körper plötzlich hin- und hergeschleudert wurde. Schlagartig wurde ihm klar, dass in seiner Nähe kein Flugzeug startete, sondern er in einem Auto unterwegs war, dessen Motor ganz in seiner Nähe arbeitete. Unter ihm. Und er bemerkte, dass er lag, was ihm den nächsten Schauer über den Rücken jagte.

Vielleicht, grübelte er, wurde ich bei einem Unfall verletzt und bin auf dem Weg ins Krankenhaus? Aber was ist mit meinen Augen passiert?

Er schluckte erneut, weil ein weiterer, schrecklicher Gedanke durch sein Hirn tobte. Was, wenn ich erblindet bin? Nein, bitte, nur das nicht!

Wieder versuchte er, sich zu bewegen, doch der Schmerz in der Brust kehrte sofort zurück. Und blieb, obwohl er nun versuchte, seine Position nicht mehr zu verändern.

Schreien!, dachte er. Schrei doch los! Irgendjemand muss dich doch hören!

Sein Mund öffnete sich leicht, aber nicht weit genug, um einen Schrei auszustoßen. Wieder kam nur ein leichtes Stöhnen dabei heraus. Und er hatte das Gefühl, sein Mund sei betäubt, wie nach einer Behandlung beim Zahnarzt. Mit dem rechten Arm wollte er nach oben greifen, zu seinen merkwürdig gefühllosen Lippen, doch der Arm war wie an seinem Bauch festgewachsen. Ein Versuch mit dem linken führte zu dem gleichen, fürchterlichen, Panik auslösenden Ergebnis. Seine Arme waren am Bauch festgebunden. Er konnte sie ein paar Millimeter nach oben und unten bewegen, ansonsten waren sie fixiert.

In diesem Augenblick begann Klaus Patzner zu schreien. Er brüllte, obwohl er nur undeutliche Stöhnlaute von sich gab, weil nur er die Schreie hören konnte. Sein Körper bäumte sich auf, obgleich er sich kaum bewegen konnte und dabei unter furchtbaren Schmerzen litt. Gleichzeitig begann er zu weinen.

Nun verstummte der Motor unter ihm, und er konnte deutlich das ratschende Geräusch hören, das entsteht, wenn die Handbremse eines Wagens angezogen wird. Wieder gab er Stöhnlaute von sich, horchte, doch um ihn herum war Stille.

Er lag auf dem Rücken. Seine Arme waren vor dem Bauch gefesselt. Alles um ihn herum war dunkel. Und er träumte nicht, leider.

Was passiert mit mir?, fuhr es ihm durch den Kopf. Mit größter Anstrengung versuchte er, sich an seine letzten Bilder als aufrecht gehender, vitaler und beweglicher Mensch zu erinnern, doch da war nichts. Nur Leere.

Dann ein Blitzlicht.

Ich wollte mich mit jemandem treffen. Oder doch nicht?

Ein Pfeifen! Schritte!

Lieber Gott, hol mich aus diesem Albtraum, dachte er, und begann wieder zu stöhnen und zu zappeln.

Über seinem Kopf, so vermutete er zumindest, wurde eine Klappe geöffnet. Das Pfeifen wurde lauter, ebenso sein eigenes Stöhnen. Sein Körper wurde unter den Armbeugen gefasst, angehoben, nach vorne gezogen und auf den Bauch gedreht.

Ein Mensch, fiel ihm dazu ein. Ein Mensch, der mir helfen kann. Vielleicht bin ich wirklich schwer verletzt und brauche die Hilfe dieses Menschen?

Dann hörte er ein Rattern. Leise, als würden gummigedämpfte Rollen über Asphalt laufen. Wieder das Pfeifen. Er kannte die Melodie.

Noch einmal den Refrain, bitte.

Ich wusste es, dachte er. ›El Condor Pasa‹. Ich wusste es!

Jetzt hatte er das Gefühl, alles würde gut werden.

Doch schon im nächsten Moment wurde sein Körper brutal zur Seite gerollt, und zwei Hände griffen ihm unter die Brust und unter die Oberschenkel. Die Hände kamen merkwürdigerweise direkt mit seiner Haut in Kontakt.

Komisch.

Er wurde angehoben, und nun nahm er den Windhauch direkt auf seiner Haut wahr.

Ich bin nackt, registrierte er.

I c h   b i n   n a c k t?

Noch bevor er dem Gedanken weitere Bedeutung beimessen konnte, wurde sein Körper gedreht, noch einmal ein Stück angehoben und dann abgelegt.

Ich bin nackt. Ich kann nichts sehen. Ich werde operiert, bestimmt werde ich operiert. Hoffentlich kann ich danach wieder sehen.

Aus der Erinnerung kamen Bilder an eine Operation vor vielen Jahren hoch, der einzigen bisher in seinem Leben. Blinddarm. Auch damals war es kalt im Operationssaal. Oder war das noch gar nicht der Operationssaal? Egal, es war auf jeden Fall kalt. Eiskalt. So wie hier auch.

Und nackt war ich, bis auf dieses grässliche grüne Hemd, das hinten offen stand.

Unter ihm wurde es immer kälter. Und er hatte Schmerzen in der Brust, weil ihn dort irgendetwas drückte. Eine Rundung oder eine Wölbung.

Ein OP-Tisch mit Wölbung?

Und ein merkwürdiger Geruch. Ein ganz merkwürdiger Geruch, wie er ihn noch nie zuvor gerochen hatte.

Wieder El Condor Pasa, gepfiffen.

Fröhliche Ärzte hier.

Das Pfeifen verstummte, wurde ersetzt durch ein Ächzen und Stöhnen. Dann drückte jemand an seinen Pobacken herum, mit etwas Kaltem.

Wieder das Pfeifen. Aber nun ganz weit weg, kaum mehr wahrnehmbar. Als ob jemand einen schallisolierten Deckel über ihn gestülpt hätte. Und dieser fiese Geruch.

Er atmete, obwohl es ihm schwer fiel, tief ein, und bewegte den Kopf ein Stück nach links, zuckte jedoch sofort zurück, weil seine linke Gesichtshälfte auf etwas Kaltes gestoßen war. Langsam näherte er sich wieder dem kalten Gegenstand, auf dem er offensichtlich lag. Dann wurde sein Körper plötzlich hin- und hergeworfen. Sein Kopf schlug noch einmal hart auf, daraufhin blieb seine Nase an etwas hängen. Etwas Weichem, Kaltem. Und immer wieder dieser Geruch.

Er wurde gefahren, ja, er wurde gefahren, aber ohne Motor. Er wurde geschoben.

Gerne hätte er mit den Händen ertastet, was sich unter ihm befand, doch seine Arme waren noch immer vor seinem Bauch fixiert.

Wieder stieß seine Nase an den kalten Gegenstand, der nun leicht nachgab, und mit der Wucht einer Explosion setzte sich bei ihm die Erkenntnis durch, dass es die Nase eines Menschen war, die er berührt hatte. Die Nase eines kalten, eines toten Menschen.

Er fing an zu schreien, dass es in seinen Ohren hallte, doch heraus kam dabei nur ein gedämpftes, wimmerndes Stöhnen. Er bäumte sich auf, stieß hart mit dem Rücken und dem Hintern an etwas, das ebenso kalt war wie der Leichnam unter ihm, hatte Schmerzen in der Brust, denen er überhaupt keine Bedeutung beimaß. Er knallte im Aufbäumen mit dem Kopf gegen einen Widerstand, der hohl, dumpf und hölzern klang und sank erschöpft und heulend auf den Toten nieder, um im gleichen Moment seinen Muskelapparat wieder anzuspannen. Sein Puls raste, sein ganzer Körper zitterte, er wollte sich übergeben, doch aus seinem Mund konnte nichts entweichen, also schluckte er, stieß die Flüssigkeit durch die Nasenlöcher aus und rang nach Atem.

Dann verstummte das Geräusch der Gummirollen. Er bemerkte einen letzten Schwenk, danach für ein paar Sekunden Bewegungslosigkeit, bevor sein Körper mit atemberaubender Geschwindigkeit nach vorne katapultiert wurde. Dabei stieß er mit dem rechten Fuß gegen einen Widerstand und glaubte, einen Knochen brechen zu hören, doch er verspürte keinen dazu passenden Schmerz.

Das Nächste, was er wahrnahm, war eine Welle der Angst, die ihm nahezu die Sinne raubte. Er schrie, bäumte sich auf, schlug ein letztes Mal mit dem Kopf gegen den Sarg, in dem er lag, und dessen lose aufgelegter Deckel sich dadurch ein Stück anhob und zur Seite rutschte. Bevor die Hornhaut seiner beiden Augen verdampfte, erkannte er noch, dass um ihn herum alles in ein betörendes, unfassbar intensives Rot getaucht war, und für den Bruchteil einer Sekunde schoss ihm der Gedanke durch den Kopf, dass dies die Hölle sein müsse.

Er registrierte, dass seine Haut Blasen warf, die sofort platzten, und seine Haare sich blitzartig kräuselten, bevor sie sich in ein stinkendes Nichts verwandelten.

Das Letzte, was Klaus Patzner in seinem Leben bewusst wahrnahm, war ein Schrei, den er selbst ausgestoßen hatte. Er konnte ihn hören, weil der Kleber des Gewebebandes, mit dem sein Mund in der letzten Stunde seines Lebens fixiert gewesen war, durch die Hitze im Innern des Krematoriumsofens so weich wurde, dass er flüssig über das Kinn des Sterbenden lief. Dann wurde es endgültig Nacht um ihn herum.

23

»Starker Auftritt«, fasste Hain das Ergebnis des kurzen Gesprächs mit Roland Kronberger zusammen. Die beiden Kriminalbeamten standen in der Tür des Sozialraumes und sahen nach draußen, wo noch immer ein paar Arbeiter zusammenstanden und diskutierten.

»Ja«, bestätigte Lenz. »Wirklich ein starker Auftritt. Warum haben wir es heute nur mit juristisch so verdammt beschlagenen Menschen zu tun?«

Hain sah ihn fragend an.

»Na ja«, fuhr Lenz fort, »er wollte uns damit klar machen, dass er weiß, wo der Hase lang läuft. Und dass er nur mit uns reden muss, wenn er das will. Und diese Frau aus ... Wie hieß der Ort nochmal?

»Werl.«

»Ja, diese Frau aus Werl hat es genauso gemacht. Bei ihr kann ich es ja noch verstehen, weil sie Rechtsanwältin ist, aber sein Auftreten eben hatte doch was Einstudiertes, oder?«

Hain dachte über das Gehörte nach. »Vielleicht fängst du auch an zu spinnen, mein Lieber. Oder dieser Kronberger hat uns verschwiegen, dass er noch ein Drittstudium hinter sich gebracht hat, nämlich Jura?«

»Verarschen kann ich mich allein«, erwiderte Lenz säuerlich. »Wer sagt uns denn, dass es zwischen dieser Tussi aus Wesel und unserem feinen Herrn hier nicht eine Verbindung gibt?«

»Werl. Sie kommt aus Werl. Und jetzt lass uns abhauen, sonst fängst du noch mehr das Spinnen an.« Damit verließ Hain das Gebäude und trat auf den Hof.

Lenz folgte ihm. »Du hast ja recht«, lenkte er ein. »War eine blöde Idee.«

Während sie über den Hof gingen und sich dem Dienstwagen näherten, kam von links ein älterer Mann in Bauarbeitermontur herangeschlendert.

»Sind Sie von der Polizei?«

Lenz und Hain blieben stehen und nickten.

»Ja«, antwortete der Oberkommissar. »Warum?«

»Sie haben bestimmt gerade mit dem Junior geplaudert, oder?«

»Haben wir, ja.«

»Und dabei hat er Ihnen sicher weisgemacht, dass er und sein toter Vater ein Herz und eine Seele gewesen sind, oder?«

›Oder‹ schien sein Lieblingswort zu sein.

Lenz trat näher an den Mann heran, streckte die rechte Hand nach vorne und stellte sich und seinen Kollegen vor. »Und wer sind Sie, bitte?«

»Zakowski ist mein Name. Willi Zakowski.«

»Und Sie arbeiten hier, Herr Zakowski?«

Er nickte. »Noch. Aber der Junior will 20 Prozent der Belegschaft nach Hause schicken. Einfach so.«

»Woher wissen Sie das?«

»Das weiß jeder hier auf'm Hof. Und jeder hat Angst, dass es ihn treffen könnte, deshalb hauen auch alle rein, als gäbe es kein Morgen.«

»Aber Sie müssen es ja irgendwoher erfahren haben, Herr Zakowski?«

»Hmm«, machte der. »Einer der Kollegen hat mit angehört, wie sich der Senior und der Junior gezankt haben, vorletzte Woche war das. Richtig angebrüllt sollen sie sich haben.

Der Junge meinte, dass die Arbeit mit viel weniger Leuten zu machen wäre, aber der Alte wollte da nicht mit sich reden lassen. Er meinte wohl, dass, solange er das Sagen hätte, keiner der Arbeiter nach Hause geschickt würde. Nicht, wenn die Auftragslage so wie jetzt wäre.«

»Ist die Auftragslage denn gut?«, wollte Hain wissen.

»Bombig, klar. Der Alte kannte ja Gott und die Welt und hatte überall seine Finger drin, das hat ihn in den letzten Jahren, als es bei den anderen schlechter wurde, gerettet.«

Zakowski warf einen verächtlichen Blick hinüber zum Bürogebäude und setzte wieder an: »Das wird sich jetzt wohl ändern. Dem Junior geht es nur um die Kohle, was anderes interessiert ihn nicht die Bohne. Aber das war doch immer so. Solange ich denken kann.«

»Sind Sie schon lange hier beschäftigt?«

»Das ist schon bald nicht mehr wahr«, lachte er auf. »Im nächsten Sommer werden es 35 Jahre. Dann bin ich 54, und glauben Sie bloß nicht, dass mir in dem Alter noch einer einen neuen Job gibt, wenn ich hier ausgemustert werde. Nee, nicht in unserer Branche«, schickte er verächtlich hinterher, »und nicht bei der Wirtschaftslage, die wir gerade haben.«

Lenz zog den Kragen seiner Jacke hoch, weil ihn fröstelte. »Wie war denn das Verhältnis zwischen den beiden sonst so?«

Zakowski spuckte aus. »Wie soll das schon gewesen sein? Der Alte hat immer gehofft, dass der Roland in seine Fußstapfen treten würde, also das Bauhandwerk von der Pike auf lernt und so. Aber den hat das gar nicht interessiert, der wollte lieber einen auf gebildet machen, der ewige Herr Student. Und nachdem die Frau Kronberger so plötzlich starb, ist der Junior dann sogar nach Amerika gegangen. Ich persönlich glaube, da hat der Alte sich schon ganz schön alleingelassen gefühlt.«

Auch Hain wurde es offensichtlich kalt, denn er trippelte von einem Fuß auf den anderen.

»Ja, Herr Zakowski, dann danken wir Ihnen, dass Sie uns das erzählt haben. Wenn wir noch Fragen haben sollten, können wir Sie ja hier erreichen, nicht?«

Der Bauarbeiter legte den rechten Zeigefinger an seinen Helm. »Immer zu Diensten, die Herren.«

Sie verabschiedeten sich von dem Mann und wandten sich zum Gehen, als Lenz sich noch einmal umdrehte und ihn zurückrief. »Eine Sache noch, Herr Zakowski. Wissen Sie etwas von einem Großauftrag, den die Firma Kronberger an Land gezogen hat? Irgendwas in Hofgeismar?«

»Puh!«, pfiff Zakowski durch die Zähne, »Sie sind aber gut informiert. Da wird schon eine ganze Weile drüber spekuliert, ob wir den Auftrag für das neue Krematorium kriegen. Soll ja ein Riesending werden, wie ich gehört hab. Und unter der Hand wird gemunkelt, dass der Alte da mit drinstecken soll, so als Inhaber und so. Aber das sind bestimmt nur Scheißhausparolen. Und jetzt ist es sowieso egal, weil er ja den Arsch zugekniffen hat.«

*

»Raue Sprache, die auf so einem Bauhof gesprochen wird«, bemerkte Hain, während er den Wahlhebel der Automatik auf D stellte und Gas gab.

»Ja, finde ich auch«, erwiderte Lenz. »Aber das heißt noch lange nicht, dass die Leute, die so reden, auf den Kopf gefallen sind.« Er überlegte kurz. »Wusstest du eigentlich, dass ich mal auf dem Bau gearbeitet hab, früher, in den Sommerferien?«

»Du?«

»Ja, ich. Das muss so Mitte der 70er-Jahre gewesen sein, und ich hab da eine ganze Menge gelernt, was mir im weiteren Leben immer mal weitergeholfen hat.«

»Na, da bin ich aber gespannt«, feixte Hain.

»Als Erstes …«

Weiter kam der Hauptkommissar nicht, weil er durch das Klingeln seines Mobiltelefons unterbrochen wurde. Für einen winzigen Augenblick hatte er die Vision, dass es Maria wäre, an die er den ganzen Tag über immer wieder hatte denken müssen, doch ihm war schmerzlich bewusst, dass das nicht sein konnte.

»Ja, Lenz.«

»Franz, Göttingen«, kam es aus dem kleinen Lautsprecher zurück.

»Ja, Dr. Franz, hallo. Haben Sie schon was rausgefunden?«

»Habe ich, ja.«

»Und?«

»Sitzen Sie gut?«

»Im Auto, ja. Und jetzt machen Sie es nicht so spannend, Doc. Was haben Sie für mich?«

»Zwei klitzekleine Einstichstellen in seinem Brustkorb.«

»Daran ist er gestorben?«

»Nein, daran stirbt man nicht. Aber das betäubt einen für eine gewisse Zeit.«

Lenz hätte aus der Hose springen können. Manchmal war die Zusammenarbeit mit dem Rechtsmediziner wirklich eine schwere Geduldsprobe.

»Und wie geht das?«

»Nach meiner Erkenntnis wurde er mit einem Distanztaser betäubt. Wissen Sie, wie das funktioniert?«

»Ist das so ein Elektroschocker?«

»Genau so ein Ding ist das.«

»Und was haben die Einstiche damit zu tun?«

»Diese Taser arbeiten mit zwei Modi. Einmal dem direkten, wobei dem Opfer, oder ich sag mal besser, dem Betroffenen, weil die Polizei diese Dinger ja auch verwendet, im direkten Kontakt ein Stromschlag versetzt wird. Das tut brutal weh und macht ziemlich demütig, würde ich sagen. Im Distanzmodus hingegen verschießt die Waffe zwei kleine Projektile, an deren Spitze sich winzige, mit Widerhaken versehene Nadeln befinden. Die pieksen sich in die Haut und bleiben auch dort, bis man sie wieder herausgefriemelt hat. Stellen Sie es sich einfach wie gerade Angelhaken vor. An den Enden dieser Nadeln werden hauchdünne Drähte mit verschossen, mit deren Hilfe es möglich ist, dem Betroffenen einen Stromschlag zu versetzen, der ihm für eine gewisse Zeit die Lichter ausschaltet.«

»Ist ja interessant«, entfuhr es Lenz, der sich noch nie näher mit Elektroschockern beschäftigt hatte. »Und wie lange dauert dieser Blackout?«

»Das ist von verschiedenen Faktoren abhängig. Zum einen spielt natürlich die Gesamtkonstitution des Opfers eine Rolle. Wichtiger ist aber vermutlich, wie weit die Einschlagstellen der Nadeln auseinander liegen. Je weiter, desto größer ist die Wirkung.«

»Womit hängt das zusammen?«, wollte der Kommissar wissen.

»Mit der Menge der Nerven und der Muskeln, die im Stromweg liegen. Wenn die Einschlagstellen der Nadeln nur ein paar Millimeter oder Zentimeter auseinander liegen, werden nur sehr wenige Nerven und Muskeln unter Strom gesetzt. Und je weiter, umso mehr. Ganz einfach eigentlich.«

»Sie scheinen ja ein richtiger Spezialist auf dem Gebiet zu sein, Doc.«

»Stimmt. Ich war vor ein paar Monaten Teilnehmer eines Seminars, das sich mit diesen Dingern beschäftigt hat. Dabei durfte ich auch ausprobieren, wie sich das anfühlt, allerdings mit ganz wenig Stromstärke. Aber mir hat es gereicht.«

»So, so«, machte Lenz und dachte kurz nach. »Das heißt allerdings, dass Kronbergers Suizid definitiv keiner war.«

»Genau. Er ist an dem Schock gestorben, den der Strom-schlag bei ihm ausgelöst hat. Ob das Absicht war oder nicht, müssen Sie den Täter fragen.«

»Dann sprechen wir also von Mord?«

Dr. Franz lachte auf. »Ich kann Ihnen bald sagen, woran er gestorben ist, Herr Kommissar, in diesem Fall sogar, woran nicht. Ob es Mord war oder was auch immer, müssen Sie her-ausfinden. Ich werde mich jetzt duschen und nach Hause gehen, weil meine Frau und ich für heute Abend Opernkarten haben.«

»Na dann viel Spaß«, wünschte Lenz dem Mediziner und beendete das Gespräch.

»Erzähl«, forderte Hain, der den Dienstwagen mit laufen-dem Motor auf dem Hof des Polizeipräsidiums geparkt hatte. Lenz berichtete ihm ausführlich von Dr. Franz' Obduk-tionsergebnissen. Der junge Oberkommissar lehnte sich im Anschluss in seinem Sitz zurück, verschränkte die Arme vor der Brust und sah seinen Chef mit zusammengekniffenen Augen an.

»Wohlrabe, der Bestatter, hängt irgendwie in diesem Kre-matoriumsprojekt drin und wird vergiftet. Kronberger spielt ebenfalls mit und wird auch ermordet. Bisschen viel Zufall, was meinst du?«

»Das meine ich ganz bestimmt«, erwiderte Lenz und sah auf seine Uhr.

*

Vier Stunden später wurde der Kommissar von dem enervie-renden Weckton seines Mobiltelefons aus dem Schlaf geris-sen. Zunächst dachte er, es sei bereits Morgen und er müsse zum Dienst, bis ihm klar wurde, dass es gerade einmal Mit-ternacht war und er sich den Wecker für diese Zeit gestellt hatte, um ins Klinikum zu fahren.

Nachdem Hain und er noch kurz den Schreibkram des Tages erledigt und die Kollegen über das Obduktionsergebnis informiert hatten, war er müde und abgespannt in seinen Wagen gestiegen und nach Hause gefahren. Dort hatte er geduscht, eine Büchse Bier getrunken, etwas dazu gegessen und war danach wie gemäht ins Bett gefallen.

Die große Uhr auf dem Flur der Intensivstation zeigte 00.33, als er vorsichtig die Tür nach außen zog und in den Gang lugte. Obwohl niemand zu sehen war, verharrte er ein paar Sekunden in dieser Position, bevor er weiterging. Am Telefon hatte Anne Wolters-Richling ihm erklärt, dass ihre Kollegin tief und fest schlafen würde und keine Probleme zu erwarten seien. Während er leise über den Flur schlich, wurde die Tür des Stationszimmers geöffnet und die junge Frau kam auf ihn zu.

»Kommen Sie, die Luft ist rein«, erklärte sie fröhlich und reichte ihm einen Mundschutz und den grünen Kittel.

»Danke«, erwiderte Lenz leise. »Wie geht es ihr?«

»Bis jetzt hat sich an ihrem Zustand nicht viel verändert. Der Doc hat heute zwar ein paar Untersuchungen gemacht, sich aber über die Ergebnisse ausgeschwiegen.«

Lenz zuckte zusammen. »Das heißt nichts Gutes, oder?«

Sie öffnete die Tür zu Marias Zimmer, schob ihn hinein und blieb noch für einen Moment in der Tür stehen.

»Das heißt nur, dass wir einfach nicht über alles informiert werden. Wenn es etwas Schlimmes gegeben hätte, wäre das bestimmt vermerkt worden. Ich persönlich glaube, dass es daran gelegen hat, dass die Untersuchungen erst ziemlich spät heute Nachmittag gemacht wurden. Wenn die Ärzte morgen früh kommen, liegt garantiert alles auf dem Tisch. Und jetzt machen Sie sich keine Sorgen. Setzen Sie sich an ihr Bett, halten Sie ihre Hand und reden Sie einfach drauflos. Sie kann Sie zwar garantiert nicht bewusst hören, aber wer weiß schon, was so alles im Unterbewusstsein eines Menschen passiert. Zudem sage ich Ihnen nochmal, dass sie stark ist. Sehr stark, das sehe ich. Sie schafft das.«

Die junge Frau trat einen Schritt zurück und griff zur Türklinke.

»Ich drehe jetzt meine Runde. Wir machen es genauso wie letzte Nacht, ja? Wenn es laut klingelt, hauen Sie am Besten so schnell wie möglich ab. Wenn nichts passiert, können Sie so lange bleiben, bis ich Sie rausschmeißen muss. Das kann in einer Viertelstunde sein, oder auch erst in zwei Stunden, je nachdem, was meine Kollegin so macht. Und jetzt los, sie soll schließlich wieder gesund werden.«

Damit zog sie die Tür hinter sich ins Schloss. Lenz trat in die Mitte des Raumes und sah sich um. Im Vergleich zur letzten Nacht konnte er keine Veränderungen feststellen. Maria lag noch immer auf dem Rücken, wurde beatmet und mit einer Infusionslösung versorgt. Im Näherkommen erkannte Lenz, dass sich die Farbe ihres Gesichtes verändert hatte. Die blauen Anteile hatten sich noch etwas vergrößert. Er zog sich den neben dem Bett stehenden Hocker zurecht, setzte sich und griff nach ihrer Hand, die ihm noch immer kalt vorkam, eiskalt. Ihr Brustkorb hob und senkte sich leicht im Rhythmus der Maschine, die sie mit Luft versorgte. Lenz streckte seinen rechten Arm nach vorne und streifte vorsichtig mit dem Daumen über ihre dick geschwollene Wange.

»Hallo, Maria«, flüsterte er und wollte eigentlich noch mehr sagen, doch ihm fiel für den Augenblick nichts Passendes ein.

»Ja, jetzt sitze ich hier«, führte er seine Ansprache dann doch fort, »und weiß nicht, was ich sagen soll, weil ich so aufgeregt bin.«

Er führte ihre Hand mit aller Vorsicht in die Nähe seiner Brust.

»Hier, mein Herz klopft wie irre. Fühl mal.«

Piep, piep, piep kam es aus der Maschine hinter ihr, ohne dass sich die Geschwindigkeit veränderte. Der Kommissar legte die Hand wieder neben ihrem Körper ab, ohne sie jedoch loszulassen.

»Mein Gott, was würde ich dafür geben, wenn du jetzt wach werden könntest und es Samstagmorgen wäre, Maria«, flüsterte er. »Es ist Samstagmorgen, wir kommen gerade vom Markt, hätten in Ruhe bei Enzo gefrühstückt und sind danach vielleicht noch in der Aue spazieren gewesen.«

Wieder betrachtete er ihr Gesicht und war erneut absolut sicher, dass sie nie in ihrem gemeinsamen Leben schöner gewesen war. Und dass er sich ihr nie in seinem Leben näher gefühlt hatte. Dann blieb er eine ganze Weile einfach sitzen, sah sie an, streichelte ihre Hand und dachte an die Zeit, in der sie sich kennengelernt hatten.

Die Frau des Oberbürgermeisters und der Bulle.

Auf einmal, er hatte keine Ahnung, wie viel Zeit vergangen war, stand Anne Wolters-Richling im Zimmer.

»Tut mir leid, aber die Besuchszeit ist zu Ende. Meine Kollegin ist schon wach.«

Lenz sprang auf.

»Nein, nein, beruhigen Sie sich. Die liegt jetzt noch ein paar Minuten rum, danach muss sie noch ein bisschen Schreibkram erledigen. Also alles ganz easy. Verabschieden Sie sich in Ruhe, ich warte draußen auf Sie.«

Lenz setzte sich wieder, griff erneut nach Marias Hand und nahm ihre Finger zwischen seine.

»Jetzt kann ich nichts mehr sagen, weil sich alles so blöd anhören würde«, flüsterte er. »Werd einfach gesund, ich freu mich drauf.«

Nach einem letzten Blick zurück verließ er das Zimmer.

Anne Wohlers-Richling saß mit geschlossenen Augen gegenüber der Tür auf einem Hocker und gähnte.

»Ich hasse diese Nachtdienste«, erklärte sie mit einer Hand vor dem Mund. »Kaum hat man sich daran gewöhnt, sind die Tage auch schon vorbei. Die Nächte, besser gesagt«, schickte sie hinterher.

»Das kenne ich. Früher musste ich auch viele Nachtschichten schieben«, gab er zurück, während er sich die grüne Kutte von den Schultern zog.

Sie hob den rechten Arm und machte eine abwehrende Handbewegung. »Verraten Sie mir bloß nicht zu viel von sich, sonst werde ich noch neugierig. Dann will ich am Ende alles über den Mann wissen, der bestimmt der viel Bessere wäre für sie.« Ihr Arm fuhr herum und wies auf das Zimmer, in dem Maria lag.

»Schon wieder Ärger mit ihrem Mann?«

»Das walte Hugo. Aber nicht ich persönlich, sondern die Tagschicht. Er kam heute Mittag hier mit einem Kamerateam an. Vier Mann wollte er in ihr Zimmer schleppen und sich dabei filmen lassen, wie er sich um sie sorgt. Das ist doch völlig gaga, oder?«

»Er ist Politiker«, gab der Polizist zu bedenken.

»Er ist ein Arsch«, bügelte sie sein Argument mit einem einzigen Federstrich weg. »Und er ist wohl einer von der ganz üblen Sorte. Homestory mit der Frau, die um ihr Leben kämpft, oder was?«

Bei ihren letzten Worten konnte Lenz die Tränen nur mit größter Mühe unterdrücken.

»Warum bleibt sie bei diesem Idioten?«, fragte sie mit völligem Unverständnis und einer gehörigen Portion Empörung in der Stimme. »Das verstehe ich nicht.«

Er ließ ein paar Sekunden verstreichen, bevor er antwortete. »Das ist leider nicht mit einem Satz erklärt. Ich kenne sie schon ziemlich lange und würde gerne mit ihr leben, das können Sie mir glauben, aber es klappt einfach nicht.«

Die junge Frau stand auf und hielt ihm die rechte Hand hin. »Ich heiße übrigens Anne, wenn Sie wollen. Anne mit Du und so.«

Lenz überlegte, wie er mit dem Angebot umgehen sollte.

»Und wenn Sie oder du wollen«, schob sie schnell hinterher, »sind Sie für mich Mister Smith.«

»Dann aber Mister Smith mit du und so«, erwiderte er mit einem Lächeln und griff nach ihrer Hand.

»Hallo, Anne.«

»Hallo, Mister Smith.«

Sie erwiderte fest seinen Händedruck.

»Wie einer, der sein Geld bei VW am Band verdient, fasst sich deine weichgespülte Hand aber ganz und gar nicht an, Mister Smith.«

Lenz musste erneut lächeln. »Wer sagt denn, dass ich mein Geld bei VW am Band verdiene?«

»Na ja«, erwiderte sie ebenfalls grinsend, »ich dachte nur so, wegen der vorhin erwähnten Nachtschicht.«

»Ich hab doch gesagt, dass ich das früher machen musste. Heute nicht mehr.«

»Das kann ich mir vorstellen. Ab einem gewissen Alter fällt man auch bei uns aus der Nachtschicht raus.«

Der Kommissar bedachte sie mit einem mitleiderregenden Blick. »Ja, da hast du recht. So ein alter Sack wie ich sollte sich keine Nächte mehr an der Arbeit um die Ohren hauen.«

»Die Nächte werden allerdings bei Besuchen im Krankenhaus auch nicht länger«, belehrte sie ihn.

»Stimmt«, gab er gähnend zurück und beendete das noch immer anhaltende Händeschütteln. »Kann ich Sie was fragen?«

»Dich. Kann ich dich was fragen.«

»Ja, sorry. Kann ich dich was fragen?«

»Jederzeit, es darf nur nichts Privates sein.«

»Oh, dann eben nicht«, gab er enttäuscht zurück.

»War ein Scherz. Was willst du wissen?«

Lenz druckste herum.

»Du willst wissen, was ich letzte Nacht mit meinem ›durch und durch unsoliden Lebenswandel‹ gemeint hab, stimmt's?«

Er hob den Kopf und sah sie erstaunt an. »Kannst du hellsehen?«

»Nein«, erwiderte sie fröhlich. »Aber das war doch klar. Ihr Kerle seid alle gleich durchschaubar, ob ihr nun 18 oder 88 seid.«

»Danke.«

»Ist nicht böse gemeint.«

»Aber wie ein Kompliment hört es sich auch nicht gerade an.«

»Nun gib …«

Sie brach ihre Erklärung ab, sprang mit einem sehenswerten Satz von ihrem Hocker hoch und hielt sich den rechten Zeigefinger vor den Mund.

»Meine Kollegin steht gleich hier auf dem Flur«, flüsterte sie. »Komm morgen wieder; wenn du es dann immer noch wissen willst, reden wir drüber.«

Damit schob sie ihn vor sich her in Richtung Ausgang.

»Ich lass Maria ein bisschen von deiner Zuneigung mit durch den Tropf laufen, vielleicht merkt sie was davon«, schickte sie ihm zum Abschied hinterher. »Und jetzt ab nach Hause und ins Bett, Mister Smith.«

Als Lenz in seinen neuen Wagen stieg, zeigte die kleine Digitaluhr in der Mittelkonsole 2.15.

Scheiße, dachte er, wenn das so weiter geht, lasse ich mich in den Ruhestand versetzen.

Er war todmüde, aber doch auch sehr, sehr glücklich. Die Hoffnung, die Anne Wolters-Richling ausstrahlte, hatte auf ihn abgefärbt, und obwohl sich an Marias Zustand objektiv nichts verändert hatte, legte er sich mit einem viel besseren Gefühl ins Bett als in der Nacht zuvor.

›Sie schafft das‹, hallten die optimistischen Worte der jungen Krankenschwester in seinen Ohren wider. Sie schafft es, weil sie stark ist. Ganz bestimmt.

Sonst will ich doch Mister Smith heißen, wenn das nicht klappt, wäre ihm vielleicht dazu eingefallen, doch da war er längst eingeschlafen.

24

»Morgen Paul«, begrüßte Uwe Wagner seinen Freund. »Du siehst aus, als wäre ein starker Kaffee die einzige Möglichkeit, dir halbwegs in den Tag zu verhelfen.«

»Gute Idee«, erwiderte Lenz gähnend und griff nach der gut gefüllten Tasse, die Wagner ihm hinhielt.

»Na, wieder einen Krankenbesuch gemacht?«

»Mhh. Um drei lag ich im Bett, um halb sieben hat der Wecker geklingelt.«

»Wie geht's ihr?«

»Wie gehabt. Aber irgendwie hat die kleine Wolters es verstanden, die Hoffnung in mir zu wecken. Wir sind übrigens seit gestern per Du, was allerdings nichts daran ändert, dass ich saumüde bin.«

»Warum meldest du dich nicht einfach ein paar Tage krank? Das hältst du doch nie durch!«

Lenz gab ihm einen Abriss der letzten 24 Stunden.

»Das ist ja ein Ding! Da kann ich verstehen, dass es dir so wichtig ist, ins Büro zu kommen. Womöglich gibt es wirklich einen Zusammenhang zwischen den beiden Morden.«

»Worauf du Gift nehmen kannst.« Er nahm einen Schluck Kaffee. »Ersatzweise kannst du auch diese Brühe hier verwenden, wahrscheinlich wirkt sie genauso zuverlässig.«

»Nun hör aber …«, wollte der Pressesprecher entgegnen, wurde jedoch von Thilo Hain gestört, der formatfüllend im Türrahmen auftauchte.

»War klar, dass ich euch hier beim trauten Tête-à-Tête finden würde. Moin übrigens.«

»Was willst du?«, fragte Lenz müde.

»Dich abholen. Bei uns unten sitzt ein guter alter Bekannter auf dem Flur, dem ziemlich der Stift geht, weil ihm offensichtlich jemand abhanden gekommen ist.«

Lenz und Wagner schauten sich desinteressiert an.

»Wenn er ein guter alter Bekannter von dir ist, dann kümmer du dich doch um ihn«, empfahl Wagner dem jungen Kollegen.

»Würde ich gerne, aber er will sich nicht mit den Knallchargen abgeben, sondern besteht auf dem Boss von K 11. Und der hockt nun mal hier rum und säuft Kaffee. Außerdem war ich heute Morgen schon fleißig und hab das Alibi von Gerlinde Wohlrabe überprüft. Mit vollem Erfolg übrigens, nur falls es hier jemanden interessieren sollte.« Damit stand er auf, nahm Lenz die Kaffeetasse aus der Hand und zog ihn aus dem Stuhl.

»Gut gemacht, Thilo. Wer ist es denn, der unbedingt und ausschließlich mit mir sprechen möchte?«

Hain konnte nur mühsam sein Lachen unterdrücken. »Werner Peters.«

»Peters, der Schreiberling?«, mischte Wagner sich empört ein. »Was erwartet der sich denn von euch, was er bei mir nicht kriegen könnte?«

»Lass sein, Uwe«, beschwichtigte Hain den Kollegen. »Er will ausnahmsweise mal keine diskreten Informationen, die er dann völlig ungeniert in die Zeitung hievt, sondern bittet uns um Hilfe. Und ich glaube, er meint es diesmal wirklich ernst.«

»Na, dann wollen wir den Guten mal nicht warten lassen«, erklärte Lenz und schlurfte unter den kritischen Blicken seiner Kollegen Richtung Tür.

»Vielleicht solltest du auf dem Weg nach unten noch ein klein wenig an deinem Finish arbeiten«, schickte Wagner ihm hinterher.

*

Werner Peters, schwergewichtiger Redakteur bei der Lokalzeitung, saß wie ein Häufchen Elend auf einem der für ihn unpassend kleinen, verchromten Stühle, die zwischen Lenz' und Hains Büro standen. Als er den Hauptkommissar um die Ecke kommen sah, sprang er auf und wischte sich seine offenbar feuchten, fleischigen Hände an der Hose ab.

»Morgen, Herr Lenz, und schön, dass Sie sich ein bisschen Zeit für mich nehmen können.«

»Schon gut, Herr Peters. Kommen Sie mit in mein Büro. Was kann ich denn für Sie tun?«

Peters folgte ihm artig, setzte sich auf den angebotenen Stuhl und warf dann einen Blick auf Hain, der hinter ihm ins Zimmer gekommen war und die Tür geschlossen hatte. »Kann ich Sie vielleicht unter vier Augen …?«

»Ach, Herr Peters«, erwiderte Lenz, und ließ sich in seinen Stuhl fallen. »Tun Sie mir den Gefallen. Sie nehmen uns einfach nur die Arbeit ab, dass ich im Anschluss an unser Gespräch dem Kollegen Hain das, was Sie mir berichtet haben, nacherzählen muss.«

Der Journalist warf dem Oberkommissar einen missbilligenden Blick zu. Offenbar hielt er ihn für einen unsicheren Kantonisten. »Trotzdem muss ich mich darauf verlassen, dass das, worüber wir sprechen, mit absoluter Diskretion behandelt wird.«

Lenz hätte beinahe laut losgeprustet. Diese Worte aus dem Mund von Peters hatten etwas Niedliches.

»Versprochen, Herr Peters. Also, was gibt's?«

Wieder wischte der adipöse Mann sich seine Hände an der Hose ab, bevor er anfing. »Kennen Sie Klaus Patzner, den Referenten des Hofgeismarer Bürgermeisters Anselm Himmelmann?«

Die beiden Polizisten schüttelten die Köpfe.

»Nein, warum?«, fragte Lenz.

»Weil ich befürchte, dass ihm etwas zugestoßen ist.«

»Und was bringt Sie auf diese Idee, Herr Peters?«

»Ich war gestern mit ihm verabredet. Sollte ihn anrufen. Das hat nicht geklappt. Er war den ganzen Abend nicht zu erreichen.«

Lenz rang um Contenance. »Und das beunruhigt Sie? Vielleicht ein wenig … voreilig, oder?«

»Herr Kommissar, bitte nehmen Sie mich ernst«, bat der dicke Mann mit wie zum Gebet vor dem Bauch gefalteten Händen. »Wenn es nur darum gehen würde, dass er einfach nicht zu erreichen wäre, würde ich bestimmt nicht hier sitzen. Aber das ist es nicht.«

Erneut fanden die Innenflächen seiner Hände zielsicher den Weg zur Hose.

»Ich komme gerade von seiner Frau. Die ist völlig fertig, weil er sich seit gestern Mittag nicht mehr bei ihr gemeldet hat. Eigentlich wollte sie schon vergangene Nacht eine Vermisstenanzeige aufgeben, das habe ich ihr ausgeredet.«

»Warum?«, mischte Hain sich ein.

»Na ja, ich dachte ja nicht, dass er auch heute Morgen noch nicht zu Hause sein würde. Aber jetzt mache ich mir doch ernsthafte Sorgen.«

»Wie sieht es an seinem Arbeitsplatz aus? Haben Sie da nachgefragt?«

»Natürlich«, empörte Peters sich. »Und ich bitte Sie noch einmal, mich ernst zu nehmen. Natürlich weiß ich, dass ich Sie in den zurückliegenden Jahren das eine oder andere Mal gefilmt habe, und das wissen Sie auch, aber jetzt geht es um mehr als Sympathie oder Antipathie. Ich bitte Sie wirklich um Ihre Hilfe.«

Lenz setzte sich aufrecht hin und sah dem Reporter fest in die Augen. »Dann mal Butter bei die Fische, Herr Peters«, erklärte er mit in Falten gelegter Stirn. »Sie würden doch nicht hier so rumsitzen wie Sie rumsitzen, nämlich schlotternd vor Angst, wenn Sie nicht über irgendwas informiert wären, das diesen Patzner in Gefahr hätte bringen können.«

Nun sprang Peters' Ausdrucksprogramm übergangslos von Empörung zu Verwunderung. »Ich verstehe jetzt nicht, was Sie meinen, Herr Lenz. Wovon soll ich denn wissen?«

Die beiden Polizisten sahen ihn mit größtem Desinteresse an. »Ach, wissen Sie, Herr Peters«, beschied Hain dem Journalisten, »für Vermisstenanzeigen sind wir ja auch gar nicht zuständig. Gehen Sie am besten zu den Kollegen von …«

»Hören Sie doch auf mit Ihrem arroganten Scheiß!«, brüllte Peters völlig unvermittelt und so laut, dass sowohl Lenz als auch Hain zusammenzuckten, um sich jedoch umgehend zu entschuldigen. »Tut mir leid«, fügte er leise hinzu. »Ich bin völlig entnervt, weil ich mir solche Sorgen mache um ihn. Auch hab ich die ganze Nacht kein Auge zugemacht.«

Selbst wenn das stimmt, bist du noch immer nicht beschissener dran als ich, dachte Lenz.

»Wie kommt es eigentlich, dass Sie sich diese Sorgen um ihn machen?«, fragte Hain. »Ist er ein enger Freund von Ihnen? Oder ein Informant? Und warum haben Sie so auf Diskretion bestanden, wo Sie doch bis jetzt mit gar nichts Diskretem herausgerückt sind?«

Es gab eine kurze Pause, weil Peters einfach mit geschlossenen Augen dasaß und nichts sagte. Dann holte er tief Luft und stieß sie so plötzlich wieder aus, dass sein Doppelkinn vibrierte und seine fleischigen Wangen zitterten. »Gut«, sagte er, »Sie haben gewonnen. Es gibt da wirklich etwas, das mit ihm zusammenhängt und mir Sorgen macht.«

Hände und Hose gingen wieder eine kurze Verbindung ein, bevor er weitersprach.

»Es hat in den letzten Wochen ziemlich viele Irritationen gegeben zwischen ihm und seinem Chef, Anselm Himmelmann. Natürlich bin ich nicht in jedes Detail eingeweiht, aber es ging wohl in der Hauptsache um das geplante Krematorium. Patzner hatte immer einen guten Draht zu Werner Kronberger, der gestern tot in seinem Wagen gefunden wurde. Den konnte Himmelmann allerdings überhaupt nicht leiden, deshalb hat er sich auch sehr bedeckt gehalten, was eine eventuelle Auftragsvergabe an Kronberger angeht.«

»Werden solche Aufträge denn nach Sympathie vergeben?«, wunderte Hain sich. »Ich dachte immer, die würden ausgeschrieben, europaweit sogar.«

»Ach, hören Sie auf, Sie wissen doch, wie das geht.«

»Nein, tut mir leid, weiß ich nicht«, erwiderte der Oberkommissar schulterzuckend. »Erklären Sie es mir.«

»Später. Ich mache mir jetzt natürlich auch deshalb solche Sorgen, weil Kronberger sich das Leben genommen hat. Das passt doch alles gar nicht zusammen.«

»Stimmt«, bestätigte Lenz in der Gewissheit, dass Uwe Wagner die Pressemeldung sicher schon lanciert hatte. »Er hat sich auch gar nicht selbst getötet.«

Peters wich jegliche Farbe aus dem Gesicht. »Das heißt, er ist umgebracht worden?«

»Möglich. Möglich heißt allerdings nicht sicher, und ich will es auch nicht morgen so in der Zeitung lesen. Verstanden?«

»Ja, selbstverständlich. Aber das macht Patzners Verschwinden ja noch viel mysteriöser.«

Hain zog sich einen Notizwürfel auf dem Schreibtisch heran und griff nach einem Kuli. »Patzner mit TZ?«

»Ja, mit TZ.«

»Vorname?«

»Klaus.«

»Geboren?«

»Das weiß ich nicht.«

»Schon klar. Wo wohnt er denn?«

Der Reporter nannte ihm die Adresse.

»Auto?«

»Silberner BMW, aber das Kennzeichen weiß ich auch nicht.«

Der Oberkommissar riss den Zettel vom Block und ging zur Tür. »Dann lass ich nach ihm fahnden. Und hoffen wir für Sie, Herr Peters, dass er nicht mit runtergelassener Hose bei irgendeiner Kneipenbekanntschaft wach geworden ist.« Damit verließ er das Büro.

»Ihr Kollege verachtet mich, stimmt's?«

Lenz lächelte ihn an. »Nehmen Sie es ihm nicht krumm. Vielleicht haben Sie uns einfach ein paarmal zu oft auf die Rolle genommen.«

»Mag sein. Aber das wird sich in der Zukunft ändern. Ich verspreche es.«

Du verdammter Schwätzer, ärgerte sich der Hauptkommissar. »Schon gut. Sie sagten vorhin, dass Ihr Freund Patzner und der tote Kronberger gut miteinander konnten. Wie muss ich mir das vorstellen?«

»Klaus und er mochten sich einfach.«

»Hatten sie auch geschäftlich miteinander zu tun?«

»Das kann ich Ihnen nicht sagen, Herr Kommissar. Aber ich vermute es, ja.«

»War Patzner in die Planung für das Krematorium involviert?«

Peters rutschte in seinem Stuhl nach vorne. »Äh, darüber kann ich Ihnen keine Auskunft geben. Klaus und ich haben nie darüber gesprochen.«

Wieder durchzuckte den Polizisten ein wenig schmeichelhafter Gedanke über Peters, doch er behielt ihn für sich. »Und was wissen Sie über das Projekt, Herr Peters?«

»Nur das, was man so hört. Und natürlich das, was in der Zeitung stand.«

»Kronberger wollte das Ding bauen, oder?«

»Na ja, Herr Kommissar, bauen wollten das Ding viele. Nur hat wohl keiner der Beteiligten mit diesem immensen Widerstand der Hofgeismarer Bürger gerechnet. Das hat den einen oder anderen abgeschreckt, würde ich sagen.«

Hain betrat wieder den Raum. In seiner rechten Hand schwenkte er einen Zettel. »Vielleicht haben Sie tatsächlich recht, Herr Peters. Der Wagen von Klaus Patzner wurde heute Morgen auf einem Parkplatz oberhalb von Lutterberg gefunden.« Er wandte sich Lenz zu. »Ich habe kurz mit den Kollegen in Hannoversch Münden telefoniert. Die sagen, es gäbe keine Spuren für ein Verbrechen im Wagen. Lediglich die Tatsache, dass er ziemlich blöd auf dem Parkplatz rumstand, noch dazu unverschlossen, hat sie dazu gebracht, die Karre abschleppen zu lassen. Der Kollege hat übrigens versucht, Patzner zu Hause zu erreichen, aber da geht keiner ans Telefon.«

»Ja, ja«, warf Peters ein. »Seine Frau musste heute Morgen mit einem der Mädchen zum Arzt, das war nicht zu verschieben.«

»War irgendwas Ungewöhnliches auf dem Parkplatz zu sehen?«, fragte Lenz seinen Kollegen.

Der zog die Schultern hoch. »Ja und nein. Ich hab direkt mit dem Kollegen gesprochen, der vor Ort war, und der sagt, dass es schon komisch aussah. Sein Wagen stand, wie gesagt, unverschlossen mitten auf dem Parkplatz, der Zündschlüssel steckte. Allerdings gibt es absolut keine Hinweise auf eine Entführung oder etwas Ähnliches. Also nichts, was mit Gewalt zu tun hätte. Außerdem meinte der Kollege, dass es dort oben des Nachts ziemlich einsam und auch ein bisschen gruselig ist, und dass man vermutlich nur anhält, wenn man genau weiß, was man da will.«

»Wissen Sie etwas davon«, richtete Lenz die Frage an Peters, »dass er in der vergangenen Nacht auf diesem Parkplatz eine Verabredung hatte? Ein heimliches Rendezvous vielleicht?«

»Nein, nein«, antwortete der Journalist bestimmt, »solche Sachen macht Klaus nicht. Zumindest wüsste ich nichts davon.«

»Was nichts heißen muss«, schränkte Hain ein.

Lenz stand auf, kam um den Schreibtisch herum und reichte seinem Besucher die Hand. »Das war's dann fürs Erste, Herr Peters. Wir werden Herrn Patzner bitten, Sie anzurufen, sobald wir etwas von ihm gehört haben. Und wenn er sich bei Ihnen melden sollte, lassen Sie es uns bitte wissen, damit wir nicht unnötig nach ihm suchen.«

Der dicke Mann erhob sich schwerfällig und erwiderte den Händedruck des Kommissars.

»Danke, Herr Lenz, das mache ich gerne. Auf Wiedersehen.«

Hain wurde mit einem kurzen Kopfnicken bedacht, dann verließ Peters das Büro.

»Was ist denn das jetzt«, machte Hain ein paar Sekunden später seiner Verwunderung Luft. »Fängt der Landkreis jetzt das Spinnen an?«

»Ja, das ist wirklich merkwürdig«, bestätigte Lenz, griff zum Telefon, ließ sich mit den Kollegen in Hannoversch

Münden verbinden und bat darum, den Platz, an dem Patzners Wagen gefunden worden war, noch einmal genau nach wie auch immer gearteten Spuren abzusuchen.

»Und was machen wir jetzt?«, wollte Hain wissen, nachdem Lenz den Hörer aufgelegt hatte.

»Wir fahren zum Krematorium und lassen uns erklären, wie das alles zusammenhängt. Ich habe nämlich bis jetzt keinen Schimmer, wer wie wann in Hofgeismar ein Krematorium bauen oder aufmachen will. Kannst du dich an die beiden Jungs erinnern, die uns damals den Sarg aus dem Feuer geholt haben?«

Der Hauptkommissar spielte auf einen Fall an, der die beiden ein paar Jahre zuvor in Atem gehalten hatte.

»Ja, genau, jetzt kommt's mir wieder. Der eine hatte so ewig lange, schwarze Haare und hieß Schulz oder so.«

»Nicht Schulz. Der hieß Schütz.«

»Richtig, Schütz. Und der andere hieß ... Hupfeld. Gute Idee, die beiden mal zu interviewen, wie das alles zusammenhängt.«

⁂

Eine gute halbe Stunde später rollte der Dienstvectra mit den beiden Kommissaren an Bord auf den Hof der Kasseler Friedhofsverwaltung. Hain parkte am hinteren Ausgang des in leuchtendem Grün verglasten Krematoriums, stellte den Wahlhebel auf P und zog den Zündschlüssel ab.

»Mein Gott, mir tut die Nase immer noch weh, wenn ich an diesen verdammten Tag denke«, erklärte Hain missmutig und stieg aus.

»Hättest halt aufpassen müssen, wo du hinläufst«, gab Lenz vergnügt zurück, obwohl er wusste, dass sein Kollege damals wegen des Nebels von mehreren benutzten Feuerlöschern nicht sehen konnte, wohin er rannte, und dadurch mit einem Raumteiler kollidiert war.

»Arschgrampe«, gab der Oberkommissar im besten Sächsisch zurück.

»Wir suchen Herrn Hupfeld«, erklärte Hain dem älteren, weißhaarigen Mann im blauen Arbeitsanzug hinter dem Schreibtisch im Büro des Krematoriums.

»Der Jochen ist im Moment nicht da«, bekam er zur Antwort.

»Seine Frau hat sich was am Bein getan, deshalb ist er zu Hause. Das kann auch noch ein paar Wochen dauern, sie ist nämlich erst letzten Donnerstag operiert worden.«

»Und Herr Schütz? Ist der vielleicht im Haus?«

»Da haben Sie auch Pech. Der Torsten ist die ganze Woche auf einem Seminar.«

»Shit«, murmelte Lenz. »Das passt ja wieder.«

»Was wollen Sie denn von den beiden?«, fragte der Mann. »Vielleicht kann ich Ihnen auch helfen?«

»Es geht um das geplante Krematorium in Hofgeismar. Wissen Sie was darüber?«

»Hm«, machte der Mann. »Warum interessieren Sie sich denn dafür? Ist ja nicht ganz normal, dass Sie damit zu uns kommen.«

Hain zog seinen Dienstausweis aus der Jacke und hielt ihn dem Mann hin.

»Ach so, Sie sind von der Polizei. Das ist natürlich was anderes. Bestimmt geht es um den Tod von Wohlrabe, oder? Was wollen Sie denn wissen?«

»Zunächst geht es nicht direkt um den Tod von Herrn Wohlrabe. Wir bräuchten ein paar Informationen, wie sich das verhält mit dem Krematoriumsneubau in Hofgeismar.«

Der Mann drehte sich mit seinem Stuhl nach vorne, sah

auf einen der Monitore und stand auf. »Das, was Ihnen die beiden erzählen könnten, können Sie auch von mir hören. Also setzen Sie sich, ich muss nur gerade noch was erledigen.«

Damit ging er um die Beamten herum in den Abschiedsraum, wo ein brauner Sarg vor der Tür zum Verbrennungsofen stand, legte einen kleinen Keramikzylinder darauf ab und lief zurück zu einem Schaltpult neben der Tür. Dann ging alles ganz schnell. Der Sarg wurde angehoben, und im gleichen Augenblick öffnete sich die Tür des Ofens. Auf einen weiteren Knopfdruck hin sauste der Sarg nach vorne und wurde auf den Tragsteinen abgesetzt. Danach fuhr die Lafette zurück und verschwand wieder im Boden. Das Ganze hatte weniger als fünf Sekunden gedauert.

»So«, erklärte der Mann, nachdem er noch eine Liste abgezeichnet hatte, und reichte den Polizisten die Hand. »Mein Name ist Abel, Wilhelm Abel. Zu sagen hab ich hier zwar nichts, aber das heißt nicht, dass ich mich nicht auskennen würde.«

»Danke, Herr Abel, dass Sie sich die Zeit für uns nehmen«, antwortete Lenz. »Es wird auch bestimmt nicht lange dauern.«

»Macht nichts. Der Nächste ist in einer Dreiviertelstunde dran, und die Zwischenzeit schenke ich Ihnen einfach.«

»Nochmals danke. Und das bringt uns gleich zu der Frage, was Sie über den Bau des geplanten Krematoriums wissen.«

»Na«, erwiderte Abel, »ich weiß zumindest schon mal das, was alle wissen. Dass dort nämlich das größte Krematorium der Republik gebaut werden soll. Und dass es noch gar nicht klar ist, wer es eigentlich bauen will. Geredet wird zwar immer über viele Namen, aber sicher ist da nach meinem Wissen noch gar nichts. Was aber sicher sein soll, ist, dass einer unserer Jungs von hier als technischer Leiter dorthin wechseln will, wenn es denn wirklich so weit kommen sollte.«

»Ach ja, das ist ja interessant«, meinte Hain. »Wer ist das denn?«

»Der Roland, Roland Langer. Und das ist auch kein Geheimnis, dass er wechseln will, weil er sich hier nicht sonderlich wohlfühlt.«

Hain beförderte seinen Notizblock ins Freie und begann, sich Notizen zu machen.

»Und das hat er Ihnen erzählt?«

»Das muss er nicht so direkt erzählen, das weiß jeder hier.«

»Aha«, machte der Oberkommissar.

»Und Sie wissen auch«, mischte Lenz sich ein, »wer das Krematorium bauen möchte?«

Abel kratzte sich am Kinn. »Na ja, das wiederum ist nicht so einfach. Es gibt da zwei Parteien, die sich das Ding gerne unter den Nagel reißen würden. Die eine besteht aus einem Belgier, Roger van Dunckeren, dem Chef von Eurokrem. Die haben insgesamt über 40 Krematorien laufen, in ganz Europa. Der würde den Bau mit seinen Firmen hochziehen und das Ding betreiben, aber mit ganz wenigen Mitarbeitern aus der Gegend. Er arbeitet lieber mit seinen eigenen Leuten, wie man hört.«

»Und die andere Partei?«

»Die ist ins Spiel gekommen, als der Belgier vor einem halben Jahr den Schwanz eingezogen hat. Ein Unternehmer aus Mallorca, dessen Namen habe ich aber vergessen. Mit Namen hab ich es im Übrigen nie so gehabt, wissen Sie.«

»Ja, schon gut«, beruhigte Hain den Mann. »Das finden wir alles heraus.«

»Also«, fuhr Abel fort, »nachdem es innerhalb der Hofgeismarer Bevölkerung einen Riesenaufschrei gegeben hat wegen dem Belgier und dessen Methoden, ist der, wie gesagt, abgehauen.« Er griff nach einer Getränkedose auf dem Schreibtisch und nahm einen Schluck. »Daraufhin ist dieser Typ aus

Mallorca aufgetaucht. Der wollte alles mit regionalen Firmen machen, aber die Gemeinde sollte mit ins Boot steigen, was die nicht wollten. Oder besser gesagt, nicht konnten.« Er rieb Daumen und Zeigefinger der rechten Hand aneinander. »Wegen kein Geld und so. Und immer hat man gemunkelt, dass der Belgier im Hintergrund weiter an der Sache arbeiten würde, weil das ganze Projekt für ihn viel zu interessant wäre, um es sang- und klanglos zu beerdigen.«

»Schöne Metapher«, bestätigte Hain.

»Ja, und gestern morgen kam dann auch die Auflösung des Rätsels«, erklärte der Friedhofsmann, stand auf, langte in einen Stapel alter Zeitungen und warf eine davon auf den Tisch. »Hier. Erkennen Sie die Figuren?«, fragte er rhetorisch in die Runde, ohne auf eine Antwort zu warten, und deutete auf eins der Bilder. »Das ist Anselm Himmelmann, den Sie hier sehen, der Bürgermeister von Hofgeismar. Der zweite Mann ist dieser Belgier, Roger van Dunckeren. Angeblich sind die Fotos am Sonntagnachmittag aufgenommen worden, in und vor einem Hotel hier in Kassel.«

Lenz griff sich die Zeitung und warf einen Blick auf den Artikel. Peters, du Ratte, dachte er, nachdem er das Kürzel darunter gelesen hatte.

»Heute ist übrigens auch wieder was drin«, fuhr Abel fort, »diesmal geht es um Aussagen, die der Himmelmann vor ein paar Monaten über den Belgier gemacht haben soll. Wenn Sie mich fragen, schießt sich da einer auf den Himmelmann ein.«

»Und warum sollte das passieren?«

»Na ja, überlegen Sie doch mal. Himmelmann ist ein erklärter Unterstützer von van Dunckeren. Die andere Fraktion bekennt sich klar zu diesem ...« Er griff sich an den Kopf. »... zu diesem Altenburg, das ist sein Name. Und vielleicht steckt ja der Gedanke dahinter, dass mit Himmelmann auch der Belgier weg vom Fenster wäre.«

»Plant dieser Altenburg den Bau allein, oder hat er vielleicht irgendwelche Mitstreiter hier aus der Gegend?«

Wieder kratzte sich Abel am Kinn, bevor er antwortete. »Das ist wieder eine komische Sache. Eine Zeit lang hat man gemunkelt, dass Wohlrabe einer seiner Partner sei. Dann hieß es wieder, dieser Altenburg sei nur Wohlrabes Strohmann, eigentlich wolle der Bestatter das Krematorium allein betreiben. Dagegen spricht allerdings nach meiner unmaßgeblichen Meinung, dass er nicht den Hauch einer Ahnung davon hat, wie ein Krematorium tatsächlich funktioniert. Und dabei meine ich jetzt nicht die Technik.«

Hain blätterte seinen Notizblock eine Seite weiter, hob den Kopf und sah Abel an. »Wie kommt es, dass Sie sich so gut auskennen in der Materie, Herr Abel?«

»Das ist eigentlich ganz einfach zu erklären. Zum einen stamme ich aus Hofgeismar. Ich wohne zwar schon seit mehr als 20 Jahren in Kassel, hab da drüben aber noch jede Menge Verwandtschaft sitzen. Meine Frau übrigens auch. Außerdem bin ich einer derjenigen, die von dem Ding direkt betroffen wären. Was glauben Sie denn, was hier passiert, wenn die eröffnen, mit vier Öfen, oder gar noch mehr, wie man sich hinter vorgehaltener Hand zuraunt?«

»Das wäre sicher nicht gut für das Kasseler Krematorium«, antwortete Hain.

»Genau. Deshalb beteiligt sich auch unser Betreiber, die Evangelische Kirche, ganz ordentlich an der Verhinderung. Dafür hab ich allerdings volles Verständnis. Ich würde auch nicht wollen, dass mir einer mit so vollem Mund in die Suppe spuckt.«

»Ich muss nochmal zurückkommen zu den Gerüchten, dass Herr Wohlrabe hinter dem Engagement von diesem Herrn Altenburg … gestanden habe, muss man ja nach seinem Tod jetzt sagen. Warum ist der denn, wenn es denn stimmen sollte, nicht direkt als Betreiber aufgetreten?«

»Das hätte ein Erdbeben gegeben in der Bestatterbranche. Wohlrabe hätte allein über den Preis den Markt diktieren können, bei der angestrebten Kapazität. Die anderen Bestatter wären ihm auf Gedeih und Verderb ausgeliefert gewesen.«

Wieder kratzte er sich am Kinn.

»Ich versuche Ihnen das mal anhand von ein paar einfachen Zahlen zu erklären: Also, heute ist es so, dass eine Kremierung um die 300 Euro kostet. Das ist allerdings der reine Preis fürs Verbrennen, da kommen noch jede Menge Zusatzkosten dazu. Und natürlich die Extras, die einem der Bestatter aufschwatzt, damit auch ja sein Profit stimmt. Alles zusammen kommen Sie ganz bestimmt nicht unter 1.500 Euro weg, und dann haben Sie eine echte Basisbestattung.«

Er nahm einen weiteren Schluck aus der Getränkedose.

»Wenn ich Ihnen jetzt weiterhin erkläre, dass ein Bestatter hier aus der Nähe mit seinen Leichen nach Venlo fährt, das ist direkt hinter der holländischen Grenze, und die Bestattung dort inklusive anonymem Urnengrab nicht mehr als 700 Euro kostet, alles zusammen, wohlgemerkt, dann wird einem bestimmt einiges klarer. Natürlich kommt dabei erschwerend hinzu, dass die Holländer keine Friedhofspflicht kennen, was nichts anderes heißt, als dass die Urne praktisch auf jedem Acker verscharrt werden darf, plastisch ausgedrückt.«

»Da haben Sie recht, das ist ein gewaltiger Unterschied«, stimmte Lenz zu.

Abel hatte sich nun warm geredet.

»Und ich sage Ihnen, dass ich die Leute verstehen kann, die sich für die holländische Variante entscheiden, meine Herren. Weil das, was sich die Bestatter hier manchmal erlauben, einfach nur dreist ist. Frech und dreist kriegen die Leute das Geld aus der Tasche gezogen, weil es doch bei der Beerdigung an nichts fehlen soll, oder?«

»Na ja«, merkte Hain an, »man kann sich halt nur die Beisetzung leisten, für die man das Geld hat, oder?«

»Da muss ich Sie leider korrigieren, Herr Kommissar. Mittlerweile arbeiten viele Bestatter mit Banken zusammen, damit die Hinterbliebenen die Feier abstottern können.«

»Unglaublich«, wunderte sich Lenz.

»Ja, das ist es wirklich. Was aber vielleicht für Sie noch interessant sein könnte, ist die Tatsache, dass angeblich ein anderer Bestatter, nämlich das Institut Schrick, der zweitgrößte hinter Wohlrabe, auch in der Sache drinhängen soll.«

»Jetzt wird es langsam unübersichtlich«, bemerkte Hain und blätterte erneut um.

»Na, so schlimm wird es schon nicht werden, meine Herren. Dieser Schrick, Peter Schrick, soll, wenn man den neuesten Gerüchten Glauben schenken darf, ein Arrangement mit dem Belgier getroffen haben, um ihm dadurch den Einstieg zu erleichtern. Man munkelt, dass es dabei um besondere Konditionen für die Kremierungen gehen soll.«

»Was müsste Schrick im Gegenzug tun?«

»Das ist noch nicht raus. Oder besser gesagt, ich weiß es nicht. Aber es steht zu vermuten, dass Schrick sich einen Teil des Kuchens sichern will, den eigentlich Wohlrabe verteilen wollte. Denn wer das Krematorium betreibt, kann über kurz oder lang die Preise diktieren. Er muss ein paar Monate mit Dumpingpreisen den Kollegen das Wasser abgraben, und wenn die pleite sind, kann er machen, was er will. Aber auch darum muss es meiner Meinung nach nicht vorrangig gehen, denn das Krematorium in Hofgeismar würde sich nur rechnen, wenn es Leichen im Umkreis von 200 Kilometern zugeführt bekommt. Bei denen wäre das Zauberwort die Auslastung. Über die können sie das große Geld machen, aber dafür müssen sie erstmal die benötigte Menge an Leichen kriegen.«

»Puh«, machte Hain. »Da scheint es ja zuzugehen wie auf dem Basar?«

Abel lachte laut auf. »Auf dem Basar geht es im Vergleich dazu seriös zu, meine Herren. Wenn Sie noch ein wenig Zeit haben, erzähle ich Ihnen noch eine kleine Geschichte, die Ihnen das zu verdeutlichen hilft.«

Beide Polizisten nickten, Abel trank wieder einen Schluck.

»Wir haben uns vor ein paar Wochen gewundert, dass die Leichen, die wir von den Bestattern angekarrt bekommen haben, immer dicker geworden sind. Es war wie eine Seuche. Das wäre ja eigentlich kein Problem, denn es gibt nun mal dicke und dünne Menschen, aber wir waren schon erstaunt, dass plötzlich nur noch die Dicken gestorben sein sollten. Darum haben wir uns ein bisschen umgehört und herausgefunden, dass unser schärfster Wettbewerber, das Krematorium in Diemelstadt, einen Zuschlag für übergewichtige Leichen eingeführt hat. Ab einem bestimmten Gewicht wurde die Verbrennung einfach ein paar Euro teurer, was zur Folge hatte, dass die Bestatter die Leichteren dorthin brachten, und die Schwereren ausschließlich zu uns. Mit der Folge, dass wir mit den veranschlagten Zeiten für die einzelnen Verbrennungen nicht mehr hingekommen sind.«

Er zuckte mit den Schultern.

»Ein dicker Mensch braucht nun mal deutlich länger, bis er den Ofen für den Nächsten frei macht, um das mal vereinfacht auszudrücken. Und das ist nur eine von vielen Episoden, die ich Ihnen schildern könnte.«

Wieder nahm er einen großen Schluck aus der Dose.

»Apropos Diemelstadt, da kann ich noch etwas zu erzählen, wenn Sie wollen.«

Wieder nickten die beiden.

»Ein weitverbreiteter Trick der Bestatter besteht darin, den Hinterbliebenen zu verklickern, dass die Bestattung in Diemelstadt ein paar Euro günstiger ist als die in Kassel, was unbestritten stimmt. Was die Jungs den armen Trauernden aber nicht erzählen ist, dass der Transport dorthin zehnmal mehr kostet als die Einsparung. So wird in der Branche Geld verdient, und das nicht zu knapp.«

Lenz setzte sich aufrecht und warf dem Mann einen bewundernden Blick zu. »Haben Sie keine Angst, Herr Abel, dass Sie Ärger kriegen könnten, weil Sie uns das alles so offen erzählen?«

Der weißhaarige Mann deutete auf einen Kalender hinter den Polizisten. »Sehen Sie die rosa Markierungen da, die im November und die paar im Dezember? Das sind meine letzten Tage hier. Ab dem 5. Dezember hab ich meine Ruhe, und ich kann Ihnen gar nicht sagen, wie sehr ich mich darauf freue.«

»Und Sie haben immer hier gearbeitet?«

»Jeden einzelnen Arbeitstag meines Lebens. Ich habe viele kommen und gehen sehen in diesen 46 Jahren, das können Sie mir glauben. Aber ich bin froh, dass ich es hinter mir habe. Die Bedingungen sind in den letzten Jahren immer schlimmer geworden, der Druck immer größer.«

»Wem sagen Sie das?«, meinte Lenz. »Aber eine Frage hätte ich noch«, fuhr er fort. »Wissen Sie etwas darüber, ob der Bauunternehmer Kronberger in der Sache mit dem Krematorium drinsteckt?«

Abel schüttelte den Kopf. »Nein, das tut mir leid. Ich kenne zwar die Firma und habe mitgekriegt, dass der Senior sich umgebracht hat, aber im Zusammenhang mit dem Krematoriumsbau habe ich den Namen nie gehört.«

»Und wie steht es mit Sebastian Bittner? Fällt Ihnen dazu was ein?«

»Der Held der Stadt Hofgeismar, der sogenannte Olympiateilnehmer. Zu dem fällt mir auf jeden Fall was ein, aber das ist leider nicht druckreif.«

»Wieso?«

»Der Kerl hat in den letzten anderthalb Jahren alles getan, um den Bau des Krematoriums zu verhindern, bis er letztes Wochenende erklärt hat, dass er nach Abwägung aller ihm bekannten Fakten zu dem Schluss gekommen wäre, der Bau sei gut für die Gemeinde und die Bürger. Ich glaube, der kann sich zur Zeit in Hofgeismar nicht frei bewegen, ohne körperliche Beeinträchtigungen befürchten zu müssen.«

Auf dem Monitor vor Abel flackerte ein kleines rotes Licht auf, dann ertönte ein Warnton.

»Das war's jetzt, die Herren«, erklärte der Krematoriumsmitarbeiter bestimmt und erhob sich. »Der nächste Sarg will geholt werden, ich muss runter in den Keller.«

Die Polizisten bedankten und verabschiedeten sich.

»Und viel Spaß bei Ihrer neuen Herausforderung als Ruheständler«, wünschte Lenz noch, nachdem er dem Mann eine seiner Visitenkarten überreicht hatte mit der Bitte um einen kurzen Anruf, wenn ihm noch etwas Wichtiges einfallen würde.

25

Monika Wohlrabe stieg aus ihrem Wagen, drückte auf die Fernbedienung der Zentralverriegelung und schlang sich ihren Schal mit einer eleganten Bewegung um den Hals. Dann drehte sie sich um, ging etwa 200 Meter aufwärts, überquerte mit schnellen Schritten den Königsplatz und nahm Kurs auf die Kurfürstengalerie. Dort fuhr sie mit der Rolltreppe in den ersten Stock, betrat das Mövenpick-Restaurant und durchquerte den ganzen Raum, um einen Tisch im hintersten Winkel anzusteuern.

»Guten Tag, Herr Schrick«, begrüßte sie den Mann, der dort mit einem Glas Tee Platz genommen hatte und in der Lokalzeitung las. Peter Schrick stand auf, reichte ihr die Hand und schob ihr den Stuhl zurecht, der seinem gegenüber stand.

»Hallo, Frau Wohlrabe. Schön, dass Sie es einrichten konnten und sich die Zeit für mich nehmen. Mein Beileid übrigens noch.«

»Nicht viel Zeit, wie ich bereits am Telefon sagte«, erwiderte sie mit ausdruckslosem Gesicht und nahm Platz. Seine Kondolierung verpuffte unkommentiert.

»Das macht nichts«, entgegnete er und setzte sich.

»Also«, fuhr sie mit der gleichen ausdruckslosen Stimme fort, »was kann ich für Sie tun? Ich vermute, dieses konspirative Treffen gilt nicht der Beileidsbekundung zum Tode meines Mannes.«

»Nein, da haben Sie recht. Das hätte ich einfacher haben können.«

Ihr Blick wurde eisig. »Und weiter?«

»Können Sie sich das nicht denken?«

»Nein, ich denke momentan nicht viel. Sagen Sie mir einfach, was Sie von mir wollen, Herr Schrick.«

Ein Ober baute sich vor ihrem Tisch auf und sah Monika Wohlrabe erwartungsvoll an.

»Ein stilles Wasser bitte«, bestellte sie und lehnte sich im Stuhl zurück. »Also, was wollen Sie?«

»Ich möchte Ihre Firma kaufen.«

Die Frau lachte laut auf. »Sind Sie größenwahnsinnig geworden? Soll das so etwas werden wie das, was Porsche mit VW versucht hat? Der Kleine schluckt den Großen? Oder verschluckt sich am Großen?«

Sein Gesicht hatte sich bei jedem ihrer Worte ein klein wenig mehr verfinstert. »Sie sind eine junge Frau. Was wollen Sie mit einem Bestattungsunternehmen?«

»Sie haben ganz richtig erkannt, dass ich eine junge Frau bin. Soll ich mich irgendwohin zurückziehen und Geld zählen?«

»Was wäre daran so schlecht?«

»Dass es nicht mein Stil ist. Ich bin die Alleinerbin des Bestattungsunternehmens Wohlrabe, und ob es Ihnen passt oder nicht, Sie werden mit mir als Konkurrentin leben müssen. Als ernst zu nehmende Konkurrentin.«

Er nippte an seinem Tee. »Ich bin nicht sicher, ob Sie in alle Pläne Ihres verstorbenen Mannes eingeweiht waren, Frau Wohlrabe. Offenbar ist Ihnen entgangen, dass Ihr Unternehmen bis zum Stehkragen und darüber hinaus verschuldet ist. Und dass Sie persönlich daran einen nicht zu unterschätzenden Anteil tragen.«

»Interessant«, gab sie mit schneidendem Unterton zurück. »Sie scheinen sich in unseren Büchern gut auszukennen, Herr Schrick. Auf jeden Fall wissen Sie mehr als ich.«

»Genau das meine ich, Frau Wohlrabe. Weil ich so viel weiß, möchte ich Ihnen ein wirklich gutes Angebot machen. Verkaufen Sie an mich, dann können Sie bis zum Rest Ihrer Tage von den Zinsen leben. Sehr gut leben.«

Der Kellner trat mit einem Glas in der einen und einer blauen Wasserflasche in der anderen Hand an den Tisch, stellte das Glas vor der Frau ab und goss es halb voll. »Zum Wohl«, wünschte er kurz und verzog sich wieder.

Monika Wohlrabe hatte der ganzen Aktion keinerlei Aufmerksamkeit geschenkt. »Nun machen Sie mich aber neugierig. Von welcher Größenordnung sprechen wir denn, Herr Schrick?«

Er nahm wieder einen Schluck Tee, bevor er antwortete. »Gnädigste, seien wir ehrlich. Es wäre höchst unseriös von mir, Ihnen jetzt eine Zahl auf den Tisch zu legen. Aber seien Sie versichert, dass es sich für Sie auf jeden Fall lohnen würde. Auf jeden Fall. Natürlich wäre es mein Bestreben, durch Synergien die Kosten zu senken, und dazu wäre ein Personalabbau unumgänglich, aber er würde sich im absolut notwendigen Rahmen bewegen.«

Nun fing die Frau an zu grinsen. »Meinen Sie, dass es mich interessieren würde, was Sie nach einem eventuellen Verkauf mit den Leuten veranstalten, die dort arbeiten?«

»Vermutlich nicht besonders«, gab er zurück.

»Ich werde es Ihnen sagen: Überhaupt nicht. Entweder ich beschäftige mich mit Ihrem Angebot, und das zu 100 Prozent, oder ich denke nicht einmal darüber nach, aber auch das zu 100 Prozent. Bis jetzt habe ich nicht einen Gedanken an einen Verkauf verschwendet, und so lange ich kein tragfähiges Angebot vor mir liegen habe, werde ich damit auch nicht anfangen. Aber nichts auf dieser Welt ist für die Ewigkeit gestrickt, deshalb sage ich nicht sofort und in diesem Moment nein zu Ihrer Offerte. Überzeugen Sie mich mit einer Summe, die mich korrumpiert, dann könnten wir ins Geschäft kommen.«

Sie stand auf und streckte die rechte Hand nach vorne, um sich von ihrem Gesprächspartner zu verabschieden. Der blieb jedoch völlig gelassen, bewegte sich keinen Jota und sah sie an.

»Ist noch was?«, fragte sie genervt.

»Ja, da wäre noch eine Kleinigkeit. Bitte setzen Sie sich wieder, ich spreche so ungern mit jemandem, der über mir steht.«

Sie war für einen Sekundenbruchteil verunsichert, bevor sie zum Stuhl griff und sich wieder setzte. »Also? Ich sitze.«

»Verehrteste, Sie sind sich offenbar in keinster Weise über Ihre tatsächliche Situation im Klaren«, erklärte er ihr kopfschüttelnd. Sein Ton hatte sich dabei völlig verändert, in ihm lag nun etwas Herablassendes.

»Was fällt Ihnen …?«, begann sie ihn zu unterbrechen, doch eine einzige Handbewegung von ihm ließ sie verstummen.

»Hören Sie auf, Frau Wohlrabe, und hören Sie mir zu. Ihr verstorbener Mann musste sich verschulden, um seine geschiedene Frau abfinden zu können. Das ist Ihr Anteil an dem Schuldenberg, den er Ihnen hinterlassen hat, und diesen Teil sollten Sie mit voller Demut tragen. Für den weitaus üppigeren allerdings sind Sie nicht zuständig, der ist seinem Größenwahnsinn geschuldet, und ich bin relativ sicher, dass er Ihnen davon nichts erzählt hat.«

Monika Wohlrabe griff in ihre kleine Handtasche und kramte ein Papiertaschentuch heraus, das sie in der Hand knüllte. »Mein Mann und ich hatten keine Geheimnisse voreinander, diesen Zahn kann ich Ihnen schon ziehen. Ich bin von ihm über alles informiert worden, was das Geschäft angeht.«

»Wirklich über alles?«, fragte er zurück und steigerte damit ihre Verunsicherung. »Auch darüber, dass er vor einigen Monaten einen Kredit in Höhe von dreieinhalb Millionen aufgenommen hat?«

Sie fuhr sich nervös mit dem Taschentuch über die Nase, obwohl es keinen Grund dafür gab. »Wie ... was ... nein, das glaube ich Ihnen nicht. Davon hätte er mir erzählt.«

»Das hat er ganz bewusst nicht getan, weil Sie ihn für verrückt erklärt hätten. Er hat alles verpfändet, was er besaß, um diesen Kredit zu kriegen. Das Grundstück in der Stadt, die Immobilien in Wolfhagen und in Spanien, die Aktien, alles. Alles als Sicherheit für diesen Kredit hinterlegt.«

Monika Wohlrabe sah ihn mit weit aufgerissenen Augen an. Ihre Haltung hatte nun nichts mehr von der Powerfrau, der toughen Geschäftsfrau, die vor einer knappen Viertelstunde das Restaurant betreten hatte. »Sie lügen«, machte sie einen hoffnungslosen Versuch.

»Wenn Sie meinen«, gab er völlig ungerührt zurück.

Monika Wohlrabe setzte sich aufrecht und veränderte ihren Gesichtsausdruck, als ob ihr etwas Wichtiges, Entscheidendes eingefallen sei. »Und wenn Günther wirklich diesen Kredit aufgenommen hat, dann muss er auch etwas dafür gekauft haben. Das ist da, das kann man verkaufen«, erklärte sie mit zu Schlitzen verengten Augen. Wieder blieb Schrick gelassen.

»Schön wär's. Ihr Mann hat das Geld zwar aufgenommen, aber bis jetzt noch nicht einmal angetastet. Es liegt auf der Bank und kostet jeden Tag Geld. Viel Geld.«

»Dann gebe ich es eben zurück. Einfacher geht es doch gar nicht«, sprudelte es aus ihr heraus wie aus einem Kind, dem die Ausrede des Jahrhunderts eingefallen war.

Der Bestattungsunternehmer nippte an seinem Tee, stellte seelenruhig das Glas auf dem Tisch ab und lehnte sich zurück. »Gute Idee. Wenn das so einfach wäre, hätte ich mir die Mühe sparen können, Sie hierherzubestellen. Günther Wohlrabe, Ihr verstorbener Mann, hat in seinem Leben als Geschäftsmann vieles richtig gemacht, und, so weit ich weiß, sind ihm nicht viele Fehler unterlaufen. Bei diesem Kredit allerdings muss ihn der Leibhaftige persönlich geritten haben, denn er hat Konditionen akzeptiert, die im normalen Geschäftsleben ganz und gar nicht alltäglich sind. Das fängt beim Zinssatz an, geht über die monatliche Belastung und endet sicher nicht damit, dass jede Form der Sondertilgung ausgeschlossen wurde. Der Kredit ist zweckgebunden. Eine andere Verwendung als die im Vertrag vereinbarte ist nicht möglich.«

Sie schaute nachdenklich vor sich hin. »Warum hätte Günther einen solchen Vertrag unterschreiben sollen? Das ist doch Wahnsinn!«

»Genau das ist es, aber zu anderen Bedingungen hätte er das Geld nicht bekommen. Wir leben in einer Zeit, in der die Banken ihr Geld nicht mehr mit der Gießkanne über dem Volk verteilen.«

Es entstand eine längere Pause, die Monika Wohlrabe offenbar dazu benutzte, ihre Gedanken zu ordnen. »Um was für einen Verwendungszweck geht es dabei?«, fragte sie mit leiser Stimme.

»Er wollte eine Sargfabrik in Polen kaufen. Eine riesengroße, teure Sargfabrik.«

26

»Sebastian Bittner betreibt ein Sportgeschäft in Hofgeismar«, erklärte Hain seinem Kollegen und steckte sein Telefon weg.

»Also los, fahren wir hin«, antwortete Lenz.

Der Oberkommissar sah seinen Chef mit hungrigen Augen an. »Wollen wir nicht vorher wenigstens eine Kleinigkeit essen? Mir hängt der Magen in den Kniekehlen.«

»Meinetwegen. Was schlägst du vor?«

»Wie wäre es mit …?«, weiter kam Hain nicht, dann wurde er vom Klingeln seines Telefons unterbrochen. Mit verkniffenem Gesicht nahm er das Gespräch an, meldete sich, und hörte ein paar Sekunden zu.

»Du bringst mich gerade um mein Mittagessen, RW«, antwortete er. »Aber lass mal, wir sind unterwegs.«

Das Telefon verschwand wieder in seiner Jacke.

»Wir sollen ins Präsidium kommen, dort wartet jemand auf dich.«

»Was ist denn heute los?«, zischte Lenz. »Glaubt denn jeder Depp, dass er nur ins Präsidium latschen muss, um mit mir sprechen zu können?«

»Mit dem Besuch willst du garantiert reden, du hast ihn nämlich selbst einbestellt.«

»Ich kann mich nicht erinnern, jemanden einbestellt zu haben. Von wem also sprichst du?«

»Vor deiner Bürotür wartet eine Frau Hödecke darauf, sich mit dir unterhalten zu dürfen. Mit RW wollte sie nicht reden, sondern nur mit dem Leiter des Kommissariats.«

Nun hellte sich Lenz' Miene doch etwas auf.

»Die Frau aus … Meine Güte, ich vergesse doch immer den Namen des Kaffs, aus dem sie kommt.«

»Werl, Paul. Einfach Werl, wie man es spricht.«

*

Beate Hödecke saß tatsächlich auf einem Stuhl vor der Tür zum Büro des Hauptkommissars. Lenz ging auf sie zu, reichte ihr die Hand, und stellte sich vor.

»Beate Hödecke«, erwiderte sie. »Ich bin gekommen, um mit Ihnen über diesen Abend zu sprechen. Den Samstagabend.«

»Schön, Frau Hödecke. Dann begleiten Sie mich und meinen Kollegen Thilo Hain doch bitte in mein Büro.«

Während er sprach, hatte er die Frau kurz gemustert. Um die 40, dunkle, glatte Haare, ebenmäßiger Teint und ein sündhaft teures Kostüm. Dazu einen Ehering und weiteren Schmuck an den Fingern, der ebenfalls einen hochpreisigen Eindruck machte. Während sie Platz nahm, erkannte Lenz eine gewisse Anspannung in ihrem Gesicht.

»Zunächst«, begann sie, »wäre es mir sehr recht, wenn wir unser Gespräch unter vier Augen führen könnten.«

Sie warf Hain einen kurzen Blick zu. »Nichts gegen Ihren jungen Kollegen, Herr Lenz, aber das, was ich Ihnen schildern muss, darf dieses Büro nicht verlassen.«

Lenz schüttelte ohne jegliches Bedauern den Kopf. »Keine Chance, Frau Hödecke. Herr Hain bleibt, oder unser Gespräch ist auf der Stelle beendet.«

Sie biss sich auf die Unterlippe. »Dann soll er eben bleiben!«, zischte sie. »Trotzdem muss ich Sie beide nochmals um absolute Diskretion über unser Gespräch bitten. Das ist für mich von elementarer Bedeutung.«

Nun nickte der Hauptkommissar. »Soweit es Ihre Privatsphäre betrifft, kann ich Ihnen das zusichern. Bei allem anderen, und das muss ich Ihnen sicher nicht erklären, werden wir sehen.« Er stützte den Kopf auf die linke Hand und sah der Frau neugierig ins Gesicht. »Also, was haben Sie für uns?«

Sie räusperte sich, erwiderte unsicher den Blick des Hauptkommissars und atmete tief ein. »Rauchen ist hier wahrscheinlich verboten?«, wollte sie noch wissen.

»Strengstens«, erwiderten Lenz und Hain im Chor.

»Gut. Dann also der Samstagabend«, begann sie mit deutlicher Enttäuschung in der Stimme. »Ich war natürlich Teilnehmerin an diesem Dinner am Samstag. Und es tut mir leid, dass ich Ihrem Kollegen am Telefon nicht gleich die ganze Wahrheit gesagt habe, aber dazu liegen die Dinge wirklich zu kompliziert. Es geht nämlich darum, dass die Identität meines Begleiters unter keinen Umständen bekannt werden darf. Und wenn ich unter keinen Umständen sage, dann meine ich es genau so.«

»Was ist der Hintergrund dieser Geheimniskrämerei?«, erkundigte sich Lenz.

Die Frau kramte in ihrer Handtasche, die die Ausmaße einer mittleren Einkaufstüte hatte, nach einem Papiertaschentuch und putzte sich die Nase.

»Es dürfte Sie wenig überraschen, dass, obwohl es so auf der Anmeldung vermerkt war, dieser Mann nicht mein Ehemann ist. Deshalb ist diese Geheimniskrämerei, wie Sie es nennen, Herr Kommissar, absolut notwendig.«

»Hm«, machte Lenz und richtete sich in seinem Stuhl auf. »Ich muss Ihnen doch bestimmt nicht erklären, dass das, was Sie hier vortragen, uns in keinster Weise beeindruckt, geschweige denn imponiert«, ließ er die Juristin betont sachlich wissen. »Es ist uns zunächst völlig egal, mit wem und wo Sie Ihre Samstagabende verbringen, so lange dabei nicht die Belange Dritter berührt werden, und das ist hier eindeutig der Fall. Ihr bis jetzt unbekannter Begleiter steht, ich will es mal wohlwollend ausdrücken, zumindest in der Nähe des Verdachts, am gewaltsamen Tod eines Menschen beteiligt gewesen zu sein. Und wenn Sie sich weiterhin weigern uns mitzuteilen, um wen es sich bei dem Mann handelt, wird erstens Ihre Geschichte nicht besser, und zweitens Ihre Situation schon gleich gar nicht.«

»Sie wissen, dass Sie mich nicht zwingen können, die Identität meines Begleiters preiszugeben.«

Über das Gesicht des Hauptkommissars huschte die Andeutung eines Lächelns, bevor er ihr antwortete. »Ach, Frau Hödecke, wir kennen uns doch beide ein bisschen in diesen Sachen aus, wie ich vermute. Natürlich kann und will ich Sie zu nichts zwingen, da haben Sie eindeutig recht. Was ich aber machen kann, und mit Sicherheit auch machen werde ist, Ihren Ehemann nach seiner Rückkehr von den Philippinen vorladen und zu dem betreffenden Abend befragen zu lassen. Immerhin steht sein Name auf der Gästeliste dieses Dinner in the Dark.«

Beate Hödecke schluckte, presste die Lippen aufeinander und schloss kurz die Augen. »Mein Begleiter ist ein Politiker«, presste sie hervor. »Ein verheirateter Staatssekretär mit vier Kindern aus Düsseldorf.«

»Hmm«, machte Lenz erneut. »Wo ist das Problem? Die Düsseldorfer Kollegen vernehmen ihn, er bestätigt die Geschichte, die Sie uns hoffentlich noch erzählen werden, und damit sollte die Sache wohl erledigt sein.«

»Das gerade eben geht nicht«, echauffierte sie sich. »Es geht einfach nicht.« Sie atmete kurz durch, um sich zu beruhigen.

»Dann würde ich vermuten«, durchbrach Thilo Hain die fast körperlich spürbare Stille, »dass Ihr Anonymus Staatssekretär im Nordrhein-Westfälischen Innenministerium ist.

Korrigieren Sie mich, wenn ich falsch liege, aber so ungefähr sollten sich die Dinge wohl darstellen, nicht wahr?«

Sie drehte den Kopf und konnte ihre Anerkennung kaum verhehlen. Dann nickte sie kaum sichtbar. »So ist es, ja. Genau so. Seine Karriere wäre am Ende, wenn herauskommen würde, dass er und ich ...« Sie brach ab.

»Dass sie beide sich dann und wann heimlich treffen, hinter dem Rücken und ohne Wissen Ihrer jeweiligen Ehepartner«, vervollständigte Hain den Satz.

Wieder ein kaum wahrnehmbares Nicken.

»Ich will das, was Sie getan haben und tun, nicht moralisch werten«, erklärte Lenz der Frau, »das steht mir nicht zu. Trotzdem kommen wir nicht umhin, den Mann zu den Ereignissen des Abends befragen zu lassen.«

»Aber es ist doch überhaupt nichts passiert«, blaffte sie den Hauptkommissar an. »Wir haben in diesem Restaurant gegessen, sind danach in ein Hotel am Stadtrand gefahren, und am nächsten Morgen zurück.«

»Alles, was nach diesem Dinner in the Dark passiert ist, ist für uns zunächst bedeutungslos, Frau Hödecke«, meinte Lenz. »Ist Ihnen denn währenddessen etwas an den anderen Gästen aufgefallen?«

Sie fuhr sich mit dem Taschentusch über die Nase. »Ach woher, nein. Wir hatten einen netten Abend, wenngleich ich die Leute, die auch teilgenommen haben, nicht unbedingt gebraucht hätte. Wir wurden ins Dunkle geführt, bekamen unser Essen, und sind wieder gegangen, als es vorüber war.«

Lenz sah sie skeptisch an.

»Eine Zeugin hat ausgesagt, dass Ihr Begleiter sich mindestens einmal über den Nachbartisch gebeugt hätte und dabei dem Mann, der am Morgen darauf gestorben ist, ziemlich nahe gekommen sein muss.«

»Ja, sicher, das ist richtig. Mein ... Begleiter hat sich öfter über den Tisch gebeugt, aber doch nur, um sich mir zu nähern. Dabei kann es auch passiert sein, dass er im Dunkeln ein bisschen die Orientierung verloren hat und diesem Mann ein klein wenig zu nahe kam. Immerhin gab es reichlich Alkohol zu trinken. Aber er hat ihn doch nicht vergiftet.«

»Woher wissen Sie, dass er vergiftet wurde?«, fragte Hain erstaunt.

Sie drehte erneut den Kopf zu dem Oberkommissar. Diesmal hatte ihr Blick etwas Tadelndes. »Auch dort, wo ich herkomme, gibt es Zeitungen und Internetzugänge, junger Mann. Also, beleidigen Sie bitte nicht meine Intelligenz mit solch dummen Fragen.«

Hain sah durch sie hindurch und tat, als könne sie unmöglich ihn gemeint haben.

»Was haben Sie denn Ihrem Mann erzählt, wo Sie die Nacht verbringen würden?«, durchbrach Lenz die peinliche Pause.

»Das ist relativ simpel. Eine Freundin von mir ist über mein Verhältnis informiert und deckt mich. Also habe ich sie am Samstag besucht und bin bis Sonntag geblieben. Für meinen Mann jedenfalls«, fügte sie leise hinzu. »Außerdem ist er selbst ganz früh am Sonntag in den Flieger gestiegen und hat deshalb die Nacht in einem Hotel am Frankfurter Flughafen verbracht, aber das muss ich ihnen ja nicht mehr erzählen, das wissen Sie dank Ihrer gewissenhaften Ermittlungen ja schon.«

»Stimmt«, bestätigte Lenz. »Aber ich muss nochmal auf den Samstagabend zurückkommen, Frau Hödecke. Außer, dass Ihr Begleiter sich ein paarmal zu Ihnen herüber gebeugt hat, ist Ihnen nichts aufgefallen, was den Nachbartisch betrifft?«

Sie dachte ein paar Sekunden nach. »Nein, beim besten Willen nicht. Vergessen Sie bitte nicht, dass es im wahrsten Sinne des Wortes stockfinster gewesen ist in dem Raum. Wir haben die ganze Zeit über, während wir aßen, rein gar nichts gesehen. Wenn diesem Mann während der Veranstaltung etwas ins Essen gemischt wurde, dann könnte es jeder im Raum gewesen sein, mit Ausnahme meines Begleiters und mir, das kann ich beschwören. Mir sagen diese Leute nichts und das alles ist dumm gelaufen. Ohne das alles hätte ich jetzt auch ein paar Probleme weniger.«

»Das kann ich gut verstehen«, erklärte Lenz, und fing sich dafür einen bösen Blick seines Kollegen ein. »Nichtsdestotrotz brauchen wir den Namen Ihres Begleiters, auch wenn es unter Umständen für Sie mit persönlichen Konsequenzen verbunden ist.«

✳

»Das kann ich gut verstehen«, äffte Hain den Ton seines Chefs nach, als sie auf dem Weg zum Wagen waren. »Was gibt es denn daran zu verstehen? Die Frau bescheißt ihren Mann, nichts anderes ist das nämlich.«

»Nun spul dich mal nicht so auf, Kleiner. Oder willst du mir immer noch erzählen, dass du noch nie eine deiner vielen Liebschaften betrogen hättest?«

»Ach, hör doch auf, darum geht es doch gar nicht. Nicht, wenn man verheiratet ist. Warum muss ich denn zuerst heiraten, wenn ich später mein Ding einer anderen hinhalte?«

»Und das machst du allein vom Verheiratetsein abhängig?«

»Naja, schon. Das ist doch ein ganz anderes Paar Schuhe, wenn man unter der Haube ist.«

Lenz hielt ihm die Tür auf und trat hinter ihm ins Freie, wo es leicht angefangen hatte zu schneien. »Wenn du deine Carla heiraten würdest, könntest du also ausschließen, dass da noch irgendeinmal irgendetwas schief gehen könnte?«

Hain blieb stehen und sah den Hauptkommissar misstrauisch an. »Ich glaube schon, ja. Was mir aber viel mehr zu denken gibt, ist die Tatsache, dass du das Verhalten der Frau irgendwie zu billigen scheinst. Bist du am Ende auch einer von denen, die was mit einer verheirateten Frau laufen haben? Ist das gar die Erklärung für die ominösen Anrufe und SMS, die du immer kriegst?«

Lenz ging einfach weiter, ohne zu antworten, trat an die Beifahrerseite des Dienstwagens, wartete, bis Hain den Wagen aufgeschlossen hatte, und ließ sich auf den Beifahrersitz fallen.

»Leider falsch«, log Lenz seinen Kollegen an. »Vielleicht hätte ich gerne was mit einer verheirateten Frau, aber leider hat es bisher nicht geklappt eine zu finden, die ihre Ehe meinetwegen aufs Spiel setzen würde.«

Hain setzte sich auf den Fahrersitz und steckte den Schlüssel ins Zündschloss. »Und warum schreit dann der ganze verdammte Bulle in mir, dir dieses eine Mal nicht zu glauben?«

Lenz griff in seine Tasche, zog sein Mobiltelefon heraus und hielt es Hain hin. »Ich bin dir zwar keine Rechenschaft schuldig, Thilo, aber ich will, dass du mir vertraust. Nimm mein Telefon, steck es ein und geh dran, wenn es klingelt. Und wenn in den nächsten, sagen wir mal, zwei Wochen keine Frau angerufen hat, die in dein Fahndungsprofil passt, kannst du es mir zurückgeben.«

Die Augen des jungen Oberkommissars huschten zwischen dem Gerät und dem Gesicht seines Bosses hin und her. 10, vielleicht 15 Sekunden rührte er sich darüber hinaus keinen Jota.

»Scheiße«, flüsterte er anschließend. »Ich glaube, ich hab mich getäuscht und dich enttäuscht, Paul. Entschuldigung dafür.«

»Kein Problem«, erwiderte Lenz, und schämte sich so aufrichtig für sein Verhalten, dass er am liebsten seinen Tränen freien Lauf gelassen hätte.

Das kleine Sportgeschäft, das Sebastian Bittner in Hofgeismar betrieb, lag in einem versteckten Hinterhof einer Seitenstraße der Fußgängerzone. Als die beiden Polizisten den diffus beleuchteten, bis unter die Decke vollgestellten Laden betraten, wurden sie von einer schrillen Klingel über ihren Köpfen erschreckt.

»Mein Gott«, stöhnte Lenz. Dann bewegte sich ein bunter Vorhang und es tauchte eine etwa 30-jährige Frau dahinter auf.

»Guten Abend«, begrüßte sie die Beamten freundlich und platzierte einen Schuhkarton neben sich auf dem Boden. »Was kann ich für Sie tun?«

Hain stellte sich und seinen Kollegen kurz vor und kam sofort zur Sache. »Wir möchten zu Herrn Bittner. Ist er im Haus?«

»Nein«, erwiderte sie kopfschüttelnd. »Aber er ist wohl heute einer der meistgesuchtesten Männer der Stadt, wenn ich das Interesse an ihm richtig deute.«

»Wer interessiert sich denn außer uns noch für ihn?«, wollte Hain wissen.

»Hier im Laden waren sicher schon zehn oder zwölf Leute, die sich entweder bei ihm bedanken wollten oder ihm die Pest an den Hals gewünscht haben, ganz nach persönlicher Fasson.«

»Und wer liegt vorne?«, fragte Hain schmunzelnd.

»Eindeutig die Fraktion, die ihn teeren und federn will«, antwortete sie, ebenfalls mit einem Lächeln auf den Lippen.

»Sind Sie seine …?« Der Oberkommissar stockte.

»Oh nein, Gott bewahre. Ich bin eine 400-Euro-Kraft, die sich heute wünscht, wieder bei McDoof Buletten zu verhökern.«

»Und wo ist Ihr Chef?«, mischte Lenz sich ein. »Wissen Sie das?«

»Nein, tut mir leid. Er hat heute Morgen bei mir angerufen und mich gefragt, ob ich für ein paar Tage den Laden machen könnte, weil er weg müsse. Insgeheim hatte ich mit so was gerechnet, nachdem mir mein Freund gestern Abend erzählt hatte, was Sebastian sich da geleistet hat.«

»Erreichen wir ihn vielleicht zu Hause?«, forschte der Hauptkommissar weiter.

Sie schüttelte den Kopf und deutete mit dem rechten Zeigefinger nach oben. »Er wohnt hier oben drüber, aber er ist ganz sicher nicht da. Sein Auto ist auch weg.«

»Gibt es vielleicht eine Freundin, bei der wir suchen könnten?«

»Seit etwa zwei Wochen nicht mehr, leider.«

Sie trat einen Schritt auf die Polizisten zu und sah sich in dem leeren Laden um, so als fürchte sie, belauscht zu werden.

»Das ist nach meiner Meinung sowieso der Grund, warum er umgefallen ist«, flüsterte sie. »Wegen der Yvonne.« Wieder blickte sie um sich. »Wegen der Yvonne ist er umgefallen, und wegen nichts anderem.«

»Können Sie uns das erklären?«, fragte Lenz vorsichtig.

»Klar. Er hat sich damals in der Bürgerinitiative gegen das Krematorium engagiert, weil er sich in diese Yvonne verknallt hatte. Das ging schon eine ganze Weile so, und sie hatte ihn immer abfahren lassen, doch plötzlich sah er eine Chance, an sie ranzukommen. Und es hat dann ja auch geklappt, zumindest bis vor zwei Wochen.«

»Und warum haben sich die beiden getrennt?«

»Darüber könnte ich nur spekulieren, weil Sebastian zwar ein guter, aber auch ein sehr diskreter Chef ist.«

»Ich habe nichts gegen Spekulationen einzuwenden«, machte Lenz ihr Mut, was sie mit einem erneuten Lächeln quittierte.

»Wenn Sie mich fragen, hat Yvonne …«

»Hat diese Yvonne auch einen Nachnamen?«, wurde sie von Hain unterbrochen, der seinen Notizblock aus der Jacke gezogen hatte.

»Yvonne Wild, wie die Tiere, die im Wald umherrennen«, fuhr sie fort. »Auf jeden Fall hat sie sich in der letzten Zeit tierisch darüber aufgeregt, dass die Medien Sebastian zum Star der BI gemacht hatten und er sich das auch gerne gefallen gelassen hat. Er stand im Rampenlicht, obwohl ihn die ganze Sache mit dem Krematorium eigentlich gar nicht so sehr interessiert hat. Er wollte über die Geschichte nur an die Frau rankommen, aber nachdem das geklappt hatte, bekam das so einen Drall, dass er nicht einfach wieder aussteigen konnte. Es war ein Segen fürs Geschäft, da können Sie Gift drauf nehmen.«

Hain trippelte von einem Fuß auf den anderen.

»Angenommen, das stimmt so, dann hätte Herr Bittner seine Mitstreiter schon kräftig verkohlt, oder?«

»Das hat er, glauben Sie mir. Ich habe es ihm auch heute Morgen auf den Kopf zugesagt, aber das ist nicht das, was er im Moment hören will.«

»Was will er denn lieber hören?«

»Na, was wohl? Dass seine Verflossene ihn wieder erhört.«

»Aber das tut sie nicht?«

»Nein, ganz sicher nicht. Sie hat einen Neuen, einen von den oberen Zehntausend, wie man sich erzählt. Aber Genaues kann ich Ihnen dazu wirklich nicht sagen.«

»Aber Sie sind sich sicher, dass sein Sinneswandel, was den Krematoriumsbau angeht, einzig und allein dadurch hervorgerufen wurde, dass seine Freundin ihm den Laufpass gegeben hat?«

»Absolut, ja. Das war seine einzige Möglichkeit, ihr zum Ende noch eins auszuwischen, und die hat er zu 100 Prozent genutzt.«

»So, so«, machte Lenz. »Und Sie haben wirklich keine Idee, wo wir nach Herrn Bittner suchen könnten? Er hat keine Andeutung gemacht, wo er hin wollte?«

»Absolut nicht, nein. Mir ist nur aufgefallen, dass er ziemlich mitgenommen ausgesehen hat, aber wer will ihm das verdenken?«

Hinter ihnen wurde die Tür geöffnet und ein älteres Ehepaar schob sich, begleitet vom ohrenbetäubenden Lärm der Klingel, in den Laden. Die beiden Polizisten traten ein Stück zur Seite.

»Ist der Sebastian hier?«, wollte der Mann erbost wissen.

»Nein, tut mir leid«, gab die Verkäuferin völlig ruhig zurück.

»Wenn Sie ihn sehen, dann richten Sie ihm bitte aus, dass er eine Schande ist für unsere schöne Stadt, und dass wir uns für ihn schämen. Und dass er froh darüber sein kann, dass seine armen Eltern das nicht mehr erleben müssen, können Sie ihm auch noch ausrichten.«

Die Verkäuferin griff nach einem Block auf der Theke, machte ein paar Notizen darauf und sah die beiden an. »Und von wem darf ich es ausrichten«, fragte sie ebenso höflich wie lakonisch, was den beiden jedoch völlig entging.

»Von den Heckenmüllers. Richten Sie ihm aus, dass die Heckenmüllers hier waren und es ihm gerne ins Gesicht gesagt hätten, aber Charakter scheint ja nicht die große Stärke des Herrn Bittner zu sein.« Damit drehten sich die beiden um und verließen ohne ein weiteres Wort den Laden.

»Damit steht es zehn zu drei für teeren und federn«, schmunzelte die junge Frau, nachdem sie kurz nachgezählt und den Block zurück auf die Theke geworfen hatte.

*

»Was hältst du davon«, fragte Hain auf dem Weg zum Auto, »wenn wir unsere Anwesenheit hier in Hofgeismar nutzen, um dem Herrn Bürgermeister noch kurz unsere Aufwartung zu machen? Vielleicht weiß er ja, wo sich sein Referent aufhält.«

»Gute Idee. Vielleicht hat sich die Sache auch schon geklärt. Ansonsten kann er uns vielleicht einen Tipp geben, wo wir suchen können.«

Das Schneetreiben wurde immer dichter, und die Polizisten waren froh, als sie im Wagen saßen.

»Obwohl«, griff Lenz den Gedanken nach einem Blick zur Uhr im Armaturenbrett noch einmal auf, »wahrscheinlich treffen wir dort gar niemanden mehr an. Es ist nämlich schon 17 Uhr durch.«

»Und ich hab noch immer nichts im Magen«, brummte Hain. »Ich hätte doch was Anständiges lernen sollen.«

»Wenn wir im Rathaus fertig sind, lade ich dich zum Essen ein. Und du suchst aus, wohin wir gehen.«

Der junge Oberkommissar warf erstaunt den Kopf herum. »Was ist denn in dich gefahren?«, sprudelte es aus ihm heraus.

»Nimm es einfach, wie es ist, Thilo. Ich hab nichts Unsittliches vor mit dir, wenn du das meinen solltest.«

»Na, das würde ich dir altem Knopf auch gar nicht mehr zutrauen. Oder läuft da tatsächlich noch was bei dir?«

»Fahr los«, erwiderte Lenz müde.

Entgegen ihrer Befürchtungen hielt sich Anselm Himmelmann noch in seinem Büro im Rathaus auf. Die junge Sekretärin am Empfang bat sie um Geduld, damit sie klären konnte, ob der Herr Bürgermeister die beiden Polizisten noch empfangen würde.

»Kein Problem«, erklärte sie kurze Zeit später und deutete auf die Tür, aus der sie gekommen war. »Gehen Sie einfach rein.« Aus dem Büro drang Fernsehlärm. Offenbar sah Himmelmann sich eine Sendung an.

»Kommen Sie rein, meine Herren, nur nicht schüchtern«, forderte der Bürgermeister sie aus seinem Stuhl hinter einem riesigen Schreibtisch auf. In der Hand hielt er eine Fernbedienung, mit der er auf einen reichlich dimensionierten Flachbildmonitor zielte.

»Es dauert noch einen kleinen Moment, aber vielleicht ist das ja auch für Sie interessant, wenn Sie aus Kassel kommen.«

Lenz und Hain sahen sich irritiert an.

»Ihr Oberbürgermeister gibt gerade eine Pressekonferenz. Vielleicht kündigt er ja seinen Rücktritt an, wegen dem schweren Unfall seiner Frau.«

Lenz wurde von einem Schauer erfasst, der seinen ganzen Körper erzittern ließ. Er drehte sich zum Bildschirm und sah in das ungesund rote Gesicht von Erich Zeislinger, der gerade das vor ihm aufgebaute Mikrofon zurechtrückte.

›Meine sehr geehrten Damen und Herren von den Medien, ich danke Ihnen für Ihr Interesse. Ich werde eine kurze Erklärung verlesen und mich dann wieder ans Krankenbett meiner, wie sie sicher wissen, schwer verunglückten Frau begeben. Noch immer kämpfen die Ärzte um ihr Leben, und nur Gott weiß, wie diese furchtbare Sache enden wird.‹

Er machte eine kurze Pause, in der er deutlich sichtbar mit den Tränen kämpfte. Lenz fragte sich, ob er den Politiker oder den Menschen Erich Zeislinger präsentiert bekam.

›Mit dem heutigen Tag werde ich mein Amt als Oberbürgermeister der Stadt Kassel ruhen lassen. Es ist mir unmöglich, in dieser Ausnahmesituation meine Amtsgeschäfte in der Weise zu führen, wie die Bürger unserer schönen Stadt es verdient hätten. Meine Sorge gilt akut einzig und allein dem Wohl und der Gesundheit meiner geliebten Frau Maria.

Sobald sich ihr Zustand soweit stabilisiert hat, dass von einer vollständigen Genesung auszugehen ist, werde ich mein Amt als Oberbürgermeister unverzüglich wieder aufnehmen und, wie ich es immer getan habe, meine ganze Kraft den Menschen, die hier leben, zur Verfügung stellen. Bis dahin bitte ich Sie, meinem Stellvertreter Ihr volles Vertrauen zu schenken. Vielen Dank.‹

Sofort schossen ein Dutzend Hände aus den Reihen der Medienvertreter in die Höhe. Der Mann, der neben Zeislinger gesessen und den Lenz noch nie gesehen hatte, beugte sich nach rechts und drehte das Mikrofon in seine Richtung.

›Meine Damen und Herren, der Herr Oberbürgermeister hat ausdrücklich darum gebeten, dass keine weiteren Fragen gestellt werden.‹

Zeislinger drehte den Kopf nach links und machte eine gütige Geste. ›Lass nur, Ingo, es wird schon gehen‹, drang gedämpft und mit bemitleidenswerter Stimme aus den Lautsprechern des Fernsehers.

Dann deutete Zeislinger auf eine Frau in der ersten Reihe. ›Bitte, Frau Ebert.‹

Die Reporterin sah kurz auf ihren Block. ›Herr Zeislinger, beinhaltet Ihre Ankündigung auch den kompletten Rückzug aus der Politik, wenn sich herausstellen sollte, dass die Genesung Ihrer Frau nicht so verläuft, wie Sie es sich augenblicklich vorstellen?‹

Der Oberbürgermeister holte tief Luft und schloss kurz die Augen, bevor er zu seiner Antwort anhob. ›Diese Möglichkeit besteht tatsächlich, Frau Ebert. Aber darüber möchte ich beim besten Willen nicht nachdenken, solange auch nur ein Funke Hoffnung auf die Genesung meiner Frau besteht. Sie wissen sicher, dass wir länger als 15 Jahre verheiratet sind und in einer glücklichen, ja ich möchte sagen, einer perfekten Ehe, leben. Deshalb …‹

Der Ton brach ab, das Bild wurde schwarz. Himmelmann warf die Fernbedienung auf den Tisch.

»Na ja, nichts aufregend Neues aus Kassel«, erklärte er enttäuscht. »Aber das stand ja auch nicht zu erwarten.« Damit drehte er den Kopf den Polizisten zu.

»So, meine Herren, jetzt zu Ihnen. Was kann ich denn für Sie tun?«

Lenz stand noch immer unter Schock wegen Zeislingers Erklärung.

»Wir kommen wegen Ihres Referenten, Herrn Patzner«, übernahm Hain leicht irritiert die Gesprächsführung. »Er wird seit …«

»Da muss ich Sie gleich korrigieren, junger Mann. Mein ehemaliger Referent. Wir sprechen von meinem ehemaligen Referenten.«

»Interessant«, bemerkte Lenz, der seinen Schock offenbar überwunden hatte. »Seit wann ist er denn Ihr ehemaliger Referent?«

Himmelmann verzog leicht angesäuert das Gesicht. »Seit heute Morgen. Er hat sich leider ein paar Ausrutscher zu viel geleistet, um es mal positiv auszudrücken.«

»Zum Beispiel?«, fragte der Hauptkommissar weiter.

Nun schnappte der Bürgermeister nach Luft. »Wollen Sie mir nicht erstmal sagen, was diese ganze Fragerei soll, bevor ich mich entscheiden kann, Ihnen unter Umständen Interna aus dem Hofgeismarer Rathaus anzuvertrauen?«

»Nach unseren Informationen wird Herr Patzner vermisst. Sein Auto wurde auf einem einsamen Parkplatz gefunden, von ihm selbst fehlt jede Spur.«

»Na, das erklärt ja einiges. Wir haben uns schon gefragt, warum er heute nicht zum Dienst erschienen ist, obwohl das meine Entscheidung in überhaupt keiner Weise beeinflusst hätte. Sein Kredit war eindeutig verspielt.«

»Und Sie wollen uns nicht sagen, womit er seinen Kredit verspielt hat?«, fragte Hain.

»Nein, das will ich auf keinen Fall, weil es dabei, wie ich es bereits angedeutet habe, um Interna geht. Dafür muss ich Sie um Verständnis bitten.«

»Schon klar«, bestätigte Hain. »Und Sie haben auch keine Idee, wo sich Herr Patzner aufhalten könnte?«

Himmelmann schüttelte den Kopf. »Hier ist er nicht, und hier werden Sie ihn auch in Zukunft auf keinen Fall mehr antreffen. Und ich habe natürlich keine Ahnung, wo Sie nach ihm suchen könnten, immerhin bin ich nicht sein Kindermädchen.«

Sein letzter Satz hatte eine reichlich genervte Note.

»Nun«, erwiderte Lenz, »dann wollen wir Ihre Gastfreundschaft auch gar nicht länger in Anspruch nehmen, Herr Himmelmann. Danke auf jeden Fall für Ihre Kooperationsbereitschaft.«

Damit drehte er sich um und nahm Kurs auf die Tür. Hain folgte ihm nach einem kurzen Kopfnicken.

»Dicke Luft?«, fragte die Sekretärin, nachdem die Tür hinter ihnen ins Schloss gefallen war.

»Ja, und ein bisschen stickig obendrein«, gab Hain mit seinem gewinnendsten Lächeln zurück.

»So geht das aber schon den ganzen Tag«, klärte sie den Polizisten auf.

Lenz hatte sich ein paar Meter entfernt.

»So? Und warum geht das schon den ganzen Tag so?«, fragte der Oberkommissar weiter.

»Er hat heute seinen Referenten gefeuert«, flüsterte sie nach vorn gebeugt. »Das heißt, dass er vieles von dem, was der sonst gemacht hat, selbst übernehmen musste, und das hat ihn wohl ziemlich auf die Palme gebracht.« Die junge Frau richtete sich auf. »Aber das dürfte ich Ihnen eigentlich gar nicht erzählen.« Sie sah auf das Blinken einer Anzeige ihres Telefons. »Außerdem muss ich rein. Er hat nach mir geklingelt.«

»Danke trotzdem.«

»Gerne.«

»Was für ein Arschloch.« Hain konnte sich kaum beruhigen. Auf der ganzen Fahrt von Hofgeismar nach Kassel hatte er Himmelmann einen Fluch nach dem anderen gewidmet und ihm jede ansteckende Krankheit der Welt gewünscht. Nun standen die beiden bei McDonald's an der Theke und bestellten sich eins der auf den Fotos so verlockend aussehenden Menüs.

»Jetzt krieg dich ein«, forderte Lenz seinen Kollegen auf. »Der ist zwar wirklich ein Arschloch erster Güte, aber es muss doch auch mal wieder gut sein.«

»Hast ja recht«, stimmte Hain zu. »Dann könnte ich allerdings damit weitermachen, dass du und ich in diesem bei dir so verhassten Laden an der Theke stehen. Das ist doch auch was für die Galerie, oder? Und ich musste dich noch nicht mal groß anschieben dafür.«

Die junge Bedienung, die gerade die Getränke neben die Pommestüten stellte, warf ihnen einen vielsagenden Blick zu. Dann lächelte sie freundlich und schob das Tablett nach vorne. »So, alles da. Guten Appetit.«

Hain wollte einen Tisch in unmittelbarer Nähe der Theke entern, doch Lenz drang darauf, sich in eine Ecke, abseits der anderen Gäste, zu setzen.

»Willst du mir am Ende doch einen unsittlichen Antrag machen, du alter Schwerenöter?«, frotzelte Hain und biss herzhaft in etwas, das sehr, sehr entfernt an einen guten Hamburger erinnerte. Lenz, der seine Mahlzeit keines Blickes würdigte, schüttelte den Kopf.

»Ich muss was mit dir besprechen«, setzte er mit ernster Miene an.

Sein Kollege biss noch einmal herzhaft zu. »Hoffentlich nichts Schlimmes. Ich bin heute nicht mehr sehr belastbar.«

»Ich hab dich angelogen, Thilo, und das nicht zum ersten Mal. Und ich weiß nicht, wie ich da rauskommen soll, wenn du mir nicht versprechen kannst, dass das, was ich dir gerne erzählen würde, mit absoluter Sicherheit unter uns bleibt.«

Der Oberkommissar ließ den Burger auf das Tablett fallen, schluckte einen viel zu großen Bissen hinunter und fing an zu husten.

»Scheiße, das klingt ja richtig dramatisch, Paul«, erwiderte er, nachdem er wieder geregelt Luft bekam. »Und es macht mir richtig Angst, wie du das so sagst.«

Lenz schüttelte den Kopf. »Du musst keine Angst haben, Junge. Wenn sich einer fürchten muss, dann ich.«

Hain wurde kreidebleich. »Du bist doch nicht etwa krank, Paul?«

Er nahm einen Schluck von seiner Cola.

»Tu mir das nicht an, bitte nicht.«

Wieder schüttelte der Hauptkommissar den Kopf. »Nein, ich bin nicht krank, da kann ich dich beruhigen.«

»Aber was ist dann so schlimm, dass du hier ein solches Theater machst?«

Der Hauptkommissar holte tief Luft, atmete schwer aus und sah sich um, doch es saß niemand in Hörweite der beiden.

»Ich weiß, Thilo, dass deine Diskretion manchmal ein bisschen zu wünschen übrig lässt.«

Er hob den Arm, weil sein Kollege zu einem Protest ansetzte.

»Nein, sag einfach mal nichts und hör mir zu. Ich meine es nicht böse, wenn ich dir das mit deiner manchmal mangelhaften Diskretion vorwerfe, ich war vermutlich in deinem

Alter genauso. Und dienstlich, das weißt du, genießt niemand soviel von meinem Vertrauen wie du. Aber das hier ist jetzt eine andere Hausnummer. Und deshalb muss ich absolut sicher sein, dass ich dir vertrauen kann.«

»Verdammt, du hast dich doch nicht schmieren lassen, Paul? Das kann doch nicht sein, das würde mein Weltbild total zertrümmern.«

»Quatsch«, widersprach Lenz. »Da kannst du beruhigt sein.«

»Also noch mal, was kann so schlimm sein, dass du hier solch eine Show abziehst?«

Der Hauptkommissar lehnte sich unsicher zurück.

»Gibst du mir dein Versprechen, dass du mit niemandem, mit absolut niemandem darüber sprichst, wenn ich es dir erzähle?«

Hain griff wieder zu seinem Burger, biss ein Stück ab, kaute daran, und sinnierte ein paar Sekunden mit geschlossenen Augen.

»Es trifft mich schon hart, wenn du mir erklärst, dass ich ein schwatzhafter Typ bin, da bin ich ganz ehrlich. Aber so richtig kann ich dir auch gar nicht widersprechen, weil du in gewisser Weise recht hast.«

Er nahm einen großen Schluck Cola, bevor er weitersprach.

»Früher hab ich mir immer was darauf eingebildet, wenn ich irgendwelche Geheimnisse an Dritte weitertragen konnte. Frag mich nicht warum, ich weiß es nicht. Vielleicht hat es meine Sehnsucht nach Anerkennung befriedigt, vielleicht bin ich auch einfach nur ein Arschloch gewesen. Ich hab wirklich nicht den leisesten Schimmer. Aber das ist anders geworden, seit ich mit Carla zusammen bin. Vermutlich gibt sie mir die Form von Anerkennung, die es mir ermöglicht, auf anderen Feldern etwas besser zu werden.«

Lenz sah ihn mit einer Mischung aus Rührung und Freude an. »Aber deine Carla dürfte davon auch nichts wissen. Sie ist genauso ausgeschlossen wie alle anderen Menschen.«

Wieder dachte Hain nach, diesmal etwas länger. »Ich verspreche es dir, Paul. Was immer es ist, ich werde mit niemandem darüber sprechen, Ehrenwort.«

»Hör mir bloß auf mit diesem Ehrenwortscheiß, Junge. Seit Barschels Pressekonferenz damals kann ich diesen Unsinn nicht mehr hören.«

»Dann verspreche ich es dir halt einfach, wenn dir das reicht.«

»Das reicht mir.«

Nun nahm Lenz einen Schluck von seiner Cola. »Ich hab dich immer angelogen, wenn es um diese ominösen Telefonate und SMS ging, Thilo. Bestimmt denkst du dir schon länger, dass das etwas mit einer Frau zu tun hat …«

Der Hauptkommissar stoppte, weil sein Kollege den Arm gehoben hatte, als wolle er ein Meer teilen.

»Du … bist doch nicht … am Ende … schwul?«, fragte er mit belegter Stimme. Das letzte Wort seines Satzes klang wie eine schlimme Krankheit. »Wobei ich natürlich nichts gegen Schwule direkt hab«, fügte er schnell hinzu.

Jetzt konnte Lenz sich ein Grinsen nicht verkneifen. »Das wäre der Weltuntergang für dich, stimmt's?«

»Na ja, nein«, schluckte Hain. »Aber irgendwie …«

»Ich kann dich beruhigen, ich bin nicht schwul. Obwohl es für mich einfacher wäre, dir das zu gestehen, als das, worum es tatsächlich geht.«

Der junge Oberkommissar wischte sich mit dem Handrücken über die Stirn.

»Ich verspreche dir, dass ich alles, was jetzt noch kommt, wie ein Mann ertragen werde, aber spann mich bitte nicht länger auf die Folter. Was ist los?«

»Ich habe seit ein paar Jahren eine Freundin, und sie ist verheiratet.«

Hain beugte sich nach vorne und sah seinem Chef ungläubig in die Augen.

»Hast du sie noch alle? Deshalb machst du so einen Aufstand? Weil du es mit einer verheirateten Frau treibst?«

Lenz sah sich in dem Laden um, weil Hain in seiner Aufregung viel zu laut gesprochen hatte, doch keiner der anwesenden Gäste interessierte sich für die beiden.

»Lass mich doch wenigstens ausreden, Thilo. Es geht doch gar nicht um die Tatsache, dass sie eine verheiratete Frau ist, obwohl das nach unserem Gespräch heute Mittag auch noch eine Rolle spielt, weil du ein solches Verhalten rundheraus ablehnst. Es geht vielmehr darum, mit wem sie verheiratet ist. Das ist die Crux, und deshalb brauchte ich dein wirklich ernst gemeintes Versprechen.«

»Jetzt machst du mich wirklich neugierig, Paul. Wer ist es, sag schon.«

»Es ist Maria Zeislinger.«

Hain blieb völlig gelassen. »Maria Zeislinger? Nie gehö…«

Mit einem Schlag setzte sich bei dem jungen Polizisten dann doch die Erkenntnis durch, von wem sein Chef sprach.

»Heilige Scheiße, du bist wirklich durchgeknallt«, fluchte er mit einem anerkennenden Grinsen. Dann jedoch fielen ihm die Details ihres Unfalls ein und seine Züge veränderten sich völlig.

»Das tut mir leid, Paul, das tut mir ehrlich leid.«

Lenz nickte. »Und mir erst.«

Nun sah Hain sich um, als würde er sich davor fürchten, Lenz' Geheimnis könnte in die falschen Ohren geraten.

»Wie bist du denn auf das schmale Brett gekommen, mit der Frau von Schoppen-Erich was anzufangen? Ich dachte immer, die sei so was wie eine Unberührbare. Und wenn ich daran denke, wie Zeislinger vorhin im Fernsehen geredet hat? Das ist ja gruselig.«

»Das stimmt. Und wenn Maria es gehört hätte, wäre es ihm nicht gut ergangen, soviel ist sicher.«

»Und die Ehe der beiden? Ist es nicht so, wie er es dargestellt hat?«

»Iwo, kein Wort davon ist wahr. Seit es Maria und mich gibt, besteht ihre Ehe nur noch auf dem Papier und durch Repräsentation.«

»Wie lange gibt es euch denn schon, mal vorsichtig gefragt?«

»Bald acht Jahre.«

Hain, der gerade wieder an seiner Cola getrunken hatte, verschluckte sich dermaßen, dass die braune Brühe durch seine Nase den Weg ins Freie fand. Nachdem er das Husten unter Kontrolle gebracht hatte, saß er mit hochrotem Kopf da und sah seinen Kollegen fassungslos an.

»Acht Jahre? Seit acht Jahren hast du was mit der Frau von Schoppen-Erich, und niemand darf davon wissen?«

Wieder veränderte sich sein Gesichtsausdruck.

»Und im Moment liegt sie auf Intensiv, und du arme Sau kannst noch nicht einmal nach ihr sehen, oder?«

Der Hauptkommissar entlockte sich ein müdes Grinsen. »Das stimmt so nicht ganz, Thilo. Da gibt es so was wie einen Engel auf der Station, der mich nachts zu ihr lässt. Dann kann ich wenigstens ein paar Minuten an ihrem Bett sitzen und ihre Hand halten.«

»Wird sie durchkommen?«

Lenz zuckte mit den Schultern. Ich habe keine Ahnung. Der Engel meint, sie sei stark, aber ich frage mich, ob das ausreicht. Es hat sie wirklich ganz übel erwischt.«

»Dann drücke ich ihr und dir ab jetzt ganz doll die Daumen, Paul. Und das meine ich wirklich ehrlich.«

»Danke.«

Wieder veränderte sich der Gesichtsausdruck des Oberkommissars. Der Anflug eines Lächelns huschte über sein Gesicht. »Bei aller Tragik, die du gerade durchleben musst, mein Alter, bleibt trotzdem zu konstatieren, dass Schoppen-Erich dir persönlich die Eier abschneiden würde, wenn er wüsste, dass du und seine Frau was miteinander haben, was meinst du?«

»Das steht zu vermuten. Aber wie du schon sagst, zurzeit habe ich ganz andere Sorgen, leider.«

»Gehst du heute Abend zu ihr?«

»Vielleicht. Ich muss telefonieren, ob es wieder eine Möglichkeit gibt.«

»Hm«, machte Hain, betrachtete den Haufen Essensreste auf dem Tablett vor sich und stellte seinen Colabecher dazu.

»Vielleicht hast du recht, und ich sollte in Zukunft darauf verzichten, mich mit dieser Scheiße vollzustopfen. Das wäre wohl ein geeigneter Moment, um damit aufzuhören, oder?«

Er griff mit der rechten Hand nach dem Tablett und stellte es auf dem Nachbartisch ab.

»Fühlst du dich jetzt besser?«, fragte er seinen Chef.

»Eindeutig«, erwiderte Lenz, ohne nachzudenken. »Ich kann dir jetzt in die Augen sehen, ohne ein schlechtes Gewissen zu haben, weil ich dich anlüge. Auf der anderen Seite habe ich einen Mitwisser mehr, was auch kein so prickelnder Gedanke ist.«

»Stimmt«, konstatierte Hain. »Du bist ab jetzt erpressbar.«

»Aber ich hab auch eine Dienstwaffe. Und irgendwie würde ich es bestimmt hinbringen, dich damit umzulegen, wenn es sein müsste.«

Nun lachte Hain laut auf. »Ich würde jede Wette halten, dass du dir eher ein paar Fußzehen abschießt, als meine Birne zu treffen. Aber zum Glück wird es ja nicht so weit kommen. Mein Versprechen gilt; heute wie in der Zukunft.«

Lenz sah ihn mitleidig an.»Nun werd bloß nicht sentimental auf deine alten Tage.«

»Auch versprochen.«

»Ach, und Thilo …«

»Ja, Paul?«

»Du solltest an deiner Homophobie arbeiten.«

»Meinst du?«

»Meine ich definitiv.«

27

»Hallo, Herr Altenburg«, begrüßte Roland Kronberger den Anrufer. »Wie ist denn das Wetter auf Mallorca?«

»Danke der Nachfrage, es ist tagsüber recht angenehm. Aber das Wetter ist leider nicht der Grund meines Anrufs, Herr Kronberger. Ich habe eben die traurige Mitteilung erhalten, dass Ihr Vater … gestorben ist.«

»Das ist leider richtig, ja. Mein Vater ist tot.«

»Stimmt es, was die Agenturen melden? Dass er einem Verbrechen zum Opfer gefallen ist, das wie ein vorgetäuschter Selbstmord aussehen sollte?«

Kronberger räusperte sich. »Das habe ich auch gehört, ja.«

»Und was sagen Sie dazu?«

»Nun ja, was soll ich dazu sagen? Dass es eine dumme Sache ist.«

»So, so, eine dumme Sache ist das«, schnaubte Altenburg ins Telefon. »Mehr fällt Ihnen dazu nicht ein?«

»Doch, natürlich. Es ist natürlich ein schwerer Verlust, speziell für mich persönlich. Immerhin habe ich meinen Vater verloren.«

»Das scheint Sie aber gar nicht so sehr zu belasten, wie man meinen könnte. Auf mich zumindest wirken Sie nicht so.«

»Nun mal ganz ruhig, Herr Altenburg«, konterte Kronberger, der scheinbar seine Selbstsicherheit wiedergefunden hatte. »Der Tod meines Vaters berührt mich natürlich, aber ich habe ab sofort auch ein großes Unternehmen zu leiten, das vielen Menschen Arbeit und Brot gibt. Und diese Aufgabe nehme ich sehr, sehr ernst.«

»Das ist doch das Mindeste, was man von einem Erben erwarten kann. Fühlen Sie sich denn schon in der Lage, in die großen Fußstapfen Ihres Vaters zu steigen?«

»Ich muss doch sehr bitten, Herr Altenburg«, echauffierte Kronberger sich. »Nicht in diesem Ton!«

»Sie brauchen nicht zu denken«, erwiderte der Mallorquiner, »dass ich Sie länger mit meinen Fragen und Vorwürfen belästigen werde. Mit dem heutigen Tag kündige ich nämlich jegliche Geschäftsbeziehung mit Ihnen auf.«

Kronberger spürte, wie ihm das Blut in der Halsschlagader pochte. »Das können Sie nicht machen, Herr Altenburg. Wir haben Verträge, die vom Tod meines Vaters völlig unberührt bleiben. Ich als sein Alleinerbe trete in diese Kontrakte ein.«

»Den Zahn muss ich Ihnen leider ziehen, junger Mann. Sie waren mir schon bei unserem Gespräch neulich zutiefst unsympathisch mit Ihrem neumodischen BWL-Sprech. Glücklicherweise bin ich auf das Projekt in Hofgeismar nicht angewiesen und mit dem Tod Ihres Vaters erlischt auch der letzte Funken Interesse daran bei mir. Suchen Sie sich einen anderen, mit dem Sie dieses Spielchen spielen können, das Sie da ausgeheckt haben. Und passen Sie auf, dass Sie nicht von dem Tsunami unter Wasser gedrückt werden, den Sie gerade im Begriff sind, auszulösen. Guten Tag.«

Roland Kronberger starrte den Telefonhörer an, doch das Gespräch war beendet. Und auch wenn er Altenburg gerne hätte zurückrufen wollen, dessen Privatnummer auf den Balearen hatte sein Vater mit in den Tod genommen.

Roland Kronberger, 35 Jahre alt, zwei abgeschlossene Studiengänge, Single und Motorradnarr. Und mit dem Tod seines Vaters ad hoc zum Chef der größten Bauunternehmung Nordhessens aufgestiegen.

Dabei hatte es in den letzten Jahren überhaupt nicht danach ausgesehen, dass er eines Tages tatsächlich einmal ein Bauunternehmer werden würde. Nach dem Tod seiner Mutter vor knapp fünf Jahren hatte er sich monatelang von der Außenwelt abgekapselt und zurückgezogen, um dann mit einem Mal zu verkünden, dass er nach New York gehen würde, um Psychologie zu studieren. Sein Vater war aus allen Wolken gefallen, konnte jedoch nichts dagegen tun, und zum Schluss finanzierte er das teure Studium sogar noch. Dabei wäre er gar nicht dazu verpflichtet gewesen, und außerdem hatte die verstorbene Frau Kronberger ihrem Sohn ein beachtliches Erbe hinterlassen, von dem allein er vermutlich bis ans Ende seiner Tage bequem hätte leben können. Aber Roland Kronberger zeigte sich als ehrgeizig, manisch ehrgeizig. Der Therapeut, mit dem er in New York zusammenarbeitete, wies ihn einmal darauf hin, dass die Ursache dafür vermutlich in dem gestörten Verhältnis zu seinem Vater lag. Er wollte einfach immer besser sein als der alte Kronberger und ihm jeden Tag aufs Neue damit beeindrucken, dass er es auch allein, ohne den Beruf Sohn, im Leben zu etwas bringen würde. Dann, nach abgeschlossenem Studium, kam er zurück. Er suchte sich einen Job bei einer Unternehmensberatung in Frankfurt, wo die Arbeit ihm aber nach wenigen Wochen gewaltig auf die Nerven ging. Immer musste er seine Aktivitäten rechtfertigen, Weisungen entgegennehmen und Berichte über noch so kleine Schritte erstellen, die er gehen wollte. Nach einem halben Jahr kündigte er seinen Ausstieg an, sodass er nach einem Jahr der Betriebszugehörigkeit ohne das geringste Bedauern ausschied.

Und dazu noch Frankfurt. Er war schon froh gewesen, dass er nach den Jahren in New York nicht sofort wieder nach Kassel zurückkehren musste, weil ihm das unmöglich gewesen wäre. Aber auch Frankfurt, das er zuvor nur von sporadischen Besuchen her kannte, erschien ihm wie eine Kleinstadt. Jedes Quartier ein eigenes Dorf, sagte er gerne, verbunden durch vierspurige Spangen. Und auch die exquisite Lage seiner Wohnung im neuen Gutleutviertel hatte ihn nicht umstimmen können, der Stadt den Rücken zu kehren.

Außerdem, und das war der eigentliche Hintergrund, hatte er zufällig eine alte Freundin wiedergetroffen. Auf einer seiner wenigen Fahrten nach Kassel, zu seinem Vater, war sie ihm im ICE-Speisewagen über den Weg gelaufen. Frisch verheiratet, aber noch immer die gleiche Schönheit, in die er sich ein paar Jahre zuvor Hals über Kopf verliebt hatte. Man verabredete sich ein paar Mal, und zu seinem großen Erstaunen wurden seine rasch wieder aufgeflammten Gefühle von ihr erwidert.

So ging es etwa drei, vielleicht vier Monate, bis sie ihm mit ein paar warmen, salbungsvollen Worten erklärte, dass sie das Verhältnis nicht weiterführen könne, da sie ihren Mann zu sehr liebe und ihn niemals verlassen würde. Für Roland Kronberger brach eine Welt zusammen. Unter anderem wegen ihr hatte er seinen Job in Frankfurt gekündigt, ihretwegen hatte er sich eine Wohnung in Kassel genommen, und dann dieses Ende. Für ein paar Tage plante er, zurück nach New York zu gehen, wo es ihm von den Frauen auch nicht übermäßig schwer gemacht worden war, wenn auch die Eine, die Passende, nicht dabei gewesen war, entschied sich jedoch dagegen. Er würde Kassel zu seinem neuen Lebensmittelpunkt machen und sehen, was das Schicksal für ihn bereithielt, beschloss er.

Noch immer starrte Roland Kronberger den Telefonhörer in seiner Hand an, noch immer piepte es rhythmisch. Er drückte entnervt den Kontakt nach unten, der ihm ein neues Gespräch ermöglichte, und wählte eine Nummer.

»Van Dunckeren«, dröhnte es kurze Zeit später in seinem Ohr.

»Hallo Roger, ich bin's, Roland Kronberger.«

»Hallo Roland. Schön, Sie zu hören«, erwiderte der Angerufene mit starkem flämischen Akzent. »Wie läuft es immer so bei Ihnen? Kommen Sie voran?«

»Bestens. Ich denke, wir können in den nächsten Tagen Vollzug vermelden. Die Sache mit der Bürgerinitiative läuft perfekt, und der Bürgermeister ist richtiggehend handzahm geworden. Leider ist mein Vater überraschend verstorben, aber das wissen Sie bestimmt.«

»Ja, diese traurige Kunde hat sich schon bis zu uns herumgesprochen. Mein Beileid übrigens«, erklärte der Belgier mit einem Lachen in der Stimme.

»Danke. Können wir uns in den nächsten Tagen sehen?«

»Ich rufe Sie an, wenn ich einen Termin frei habe. Spätestens nächste Woche machen wir die Sache fertig.«

»Gut. Dann warte ich auf Ihren Anruf.«

»Klar, ich melde mich, sobald ich Ihnen einen genauen Termin sagen kann.«

28

Lenz und Hain saßen im Büro des Hauptkommissars und starrten auf eine große Pinnwand. Auf Moderationskarten standen die Namen all derer, die in den Mordfällen Günther Wohlrabe und Werner Kronberger eine wie auch immer geartete Rolle spielten, doch es ließ sich, bis auf das geplante Krematorium, keine Verbindung zwischen den Personen herstellen. Dann klingelte das Telefon auf dem Schreibtisch. Die beiden Polizisten sahen das Gerät an, dann jeder auf die Uhr über der Tür, und danach wieder das Telefon.

»Geh du dran, Thilo. Wenn es jemand Nerviges ist, wimmel ihn ab.«

»Hain im Büro Lenz«, meldete der Oberkommissar sich, hörte kurz zu und reichte dann den Hörer weiter.

»Dr. Franz«, erklärte er seinem Chef dabei leise.

»Hallo, Dr. Franz. Wie war es in der Oper?«, begrüßte Lenz den Rechtsmediziner.

»Gruselig. Die Solostimmen waren uninspiriert, das Orchester indisponiert, und über den Dirigenten ein Wort zu verlieren, wäre seinem Wirken nicht angemessen. Soviel dazu.«

»Ui«, fasste Lenz zusammen, »das klingt wirklich nach einem totalen Desaster.«

»In der Tat. Allerdings rufe ich Sie nicht an, um mit Ihnen über diesen verschissenen Abend zu reden, sondern weil ich hier auf dem Tisch einen liegen habe, der Sie brennend interessieren dürfte.«

»Diesen Kronberger, meinen Sie?«

»Exakt um den geht es. Und was ich bei dem im Darm gefunden habe, wird Sie garantiert vom Schlitten hauen. Aber zunächst sollte ich Ihnen sagen, woran der arme Kerl denn nun gestorben ist.«

»Und?«, stieg Lenz auf das bekannte Spiel des Rechtsmediziners ein.

»Die Stromstöße, ich vermute zumindest, dass es mehrere waren, haben ihn umgebracht. Ob es Absicht gewesen ist, ihn damit zu töten, müssen Sie herausfinden, aber er ist auf jeden Fall daran gestorben.«

»Aha«, machte Lenz, weil er den Zusammenhang mit dem Fund im Darm nicht herstellen konnte. »Ja, das werden wir zu klären versuchen, aber was hat das mit seinem Darm zu tun?«

»Nichts«, entgegnete Franz.

Himmel hilf, dachte Lenz. »Aber Sie haben was gefunden, was auf keinen Fall da hingehört.«

»Bingo, Herr Lenz. Nämlich die Reste eines einzelnen Rizinussamens.«

»Einen einzelnen Rizinussamen?«, fragte der Hauptkommissar ungläubig zurück. »Also das gleiche Zeugs, mit dem Günther Wohlrabe vergiftet wurde?«

»Exakt, genau das Zeugs. Allerdings, wie gesagt, nur einen einzelnen Samenkern.«

»Daran wäre er aber nicht gestorben, wenn ich Sie richtig verstanden habe?«

»Vermutlich nicht, obwohl, in der Literatur …«

»Jaja, ich erinnere mich an das, was Sie dazu gesagt haben«, unterbrach Lenz den Mediziner schroff. »Und Sie sind sich sicher, dass es sich wirklich …«

Nun war es Franz, der im Gegenzug dem Polizisten ins Wort fiel. »Hören Sie auf, ständig an meinen Ergebnissen zu zweifeln, Herr Lenz. Er ist an einem Herzstillstand gestorben, der von den Elektroschocks ausgelöst wurde, und vielleicht ist das so gekommen, weil er durch diese Rizinvergiftung bereits etwas geschwächt gewesen ist. Aber das ist jetzt reine Spekulation von mir. Er ist also nicht am Rizin gestorben, aber es könnte eine Rolle gespielt haben.«

»Und die Parameter sind dieselben wie bei Wohlrabe? Ich meine, was die Einnahmezeit angeht?«

»Nein, hier liegen die Dinge ein klein wenig anders. Kronberger könnte das Samenkorn schon im Laufe des Samstags zu sich genommen haben. Das ist noch nicht ganz schlüssig zu klären, weil er längere Zeit keinen Stuhl mehr ausgeschieden hatte. Also Freitagabend bis Samstagabend könnte durchaus als Zeitraum infrage kommen, doch das versuche ich noch ein wenig näher einzukreisen. Geben Sie mir nur dafür zwei oder drei Tage Zeit, bitte.«

»Gerne, Doc. Und ich habe es eben wirklich nicht böse gemeint und wollte auf keinen Fall an Ihren Ergebnissen zweifeln.«

»Ist in Ordnung, Herr Lenz, machen Sie Feierabend. Ich gehe jetzt auf jeden Fall nach Hause. Morgen ist auch noch ein Tag.« Damit beendete der Rechtsmediziner das Gespräch.

Lenz legte den Hörer auf und sah Hain durchdringend an.

»Was ist denn jetzt wieder?«, wollte der wissen.

»Der tote Kronberger hatte dasselbe Zeug intus wie das, mit dem Wohlrabe um die Ecke gebracht wurde«, berichtete Lenz seinem Kollegen die Einzelheiten des Telefonats mit dem Mediziner.

Der Oberkommissar hörte mit immer größer werdenden Augen zu.»Dann haben wir endlich das Bindeglied, nach dem wir gesucht haben, Paul.«

✳

Eine knappe Stunde später verließen die beiden das Polizeipräsidium durch den Hinterausgang und hielten auf ihre Autos zu. Die Zeit zwischen dem Anruf von Dr. Franz und ihrem Aufbruch hatten sie damit zugebracht, alle ihnen bekannten Einzelheiten der beiden Mordfälle noch einmal an der Pinnwand zu visualisieren, doch wirklich Erhellendes war dabei nicht herausgekommen.

»Fährst du jetzt gleich ins Krankenhaus?«, wollte Hain zum Abschied wissen.

»Nein, wo denkst du hin? Vor Mitternacht brauche ich da gar nicht aufzukreuzen, und selbst dann ist es immer noch fraglich, ob ich sie wirklich sehen kann.«

»Wie auch immer«, gab Hain müde zurück und unterdrückte dabei ein Gähnen, »ich drücke euch auf jeden Fall die Daumen.«

Damit trat er auf seinen Chef zu, umarmte ihn herzlich, klopfte ihm auf die Schulter und löste sich wieder von ihm.

»Mensch Thilo, musste das sein«, stöhnte Lenz, »hier vor allen Leuten?«

»Das musste. Ich soll nämlich an meiner Homophobie arbeiten, hat mir mein Boss und Mentor aufgetragen. Und da dachte ich, fängste am besten gleich damit an. Bis morgen.«

Damit stieg der junge Oberkommissar in seinen Wagen, ließ den Motor an, winkte noch einmal grinsend und fuhr vom Hof. Lenz blieb kopfschüttelnd zurück und war dicht davor, eine Träne der Rührung zu verdrücken, konnte sich jedoch im letzten Augenblick bremsen, weil zwei Kollegen in Uniform auf dem Weg zu einem Streifenwagen dicht an ihm vorbeigingen.

»'n Abend«, murmelte er und stieg in sein Auto.

Auf dem Weg nach Hause fiel ihm ein Detail ein, das ihm den ganzen Tag über immer wieder durch den Kopf gegangen war. Er wendete, fuhr in die andere Richtung und hatte eine knappe Viertelstunde später sein Ziel erreicht.

»Wohlrabe«, meldete sich die Stimme der jungen Witwe aus der Sprechanlage.

»Hier ist noch einmal Hauptkommissar Lenz von der Kripo, Sie erinnern sich sicher an mich. Mir ist noch etwas eingefallen, über das ich gerne mit Ihnen sprechen würde.«

»Hat das nicht Zeit bis morgen, Herr Lenz?«, fragte sie nach einer kurzen Pause ruhig zurück.

Wenn sie der Besuch des Polizisten nervte, so ließ sie es sich zumindest nicht anmerken.

»Ja und nein«, antwortete Lenz. »Ich hatte gerade in der Gegend zu tun und dachte, ich frag einfach mal nach«, log er.

Wieder gab es eine Pause, die nun etwas länger dauerte, und Lenz hatte den Eindruck, dass die Frau nicht allein im Haus war.

»Nein, nein«, kam es dann zurück, begleitet vom Summen des Türöffners. »Kommen Sie bitte herein.«

Der Polizist betrat das Haus, ging durch die Verbindungstür und wurde im Flur von Monika Wohlrabe in Empfang genommen, die ihm die rechte Hand hinhielt. Offenbar hatte sie die Hoffnung, dass sich die Sache zwischen Tür und Angel regeln ließ.

»Guten Abend, Frau Wohlrabe, schön, dass Sie sich noch den kleinen Augenblick Zeit für mich nehmen«, erklärte der Beamte der verdutzten Frau und ging an ihr vorbei ins Wohnzimmer.

»Haben Sie Besuch?«, hakte er sofort nach.

Sie kam ihm nach und baute sich wieder zwischen ihm und dem Zimmer auf. »Nein, wie kommen Sie darauf?«

»Ach, war nur so eine Idee.«

Sie griff sich theatralisch an den Kopf. »Ich muss Sie bitten,

Ihren Besuch auf das Nötigste zu beschränken, Herr Lenz. Ich leide unter einer solch quälenden Migräne, dass ich ein starkes Schmerzmittel genommen habe und so schnell wie möglich ins Bett will.«

»Oh ja, selbstverständlich, Frau Wohlrabe«, gab der Kommissar zurück. »Meine Frage, wegen der ich Sie störe, bezieht sich auf die Zeit, bevor Sie Günther Wohlrabe kennen und lieben gelernt haben. Gab es damals, also kurz davor, einen anderen Mann in Ihrem Leben?«

Wieder hielt sie sich den Kopf, als ob sie damit rechnen müsse, ihr Schädel würde in der Mitte auseinander brechen.

»Nein«, antwortete sie dann mit fester Stimme, »damals gab es keinen anderen Mann.«

»Das ist erstaunlich, denn einer der Mitarbeiter des Bestattungsunternehmens hat uns erzählt, dass es da sehr wohl einen Partner gegeben hätte.«

Nun war in ihrem Gesicht eine Regung zu erkennen. Sie biss sich kurz auf die Unterlippe, holte tief Luft und hatte sich schon wieder unter Kontrolle.

»Ich weiß zwar nicht, wer sich da so gut in meinem Privatleben auskennt, dass er etwas Derartiges behaupten kann, aber ich versichere Ihnen, dass ich …« Sie stockte. »Nun, mir fällt ein, dass es da vielleicht doch so etwas wie einen Freund gegeben haben könnte. Sicher ist es so, dass er sich damals viel mehr davon versprochen hat als ich, aber er hat mich ein paar Mal von der Arbeit abgeholt, als ich noch nicht mit meinem verstorbenen Mann zusammen war.«

»Wer ist dieser ›Freund‹?«

»Sein Name ist Bonnet, Holger Bonnet. Aber ich sollte lieber sagen, es war sein Name. Er ist nämlich tot.«

»So?«, bemerkte Lenz erstaunt. »Woran ist er denn gestorben?«

»Er kam bei einem Autounfall ums Leben.«

»Wie lange nach Ihrer Trennung war das?«

»Das weiß ich nicht mehr, Herr Kommissar«, gab sie, nun deutlich genervt, zurück. »Vielleicht ein paar Wochen danach, vielleicht auch ein paar Monate.«

»Eher Wochen oder eher Monate?«

»Ich weiß es nicht mehr«, zischte sie mit geschlossenen Augen, »und ich weiß auch nicht, warum Sie mich jetzt und hier mit dieser alten Geschichte belästigen. Das kann doch unmöglich etwas mit dem Tod meines Mannes zu tun haben.«

Lenz hob den Kopf und sah ihr tief und lange in die Augen.

»Es gibt so viele Zusammenhänge, das glaubt man manchmal gar nicht, Frau Wohlrabe«, erklärte er freundlich. »Und es war klar, dass es sich damals wirklich um einen Unfall gehandelt hat?«

»Worauf wollen Sie hinaus?«

»Es war nicht vielleicht ein Selbstmord aus Liebeskummer?«

»Das weiß ich nicht, Herr Kommissar, und es hat mich weder damals interessiert, noch interessiert es mich heute. Er war eine Liebelei für mich, nicht mehr. Und es hat mir nichts ausgemacht, diese Sache damals zu beenden. Gar nichts.«

»Weil Sie sich in Herrn Wohlrabe verliebt hatten?«

Wieder holte sie tief Luft. »Genau deshalb, ja. Und jetzt wäre ich wirklich gerne allein, wenn Sie gestatten.«

»Oh ja, selbstverständlich. Die Kopfschmerzen.«

»Genau deshalb. Sie finden ohne mich hinaus, nehme ich an.«

»Aber sicher«, gab der Polizist zurück und reichte ihr die Hand zum Abschied. »Gute Besserung und eine gute Nacht«, wünschte er noch und verließ das Haus.

Auf der Straße angekommen stieg er in seinen Wagen, rollte demonstrativ am Haus vorbei, wendete gut sichtbar und fuhr in Richtung Stadtmitte davon. An der nächsten Ecke stoppte er und schaltete das Licht aus, ließ den Motor jedoch laufen und drehte die Lehne seines Sitzes ein paar Grad nach hinten.

٭

Um halb zwei war noch immer kein Wagen aus der Sackgasse in seinem Rücken gekommen. Lenz griff zum Telefon, wählte eine Nummer aus der Liste der getätigten Anrufe, und wartete.

»Ja, Intensivstation«, meldete sich die mittlerweile vertraute Stimme.

»Hallo, Anne, ich bin es.«

»Hallo, Mr. Smith«, antwortete sie erfreut, »schön von dir zu hören. Ich dachte schon, du hättest heute Nacht keine Lust auf Besuchen.«

»Doch, natürlich. Klappt es denn?«

»Klar. Komm einfach vorbei, ich bin heute Nacht ganz allein auf Station. Solange wir keinen Notfall kriegen oder einen Doc wegen einem unserer Patienten rufen müssen, hast du sozusagen sturmfreie Bude. Und deiner Patientin geht es auch schon ein klein wenig besser.«

»Das ist aber schön«, antwortete er. »Bis gleich dann.«

»Ja, bis gleich.«

29

Sebastian Bittner hatte Angst. Der groß gewachsene, hünenhafte Mann mit dem muskulösen, durchtrainierten Körper sah zum x-ten Mal auf seine Armbanduhr. Seit mehr als sechs Stunden saß er vor dem Haus des Mannes, der ihm die Freundin ausgespannt und sein Leben ruiniert hatte. Karl-Wilhelm von Brösewitz. Schon der Name war eine Beleidigung für die Ohren des ehemaligen Leistungssportlers. Dieser von Brösewitz, ein dürres Hemd von höchstens 65 Kilo, hatte es geschafft, ihm die größte Niederlage seit Sydney 2000 beizubringen. Dort war er wegen einer herumliegenden Glasscherbe, in die er getreten war und die ihm eine tiefe Fleischwunde zugefügt hatte, nicht einmal in die Nähe der Wettkampfstätten gelangt. Zumindest nicht als Teilnehmer. Nach diesem schmachvollen Erlebnis war er sofort vom aktiven Sport zurückgetreten und hatte sich für zwei Jahre mit seinem Jurastudium befasst, es aber letztlich doch noch abgebrochen. Nach den Jahren des Herumreisens in der ganzen Welt und längeren Aufenthalten in Kalifornien und Australien wollte ihm der geregelte Einstieg in die Jurisprudenz nicht mehr gelingen. Und so hatte er seine Ersparnisse und das bescheidene Erbteil seiner ein paar Monate zuvor gestorbenen Großmutter zusammengekratzt und den Sportartikelladen in Hofgeismar eröffnet. Die Sache war gut angelaufen, auch, weil die Leute ihn mochten und sich gerne mit und bei ihm sehen ließen. Dazu kam eine erfolgreiche Kandidatur für die Stadtverordnetenversammlung, die ihm weitere Türen geöffnet hatte.

Und nun saß er vor dem Haus dieses Adelsmannes am Stadtrand von Kassel und hatte Angst, dass seine Exfreundin gerade gevögelt wurde. Von Karl-Wilhelm von Brösewitz!

Der Kerl hatte seit Längerem ein Auge auf Yvonne geworfen; fast ein Jahr war das so gegangen. Aber immer hatte sie nur abschätzig gemeint, dass sie nicht die Bohne von Interesse an diesem Spargeltarzan habe.

Und nun dieser Schwenk. Er hatte es schon seit ein paar Wochen geahnt, weil sie viel zu oft keine Zeit für ihn hatte. Und immer die gleiche Ausrede: Ich hab so viel im Büro zu tun. Bis er ihr eines Abends von ihrem Arbeitsplatz gefolgt war bis zu dem Haus, vor dem er nun wartete. Zunächst hatte sie versucht zu leugnen, als er es ihr auf den Kopf zugesagt hatte, doch das hielt sie nicht lange durch. Sie gestand, dass ihr Verhältnis mit von Brösewitz bereits eine Weile ging, und trennte sich auf der Stelle von Sebastian Bittner.

Der hatte nach der ersten Wut nur gelacht und war davon überzeugt, dass sie zu ihm zurückkehren und zur Vernunft kommen würde. Doch nichts davon geschah. Und nach einer von ihm erbetenen Aussprache vor einer Woche war ihm klar geworden, dass es eine ernste Sache war, die sie mit diesem Clown angefangen hatte. Danach hatte er eine Nacht lang Rachepläne geschmiedet, die zunächst von großer körperlicher Gewalt geprägt waren. Dann jedoch, gegen 6 Uhr am Morgen, war ihm die Idee mit der Bürgerinitiative gekommen. Das, so war ihm klar, würde sie viel mehr als alles andere auf der Welt treffen. Und so hatte er nur ein paar Stunden später mit Roland Kronberger telefoniert, der natürlich von seinem Trennungsschmerz nichts wissen konnte, und hatte noch am gleichen Tag die Modalitäten seiner Meinungsänderung in Sachen Krematoriumsbau ausgehandelt. So kam zu seiner persönlichen Rache an Yvonne Wild noch eine nicht zu unterschätzende Summe an Bargeld, die ihm zugeflossen war.

Doch er hatte nicht mit den Bürgern Hofgeismars und der umliegenden Gemeinden gerechnet. Schon ein paar Stunden, nachdem er seinen Entschluss als Pressemeldung veröffentlicht hatte, waren die ersten bösen E-Mails bei ihm eingegangen, und das war nur der Beginn einer Welle gewesen, die ihm mehr und mehr zugesetzt hatte.

Seinen Laden hatte er heute den ganzen Tag nicht betreten, weil er sich nicht mit Menschen herumplagen wollte, die seine Beweggründe weder kannten noch je verstehen würden. Und erklären konnte und wollte er sich aus guten Gründen lieber nicht.

Doch es gab noch einen weiteren Grund für die Angst, mit der er vor dem Haus seines Widersachers saß, den er nicht bedacht hatte. Mit der Entscheidung, Rache an seiner ehemaligen Freundin zu nehmen, hatte er sich endgültig bei ihr disqualifiziert. Das hatte sie ihm in einer SMS mitgeteilt: ›Damit ist auch der Rest, den ich noch für dich empfunden habe, erloschen. Du bist ein mieses Schwein.‹

Tausendmal hatte er seitdem diese Worte gelesen und mit jedem Mal war ihm seine Aktion unsinniger erschienen. Aber was konnte er jetzt noch tun? Immerhin war er es selbst gewesen, der diese Fakten geschaffen hatte.

Nun flackerte eine Energiesparleuchte vor dem Haus auf. Dann öffnete sich die Haustür und Yvonne Wild trat heraus. Als Teamleiterin in einem großen Callcenter arbeitete sie im Schichtbetrieb, was bedeutete, dass an diesem Morgen ihre Arbeit um 4.30 Uhr begann. Sie trug den roten Kurzmantel, den Bittner ihr zu ihrem letzten Geburtstag geschenkt hatte, und hohe, schwarze Stiefel. Der ehemalige Zehnkämpfer duckte sich tief hinters Armaturenbrett und hoffte, dass ihr sein Wagen unter den vielen anderen am Straßenrand nicht auffallen würde. Sie stieg in ihren cremefarbenen Mini, startete den Motor, schaltete das Licht ein und brauste davon. Dreh bitte nicht so hoch, der Motor ist doch eiskalt, das habe ich dir hundert Mal erklärt, dachte Bittner, um sich im gleichen Augenblick schmerzlich darüber klar zu werden, dass er keinen Einfluss mehr auf das Leben von Yvonne Wild nehmen konnte. Er startete ebenfalls den Motor seines Autos und fuhr hinter ihr her. Schnell hatte er sie eingeholt und folgte ihrem auffälligen Untersatz. Als sie auf das obere Ende der vierspurigen Wilhelmshöher Allee eingebogen war, beschleunigte er, setzte sich auf gleiche Höhe mit ihr und hupte. Ihr Kopf flog herum und im matten Ablicht ihrer Armaturenbrettbeleuchtung erkannte er ihr müdes Gesicht. Und sie erkannte seins. Kopfschüttelnd trat sie das Gaspedal durch und legte sofort ein paar Meter zwischen ihren und seinen Wagen. Doch an der nächsten Ampel musste sie scharf bremsen, sonst wäre sie bei Rot darüber hinweg gerast. Er bremste neben ihr und sah gerade noch, wie sie mit der rechten Hand den Knopf der Zentralverriegelung bediente und der Stift neben ihrem Oberarm verschwand. Dann hob sie den Kopf, starrte auf das rote Licht der Ampel und trommelte mit den Fingern nervös auf dem Lenkrad. Sebastian Bittner ließ die Scheibe der Beifahrerseite hinunter gleiten und hupte erneut, doch sie reagierte nicht. Wieder die Hupe. Nun sah sie ihn an und öffnete ihre Scheibe.

»Was soll das? Du machst mir Angst. Lass mich in Ruhe.«

»Ich muss mit dir reden, Yvonne. Bitte fahr kurz rechts ran, es dauert nicht lange.«

»Keine Chance, ich bin sowieso schon spät dran. Und auch wenn ich Zeit hätte, ich will nicht mit dir reden.«

»Bitte«, flehte er. »Es dauert nur einen Moment.«

Ohne zu antworten ließ sie die Scheibe nach oben gleiten und starrte wieder auf die Ampel, die in diesem Moment umsprang. Mit quietschenden Reifen schoss ihr Wagen davon. Bittner versuchte, ihr zu folgen, würgte dabei jedoch seinen Motor ab. Mit zitternden Fingern griff er zum Zündschlüssel, drehte ihn hektisch nach links und sofort wieder nach rechts. Als der Motor lief, ließ er die Kupplung kommen und hetzte hinter ihr her.

Zwei Ampeln lang hatte sie Glück und erwischte die Grünphase, doch an der Kreuzung zur Querallee musste sie wieder bei Rot stoppen. Wieder blickte sie auf die Ampelanlage. Bittner kam ein paar Sekundenbruchteile später an als sie und rief durch seine noch immer offen stehende Seitenscheibe ihren Namen.

»Sprich mit mir, bitte«, schickte er hinterher.

Yvonne Wild sah sich suchend um, doch in der noch tief und fest schlafenden Stadt gab es um diese Zeit niemanden, der ihr helfen konnte. Weit voraus erkannte sie die roten Bremslichter eines anderen Wagens, doch in der näheren Umgebung gab es nur ihren Exfreund und sie.

»Sprich mit mir!«, forderte der nun erneut lautstark von ihr, und selbst durch ihre geschlossene Scheibe konnte sie die Wut und die Verzweiflung in seiner Stimme hören. Für einen kurzen Augenblick wollte sie ihm schon nachgeben, dann jedoch drückte sie das Gaspedal durch und überfuhr die rote Ampel und die Kreuzung. Bittner, der damit nicht gerechnet hatte, brauchte etwas Zeit, um anzufahren und wieder aufzuholen. Als er neben ihr war, drehte sie kurz den Kopf und schaute in sein Gesicht. Was sie sah, jagte ihr einen riesigen Schrecken ein, denn die Fratze, in die sie blickte, hatte nichts mehr mit dem Mann zu tun, den sie bis vor ein paar Wochen geliebt hatte.

Sebastian Bittner realisierte, dass er keine Chance mehr hatte. Sie wollte nicht mit ihm sprechen, und er sah keine Möglichkeit, sie dazu zu zwingen. Wie ein Blitzlicht schoss ihm der Gedanke durch den Kopf, dass er vor ihr an der mit einer Schranke gesicherten Einfahrt zu ihrem Arbeitsplatz sein könnte, doch es war ihm klar, dass ihn auch das nicht weiterbringen würde. Er schaltete in den dritten Gang, blickte noch einmal zu ihr hinüber, sah im aufflackernden Licht der vorbeihuschenden Straßenbeleuchtung ihr Gesicht, und riss sein Lenkrad nach rechts.

Das Geräusch des aufeinander prallenden Blechs war ohrenbetäubend. Zersplitterndes Glas, brechendes Plastik und das Quietschen von Gummi auf dem Asphalt vermischten sich zu einer Sinfonie der Zerstörung. Der Mini von Yvonne Wild versetzte zwei Meter nach rechts, und die junge Frau hatte nicht den Hauch einer Chance. Sie krachte mit der rechten Frontseite in das hintere linke Zwillingsrad eines kleinen Getränkelasters, der in einer der Schrägparkbuchten etwa 100 Meter vor dem Kreishaus abgestellt war.

Bittners Wagen wurde von der Wucht des seitlichen Aufpralls auf den Mini zurückgeschleudert. Der kräftige Mann versuchte mit hektischen Lenkbewegungen, das Auto nicht aus der Kontrolle zu verlieren, doch er hatte ebenso wenig eine Chance wie seine Exfreundin. Auf Höhe einer Straßenbahnhaltestelle berührten seine beiden linken Reifen den Bordstein, dadurch hob das Auto leicht ab. Durch das wilde Lenken kam der Wagen für ein paar Sekundenbruchteile wieder frei, um dann mit umso größerer Wucht den Bordstein zu treffen. Dadurch wurde eine Bewegung um die Längsachse ausgelöst, die darin mündete, dass das heftig schlingernde Auto anfing, sich zu überschlagen. Sebastian Bittner erkannte, dass ein Einschlag unmittelbar bevorstand. Er wusste nicht, worauf er prallen würde, aber er wusste, dass sein fliegender Untersatz irgendetwas treffen würde. Das Letzte, was er bewusst wahrnahm, war die Erinnerung an den Schmerz, den er damals in Sydney in seinem Fuß verspürt hatte und das Gesicht des Mannschaftsarztes, der die Wunde nähte. Dann sprang er mit jeder Faser seines durchtrainierten Körpers in ein tiefes, schwarzes Loch.

※

Etwa um dieselbe Zeit wurde der am Bett von Maria Zeislinger schlafende Lenz sanft von Anne Wolters-Richling geweckt.

»Hey, Mr. Smith, es ist Zeit, die Kurve zu kratzen«, erklärte sie dem Hauptkommissar mit ihrer herrlich schnoddrigen Art. Drei Stunden zuvor hatte sie ihn zu Marias Bett begleitet und ihm erklärt, dass ein am Vortag aufgenommenes Computertomogramm die Ärzte quasi in Hochstimmung versetzt hatte, weil die Schwellung im Kopf fast auf null zurückgegangen war. Danach hatte sie ihn allein gelassen, weil sie dadurch, dass sie in dieser Nacht ohne ihre Kollegin arbeitete, sehr viel mehr zu tun hatte als sonst.

»Danke«, antwortete der Kommissar verschlafen und stand auf.

»Na ja, ich hab schon noch ein paar Minuten eingerechnet für den Abschied. Es soll doch kein Alarmstart werden, oder?«

»Nein, vielen Dank.«

»Dann sehen wir uns gleich draußen auf dem Flur«, gab sie vergnügt zurück und verließ das Zimmer.

Lenz trat etwas näher ans Bett, beugte sich hinunter zu Marias Gesicht und küsste sanft ihre Stirn.

»Mach's gut«, flüsterte er. »Und werd um Himmels willen wieder gesund. Ich hätte keine Ahnung, wie ich ohne dich zurechtkommen sollte.«

Ihr linkes Augenlid zuckte. Lenz sah es kaum im diffusen Licht, doch er war sicher, dass es dort eine Bewegung gegeben hatte. Er griff erneut nach ihrer Hand und streichelte sie zärtlich, doch sie bewegte sich nicht.

»Bis morgen, meine Liebe.«

»Ihr Augenlid hat eben gezuckt«, berichtete er mit leichter Aufregung in der Stimme der jungen Krankenschwester, die mit hängenden Beinen auf einem auf dem Flur stehenden Bett saß und ihn anstrahlte, als er das Zimmer verließ.

»Darauf kannst du dir leider nichts einbilden, das ist nicht bewusst von ihr gesteuert. Aber wenn sie die Augen aufschlagen sollte, musst du mich rufen. Es könnte ja sein, dass du mich angelogen hast und sie einen Riesenschrecken kriegt, wer sich da an ihrem Bett rumtreibt.«

Wieder huschte ein ansteckendes Lachen über ihr Gesicht.

»Nein, war ein Scherz. Sie würde sich bestimmt tierisch freuen, wenn sie als Erstes dich zu Gesicht kriegen würde. Ihrem Mann würde ich es auch gar nicht gönnen.«

»War er hier?«

Sie winkte ab. »Ja, heute Abend, als ich angefangen hab. Hast du seine Schmonzette im Fernsehen gesehen?«

Lenz nickte. »Gruselig, oder?«

»Absolut. Und stell dir vor, du siehst das zu Hause im Fernsehen, und dann steht der Typ leibhaftig vor dir, wenn du nichts ahnend an der Arbeit erscheinst. Am liebsten hätte ich ihn sofort rausgeworfen, aber anscheinend kennt er auch hier im Krankenhaus wichtige Leute. Bei der Übergabe haben mir die Kolleginnen erzählt, dass er die Freigabe hätte, bis 22 Uhr an ihrem Bett zu sitzen.«

»Und, hat er so lange an ihrem Bett gesessen?«

»Nein. Kurz nach der Übergabe hat sein Telefon geklingelt, was mich auch schon ziemlich gallig gemacht hat, weil er sowieso die ganze Zeit telefoniert hat, und gleich darauf ist er abgehauen. Aber nicht, ohne mir vorher einen Zehner zuzustecken, für meine gute Arbeit hier und so. Ich hätte ihm am liebsten auf die Schuhe gekotzt, aber der Gedanke, dass du hier noch auftauchen würdest, hat mir die Sache ein wenig erträglicher gemacht.«

»Wie lange war er hier?«

»Keine halbe Stunde. Und währenddessen hat er noch die ganze Zeit telefoniert, wie gesagt. Man hört hier so ziemlich alles, weil es extrem ruhig ist.«

»Du hast ihn echt gefressen, oder?«

»Worauf du wetten kannst.«

Lenz setzte sich neben sie auf das weiß bezogene Bett und gähnte. »Du wolltest mir noch was erzählen.«

»Ich weiß.«

»Und?«

»Ist 'ne komische Geschichte. Interessierst du dich für komische Geschichten?«

»Immer.«

»Ich bin verheiratet, seit letztem Jahr. Mit allem Drum und Dran, das man sich nur vorstellen kann. Er ist echt lieb, und ich kenne ihn auch schon ziemlich lange. Im Juni haben wir geheiratet, und im August hat hier ein neuer Arzt angefangen. Als Assi, also nichts Besonderes eigentlich, nicht der Halb-gott in Weiß oder so. Aber er kam rein und ich bin fast tot umgefallen. Peng hat's gemacht, und ich war unrettbar in ihn verknallt. Und eines Nachts ist er hier aufgetaucht und hat mir von seiner Frau erzählt und den beiden Kindern, die sie haben, und dass er sich unsterblich in mich verschossen hat.«

Sie schüttelte den Kopf.

»Wie es halt so kommt. Den Rest muss ich dir wohl nicht ausschmücken, da kennst du dich selbst ganz gut aus, wie ich vermute.«

»Ja, vielen Dank. Und wie geht es jetzt weiter mit euch?«

»Na, wie wohl? Ich bin verheiratet, er ist verheiratet. Wir sehen uns ein- oder zweimal die Woche, das war's. Wir lieben uns, glaub' mir, aber die Bedingungen sprechen eindeutig dagegen. Scheiße, oder?«

»Ziemlich«, bestätigte Lenz mit trauriger Miene. »Und wie geht es dir zu Hause damit?«

»Dunkelgrau bis tiefschwarz. Elmar, das ist mein Mann, ist völlig ahnungslos. Ich hab ihn zwar früher schon des Öfteren beschissen, aber mir auch gleichzeitig geschworen, dass es mit der Heirat damit vorbei sein muss. Er ahnt nichts, ist der gute, treu sorgende Ehemann und macht es mir damit nur jeden Tag schwerer.«

»Würdest du ihn verlassen?«

Die junge Frau sah dem Polizisten lange ins Gesicht, bevor sie antwortete.

»Lieber heute als morgen. Ich würde es ihm sagen und ihn verlassen, aber es müsste sich für mich lohnen, und das tut es im Moment nicht, weil dem eine Frau und zwei Kinder im Weg stehen.«

Wieder mache sie eine längere Pause, bevor sie weiter sprach.

»Aber heiraten, das kannst du mir glauben, würde ich nie mehr. Das Thema ist endgültig durch.«

Lenz überlegte einen Moment. »Ich war zweimal verheiratet, und es hat beide Male nicht funktioniert.«

Er machte mit dem Kopf eine Bewegung in Richtung der Tür, hinter der Maria im Bett lag.

»Jetzt allerdings wäre ich absolut sicher, dass sie die Richtige ist. Und ich würde sie lieber heute als morgen heiraten.«

»Warst du bei den beiden anderen nicht auch sicher?«

»Nein. Ich war viel jünger und doof dazu. Das ist eine üble Kombination für die Ehe.«

»Stimmt«, bestätigte sie. »Ich wollte am Vorabend der Trauung alles platzen lassen, weil ich das große Fracksausen gekriegt hab. Meine beste Freundin und meine Mutter haben mich im Duett davon überzeugt, dass ich nicht allein mit diesen Zweifeln sei, und dass ich um Gottes willen nicht die voll geplante und vorbereitete Party schmeißen soll. Irgendwann hab ich nachgegeben und mich in mein Schicksal ergeben. Das war der Anfang der Scheiße, die ich jetzt gerade erlebe.«

»Klingt nach ziemlich viel Unglück.«

»Klingt nicht nur so. Da kommt nämlich vieles zusammen. Schuld, Verantwortung, Zusammengehörigkeit, die Familien und was weiß ich noch alles. Und irgendwo dazwischen stehe ich und muss das alles unter einen Hut bringen. Manchmal habe ich das Gefühl, dass ich dabei zu kurz komme, aber ich habe es mir ja selbst eingebrockt.«

Sie sah ihn mit gerunzelter Stirn an.

»Wie hast du deine Maria denn kennengelernt?«

»Beim Bäcker. Aber alles andere ist mit deiner Geschichte vergleichbar.«

»Wenn sie wieder richtig gesund ist, klemm sie dir unter den Arm und fahr mit ihr in die Südsee. Oder nach Australien, Hauptsache, weit genug weg von Kassel. Für Kinder ist es vielleicht schon zu spät, keine Ahnung, aber es ist noch nicht zu spät für euch. Füreinander da zu sein.«

Lenz war erstaunt, wie abgeklärt und klug sie über die Dinge des Lebens zu reden imstande war.

»Wenn's doch so einfach ginge, Anne. Aber ich verspreche dir, dass ich noch mehr Arbeit investieren werde, um meine Maria davon zu überzeugen, es so zu machen. Und bis dahin könntest du wenigstens deine Sachen so weit in Ordnung bringen, dass es für dich ein klein wenig leichter ist, das Leben, das du lebst, zu genießen.«

Nun lachte sie wieder laut auf. »Das passt ja. Not und Elend geben sich gegenseitig gute Tipps, wie sie ihr Leben schöner gestalten könnten. Na prima.«

Lenz stimmte in ihr Lachen ein. »Auch wieder richtig.« Sie stand auf, hielt ihm die Hand hin und zog ihn hoch.

»Hau jetzt ab. Ich krieg gleich noch einen kurzen Besuch, und dieses unglaubliche Glück willst du dir doch nicht antun, oder?«

»Nein«, entgegnete er, gähnte erneut und erwiderte ihren Händedruck.

»Viel Spaß.«

Damit drehte er sich um und schlenderte in Richtung Ausgang.

»Warum bist du heute Nacht eigentlich allein gewesen?«, fragte er noch, bevor er die Tür erreicht hatte.

»Meine Kollegin hat sich ganz überraschend krank gemeldet. Sie ist ein wenig älter und versucht schon eine Weile wegen ihres krummen Rückens in Rente gehen zu können. Wahrscheinlich hat ihr irgendjemand gesteckt, dass es dafür gut wäre, so viele Krankentage wie möglich zu haben. Eigentlich ist es nicht so ganz üblich, auf Intensiv allein Dienst zu schieben, aber es hat sich auf die Schnelle niemand gefunden. Im Moment ist nicht viel los hier.«

Er nickte, warf ihr noch einen kurzen Blick zu und schlüpfte dann durch die Tür.

»Schlaf gut«, rief sie ihm noch gedämpft nach.

*

Lenz hatte keine Lust, sich ins Bett zu legen. Er fuhr durch die schlafende Stadt zum Bahnhof Wilhelmshöhe, wo er sich am Automaten einen doppelten Espresso zog und mit dem Pappbecher in der Hand unter das imposante Dach des Vorplatzes, das dem Bahnhof seinen Spitznamen verlieh, trat. Direkt vor ihm standen mehrere Taxifahrer zusammen und diskutierten. Der Polizist fing Wortfetzen wie ›Unfall‹ und ›Kollege‹ auf. Er trat etwas näher an die Gruppe heran, kramte ein altes Din-A4-Blatt aus der Jackentasche und tat so, als würde er etwas lesen.

»Ja, was sag ich euch, es ist die Vera. Dieser Irre hat sie voll von vorne erwischt«, informierte einer der Männer mit einer Baskenmütze auf dem Kopf die anderen.

»Ausgerechnet die Vera«, kommentierte ein zweiter, der durch seine markante Nase auffiel. »Die einzige Nachtfahrerin, die wir noch haben, und ausgerechnet die muss es erwischen. Stimmt es, dass der Typ sich umbringen wollte?«

Die Baskenmütze schüttelte aufgeregt den Kopf. »Nein, wer erzählt denn so einen Blödsinn? Der hat einen anderen Wagen von der Straße gedrängt, in dem auch eine Frau gesessen hat. Vielleicht wollte er die umbringen, aber doch nicht sich.«

Lenz trat noch ein Stück näher an die Gruppe heran.

»Wer war denn der Blödmann? Der war doch bestimmt voll besoffen«, vermutete ein Dritter.

Wieder schüttelte die Baskenmütze den Kopf. »Vergiss es. Ich hab mit Dieter von den Bullen telefoniert, der hat Nachtdienst. Angeblich war der Kerl völlig nüchtern. Er kommt aus Hofgeismar, soviel wusste er schon.«

Der Kommissar schüttete sich den Rest der braunen Brühe in den Hals, warf den Becher im Vorübergehen in eine Papiertonne und lief zu seinem Wagen. Ein paar Minuten später hatte er das Präsidium erreicht und parkte seinen Wagen direkt vor dem Eingang. Dann betrat er das Gebäude und begrüßte die beiden Kollegen, die am Eingang Dienst taten.

»Ihr habt heute Nacht einen Unfall gehabt, in den eine Taxifahrerin verwickelt war. Könnt ihr mir was dazu sagen?«

Der eine der beiden, den Lenz seit vielen Jahren kannte, nahm eine Kladde zur Hand und trat auf den Kommissar zu.

»Moin, Paul. Der Anruf kam um 1.43 Uhr. Ein PKW hat auf der Wilhelmshöher Allee zuerst einen anderen Wagen abgedrängt und danach auf der Gegenspur ein Taxi frontal erwischt. Warum interessierst du dich dafür?«

»Ich weiß noch nicht genau, ob ich mich wirklich dafür interessiere, Werner. Aber es könnte durchaus sein, wenn einer der Beteiligten Sebastian Bittner heißt und aus Hofgeismar stammt.«

Der Beamte klappte die Kladde zu und bat Lenz, einen Augenblick zu warten. Er ging zum Telefon, wählte und wartete. Dann stellte er eine Frage, nickte und legte auf.

»Volltreffer. Woher wusstest du das?«

»War nur so eine Idee. Wo finde ich den Knaben?«

»Im Klinikum.«

»Danke, Werner.«

30

Die Wanduhr auf dem Flur zeigte 4.22 Uhr. Lenz stand mit dem Rücken an die Wand gelehnt da und lauschte den Geräuschen, die ab und zu an sein Ohr drangen. Mal war es ein leises Murmeln, dann wieder das gedämpfte Auseinanderfahren der Lifttüren ein paar Ecken weiter. Der Polizist sah erneut auf die Uhr, gähnte, holte tief Luft und schloss die Augen. Nach einer Weile, in der er nicht ganz sicher war, wach zu sein, hörte er das rasch lauter werdende Geräusch von weichen Schuhsohlen. Ein paar Augenblicke später schoss Thilo Hain um die Ecke und auf ihn zu.

»Ich hoffe, du hast einen guten Grund, mich um diese Uhrzeit aus den Armen meiner Geliebten zu holen«, begann der Oberkommissar mit verquollenen Augen. »Sonst gehe ich gleich eine Etage tiefer und lass mich 14 Tage krank schreiben.«

»Bleib ruhig, Brauner«, entgegnete Lenz völlig entspannt. »Wenn ich dir erzähle, was sich heute Nacht auf der Wilhelmshöher Allee abgespielt hat, wirst du mir danken, dass ich dich dazugeholt habe.«

Hain rollte mit den Augen und verzog das Gesicht. »Da bin ich aber gespannt wie ein Flitzebogen, ob das den Duft und die Wärme meiner Freundin zu toppen imstande ist.«

»Sebastian Bittner hat versucht, seine Exfreundin von der Straße zu pusten. Mitten in der Stadt. Sie ist im OP, und es sieht ganz und gar nicht gut für sie aus. Danach hat er die Kontrolle über seinen Wagen verloren und ist frontal in ein

Taxi geschossen. Die Fahrerin liegt einen OP weiter und auch ihr geht es alles andere als gut. Nur Bittner hat Glück und einen Volvo gehabt, ihm ist verhältnismäßig wenig bei der ganzen Scheiße passiert.«

Er sah erneut auf die Uhr über seinem Kopf.

»In einer halben Stunde, sagt der Arzt, können wir wahrscheinlich mit ihm sprechen. Vorausgesetzt, er hat sich nicht doch mehr getan, als zunächst festgestellt wurde. Gerade liegt er im CT; wenn er das hinter sich hat und wieder hier ist, fühlen wir dem Kerl auf den Zahn. Aber mit dem großen Bohrer.«

Hain trat etwas näher an seinen Chef heran. »Wie bist du denn so schnell an die Sache drangekommen? Warst du hier im Krankenhaus, als er eingeliefert wurde?«

»Quatsch«, schüttelte Lenz den Kopf, »ich hätte ihn doch noch nicht einmal erkannt. Nein, ich war am Dach und hab einen Kaffee getrunken, als sich ein paar Taxifahrer über den Unfall unterhalten haben. Nachdem ich zwei und zwei addiert hatte, war die Sache klar.«

»Alle Achtung«, bemerkte Hain beeindruckt. »Und wie geht es … ich meine … ihr?«

»An der Front gibt es leider nichts Neues. Aber alle Beteiligten sind guter Hoffnung.«

Noch bevor Hain antworten konnte, wurde die Eingangstür geöffnet und kalte Luft umwehte die beiden Polizisten. Ein Krankenpfleger schob, begleitet von zwei uniformierten Polizisten, einen klapprigen Rollstuhl auf den Flur. Darin saß ein Mann mit einem dicken Verband um den Kopf und starrte die Beamten mit weit aufgerissenen Augen an.

Lenz nickte den Uniformierten zu. »Morgen, Männer.«

»Morgen, Herr Kommissar«, antwortete der eine.

»Wenn ihr wollt, könnt ihr zurückfahren. Wir übernehmen fürs Erste.«

»Das ist doch mal eine richtig gute Ansage«, freute sich der zweite. Kurz darauf waren sie auch schon verschwunden.

»Wie steht es um ihn?«, fragte Lenz den Krankenpfleger.

»Och, er hat richtig viel Glück gehabt, ganz im Gegensatz zu den beiden Frauen, die noch immer im OP sein dürften. Selbst sein Kopf hat, außer einer Platzwunde, nicht viel abbekommen.«

»Können wir mit ihm reden?«

»Der Arzt sagt, dass nichts dagegen spricht. Nur würde ich mich gerne, wenn Sie gestatten, verdrücken. Mir wird nämlich ganz schlecht, wenn ich an die armen Mädels denken muss, die ….«

»Kein Problem. Wir melden uns, falls wir Sie brauchen.«

»Klasse.« Er deutete auf eine Tür am Ende des Gangs. »Dort finden Sie mich. Bis später.«

»Was habe ich nur getan«, stöhnte Sebastian Bittner, noch bevor einer der Polizisten ihn auch nur angesehen hatte.

»Gute Frage, Herr Bittner«, gab Hain forsch zurück. »Und die noch bessere Frage lautet: Warum haben Sie es gemacht?«

Der ehemalige Leistungssportler hob langsam den Kopf und sah zuerst Hain und dann Lenz lange ins Gesicht. »Ich wollte das nicht«, schluchzte er. »DAS WOLLTE ICH DOCH NICHT!«

»Bisschen spät für diese Reue, was meinen Sie?«, setzte Hain nach. »Ich möchte nicht in Ihrer Haut stecken, wenn eine oder gar beide sterben. Ganz bestimmt nicht.«

Nun schlug Bittner die Hände vors Gesicht und begann laut zu schluchzen.

»Hören Sie auf«, brüllte er dann, sprang aus dem Rollstuhl hoch und baute sich vor dem jungen Kommissar auf. »Hören Sie auf damit, ich halte das nicht aus.«

Hain trat einen Schritt zurück, ohne den Blick von Bittner zu wenden, und schüttelte den Kopf. »Mit Schreien kommen wir ganz bestimmt nicht weiter, Herr Bittner. Beruhigen Sie sich, setzen Sie sich wieder und reden Sie vernünftig mit uns.«

Überrascht stellten die beiden Kommissare fest, dass der Mann ohne zu mucken gehorchte. Als er wieder im Rollstuhl saß, beugte Lenz sich nach vorne.

»Das ist gut so. Und jetzt beruhigen wir uns und sprechen miteinander. Was meinen Sie dazu, Herr Bittner?«

Der Olympiateilnehmer nickte demütig.

»Schön«, fuhr Lenz fort, sah sich um, gab Hain mit dem Kopf ein Zeichen, ging zur Tür eines angrenzenden, zu dieser Nachtzeit ungenutzten Röntgenwarteraumes, und zog sie nach innen auf. Der junge Oberkommissar trat hinter den Rollstuhl und schob ihn mitsamt seines Passagiers hinterher.

»Bevor wir zu dem Unfall von heute Nacht kommen«, erklärte Lenz, nachdem er die Tür wieder zugeschoben hatte, »haben wir ein paar Fragen an Sie, die sich auf Ihr Verhalten vom vergangenen Wochenende beziehen. Warum haben Sie Ihre Meinung geändert, was den Krematoriumsbau angeht?«

Bittner sah den Kommissar an, als hätte er ihn nicht richtig verstanden.

»Was?«

»Sie haben mich genau verstanden, Herr Bittner. Also antworten Sie mir.«

»Ich ... Warum wollen Sie das wissen?«

Lenz fixierte den Mann im Rollstuhl, ohne auf seine Frage einzugehen.

»Ich habe mich ... einfach ... anders ... entschieden. Dazu gibt es auch gar nicht viel zu sagen.«

Wieder sah Lenz den Mann nur an, ohne etwas zu erwidern.

»Es hatte sich eine neue Faktenlage ergeben. Nachdem ich die geprüft hatte, konnte ich ja zu dem Projekt sagen.«

»Bullshit!«, zischte Hain. »Hören Sie auf, uns die Taschen vollzumachen. Wer hat da nachgeholfen?«

Bittner griff sich mit beiden Händen fest an den Kopf, als wolle er etwas beschwören.

»Mein lieber Mann, Sie können froh sein, wenn wir Sie nicht in ein paar Stunden wegen Mordes verhaften«, schob Hain hinterher. »Versuchter Mord ist allerdings auch kein Kindergeburtstag. Und nun spucken Sie aus, wie das gelaufen ist.«

Bittner war beeindruckt. Und er war angeknockt. Mit flehendem Blick sah er Lenz an, doch der zuckte emotionslos mit den Schultern. »Ich wollte sie nicht umbringen, das müssen Sie mir glauben. Ich liebe diese Frau, ich … liebe sie doch.«

»Geschenkt«, ging Hain darüber hinweg, »darüber reden wir später. Die Geschichte mit dem Krematorium interessiert uns viel mehr. Und wenn Sie uns da nicht hängen lassen, werden wir bestimmt beim Staatsanwalt ein gutes Wort für Sie einlegen.« Er beugte sich zu dem zitternden, wimmernden Mann hinunter, dessen Habitus nun rein gar nichts mehr vom glorreichen Olympiateilnehmer mit Sunnyboyattitüde hatte. »Und das, da bin ich sicher, können Sie gut gebrauchen.«

Nun war Bittners Widerstand gebrochen.

»Ich sage Ihnen alles, bestimmt, aber dafür müssen Sie dann auch wirklich ein gutes Wort für mich einlegen. Das müssen Sie mir versprechen.«

Hain stemmte sich hoch und sah Lenz an. »Am liebsten würde ich ihm eine schmieren, damit er vernünftig mit uns redet«, bemerkte er genervt.

Lenz winkte ab. »Lass stecken, Thilo, der ist schon weich«, erwiderte er leise.

»Also, die Sache mit der BI ist eigentlich ganz einfach«, begann der Athlet dann doch von selbst. »Mich hat dieses blöde Krematorium doch von Anfang an gar nicht interessiert, nicht die Bohne. Ich wollte mit Yvonne zusammen sein, nichts weiter. Und weil ich wusste, dass sie bei denen mitmacht, bin ich auch hingegangen. Aber irgendwie hat sich das verselbstständigt«, schluchzte er.

»Was heißt das, es hat sich verselbstständigt?«, bohrte Hain nach.

»Na ja, die haben sich regelrecht auf mich eingeschossen. Auf einmal war ich der Vorzeigegegner des Projekts, da konnte ich doch nicht so einfach wieder aussteigen. Aber als Yvonne mir vor ein paar Wochen gesagt hat, dass sie was mit diesem blöden Typen angefangen hat, der auch in der BI mitmacht, ist mir nichts Besseres eingefallen, als mich an ihr zu rächen. Ich bin aus der BI ausgestiegen und hab überall erzählt, dass ich nichts mehr gegen den Bau habe. Außerdem …« Er stockte.

»Was außerdem?«

»Außerdem habe ich noch ein Arrangement mit dem Bauunternehmer Kronberger getroffen.«

»Mit Werner Kronberger?«, fragte Lenz überrascht zurück.

»Nein, nicht mit dem Alten. Mit seinem Sohn, Roland Kronberger.«

»Worum ging es bei diesem Arrangement?«

Bittner sah vom einen zum anderen, antwortete jedoch nicht.

»Oh Mann!«, zischte Hain.

»Er hat mir Geld gegeben.«

»Einfach so?«

»Wir kennen uns, seit wir mal ein paar Jahre auf derselben Schule gewesen sind. Er hatte in den letzten Monaten mehrmals bei mir angerufen und mich umzustimmen versucht, aber das ging nicht, wegen Yvonne.«

»Und nachdem Ihre Freundin Sie verlassen hatte, war das die passende Rache. Garniert mit wie viel Euro?«

»100.000.«

»Nicht schlecht. 100.000 Mücken, das mildert den Liebeskummer bestimmt gewaltig«, gab Hain von sich.

»Quatsch«, widersprach Bittner. »Was wissen Sie denn schon?«

»Nichts«, bestätigte Hain. »Mir hat eben noch nie jemand meinen Liebeskummer mit 100.000 Euro vergütet.«

»Aber ich habe sie wirklich geliebt. Ich liebe sie doch immer noch.«

»Ich bin sicher, sie wird hoch erfreut sein, das zu hören. Wenn sie denn den Tag überlebt«, ätzte Hain.

»Sie wird überleben, bestimmt. Ich wollte ihr doch nicht weh tun.«

Lenz gab seinem Mitarbeiter durch ein Zeichen mit dem Kopf zu verstehen, dass er mit Bittner allein sprechen wollte.

Der Oberkommissar grinste kurz und verzog sich.

»Ich muss mich für meinen jungen Kollegen entschuldigen, Herr Bittner«, ging Lenz einen Schritt auf den ehemaligen Athleten zu. »Aber Sie machen es uns auch wirklich nicht leicht. Also, wie ist das genau gelaufen mit dem Geld und mit Ihnen und Herrn Kronberger?«

Bittner sah den Hauptkommissar dankbar an. Offenbar war er heilfroh, nicht mehr von Hain in die Mangel genommen zu werden. Dann griff er sich an den Hinterkopf und stöhnte dabei leise auf.

»Haben Sie Schmerzen?«

Der Olympiateilnehmer nickte. »Aber es wird schon gehen.«

»Schön.«

»Roland Kronberger und ich sind, wie gesagt, ein paar Jahre lang zusammen zur Schule gegangen. Er war eine Jahrgangsstufe höher als ich, aber man lernt sich halt kennen. Nachdem er Abi gemacht hat, haben wir uns nur noch sporadisch gesehen, aber nie ganz aus den Augen verloren. Und dieses Jahr im April oder Mai kam auf einmal eine SMS von ihm mit der Einladung, gemeinsam essen zu gehen. Dabei hat er mir dann erzählt, dass sein Vater in der Krematoriumssache engagiert ist. Und ob ich nicht darüber nachdenken wollte, die Seite zu wechseln. Ich fand die Idee lustig, weil mir der ganze Rummel wegen der BI und so mächtig auf die Nerven gegangen ist. Aber Yvonne hätte mir das niemals verziehen.«

»Und Sie haben bei dieser Bürgerinitiative wirklich nur mitgemacht, um an die Frau ranzukommen?«

Bittner nickte. »Das war der einzige Grund.«

»Hatte Kronberger Ihnen bereits zuvor einmal Geld angeboten?«

Wieder ein Nicken.

»Erzählen Sie mir doch bitte, wie sich die Sache dann im Detail zugetragen hat. Kam er mit dem Geld zu Ihnen?«

Nun schüttelte Bittner den Kopf. »Es war kein Zufall, dass es so gekommen ist. Ich habe ihn ganz bewusst deswegen angerufen. Er ahnte ja nicht, dass Yvonne sich von mir getrennt hatte, und ich habe ihm auch nichts davon erzählt. Zuerst haben wir ein bisschen Smalltalk gemacht, und dann hat er, wie bei jedem Treffen oder Telefonat, wieder von dem Geld angefangen. Und diesmal bin ich eben darauf eingegangen.«

»Hat er sich nicht über Ihren plötzlichen Meinungsumschwung gewundert?«

»Am Anfang ja. Aber ich habe ihm erklärt, dass ich in der letzten Zeit viel nachgedacht hätte, und das war es dann auch schon.«

»Hat er Ihnen die Summe angeboten oder haben Sie sie gefordert?«

Wieder griff Bittner sich ins Genick und verzog dabei das Gesicht, bevor er antwortete. »Ein bisschen von beidem. Er hatte vorher einmal die Hälfte ausgelobt, aus freien Stücken, und ich habe gedacht, dass es ihm sicher 100.000 wert sein würde.«

»Wie hat er reagiert?«

»Völlig cool. Ich glaube, dass es ihm wirklich egal war, wie viel er mir gibt, weil es sowieso das Geld seines Vaters war. Der musste es ja rausrücken.«

»Hat er Ihnen das erzählt?«

Wieder nickte der ehemalige Athlet.

»Wann haben Sie das Geld bekommen?«

»Am nächsten Abend. Wir haben uns in einer Kneipe in Karlshafen getroffen, ein Bier zusammen getrunken, und danach hat er mir draußen am Auto eine Plastiktüte mit genau 100.000 Euro in bar in die Hand gedrückt.«

»Und sein Vater hat gewusst, wofür das Geld bestimmt war?«

»Das nehme ich an; aber gefragt habe ich ihn nicht.«

»Und mehr wissen Sie nicht über die Sache?«

»Was wollen Sie denn noch erfahren?«

»Alles. Alles, was Sie wissen, will ich auch wissen.«

»Aber so viel mehr weiß ich doch nicht. Roland hat mir doch nichts erzählt. Der war doch viel zu sehr mit sich selbst und seiner neuen Traumfrau beschäftigt.«

»Seiner neuen Traumfrau? Was …?«

Weiter kam der Kommissar nicht, denn er wurde von Thilo Hain unterbrochen, der die Tür nach innen geschoben hatte.

»Kann ich dich kurz sprechen, Paul?«

Lenz stand auf, verließ den Raum und trat neben seinen Kollegen. »Was gibt's?«

»Seine Ex ist vor ein paar Minuten gestorben.«

»Scheiße.«

»Willst du es ihm erzählen?«

»Bist du wahnsinnig? Der ist imstande und dreht durch.«

Durch die Scheibe konnten die beiden Polizisten beobachten, wie Bittner sich langsam aus dem Rollstuhl erhob und mit unsicheren Schritten auf sie zukam. Lenz gab ihm mit einem deutlichen Handzeichen zu verstehen, dass er sich gefälligst wieder hinsetzen solle, doch Bittner beachtete es nicht. Er öffnete die Tür und sah die Beamten mit großen, schreckgeweiteten Augen an.

»Ist sie ...?«

»Gehen Sie wieder da rein, Herr Bittner«, forderte Hain den Mann energisch auf. »Wir haben etwas Dienstliches zu besprechen.«

Bittner sah zwischen den beiden hindurch. Über seine Wangen liefen dicke Tränen. »Sie ist tot, oder? Sagen Sie es mir, bitte. Ich werde es doch sowieso erfahren.«

Lenz nickte. »Ja, sie ist vor ein paar Minuten gestorben. Es tut mir leid.«

Der verhinderte Olympiateilnehmer ließ den Kopf auf die Brust sinken, warf die Hände vors Gesicht und schluchzte laut los. »Mein Gott, was hab ich nur getan?« Dann ließ er sich auf die Knie sinken.

Hain griff zum Gürtel und zog ein paar Handschellen hervor. Mit geübter Bewegung öffnete er die beiden Verschlussglieder und trat neben Bittner. »Stehen Sie bitte auf. Ich nehme Sie vorläufig fest wegen des Verdachtes auf Totschlag.«

Der ehemalige Sportler hob den Kopf und sah die beiden Beamten mit verheulten Augen an. Dann streifte sein Blick die Handschellen in Hains Hand und blieb darauf haften. Mit flackernden Lidern fixierte er das matte Metall und schien zu realisieren, was ihm nun bevorstand. Seine Augen wanderten erneut zu Lenz, danach wieder zu Hain und zurück. Dann spannte sich sein Körper ruckartig, sprang hoch, hechtete in die kleine Lücke zwischen den dicht beieinander stehenden Polizisten und jagte den Flur hinab in Richtung der Ausgangstür.

»Scheiße!«, fluchte Hain, der ebenso wie sein Chef das Gleichgewicht verloren hatte und mit lautem Krachen auf dem Boden aufgeschlagen war, sprang auf und setzte dem Flüchtenden hinterher. Die Handschellen, die er noch immer in der rechten Hand hielt, ließ er nach ein paar Metern einfach fallen.

Lenz rappelte sich ebenfalls auf und lief los, allerdings etwas langsamer als sein jüngerer Kollege. Die Zwischentür, durch die beide ein paar Sekunden vorher gerannt waren, schwang ihm langsam entgegen. Er riss die Arme hoch, drückte die schwere Stahlkonstruktion nach vorne und lief weiter. An der nächsten Ecke sah er Hain gerade noch nach rechts verschwinden. Dann war er in dem großen Aufenthaltsbereich angekommen, der tagsüber als Verteiler von und zu den einzelnen Stationen diente. Aus dem Augenwinkel sah er, dass Bittner sich an einer Tür zu schaffen machte, die jedoch verschlossen war. Als Hain nur noch ein paar Meter von ihm entfernt war, ließ er den Griff los und rannte auf eine Treppe zu. Nach einem Sekundenbruchteil des Zögerns entschied er sich für den Weg nach oben und hastete, jeweils zwei oder auch drei Stufen auf einmal nehmend, ins nächste Geschoss. Hain folgte ihm, doch Bittner war noch immer hervorragend in Form. Der Abstand wurde mit jeder Stufe ein klein wenig größer, obwohl auch der junge Kommissar viel für seine Fitness tat. Lenz rannte, so schnell er konnte, und hörte dabei das Hecheln der beiden Männer vor sich. Ein ums andere Stockwerk jagte Bittner nach oben, bis er vor einer Glastür stand. Er rüttelte daran, doch sie ließ sich nicht öffnen. Hain hatte den letzten Treppenabsatz erreicht und konnte den Flüchtigen schon sehen, als dieser nach einem Stahlrohrstuhl griff, der an der gegenüberliegenden Wand stand, und ihn mit voller Wucht in das untere Glas der Tür schleuderte. Das ohrenbetäubende Krachen, das folgte, wurde von einem Prasselregen unzähliger kleiner Glasstücke begleitet.

Bittner trat den Rest der Scheibe, der in der Dichtung hängen geblieben war, nach außen, und zwängte sich hinterher. Irgendwo in der Ferne hörte man einen Alarmton.

»Bleib stehen, Mann, das hat doch so keinen Sinn!«, schrie Hain ihm durch das Loch nach, doch seine Worte verhallten ungehört. Also bückte er sich und stieg ebenfalls hinaus aufs Dach. Dort konnte er im diffusen Licht der Notbeleuchtung sehen, dass Bittner um einen Abzugskamin herumlief und in der Dunkelheit verschwand. Er zog seine Dienstwaffe aus dem Holster und machte sich langsam an die Verfolgung.

Lenz hatte nun ebenfalls den letzten Treppenabsatz hinter sich gebracht und sah auf die Tür, deren unteres Glas fehlte.

»Och nee«, hörte er sich selbst murmeln, bevor er den beiden hinterherstieg.

Hain zwängte sich, geduckt und die Waffe im Anschlag, am Kamin vorbei und sah schemenhaft, weil seine Augen sich noch immer nicht an die Dunkelheit gewöhnt hatten, die Gestalt des Flüchtenden etwa 20 Meter vor sich. Der Olympiatourist stand völlig ruhig an der Kante des Daches und sah auf die Lichter der Stadt. Hain steckte seine Waffe zurück und ging langsam auf den Mann zu.

»Machen Sie jetzt bloß keinen Blödsinn, Herr Bittner. Seien Sie vernünftig und kommen Sie da weg.«

Lenz hatte nun ebenfalls den Abzugskamin erreicht und lugte vorsichtig um die Ecke. Er sah seinen Kollegen, er sah Bittner, und es war ihm sofort klar, dass der Mann springen würde.

»Nein«, schrie er noch, doch da war es schon zu spät. Lautlos und ohne jeglichen Kraftaufwand ließ der Exsportler sich mit durchgedrückten Knien über die Dachkante nach vorne fallen, als trainiere er einen eleganten Sprung vom Zehnmeterbrett. Der Hauptkommissar schloss die Augen und wartete ein paar Sekunden, bevor er sich an der Kante des Kamins entlangwagte und auf seinen Kollegen zugehen wollte, doch Hain war schon an der Dachkante angekommen und starrte in die Tiefe. Dort lag, im Schein der Eingangsleuchten, der verdrehte, zuckende Körper von Sebastian Bittner. Aus seinem Mund drang ein lautes, gequältes Stöhnen. Verwundert sah Hain, dass der Mann versuchte, sich aufzurichten, doch dann fiel der Körper in sich zusammen und blieb regungslos liegen. Keine Sekunde später flog die Tür auf und ein weiß gekleideter Mann sah zunächst auf den vor ihm liegenden Körper und im Anschluss an der Fassade nach oben. Danach ließ er sich auf die Knie fallen, beugte sich zu Bittner hinunter und sagte etwas zu ihm.

*

Lenz und Hain saßen auf einer Bank im Wartebereich der Notaufnahme und starrten die Wand an.

»Hättest du gedacht, dass der einfach so springt?«, fragte Hain nach gefühlten Stunden.

»Als ich ihn da oben stehen gesehen hab, war die Sache für mich klar, ja. Da war es aber leider schon zu spät.«

»Was hätte ich tun können?«

Lenz brauchte lange für eine passende Antwort. »Nichts, Thilo. Wir werden vermutlich nie mehr erfahren, ob er hier unten abgehauen ist, weil er sich umbringen wollte, oder ob der Gedanke erst oben auf dem Dach in ihm gereift ist, doch das ist auch ohne jegliche Relevanz. Er hat, wann auch immer, die Entscheidung getroffen zu springen, und er hat es gemacht. Basta. Natürlich stellt man sich, wenn man nur ein paar Meter daneben stand, die Frage, ob er zu retten gewesen wäre, aber in diesem Fall würde ich das mit einem glatten Nein beantworten.«

»Klassischer Kurzschluss?«

»Klassischer Kurzschluss«, bestätigte Lenz.

»Meinst du, es gibt Ärger mit Ludger?«

»Nein, nicht im Geringsten. Was hättest du denn tun sollen? Hinterherspringen vielleicht?«

»Keine gute Alternative.«

»Na also.«

»Hat er dir noch irgendwas Wichtiges gesagt, nachdem du mich rauskomplimentiert hattest?«

Lenz dachte wieder nach. »Eigentlich nicht. Er sagte, dass Roland Kronberger ihm nichts erzählt hätte. Außerdem sei der viel zu sehr mit seiner neuen Traumfrau beschäftigt gewesen.«

»Wie hat er das gemeint?«

»Das hätte ich ihn gerne gefragt, aber in dem Moment hast du die Szene betreten.«

»Aber ich konnte doch nicht …«

»Lass stecken, Thilo, das war kein Vorwurf. Ich hab nur die Chronologie dargelegt.«

»Stimmt, danke. Und wer verbirgt sich hinter Kronbergers Traumfrau?«

»Ist das wichtig für uns?«, fragte Lenz gähnend zurück.

»Was weiß ich?«

Ein paar Sekunden saßen die beiden schweigend nebeneinander, bis die Tür hinter ihnen aufgeschoben wurde und der massige Körper von Ludger Brandt auftauchte.

Lenz und Hain sahen ihn müde an.

»Morgen, Ludger«, begrüßte Lenz seinen Vorgesetzten.

»Moin, Männer. Ihr seht aber mal richtig mies aus.«

»Ich für meinen Teil fühle mich auch so«, erwiderte Hain.

»Ich auch«, pflichtete Lenz ihm bei.

»Wollt ihr mir kurz erzählen, was passiert ist?«, fragte der Kriminalrat. Lenz nickte und begann mit einem kurzen Abriss der Ereignisse.

»Dann haben sie ihn in den Schockraum geschafft, doch es war nichts mehr zu machen. Der Doc hat gesagt, dass er dort ein paar Minuten später gestorben ist«, beendete der Hauptkommissar schließlich seine Schilderung.

31

Ungefähr zur gleichen Zeit, als Lenz und Hain in ihren jeweiligen Wohnungen unter der Dusche standen, legte Monika Wohlrabe einen dezenten Lippenstift auf, fuhr sich noch einmal vorsichtig durch die Haare und schaltete das Licht im Bad aus. Dann trat sie vor den großen Spiegel in der Diele und betrachtete sich in ihrer komplett schwarzen Garderobe. Obwohl ihr das, was sie sah, gefiel, fühlte sie sich bei dem Gedanken an den Termin, der ihr in einer knappen halben Stunde bevorstand, nicht sonderlich wohl. Oder, besser gesagt, maximal unwohl.

Um kurz vor 8.30 Uhr klopfte sie vorsichtig an der Tür zum Vorzimmer des Vorstandsvorsitzenden der Kasseler Kreditbank eG, Dr. Hilmar Tendorf. Nach einem freundlichen ›Ja bitte‹ von innen drückte sie die Klinke herunter, schob die Tür nach vorne und trat ein.

»Mein Name ist Wohlrabe. Monika Wohlrabe. Ich habe einen Termin bei Herrn Dr. Tendorf.«

»Aber natürlich, Frau Wohlrabe«, erwiderte die Dame hinter dem Schreibtisch, eine Frau von Ende 40 im dunkelgrauen Kostüm. Ihr Auftritt glich der Idealbesetzung einer Chefsekretärin.

»Herr Dr. Tendorf telefoniert noch. Er hat mich instruiert, Sie sofort zu ihm vorzulassen, wenn das Gespräch beendet ist. Wenn Sie möchten …«

Sie wurde von einem leisen Klingelsignal aus der Telefonanlage unterbrochen.

»Ach, sehen Sie, er ist schon fertig.«

Damit kam die Frau um den Schreibtisch herum, ging mit gemessenen Schritten zu einer Tür auf der linken Seite, und öffnete sie nahezu geräuschlos. Bevor ihre Hand nach der Klinke griff, um die auf der anderen Seite der Wand eingelassene Gegentür zu öffnen, strich sie sich den Rock glatt.

»Ihr 8.30-Uhr-Termin ist da, Herr Dr. Tendorf.«

Der untersetzte, mit schütterem Haar und dicker Brille wenig attraktiv wirkende Mann hinter dem Schreibtisch wuchtete seinen Körper hoch, fasste sich an die Krawatte und schloss den untersten Knopf seines Sakkos.

»Ich lasse bitten«, erklärte er seiner Vorzimmerdame.

Monika Wohlrabe schob sich an der Frau vorbei und ging mit bedächtigen Schritten auf den Schreibtisch zu, während die Türen in ihrem Rücken nacheinander geschlossen wurden. Tendorf kam um den Schreibtisch herum und begrüßte die Frau mit einem laschen Händedruck und einer tiefen Verbeugung.

»Mein tief empfundenes Beileid, Frau Wohlrabe«, begann er. »Die Firma Ihres Mannes und unser Haus waren über Jahrzehnte geschäftlich miteinander verbunden, ja, ich glaube sagen zu können, dass wir uns auch freundschaftlich verbunden waren. Umso schmerzlicher trifft uns dieser Verlust, der jedoch in keinem Verhältnis zu dem von Ihnen erlittenen Schicksalsschlag steht.«

»Danke, Herr Dr. Tendorf«, erwiderte sie leise.

Der Bankdirektor ließ ihre Hand los und deutete auf einen Stuhl vor dem Tisch.

»Bitte, nehmen Sie doch Platz«, bot er ihr an, drehte sich um und setzte sich ebenfalls. »Was kann ich für Sie tun, Frau Wohlrabe?«

Die junge Frau machte mit der rechten Hand eine verlegene Bewegung, griff in ihre kleine Handtasche und zog ein

Papiertaschentuch heraus, mit dem sie sich die Nase und den Bereich unter den Augen abtupfte.

»Es ist mir fast peinlich, Herr Dr. Tendorf, aber es gibt da eine Sache, über die ich gerne mit Ihnen sprechen würde«, meinte sie mit immer noch sehr leiser, stockender Stimme.

»Ja?«

Wieder fuhr das Papiertaschentuch in ihrer Hand über die Nasenspitze.

»Mein Mann hat wohl einen Kredit bei Ihnen aufgenommen. Einen größeren Kredit. Sicher wissen Sie davon?«

Tendorf ließ sich ein wenig in seinen Lederstuhl zurückfallen, führte die Hände vor dem Mund zusammen und berührte mit den Lippen die beiden Zeigefinger.

»Natürlich bin ich über diesen Vorgang informiert, Frau Wohlrabe. Volumina in dieser Größenordnung werden nun einmal über den Vorstand abgewickelt. Und ich kann Ihnen versichern, dass gerade dieser Kreditantrag unseren kompletten Vorstand über Monate beschäftigt hat.«

»Das kann ich gut verstehen, Herr Dr. Tendorf. Allerdings gibt es Irritationen bei mir, was die weitere Vorgehensweise betrifft.«

»Wie darf ich das verstehen?«

»Mein Mann und ich haben über dieses Projekt gesprochen, ebenso natürlich über den Kredit. Trotzdem bin ich etwas verunsichert, wie die Sache sich jetzt, nach seinem Tod, darstellt.«

Tendorfs Gesichtsausdruck veränderte sich. Er schob den Stuhl vom Tisch weg, lehnte sich mit den Ellenbogen auf die wunderbar polierte Platte und stützte den Kopf mit dem Kinn auf die Hände.

»Meine liebe gnädige Frau, der Tod Ihres Mannes berührt die mit ihm geschlossenen Verträge in keinster Weise. Der oder die Erben, wer immer das sein mag, müssen in vollem

Umfang in diesen Vertrag eintreten. Oder sie müssen das Erbe ablehnen.«

»Wie geht es weiter, wenn ich das Erbe antrete, was ich natürlich tun werde?«

»Das kann ich Ihnen leider erst beantworten, wenn Sie hier einen Erbschein oder ein notariell beglaubigtes Testament vorlegen. Wenn ich vorher mit Ihnen über diese Angelegenheiten spreche, mache ich mich unter Umständen strafbar, da muss ich um Ihr Verständnis bitten.«

Sie runzelte die Stirn. »Darüber bin ich mir durchaus im Klaren, aber Sie wissen doch genauso gut wie ich, dass ich die Alleinerbin bin. Es gibt keine Kinder, also erbt die Ehefrau alles.«

Er hob abwehrend die Hände. »Ich bin leider kein Jurist, Frau Wohlrabe, also kann ich diesen Sachverhalt auch nicht beurteilen. Aber ich bin den Statuten unseres Hauses verpflichtet, und die sagen nun einmal ganz dezidiert, dass in Fällen wie diesem …«

»Herr Dr. Tendorf«, unterbrach sie ihn sanft, »ich würde Sie gerne an Ihre Einleitung erinnern. Daran, dass, wie Sie sagten, mein Mann und Ihr Haus eine über Jahrzehnte gewachsene Geschäftsbeziehung verbunden hat. Ist das also der richtige Zeitpunkt, um sich auf Statuten zu berufen?«

»Durchaus«, erwiderte er. »Sie stellen nämlich ganz richtig fest, dass unser Haus mit Ihrem verstorbenen Mann eine solche Geschäftsbeziehung gepflegt hat. Sie persönlich kenne ich erst seit Ihrer … seit Sie mit Herrn Wohlrabe verheiratet sind.«

»Immerhin habe ich Vollmacht über alle Konten.«

»Auch da halte ich mich bedeckt, weil ich die einzelnen Konten Ihres leider verstorbenen Mannes nicht kenne, auch gar nicht kennen kann. Sie können natürlich über alle Konten verfügen, über die Sie Vollmacht haben, das steht Ihnen natürlich völlig frei.«

Sie nickte. »Trotzdem muss ich noch einmal auf diesen Kredit zurückkommen, Herr Dr. Tendorf. Angenommen, ich wäre die Alleinerbin, wäre es dann möglich, diesen Kredit rückabzuwickeln?«

»Wie stellen Sie sich das vor?«

»Nun ja, ich würde Ihnen ein Barangebot machen. Sie bekommen eine Summe X, dafür zerreißen wir beide diesen für mich höchst unsinnigen Vertrag.«

Der Vorstandsvorsitzende lachte laut auf. »Ich bin, wie erwähnt, kein Jurist, liebe Frau Wohlrabe, aber das, was Sie gerade hier machen, grenzt vermutlich an den juristischen Straftatbestand der Anstiftung zur Untreue.«

Monika Wohlrabe schluckte. »Nein, so war das doch nicht gemeint, Herr Dr. Tendorf. Es muss doch möglich sein, mit Ihrem Institut und Ihnen über die Auflösung eines Kreditvertrages zu sprechen.«

Wieder ließ er sich in seinen Stuhl zurücksinken und atmete ein paar Mal tief ein, bevor er ihr antwortete.

»Das ist gar keine Frage, das machen wir jeden Tag. Und darum geht es auch gar nicht.«

Er beugte sich nach vorne, griff zu einer Holzschachtel, nahm zwei kleine Kugeln heraus und ließ sie durch die rechte Hand gleiten.

»Handschmeichler. Hat mir meine Frau geschenkt für Situationen, in denen ich die Ruhe bewahren muss. Und eben fällt es mir wirklich schwer, die Ruhe zu bewahren.«

»Wie darf ich das verstehen?«

Der Mann sah sich in seinem Büro um, als wolle er sich versichern, dass sie wirklich allein waren. Dann rückte er mit seinem mächtigen Bauch so dicht an die Schreibtischkante, dass die Fettmassen davon in zwei Hälften geteilt wurden, griff zu einer Fernbedienung neben sich und drückte auf eine Taste. Sofort erklang aus einer kleinen Stereoanlage hinter ihm Musik.

»Was ich Ihnen jetzt sage, Frau Wohlrabe, bleibt in diesem Raum. Ich würde nämlich Stein und Bein schwören, dass ich all das, was Sie gleich hören werden, niemals von mir gegeben habe.«

Er betätigte eine weitere Taste auf der Fernbedienung, sodass die Musik etwas lauter wurde.

»Ihr verstorbener Mann«, fuhr er fort, »war bei diesem Projekt durch nichts zu bremsen. Sicher wissen Sie, dass er eine Sargfabrik kaufen wollte, und dass sich die Kaufverhandlungen bereits eine ganze Weile hinziehen. Das hat bei den Banken, mit denen er zuerst verhandelt hat, für gehörigen Aufruhr gesorgt. So viel Aufruhr, dass eine nach der anderen den Schwanz eingezogen hat. Und das waren ganz andere Kaliber als unser Institut. Irgendwann saß er auf dem Stuhl, auf dem Sie jetzt sitzen, und hat sich von mir Konditionen diktieren lassen, von denen ich ihm noch eine ganze Woche lang abgeraten habe. Ich mochte Ihren Mann, das können Sie mir glauben, und am liebsten wäre es mir gewesen, er wäre nie mit dieser Geschichte hier aufgetaucht, aber auf der anderen Seite sind wir ein Institut, das davon lebt, Geld zu verleihen. Also habe ich ihm einen Vertrag vorgelegt, von dem ich sicher war, dass er ihn vor meinen Augen in Stücke reißen würde, doch er tat es nicht. Er wollte unbedingt dieses Geschäft machen, um jeden Preis.«

Monika Wohlrabe hatte während seines Monologs nicht einmal Luft geholt.

»Aber …«

»Ich weiß, was Sie sagen wollen«, unterbrach er sie. »Das alles passte doch so ganz und gar nicht zu ihm. Habe ich ihm auch gesagt, genau so. Und da kommen Sie ins Spiel, Frau Wohlrabe. Wissen Sie, hat er gesagt, ich fühle mich wie 20. Das liegt an meiner neuen Frau. Und weil ich mich wie 20 fühle, möchte ich noch etwas bewegen in meinem Leben.

Ich will noch mehr erreichen als jeden Tag Leichen durch die Gegend zu fahren, das habe ich mehr als 25 Jahre gemacht. Ich will Kinder, und denen will ich etwas Großes, Beeindruckendes hinterlassen.«

Wieder berührten seine Zeigefinger die Lippen.

»Und diesen emotionalen Argumenten konnte ich nicht mit der Sachlichkeit von Zahlen begegnen. Er wollte es so, und er hat es so bekommen. Dass ich persönlich ein paar Tage schlecht geschlafen habe dabei, hat ihn ganz bestimmt nicht geschert.«

»Und an diesem Vertrag gibt es nichts zu rütteln?«

»Nichts. Sie betreiben diese Sargfabrik, oder Sie gehen schweren Zeiten entgegen. Sehr schweren Zeiten. Unser Institut wird und muss nämlich auf die Erfüllung des Vertrages bestehen.«

Monika Wohlrabe presste die Lippen zusammen. In ihren Ohren konnte sie das Mahlen ihrer Kiefer hören. »Dann werde ich klagen. So ein Vertrag ist sittenwidrig, davon bin ich überzeugt.«

Tendorf zuckte unbeeindruckt mit den Schultern. »Das bleibt Ihnen natürlich unbenommen. Aber an Ihrer Stelle würde ich nicht allzu große Hoffnungen in eine juristische Auseinandersetzung setzen. Unser Justiziar hat sich mit dem Vertragswerk vor der Unterzeichnung äußerst penibel auseinandergesetzt, auf mein Betreiben hin übrigens. Alles, was drinsteht, ist wasserdicht, so leid mir das auch für Sie persönlich tut. Die Juristen nennen das eine Individualvereinbarung. Niemand hat Ihren verstorbenen Mann gezwungen, diese Konditionen zu akzeptieren.«

Die Frau schüttelte den Kopf. »Aber das ist doch völlig absurd, Herr Dr. Tendorf. So weit ich weiß, wurde das Geld von meinem Mann noch nicht einmal angetastet.«

Die kleinen Kugeln in seiner Hand erhöhten ihre Umlaufgeschwindigkeit.

»Ich widerspreche Ihnen nur äußerst ungern, Frau Wohlrabe, aber wir haben auf Anweisung Ihres Mannes die Zahlungsanweisung am Montag veranlasst. Alle Verträge liegen vor, ebenso die notariellen Beglaubigungen. Das heißt nichts anderes, als dass der oder die Erben von Günther Wohlrabe Eigentümer der, nach meinem Kenntnisstand, größten Sargfabrik Polens sind.«

Nun gefror das Gesicht der Witwe zu einer Maske.

»Das ist unmöglich«, stammelte sie. »Das kann doch nicht sein.«

»Doch, es ist so. Besorgen Sie sich die nötigen Unterlagen und kümmern Sie sich um die Geschichte, das ist mein gut gemeinter Ratschlag.«

Vor dem geistigen Auge der Frau lief ein Film ab, dessen Happy End seit ein paar Minuten höchst fraglich geworden war.

»Danke«, hauchte sie, stand auf und ging ohne einen Gruß in Richtung Ausgang. Dann jedoch, kurz bevor sie die dick gepolsterte Tür erreicht hatte, drehte sie sich noch einmal um.

»Wer außer meinem Mann und den Mitarbeitern Ihrer Bank weiß eigentlich von dem Kauf?«, fragte sie mit deutlich festerer Stimme.

»Ich kann Ihnen nicht sagen, wen Ihr Mann eingeweiht hat, in unserem Haus jedenfalls wurde die Sache mit größter Diskretion behandelt, was sich aufgrund der beschriebenen Umstände von selbst verstehen dürfte.«

»Aha«, machte sie und drehte sich wieder zum Ausgang, überlegte es sich jedoch erneut anders.

»Kennen Sie den Bestattungsunternehmer Schrick, Herr Tendorf? Peter Schrick?«

Über das Gesicht des Bankers huschte die Andeutung eines Lächelns. »Aber selbstverständlich, Frau Wohlrabe. Ein Kunde unseres Hauses, ein guter Kunde.«

»Kennen Sie ihn gut?«

Wieder die Andeutung eines Lächelns, jedoch keine Antwort. Stattdessen ein amüsiertes Kopfnicken. »Auf Wiedersehen, Frau Wohlrabe«, erklärte er galant, griff zur Fernbedienung und schaltete die Musik aus.

32

Lenz, Hain und Rolf-Werner Gecks saßen nach dem Mittagessen in Uwe Wagners Büro und besprachen die Ereignisse der vergangenen Nacht und des Morgens.

»Die ersten Stimmen sind schon laut geworden in den einschlägigen Foren, dass die Staatsmacht sich mal wieder eines unliebsamen Kritikers entledigt hat«, berichtete der Pressesprecher seinen Kollegen. »Aber das sind nur die üblichen Verdächtigen.«

»Was für ein Quatsch«, entgegnete Hain. »Jeder, der mit so einem auf dem Dach steht, würde ein Jahr seines Lebens dafür geben, wenn der nicht springen würde.«

»Sehe ich genauso«, bestätigte Lenz.

»Ich auch, Jungs«, pflichtete Wagner ihnen bei, »aber die Welt wird eben nun mal nicht nur von halbwegs vernünftigen Zeitgenossen bewohnt. Da draußen rennen auch eine ganze Menge Spinner rum. Am besten lest ihr für eine Woche oder so keine Zeitung.«

Hain, der selten aus freien Stücken eine Zeitung in die Hand nahm, fing an zu grinsen. »Buh, das trifft mich aber hart.«

»Ich weiß. Das war auch eher für unseren Capo gemeint.«

»Ach«, meldete sich Gecks zu Wort, »da fällt mir ein, dass die Frau Rechtsanwältin aus Werl sich noch einmal bei mir gemeldet hat. Und diesmal hat sie aus ganz freien Stücken mit mir vorliebgenommen und wollte nicht den Leiter des Kommissariats sprechen.«

»Interessant. Was wollte sie denn?«, fragte Lenz.

»Sie hat mir für morgen eine eidesstattliche Versicherung ihres Begleiters zugesagt. Er will sie direkt zu uns faxen. Wahrscheinlich hoffen sie, dass man davon in Dortmund oder Düsseldorf nichts mitkriegen wird.«

»Na, von uns wird es niemand an die große Glocke hängen, oder?«, wollte Lenz wissen. Alle am Tisch schüttelten den Kopf.

»Und wie …?«, wollte Wagner eine Frage stellen, wurde jedoch vom Klingeln des Telefons auf seinem Schreibtisch unterbrochen. Er nahm den Hörer ab und meldete sich. »Ja, die sind hier. Ich sag es ihnen«, ließ er seinen Gesprächspartner wissen.

Lenz und Hain sahen sich müde an.

»Wer?«, fragte der Oberkommissar nur.

»Das war Rüdiger. Vor eurer Tür wartet ein spezieller Freund auf euch.«

»Mach du das, Thilo«, forderte Lenz seinen Mitarbeiter auf, ohne sich dafür zu interessieren, um welchen speziellen Freund es sich dabei handelte.

»Du spinnst wohl«, ließ Hain ihn eiskalt abblitzen. »Wer ist es denn, Uwe?«

»Peters, der Schmierfink.«

»Oh Gott, was will der denn schon wieder?«

»Das werdet ihr am ehesten erfahren, wenn ihr ihn fragt«, mischte Gecks sich wieder ein und stand auf. »Also los, lange genug rumgesessen, gehen wir wieder an die Arbeit. Ich hab in einer Viertelstunde ein Gespräch mit Manila. Mit einem Rechtsanwalt.«

»Geil«, meinte Hain. »Erzähl ihm doch bei der Gelegenheit, was seine Frau in Wirklichkeit so treibt, wenn er sie bei ihrer besten Freundin wähnt.«

»Thilo!«, zischte Lenz tadelnd, stand auf und verabschiedete sich von Wagner.

»Was gibt es denn wieder, Herr Peters?«, begrüßte Lenz den Journalisten. »Ist Ihr Kumpel aufgetaucht?«

Der dicke Mann wischte seine Rechte an der Hosennaht ab und hielt sie dem Kommissar hin, der die Geste nonchalant übersah.

»Deswegen komme ich ja, Herr Kommissar. Haben Sie ein paar Minuten für mich?«

Eigentlich wollte Lenz sie nicht haben, aber er nahm Peters doch mit in sein Büro. Hain folgte ihnen.

»Also?«

»Ich mache mir nun langsam wirklich Sorgen um Klaus Patzner, Herr Lenz«, begann Peters. »Gerade habe ich noch einmal mit seiner Frau telefoniert, aber die hat auch nicht das Mindeste von ihm gehört. Ich vermute ernsthaft, ihm ist was zugestoßen.«

»Na, nun malen Sie doch den Teufel nicht an die Wand, Peters«, bremste der Hauptkommissar die kriminelle Fantasie seines Besuchers. »Nach zwei Tagen der Abgängigkeit wollen wir die Füße doch bitte noch ein wenig ruhig halten. Zudem er seinen Job verloren hat, wie wir erfahren haben.«

»Ja«, bestätigte der Reporter, »das habe ich auch gehört. Und das ist auch einer der Gründe, warum ich zu Ihnen gekommen bin.«

»Ach?«, heuchelte Lenz Interesse.

»Ja. Ich war bei meinem letzten Besuch hier nicht bis zur letzten Konsequenz ehrlich, meine Herren.«

Lenz fand nicht, dass dieser Umstand der besonderen Erwähnung bedurft hätte, verkniff sich jedoch eine Bemerkung.

»Klaus, also Klaus Patzner«, fuhr Peters fort, »hat am Stuhl seines Bosses gesägt. Und zwar ganz massiv. Vielleicht haben Sie meine Artikelserie zu den Vorgängen in Hofgeismar gelesen, die in den letzten Tagen erschienen ist. Das meiste davon hat mir Klaus geliefert.« Er druckste ein wenig herum. »Auch die Bilder.«

Lenz und Hain sahen sich verwundert an.

»Patzner hat seinem Boss nachspioniert, dabei Fotos gemacht und an Sie verkauft?«, hakte Hain nach.

»Nicht verkauft. Er hat sie mir praktisch geschenkt. Zumindest wollte er kein Geld dafür.«

»Man kann sich auch für andere Dinge als Geld verkaufen.«

»Das stimmt. Klaus hat gehofft, dass Himmelmann über diese Sache stolpern würde und er ihn danach als Bürgermeister beerben könnte. Zumindest hatte er sich das so ausgedacht und in seiner Partei auch dafür in Stellung gebracht.«

»Schau an«, lästerte Hain, »die Politiker. Wie war die Steigerung noch? Feind, Todfeind, Parteifreund, oder?«

Lenz lachte leise auf. »Den kannte ich noch nicht. Aber mal im Ernst, Herr Peters, hat vielleicht Bürgermeister Himmelmann was von dieser Aktion mitgekriegt?«

Der Journalist zog die Schultern hoch. »Keine Ahnung, ehrlich. Aber ich bekomme es langsam wirklich mit der Angst zu tun. Zumal dieser Kronberger ja wohl auch umgebracht worden ist, oder?«

»Haben Sie uns sonst noch was verheimlicht?«, überging Lenz seine Frage. »Oder wissen Sie noch ein paar weitere Dinge, die Sie vielleicht mit uns teilen wollen?«

»Nein, das war es wirklich, ganz ehrlich.« Er hob die Hand, als wolle er einen Eid schwören.

»Bitte nicht, Herr Peters«, wurde er von Hain gestoppt. »Heben Sie sich dieses Schmierentheater für Leute auf, die Sie weniger gut kennen als wir. War's das dann?«

Der Journalist nickte. »Das war's.«

»Nun machen Sie sich mal keine Sorgen, Peters. Ihr Kumpel wird schon wieder auftauchen. Und vielen Dank, dass Sie sich zu uns bemüht haben. Auf Wiedersehen.«

Selbst wenn Peters noch etwas zu sagen gehabt hätte, diese Aufforderung war eindeutig.

»Glaubst du, dass er nicht mehr weiß?«, fragte Hain seinen Chef ein paar Minuten später.

»Glaubst du, dass der Papst im Zölibat lebt?«, fragte Lenz zurück.

»Na also. Aber wir können ihn leider nicht waterboarden, um es aus ihm herauszupressen.«

»Ja, manchmal könnten auch mit mir die Gäule durchgehen, wenn ich solch ein Arschloch vor mir habe«, gestand Lenz, um sich jedoch gleich selbst wieder einzubremsen. »Obwohl, ich glaube, ich könnte das nicht. Das würde zu sehr mit meinen Gedanken an Gerechtigkeit und den Rechtsstaat kollidieren.«

»Und das ist gut so«, bestätigte sein Kollege. »Aber immerhin ist es interessant zu wissen, dass dieser Patzner mit der großen Kettensäge am Stuhl von Himmelmann zu Gange war. Wollen wir uns den feinen Herrn Bürgermeister nochmal zur Brust nehmen?«

»Gute Idee.«

*

»Er ist in einer Besprechung«, wurde den beiden Kommissaren von der jungen, netten Sekretärin des Hofgeismarer Bürgermeisters beschieden.

»Wie lange wird es denn dauern?«, wollte Lenz wissen.

»Vermutlich den ganzen Nachmittag. Er hat sich ein paar Kandidaten eingeladen, die er sich auf dem Job des Referenten vorstellen könnte.«

»Das geht aber schnell«, wunderte Hain sich.

»Ja, mich hat es auch gewundert. Aber so ist die Politik scheinbar.«

»Haben Sie denn irgendwas von dem alten Referenten gehört?«

Sie schüttelte den Kopf. »Nein, tut mir leid, bei mir hat er sich nicht gemeldet. Versuchen Sie es doch mal bei ihm zu Hause. Dann können Sie ihm auch gleich ausrichten, dass hier seine ganzen persönlichen Dinge in ein paar Umzugskartons auf ihn warten und er sie bitte abholen soll.«

»Machen wir. Und es gibt wirklich keine Möglichkeit, kurz zwischen Tür und Angel mit Ihrem Boss ein paar Worte zu wechseln?«

»Ich würde Ihnen davon abraten. Wir können gerne nach einem Termin suchen, aber das wird bestimmt erst im nächsten Monat was.«

Hain machte ein trauriges Gesicht. »So beschäftigt ist der Mann? Alle Achtung. Können wir uns in diesem Fall vielleicht das Büro von Herrn Patzner anschauen?«

»Das ist völlig leergeräumt, habe ich Ihnen doch gerade erklärt.«

»Stimmt. Und was ist mit seinen persönlichen Sachen? Können wir da eventuell einen Blick drauf werfen?«

»Das möchte ich nicht entscheiden«, erwiderte sie unsicher. »Ich frage aber gerne Herrn Himmelmann, was er dazu sagt.«

»Gute Idee.«

Sie stand auf und setzte sich in Bewegung. Trotz der ungemütlichen Temperaturen trug sie einen Minirock, der Hain zu einem anerkennenden Grinsen in ihrem Rücken animierte. Lenz verdrehte die Augen.

»Sie sollen ein paar Minuten warten«, ließ sie die Polizisten kurze Zeit später wissen. »Herr Himmelmann ist gleich fertig mit seinem Termin, dann nimmt er sich etwas Zeit für sie.«

Die junge Frau trat einen Schritt näher an Hain heran, sodass er ihr herbes Parfüm riechen konnte.

»Warum interessieren Sie sich denn so für den Herrn Patzner? Hat er was ausgefressen?«

»Nein«, mischte Lenz sich ein, weil er befürchtete, dass Hain der armen Frau eine schillernde Räuberpistole aufs Auge drücken würde. »Er ist seit ein paar Tagen nicht zu Hause aufgetaucht und seine Frau macht sich langsam Sorgen.«

»Ach so«, ging bei ihr eine Lampe an, »deshalb ruft sie jeden Tag hier an und fragt, ob wir etwas von ihm gehört hätten. Das erklärt ja einiges. Ich dachte schon, sie hätte ihn dazu verdonnert, bei Herrn Himmelmann wegen einer eventuellen Wiedereinstellung zu kratzen.«

»So was würde sie machen?«

»Zutrauen würde ich es ihr. Aber das behalten Sie bitte für sich, ja?«

»Versprochen.«

Hinter den dreien ging die Tür zu Himmelmanns Arbeitszimmer auf und der Bürgermeister tauchte mit einem blutjungen Mann in schlecht sitzendem Anzug und zu kurzer Krawatte in seinem Schlepptau auf. Nach einer kurzen Verabschiedung wandte er sich den beiden Kommissaren zu.

»Sie werden ja langsam richtig lästig, meine Herren. Was kann ich denn heute für Sie tun?«

»Könnten wir das in Ihrem Büro besprechen?«, erkundigte Lenz sich leicht gereizt.

»Ach so, klar. Kommen Sie rein. Aber ich sage Ihnen gleich, dass ich nur ein paar Minuten Zeit für Sie erübrigen kann. Ich weiß nämlich mal wieder nicht, wo mir der Kopf steht.«

»Ja, ja, immer im Stress«, murmelte Hain kaum hörbar.

»Wir wollten uns noch einmal erkundigen«, begann Lenz das Gespräch, nachdem sie sich gesetzt hatten, »ob sich Ihr ehemaliger Referent bei Ihnen gemeldet hat?«

Himmelmann bedachte ihn mit einem ungläubigen Blick. »Deshalb rauben Sie mir meine kostbare Zeit? Das kann doch wohl nicht Ihr Ernst sein, meine Herren?«

»Doch«, widersprach Lenz gelassen, aber bestimmt. »Das ist unser voller Ernst. Zudem würde uns interessieren, ob und wie weit Sie davon Kenntnis haben, dass Ihr ehemaliger Referent Klaus Patzner an einer Kampagne beteiligt gewesen sein könnte, die Ihre Abwahl beabsichtigt.«

Nun fing der Verwaltungschef lauthals an zu lachen. »Patzner? Eine Kampagne? Wer hat sich das denn ausgedacht? Diese Idee kann doch unmöglich in Ihren Hirnen entstanden sein.«

Nun wurde es Lenz zu blöd. »Herr Himmelmann, was wir hier mit Ihnen erörtern wollen, ist ganz sicher nicht zum Lachen«, erklärte er mit schmalen Lippen und deutlich vernehmbarer Wut in der Stimme. »Patzner ist seit ein paar Tagen verschwunden, und wir haben Informationen, dass er an der Kampagne, die seit vorgestern in der Lokalpresse gegen Sie läuft, beteiligt ist. Unter Umständen ist er auch der Informant und Auslöser der ganzen Aktion. Uns ist weiterhin klar, dass Ihr Interesse an ihm hart bei Null liegen dürfte, aber ich gebe Ihnen trotzdem den gut gemeinten Rat, mit uns zusammenzuarbeiten und uns nicht für blöd zu verkaufen.«

Himmelmann schluckte. »Sie meinen das tatsächlich ernst, oder? Sie glauben, dass dieser kleine, hinterfotzige Mitläufer sich zum Macher gemausert haben könnte? Dass er nicht mehr nur aus der sicheren Deckung auf Schwächere schießt, sondern sich jetzt auf offene Gefechte mit ebenbürtigen oder gar überlegenen Gegnern einlässt? Das können Sie …«

»Vergessen Sie es«, wurde er von Lenz unterbrochen. »Die Abwahl seines Chefs über lancierte Medienberichte zu betreiben, fällt bei mir nicht unter die Rubrik offener Kampf unter Gleichen. Und ob er es tatsächlich so gemacht haben sollte oder nicht, interessiert mich höchstens aus akademischem Interesse. Was ich aber wissen will, ist, ob und seit wann Sie darüber informiert waren, dass er etwas mit der Kampagne zu tun gehabt haben könnte.«

Himmelmann griff in eine Schublade neben seinem linken Oberschenkel, nahm eine Packung Zigaretten heraus und zündete sich eine an. Nachdem er den ersten Zug genüsslich in die Lunge gezogen und wieder ausgestoßen hatte, sah er dem Kommissar lange in die Augen.

»So langsam komme ich hinterher, was Sie mir hier eigentlich unterstellen wollen, meine Herren. Sie wollen behaupten, ich könnte etwas mit dem Verschwinden meines ehemaligen Referenten zu tun haben, weil Sie glauben, was ihnen irgendein Irrer geflüstert hat. Aber da kann ich Sie beruhigen. Ihre zweite These kann deshalb nicht richtig sein, weil die erste falsch ist. Ich habe ihn rausgeworfen, weil er solche Kampagnen wie die aktuelle einfach nicht in den Griff bekommen hat, und nicht, weil er sie vielleicht zu verantworten hätte. Auf dieses schmale Brett können Sie nur kommen, weil Sie den Mann vermutlich nie kennengelernt haben. So etwas würde er nie machen, weil das nicht in seinen Genen liegt. Er ist ein Mitläufer, einer, dem man Anweisungen gibt, und kein Macher. Den setzen Sie auf ein Gleis wie eine Lok, geben ihm einen Schubs und sagen ihm, wo er hin muss, und er fängt sofort an, mit den Füßen zu strampeln und sein Ziel anzuvisieren. Das kann er, aber keinen Deut mehr.«

Wieder nahm er einen tiefen Zug an der Zigarette.

»Und wo wir gerade dabei sind: Glauben Sie allen Ernstes, dass ich mir einen ins Nachbarbüro setzen würde, der mir und meiner Position auch nur im Ansatz gefährlich werden könnte? Glauben Sie das wirklich?«

Lenz ließ sich mit der Antwort Zeit. »Ich weiß es nicht. Sagen Sie es mir.«

Wieder lachte Himmelmann laut auf. »Nicht einer meiner Kollegen, die ich kenne, hat einen echten Crack unter seinen Referenten. Nicht einer. Und wenn Sie mir jetzt und auf der Stelle einen ehemaligen Referenten nennen können, der es im Leben wirklich zu etwas gebracht hat, dann ziehe ich den Hut ganz tief vor Ihnen.«

Das war ein Argument.

»Sie sind also der Ansicht, dass Patzner mit der Kampagne nichts zu tun hat?«

Der Bürgermeister nickte. »Eindeutig, ja.«

»Und Sie haben, seit Sie seine Entlassung verfügt haben, nichts mehr von ihm gehört?«

Himmelmann hob die rechte Hand. »Ich schwöre.«

»Natürlich wissen Sie auch nicht, wo er sich aufhalten könnte?«

»Nein.«

»Dann danken wir Ihnen ganz herzlich, dass Sie sich die Zeit für uns genommen haben, und überlassen Sie jetzt wieder Ihren Amtsgeschäften.«

»Das war ja eine ordentliche Abreibung«, fand Hain als erster wieder zu Worten, als sie im Treppenhaus angekommen waren.

»Aber eine deftige«, stimmte Lenz ihm zu.

»Glaubst du ihm?«

»Jedes Wort. Jedes verdammte, einzelne Wort. Plausibler kann man es doch nicht darstellen, oder?«

»Das würde bedeuten, dass Schmierfink Peters uns wieder mal auf die Rolle genommen hat.«

»Vielleicht.«

»Das sagst du doch nur, weil es so schmerzhaft wäre, es dir einzugestehen.«

»Vielleicht.«

33

»Ich bin hundemüde, Jungs«, erklärte der Hauptkommissar
Thilo Hain und Rolf-Werner Gecks eine gute Stunde später,
nachdem sie sich über die Ereignisse der letzten knapp drei
Stunden ausgetauscht hatten. Gecks hatte seinen beiden Kollegen ausführlich über das nicht sehr angenehme Telefonat
mit Dr. Helge Hödecke, der sich tatsächlich in Manila auf-
hielt, berichtet. Offenbar stand dem Amtsgericht Werl in gut
einem Jahr eine Scheidungssache bevor.

»Deshalb fahre ich jetzt nach Hause, leg mich in die Bade-
wanne und hör ein bisschen schöne Musik dabei. Wenn was
Wichtiges sein sollte, bin ich aber zu erreichen.« Damit nickte
Lenz den Kollegen zu und verließ das Büro.

Eine halbe Stunde später lag er tatsächlich in der Badewanne und hatte den Kopfhörer seines MP3-Spielers auf den
Ohren. Während er so dalag und der Musik lauschte, ging ihm
der gesamte Fall seit dem Tod von Günther Wohlrabe noch
einmal durch den Kopf. Vor seinem geistigen Auge tauchten
Bilder, Gesichter und Orte auf, doch noch bevor er sie in die
richtige Reihenfolge bringen konnte, war er eingeschlafen.

Geweckt wurde er von seinem eigenen Zittern, weil das Wasser, in dem er lag, höchstens noch 25 Grad hatte. Mit stei-
fen Knochen stieg er aus der Wanne, trocknete seinen ver-
schrumpelten, unterkühlten Körper ab und suchte nach
seinem Mobiltelefon, um einen Weckruf einzustellen. Doch
nachdem er alle Taschen seiner Jacke und der Hose durch-

sucht hatte, in denen er an diesem Tag unterwegs gewesen war, wurde ihm klar, dass er es vermutlich im Büro liegen gelassen hatte.

»Mist«, murmelte er, kramte einen alten Wecker aus der Küchenschublade, stellte die aktuelle Zeit und die Weckzeit ein und legte sich ins Bett.

Das völlig ungewohnte Signal jagte ihm einen Mordschrecken ein, als es einsetzte. Er baute den Ton noch in einen auslaufenden Traum ein, den er jedoch vergessen hatte, nachdem er erwacht war. Gähnend stieg er in seine Klamotten, putzte sich kurz die Zähne und suchte dann nach dem Zettel, auf dem Anne Wolters-Richling die Nummer der Intensivstation notiert hatte, da sie auch in dieser Nacht Dienst schob. Als er ihn in der Hand hielt und nur unter Zuhilfenahme seiner Lesebrille die Zahlen erkennen konnte, wurde ihm schmerzlich klar, dass ein Termin beim Augenarzt wieder einmal bitter nötig war.

»Intensivstation, Wolters-Richling«, meldete sie sich.

»Mr. Smith hier. Hallo, Anne.«

»Hi, Mr. Smith. Schön von dir zu hören.«

»Finde ich auch. Kann ich vorbeikommen?«

»Im Moment ist es schlecht, weil ich gerade einen aus dem OP erwarte. Aber wenn du in einer Stunde kommst, klappt es ganz prima.«

»Klasse. Dann sehen wir uns um halb drei.«

»Bring eine Pulle Sekt mit, wenn du eine auftreiben kannst.«

Lenz hielt die Luft an. »Warum?«

»Weil sie übern Berg ist. Morgen, spätestens übermorgen holen die Ärzte sie aus dem künstlichen Koma.«

Lenz schossen Tränen in die Augen.

»Jetzt muss ich aber Schluss machen, der Fahrstuhl ist gerade gekommen. Den Rest erzähle ich dir später. Tschüss.«

»Ja, tschüss«, antwortete Lenz in die tote Leitung, weil sie bereits aufgelegt hatte.

Der Hauptkommissar stand mit dem Telefonhörer in der Hand da, weinte, und fühlte sich großartig und erleichtert dabei. Ein paar Minuten später hatte er sich gefangen und machte sich auf den Weg zum Wagen. Draußen hatte es wieder angefangen zu schneien, was Lenz daran erinnerte, dass er sich unbedingt um Winterreifen kümmern musste. Er fuhr durch die verlassen daliegende Stadt und beschloss, an der Tankstelle Weserspitze den bestellten Sekt zu kaufen und mit einem Kaffee und einer Zeitung in der Hand auf die Öffnung der Intensivstation zu warten.

Daraus wurde nichts, weil, wie die freundliche, aber hoffnungslos überforderte Kassiererin ihm mitteilte, der Server der Tankstelle ausgefallen war.

»Der Chef ist schon auf dem Weg, und nur der weiß, wie man das alles wieder in Gang kriegt. Ich bin nur eine Aushilfe«, erklärte sie ihm und drei anderen Kunden, die sich darüber beschwerten, dass die Zapfsäulen nicht funktionierten.

»In einer halben Stunde geht wieder alles«, versprach sie, »wir hatten das schon einmal. Der Chef kriegt das ganz schnell wieder hin.«

Lenz ging zurück zum Auto, setzte sich auf den Fahrersitz und startete den Motor. Drei Ecken weiter gab es eine weitere Tankstelle, die vermutlich eben den Umsatz des Jahres machte. Als er den Gang eingelegt hatte und an die Ausfahrt gerollt war, sah er nach links und wollte gerade Gas geben, als sich in der anderen Richtung, hinter den Straßenbahnschienen, ein dunkler Mercedes auffällig langsam in sein Sichtfeld schob. Vermutlich wäre ihm der Fahrer nie aufgefallen, wenn er nicht mit dem Mobiltelefon am Ohr und lachend unterwegs gewesen wäre. Als der Wagen direkt an der Tankstelle vorbeirollte und von der grellen, blauen Beleuchtung angestrahlt wurde, konnte Lenz für den Bruchteil einer Sekunde das markante Profil von Roland Kronberger erkennen.

Der Polizist zog den Kopf ein und wartete in dieser Position ab, bis die Limousine etwa 100 Meter entfernt war. Dann trat er das Gaspedal durch und holperte über die Schwellen, mit denen die Straßenbahnschienen von den beiden Fahrstreifen getrennt wurden. Kronberger rollte weiter langsam stadtauswärts, und Lenz fragte sich, wo der Erbe der größten Bauunternehmung Nordhessens um diese Uhrzeit wohl hinwollte. Eine Minute später war die Frage beantwortet, obwohl der Mann sein Ziel noch nicht erreicht hatte. Lenz griff in seine Jackentasche, doch dort, wo im Normalfall sein Mobiltelefon steckte, war gähnende Leere. Er kommentierte die Situation mit einem leisen Fluch und verlangsamte seine Geschwindigkeit, weil Roland Kronberger nun von der Hauptstraße abbog. Eine weitere Minute später hatte er sein Ziel erreicht. Lenz blieb weiter zurück, weil er wusste, wo der Mann hinfahren würde. Als der Mercedes in die kleine Seitenstraße einbog, in der sich das Haus der Wohlrabes befand, ließ er seinen Kleinwagen am Bordstein ausrollen und drehte den Zündschlüssel um. Hastig stieg er aus, überquerte die Straße und ging mit vorsichtigen Schritten auf das Grundstück am Ende der Straße zu, doch von dem Mercedes war nichts zu sehen. Nur zwei Autos standen da, allesamt Volkswagen. Er trat näher an das Haus heran und erkannte die Spuren auf der flachen Schneedecke, die direkt auf das große Tor der Doppelgarage zuführten und dort abrupt endeten. Der frische Schnee knirschte unter seinen Schuhen, als er auf die Garage zuging und dann mit angehaltenem Atem lauschte.

Lachen. Das Lachen einer Frau.

Eine Autotür wurde geöffnet. Nein, eine Kofferraumklappe. Lenz erkannte es am saugenden Geräusch des hydraulischen Dämpfers.

Wieder Lachen.

Bin ich ein Idiot, dachte der Kommissar. So naheliegend und doch so weit weg. Natürlich, seine Traumfrau!

Eine weitere Autotür wurde geöffnet. Der Kommissar versuchte, sich die Situation im Innern des Hauses zu vergegenwärtigen. Es musste einen Durchgang von der Garage ins Haus geben, doch er konnte sich nicht erinnern, eine Tür gesehen zu haben. Plötzlich ein Knarzen, dann setzte sich das Rolltor in Bewegung. Lenz sprang nach links und kroch hinter eine Biotonne. Bisher hatte er immer gedacht, dass dieses System, seine kompostierbaren Abfälle zu entsorgen, völlig unnötig sei, aber in diesem Augenblick wurde er zum glühenden Verfechter der Biotonne. Immer weiter öffnete sich das Tor, um ein paar Sekunden später mit einem lauten, blechernen Geräusch zu stoppen. Die Bremsleuchten des Mercedes flammten kurz auf, dann machte der schwere Wagen einen Satz nach hinten. Der Polizist kauerte sich noch enger an seine braune Deckung und zog den Kopf ein, weil in dieser Sekunde die Hauptscheinwerfer der Limousine die Szenerie in gleißende Helligkeit tauchten. Und schlagartig wurde Lenz klar, dass er in der nächsten Sekunde entdeckt werden würde, weil er genau in der Drehrichtung des Wagens saß. Kronberger würde nach rechts einschlagen, damit er in der gleichen Richtung, aus der er gekommen war, die Straße verlassen konnte. Der Kommissar schluckte, holte tief Luft und wollte sich schon zur Seite fallen lassen, als die Situation sich erneut änderte. Der Wagen stoppte, fuhr vorwärts an und verschwand wieder in der Garage; diesmal allerdings blieb das Tor offen. Eine Tür wurde geöffnet, dann hörte Lenz deutlich die Stimme von Monika Wohlrabe.

»Stell dir vor, du hättest nicht gefragt. Dann wär ich ohne Pass losgefahren. Unglaublich, nicht?«

Nun ein lautes Schmatzen. Offenbar hatte sie ihn geküsst.

»Fahr bloß nicht ohne mich weg«, forderte sie lachend. »Auch wenn ich viel ärmer bin als du, bin ich trotzdem noch eine gute Partie.«

»Das will ich meinen«, erwiderte Kronberger fröhlich. »Aber beeil dich, sonst kommen wir am Ende noch zu spät.«

Lenz stemmte sich hoch und beugte den Oberkörper nach vorne, um etwas sehen zu können, wurde jedoch von den grell aufleuchtenden Bremslichtern des Mercedes geblendet. Fieberhaft überlegte er, was die beste Lösung wäre, um mit der Situation umzugehen, doch er konnte keinen klaren Gedanken fassen. Irgendwo im Innern des Hauses wurde eine Tür zugeworfen. Danach wurden die Schritte lauter. Auf einmal erloschen die Bremslichter. Der Kommissar warf einen schnellen Blick in die dunkle Garage, stieß sich lautlos von der Biotonne ab und startete. Auf Zehenspitzen schlich er, immer ein Auge auf das Auto gerichtet, vorwärts, in der Hoffnung, auf der gegenüberliegenden Seite, an der Hauswand, in eine bessere Deckung zu gelangen. Dort würde er sich hinter der kleinen Tanne neben der Eingangstür verstecken können. Doch so weit kam er nicht. Als er die Mitte der Doppelgarage erreicht hatte und sich einen halben Meter zur Straße hin bewegte, flammte über seinem Kopf ein Halogenstrahler auf. Er blieb schlagartig stehen, sah mit weit aufgerissenen, geblendeten Augen in die Tiefe der Garage und wusste, dass es keine Chance mehr gab, sich irgendwo zu verstecken. Und genau in dieser Sekunde trat Monika Wohlrabe mit einer großen, geöffneten Handtasche auf dem Arm, in die sie etwas stecken wollte, durch eine Tür auf die rechte Seite neben den Mercedes. Auch sie riss die Augen auf, als sie den Kommissar wahrnahm, doch ihre weitere Reaktion war eindeutig besser. Mit einer schnellen Bewegung griff sie in die Tasche und zog einen unförmigen, klobig wirkenden

Gegenstand heraus. Damit zielte sie einen Sekundenbruchteil auf den Polizisten, bevor sie abdrückte. Lenz wollte die
Arme nach oben reißen, kam jedoch nicht mehr dazu. Zwei
kleine, mit Widerhaken versehene Nadeln durchschlugen
seine Jacke und bohrten sich in die Brust. Diese Verletzungen
wären nicht der Rede wert gewesen, doch im selben Sekundenbruchteil, in dem der Polizist realisierte, was mit ihm
geschah, setzte sie, durch eine Bewegung ihres rechten Zeigefingers, den ersten Stromschlag frei. Lenz wurde von einer
Schmerzlawine erfasst, wie er sie noch nie erlebt und auch
nicht für möglich gehalten hatte. Sein ganzer Körper fing
an zu zittern, die Szenerie vor seinen Augen verschwamm
und in seinem Mund machte sich augenblicklich ein fieser,
metallischer Geschmack breit. Die zweite Ladung, die sie
abschickte, holte ihn förmlich von den Beinen, doch da war
er schon in eine wohltuende und entspannende Bewusstlosigkeit abgetaucht.

*

»Das geht nicht, der Kerl ist Polizist!«

»Na und? Wer wird ihm schon nachweinen?«

»Das geht eindeutig zu weit, Monika. Das können wir
nicht machen.«

»Er hat uns zusammen gesehen. Was glaubst du passiert,
wenn er seinen Kollegen davon erzählt?«

Stille.

Lenz versuchte, die Augen zu öffnen, doch es gelang ihm
nicht.

»Wenn wir es so machen wie bei diesem Patzner, wird nie
jemand auch nur einen müden Rest von ihm finden. Was
haben wir schon zu verlieren?«

»Wir werden den Flug verpassen.«

»Na und? Wir können uns jeden Tag ein neues Flugticket kaufen.«

»Aber dann wird man Fragen stellen. Vielleicht hat er seinen Kollegen erzählt, wo er hingefahren ist.«

»Blödsinn! Die wären doch längst hier, wenn das so wäre.« Der Kommissar wollte sich ans Ohr greifen, weil es ihn dort juckte, bekam jedoch den Arm nicht hoch. Irgendwie fühlte sich alles nach Watte an, als ob er in einem dichten, bleiernen Nebel stecken würde.

»Ich rufe jetzt an, sonst klappt die Sache erst morgen Nacht, und das möchte ich auf jeden Fall vermeiden.«

»Und du bist wirklich sicher?«

»Ganz sicher. Oder willst du für den Rest deiner Tage ins Gefängnis wandern?«

Stille.

»Gut. Ruf an. Dann bringen wir ihn raus ins Auto.«

Flüstern.

Lenz konnte nicht verstehen, was gesprochen wurde. Dann hörte er ein leises Piepen. Ein paar Sekunden später bemerkte er, dass sein Körper unter den Achseln und in den Kniekehlen gefasst und angehoben wurde. Es schien ihm, als würde er getragen, dann über eine Kante gehoben und fallen gelassen. Er konnte hören, wie zwei Menschen keuchten.

»Wenigstens ist er nicht so schwer wie der andere.«

Monika Wohlrabe. Das war die Stimme von Monika Wohlrabe. Was machte die Frau mit ihm?

»Stimmt.«

Auch diese Stimme kannte er. Aber woher?

»Warte, der Arm hängt noch raus.«

Vor seinem geistigen Auge tauchte ein Gesicht auf. Ein junges Gesicht. Dunkle Haare. Ein Mann.

Ein lauter Knall. Der Kommissar zuckte zusammen. Stille.

Er versuchte, sich zu erinnern, aber auch die Erinnerung war hinter dichtem, waberndem Nebel verschwunden.

Doch, diese Stimme, natürlich. Das war dieser Kronberger. Roland Kronberger.

In weiter Entfernung begann leise ein Motor zu summen. Lenz hatte für Sekundenbruchteile die Idee, zu träumen. Nein, kein Traum.

Sein Körper wurde hin- und hergeworfen, als würde er in einem Auto durch die Gegend gefahren. Dann überfiel ihn wieder diese tiefe, wohltuende Bewusstlosigkeit.

34

Thilo Hain schreckte hoch, geweckt von einem merkwürdigen Geräusch. Carla, seine Freundin, schlief auf der anderen Bettseite leise schnarchend den Schlaf der Gerechten. Das Geräusch, ein Summton, kam aus der Diele. Er sprang aus dem Bett, lief in den Flur und horchte, doch nun verstummte das Summen. Mit einem tiefen Seufzer schaltete er das Licht an und sah sich um. Und dann wurde ihm klar, was er gehört hatte. Er griff zu seiner Jacke, öffnete den Reißverschluss der Innentasche, griff hinein und zog ein Mobiltelefon heraus.

»Scheiße«, murmelte er, nachdem sein Blick die Uhr des Gerätes gestreift hatte. Mit zwei, drei schnellen Bewegungen entriegelte er die Tastensperre und wollte sich im Menü umsehen, als ein weiteres, kurzes Piepen ertönte.

›1 NEUE NACHRICHT‹, las er auf dem Display.

Er hielt die 1 gedrückt und presste sich das Telefon ans Ohr.

Sie haben eine neue Nachricht. Erste Nachricht: ›Hallo, Herr Kommissar, hier spricht Gerlinde Wohlrabe. Ich bin etwas unsicher, weil es ja nun nicht die Zeit ist, bei fremden Menschen anzurufen, aber im Nachbarhaus tut sich irgendwas. Ich bin durch das Garagentor wach geworden, das geht mir immer noch so, und habe nach drüben gesehen. Zuerst glaubte ich, ich hätte mich verhört, aber dann ging plötzlich das Hoflicht an. Genaues konnte ich nicht erkennen, weil mein Haus ja ein wenig nach hinten versetzt ist, aber irgendwie kommt es mir spanisch vor. Jetzt ist Licht im Wohnzimmer. Ich dachte mir, ich rufe Sie an, aber jetzt komme ich mir richtig blöd vor und bin froh, dass ich Sie nicht geweckt habe. Melden Sie sich einfach morgen bei mir, dann kann ich mich in Ruhe bei Ihnen entschuldigen.‹

Hain betrachtete kopfschüttelnd das Telefon in seiner Hand. Gerlinde Wohlrabe. Um fast 3 Uhr am Morgen. Auf dem Mobiltelefon seines Chefs, das dem auf der Rückfahrt von Hofgeismar aus der Tasche gefallen und im Fußraum seines kleinen Japaners gelandet war.

»Was ist denn los?«, fragte seine verschlafen in der Schlafzimmertür stehende Freundin.

»Nichts. Ich muss nur kurz mit meinem Chef telefonieren.«

»Weißt du, wie spät es ist?«

Er nickte. »Geh ins Bett, ich komme gleich zu dir. Es dauert nicht lange.«

»Hm«, machte sie und verschwand wieder in der Dunkelheit des Schlafzimmers. Hain nahm sein Festnetztelefon aus der Ladeschale und wählte Lenz' Privatnummer. Es klingelte durch, bis die Verbindung vom Netzbetreiber gekappt wurde. Nach einem weiteren Versuch griff er zu Lenz' Mobiltelefon und drückte ein paar Tasten.

»Mist«, fluchte er, weil Gerlinde Wohlrabe mit unterdrückter Nummer angerufen hatte.

Nach ein paar Sekunden des Überlegens stürmte er ins Schlafzimmer, sprang in seine Klamotten und kniete sich vor die Seite des Bettes, in dem seine Freundin lag.

»Ich muss kurz los. Bin spätestens in einer halben Stunde zurück.«

»Hm«, machte sie wieder.

Eine Minute später saß er frierend in seinem notdürftig freigekratzten Auto und fuhr Richtung Wolfsanger. Während der Fahrt versuchte er mehrfach, Lenz auf dessen Festnetzanschluss zu erreichen, doch immer wieder mit dem gleichen, unbefriedigenden Ergebnis. Auf der Zufahrt zu der kleinen Seitenstraße, in der sowohl Gerlinde als auch Monika Wohlrabe wohnten, stieg er wie elektrisiert auf die Bremse, weil er am Fahrbahnrand den Kleinwagen seines Chefs erkannt hatte. Er rollte ein paar Meter zurück, sah noch einmal auf das Kennzeichen und war sicher. Mit hochgerecktem Hals spähte er in das Auto, doch es war definitiv leer. Während er noch über diese verschärft ungewöhnliche Situation nachdachte, kam aus der Seitenstraße eine dunkle Limousine auf ihn zu, die erst in diesem Moment die Scheinwerfer einschaltete. Hain sah dem Wagen hinterher, konnte jedoch nichts im Innenraum erkennen. Er prägte sich das Kennzeichen ein, fuhr langsam an und kam ein paar Sekunden später zwischen den beiden Grundstücken der Frauen Wohlrabe zum Stehen. In beiden Häusern brannte Licht, und der junge Oberkommissar fragte sich ernsthaft, was da um ihn herum vorging. Und wo Lenz eigentlich steckte.

»Ja bitte«, kam es leise aus der Sprechanlage.

»Frau Wohlrabe, hier ist Thilo Hain. Ich bin der Mitarbeiter von Hauptkommissar Lenz, Sie erinnern sich sicher an mich. Wir waren vor ein paar Tagen gemeinsam bei Ihnen.«

»Ach so, ja, natürlich«, erwiderte Gerlinde Wohlrabe verdattert. »Kommen Sie rein.«

Es gab ein leises Geräusch und die Tür sprang auf. Hain drängte sich ins Haus und stand keine fünf Sekunden später der geschiedenen Frau von Günther Wohlrabe gegenüber.

»Das ist wirklich eine Überraschung«, begann sie. »Ich hatte vorhin versucht, Ihren Kollegen zu erreichen, aber als ich etwas auf dem Anrufbeantworter hinterlassen habe, kam es mir …«

»Ich weiß, Frau Wohlrabe«, unterbrach der Polizist die Frau. »Es ist ein dummer Zufall, aber Kommissar Lenz hatte sein Telefon in meinem Wagen vergessen. Der Anruf hat ihn also gar nicht erreicht. Ich habe ihn abgehört. Und jetzt sagen Sie mir bitte als Erstes, was Sie da drüben beobachtet haben.«

»Das ist mir wirklich peinlich, dass ich jetzt so einen …«

»Bitte, Frau Wohlrabe. Vielleicht sind Ihre Beobachtungen viel wichtiger, als Sie glauben.«

Seine Stimme ließ nun die Anspannung erkennen, in der er sich befand.

»Gut. Vor ungefähr einer halben Stunde bin ich wach geworden, weil das Garagentor geöffnet wurde. Dabei gibt es immer das gleiche, knackende Geräusch, wenn es am oberen Ende angelangt ist. Tausendmal habe ich meinen geschiedenen Mann gebeten, es abzustellen, aber na ja. Auf jeden Fall bin ich davon wach geworden, nennen wir es einfach die Macht der Gewohnheit. Nach einem Blick auf die Uhr kam mir die Sache merkwürdig vor, und ich habe aus dem Fenster geschaut, aber nichts gesehen, und bin wieder ins Bett gegangen. Ein paar Minuten später wieder das Geräusch. Also war das Tor wieder nach oben gefahren.«

Sie machte eine Pause, bat den Polizisten ins Innere und setzte sich mit ihm an den Küchentisch.

»Dann, kurze Zeit später, ging der Scheinwerfer an. Der wird über einen Bewegungsmelder gesteuert. Leider kann ich von hier aus nicht sehen, was genau passiert, weil mein Haus wie gesagt ein wenig nach hinten versetzt ist. Ich müsste schon in den Vorgarten gehen und das wollte ich mir nicht antun. Aber weil das Ganze so überaus ungewöhnlich ist, dachte ich, den Herrn Kommissar anzurufen. Seine Visitenkarte lag die ganzen Tage hier auf dem Tisch, deshalb …«

»Ja, Frau Wohlrabe, das war das Beste, was Sie machen konnten«, unterbrach Hain die Frau erneut. »Ist danach noch irgendwas passiert?«

»Ja. Das Tor ging ein paar Minuten später wieder zu. Und

eben, vor knapp zwei Minuten, leuchtete es wieder auf und ein Wagen ist rausgefahren.«

»Kannten Sie den Wagen?«

»Nein, das tut mir leid. Außerdem war es so dunkel, dass ich überhaupt nichts erkennen konnte. Vielleicht war es meine Nachfolgerin, die weggefahren ist, keine Ahnung.«

»Aber Sie würden das Ganze schon als außergewöhnlich bezeichnen?«

»Auf jeden Fall. So etwas hat es hier noch nie gegeben.«

»Gut. Dann gehe ich nach nebenan und schaue nach, was da vorgeht. Sie bleiben bitte hier.«

»Worauf Sie Gift nehmen können, junger Mann. Ich würde mich hier nur mit Waffengewalt rausbewegen lassen.«

Hain verließ das Haus und ging langsam die paar Schritte zum nächsten Grundstück. Der angefrorene Schnee knirschte unter seinen Sohlen. Instinktiv hoffte er darauf, dass Lenz hinter irgendeinem Baum hervortreten würde, doch es passierte nicht. Als er die Doppelgarage erreicht hatte, erkannte er in der Mitte oberhalb des Tors einen Bewegungsmelder, trat schnell zurück und ging weiter. Dann stand er vor der Eingangstür und hatte keine Ahnung, was er tun sollte. Sein Chef war vermutlich irgendwo hier, vielleicht sogar im Haus, obwohl das überhaupt keinen Sinn ergab. Er lugte über den Gartenzaun, der das Gelände von der Straße trennte, doch außer dem fahlen Schein der Beleuchtung in einem der Zimmer, die den frisch gefallenen Schnee erhellte, gab es dort nichts zu sehen.

Er dachte darüber nach, es noch einmal bei Lenz privat zu versuchen, verwarf den Gedanken aber sofort wieder. Dann trat er neben die Haustür und legte den Finger auf die Klingel.

Zu seinem großen Erstaunen erklang keine drei Sekunden später die Stimme der aktuellen Frau Wohlrabe.

»Ja, bitte?«

»Kriminalkommissar Hain, guten Morgen, Frau Wohlrabe. Würden Sie mich bitte kurz hereinlassen?«

Stille.

»Frau Wohlrabe?«

»Entschuldigen Sie bitte, das kann ja wohl jeder sagen, der frühmorgens irgendwo klingelt, dass er von der Polizei ist.«

»Bitte. Mein Kollege Lenz und ich waren bei Ihnen, Sie erinnern sich doch sicher an mich.«

»Ja, schon. Aber was wollen Sie denn um diese Uhrzeit?«

»Es geht um meinen Kollegen. Worum es genau geht, würde ich Ihnen gerne persönlich erklären. Außerdem … ist es hier draußen ziemlich kalt.«

Das Summen des Türöffners ersetzte ihre Antwort. Hain trat ins Haus, brachte mit schnellen Schritten den Flur hinter sich, der den Eingangs- vom Wohnbereich trennte, und wartete vor der nächsten Tür. Die wurde kurz darauf von der perfekt gekleideten und gestylten Monika Wohlrabe geöffnet.

»Bitte, kommen Sie herein.«

»Danke«, erwiderte Hain, und folgte der Frau in den Wohnbereich.

»Ich möchte schon darauf hinweisen, dass Ihr Besuch um diese Uhrzeit mehr als ungewöhnlich ist, Herr Kommissar. Wenn Sie sich also bitte kurzfassen würden.«

»Natürlich.«

»Also?«

»Es geht, wie gesagt, um meinen Kollegen, Hauptkommissar Lenz. Er ist nicht zufällig hier?«

Sie sah ihn an, als hätte sie mit genau dieser Frage gerechnet. »Nein.«

»Wann haben Sie ihn zum letzten Mal gesehen?«

»Vor ein paar Tagen. Wenn ich mich recht erinnere, waren Sie dabei.«

»Finden Sie es nicht ungewöhnlich, dass ich mitten in der Nacht hier auftauche und nach meinem Kollegen suche?«

»Wir verlieren doch alle mal etwas.«

»Das ...«, setzte Hain zu einer weiteren Frage an, wurde aber von einem Summen aus ihrer Handtasche unterbrochen. Die Frau blickte ihn mit ausdruckslosem Gesicht an, ohne dem Anruf auch nur die geringste Bedeutung beizumessen.

»Da scheint sich noch jemand um diese Zeit für Sie zu interessieren«, kommentierte Hain ihre Untätigkeit.

»Vielleicht hat er auch jemanden verloren«, erwiderte sie kühl.

So standen sie sich gegenüber, bis das Geräusch verstummte. Hain trat einen Schritt auf sie zu.

»Ich glaube Ihnen nicht. Ich glaube vielmehr, dass mein Kollege hier war oder noch immer ist. Also?«

»Was also? Wollen Sie mein Haus durchsuchen? Dann brauchen Sie ...«

Wieder klingelte ein Telefon. Diesmal war es der Festnetzanschluss. Das Gerät steckte in der Ladestation, die neben der Tür zur Küche stand.

Ein Klingeln. Ein weiteres. Und erneut machte die Frau keine Anstalten, den Anruf entgegenzunehmen. Hain sah sie kurz an, ging auf das Telefon zu und wollte danach greifen, doch sie fiel ihm in den Arm.

»Lassen Sie das!«, zischte sie.

Der Oberkommissar schob sie zu Seite und griff erneut nach dem Gerät, und diesmal war er schneller als sie. Ohne sich zu melden, nahm er das Telefon ans Ohr und lauschte.

»Monika?«, tönte es ihm entgegen.

»Leg auf«, schrie sie aus dem Hintergrund. »Leg sofort auf.«

Hain drehte sich um und wandte sein Gesicht der Frau zu, und im gleichen Moment riss er die Augen auf. Er nahm gerade noch wahr, wie ihre Hand eine Waffe aus der Tasche zog, die auf dem Sessel neben ihr stand. Nein, es war keine Waffe. Es war einer dieser modernen Elektroschocker. Blitzartig setzten sich im Kopf des Polizisten die Puzzleteile zusammen, die sein Chef und er in den letzten Tagen zusammengetragen hatten. Sie hob den Taser, nahm den Zeigefinger an den Abzug und krümmte ihn langsam. Parallel zu ihrer Bewegung hob Hain den rechten Arm, an dessen Ende noch immer das Telefon in seiner Hand lag, und schleuderte es der Frau entgegen. Sie sah auf das Wurfgeschoss, drückte ab und riss gleichzeitig den rechten Arm nach oben, um sich zu schützen. Diese Hundertstelsekunde, die zwischen dem Abfeuern der Elektroden aus dem Taser und der Schutzbewegung lagen, rettete Hain vermutlich das Leben. Die beiden Projektile surrten, gefolgt von den hauchdünnen Drähten, auf den Polizisten zu, doch nur einer fand seinen Weg ins Ziel. Der zweite flirrte an ihm vorbei und bohrte sich in das Sideboard. Hain schrie kurz auf, als die Nadel sich in seine Schulter bohrte, griff zu der Stelle, an der er getroffen war, und riss dabei den Draht ab. Monika Wohlrabe sah ihn mit wütendem Gesicht an und zog immer wieder den Abzug der Waffe durch, jedoch ohne Ergebnis. Es wurde kein elektrischer Schlag ausgelöst.

Der Kommissar sprang auf die Frau zu, schlug ihr mit der Rechten den Taser aus der Hand und schleuderte sie zu Boden. Sie rollte sich wie eine Katze ab, war im gleichen Augenblick wieder auf den Beinen und trat mit dem linken Fuß nach dem Unterleib des Polizisten. Hain fing den Tritt mit gekreuzten Armen ab, sah der Frau kurz ins Gesicht und beschloss, für dieses Mal seine Bedenken zu verwerfen und eine Frau zu schlagen. Dann täuschte er mit der linken Faust einen Schlag gegen ihren Hals an, dem sie mit einer Drehung ausweichen wollte, wie er es erwartet hatte. Im gleichen Moment schickte er einen Tritt gegen ihren rechten Oberschenkel ab, der sie sofort mit einem markerschütternden Schrei zu Boden sinken ließ. Der gute, alte Pferdekuss, dachte Hain, bevor er nachsetzte und sie mit einem Schlag auf die Leber endgültig erledigte. Die Frau krümmte sich, japste nach Luft und machte dabei noch immer ein wütendes Gesicht. Zumindest kam es Hain, der zur Sicherheit ihre Hände hinter dem Rücken mit einem Kabelbinder festzurrte, so vor. Dann stand er keuchend auf und sah auf sie hinunter.

»WO IST MEIN KOLLEGE?«, brüllte er sie an.

Die Frau bekam noch immer keine Luft, und Hain musste innerlich fast ein klein wenig aus Bosheit lachen. Er beugte sich zu ihr hinunter, hob sie auf die Beine und hievte sie mit dem Rücken über die Sofalehne. In dieser Position fanden die ersten Kubikzentimeter Luft den Weg in ihre Lungen.

»Raus damit! Wo ist mein Kollege?«

»Sie kommen zu spät«, hechelte sie, und Hain war sich sicher, dass sie dabei lächeln wollte.

Er griff ihr an den Hals und drückte mit Daumen und Zeigefinger rechts und links an den Ansatz, dort, wo er wusste, dass es verdammt weh tat.

»Ich schwöre Ihnen bei allem, was mir heilig ist, und das ist nicht viel, dass Sie diesen Morgen nicht überleben werden, wenn Sie mir nicht sofort sagen, wo Hauptkommissar Lenz ist.«

Er erhöhte den Druck mit den Fingern und sah ihr dabei völlig emotionslos ins Gesicht. Das wirkte. Sie riss die Augen auf, schnappte nach Luft, und nun war ihr jegliche Wut aus dem Gesicht gewichen. Plötzlich war darin nur noch die nackte, blanke Angst zu lesen. Trotzdem erhöhte Hain den Druck ein weiteres Mal. Sie begann zu zappeln und riss so fest mit den Armen an dem Kabelbinder, dass ihr sofort das Blut über die Hände lief. Nun nahm Hain die Finger weg.

»Krematorium«, röchelte sie kaum verständlich. »Krematorium. Verbrennen.« Dann krümmte sie sich zusammen und begann zu wimmern.

Hain stürmte aus dem Haus, hatte ein paar Sekunden später seinen Wagen erreicht und schob mit zitternden Fingern den Schlüssel ins Zündschloss.

35

Lenz erwachte aus einem Traum, in dem er, in einem Segel-
flugzeug sitzend, an einem herrlichen Sommertag von oben
auf Kassel herab sah. Die Wirklichkeit hingegen, die Realität, in der er sich befand, war kalt, dunkel, unangenehm und
Furcht einflößend. Seine Brust schmerzte, als würde ein rie-
siger Tumor darin sein Unwesen treiben, und seine Arme, die
er nicht hinter dem Rücken hervorziehen konnte, waren taub.
Er hatte kein Zeitgefühl und bekam nur stockend Luft, weil
in seinem Mund irgendetwas steckte und seine Nase leicht
verstopft war. Im Gegensatz zu seinem letzten Erwachen war
er sich viel klarer darüber, dass er in großen Schwierigkeiten steckte, aber noch hatte er keine Erklärung dafür. Er versuchte fieberhaft, sich zu erinnern, aber das Letzte, was ihm
einfiel, war eine Sektflasche, und selbst die konnte er nicht
zuordnen. Dann tauchte wie ein Blitzlicht die blaue Farbe der
Tankstelle auf. Richtig, fuhr es ihm durch den Kopf, die Tankstelle. Dort war etwas geschehen. Aber was? Jetzt wurde sein
Körper hin- und hergeworfen. Er befand sich in einem Auto.
Er lag in einem Auto. Im Kofferraum. Vorsichtig bewegte er
die Beine und stieß sofort mit den Füßen an. Dasselbe probierte er mit dem Kopf, mit dem gleichen Ergebnis. Dann ein
weiteres Blitzlicht. Das Gesicht. Das Gesicht eines Mannes.
Er kannte den Mann, aber er konnte ihn nirgendwo einord-
nen. Moment. Ein junger Mann.
Wieder bewegte sich sein Körper, doch diesmal war es ein
Schauer, der ihm über den Rücken lief, und er wollte schreien,

doch außer einem gedämpften, hohen Ton, der ihm aus der Nase drang, war nichts zu hören.

Wieder ein Blitzlicht. Das Gesicht. Und nun bekam das Gesicht eine Verbindung. Roland Kronberger. Roland Kronberger hatte mit ihm gesprochen. Nein, über ihn. Das Denken strengte ihn ungeheuer an, trotzdem zwang er sich dazu. Denk nach. Denk nach. Und ein weiteres Gesicht. Das Gesicht dieser Frau. Wie hieß die noch gleich. Es fiel ihm nicht ein. Ein W. Wie ein riesengroßes Mahnmal tauchte ein W vor seinen Augen auf. Wohlrabe. Ja, die Witwe des Bestattungsunternehmers. Und dieser Kronberger hatte seinen Vater verloren. Oder war es sein Bruder gewesen? Nein, der Vater.

Mehr und mehr durchdrang er die Schleier des Nebels, der sich über sein Denken gelegt hatte. Die Witwe des Bestattungsunternehmers und der Sohn des ermordeten Bauunternehmers. Was zum Teufel hatten die miteinander zu tun?

Er bemerkte, dass der Wagen, in dessen Kofferraum er gefesselt lag, langsam um eine Ecke fuhr, danach eine weitere. Holpern. Offenbar eine kurze Strecke Kopfsteinpflaster. Wieder langsam rechts und links. Dann Ruhe. Schreiende, unheimliche Stille. Lenz hörte das Rauschen des Blutes in seinen Ohren. Irgendwo knallte eine Autotür, gleich darauf noch eine. Wieder Stille. Der Kommissar hielt die Luft an, aber kein Laut drang in sein enges Gefängnis. Nur die Kälte der Frühwinternacht. Dann ein Geräusch. Ein Klacken. Jemand hatte die Entriegelung des Kofferraumschlosses betätigt.

»Aber das war nicht abgemacht. Ein Bulle! Was denken Sie sich denn?«

Eine unbekannte Stimme.

»Nun haben Sie sich nicht so. In einer knappen Stunde ist nichts mehr von ihm übrig außer ein paar gemahlenen Knochenresten. Beim Letzten waren Sie auch nicht so pingelig.«

Roland Kronberger.

»Das kostet Sie ein schönes Sümmchen extra, das muss Ihnen doch klar sein, oder?«

»Selbstverständlich. Ich lege nochmal 20.000 pro Jahr drauf. Und als Einmalzahlung gibt es 50.000 Prämie. Bar und gleich nächste Woche.«

»Na, Sie scheinen es ja zu haben.«

»Sind wir uns einig?«

»Bei den Konditionen sowieso.«

Der Körper des Polizeibeamten wurde angehoben. Sein Kopf schlug gegen einen harten Gegenstand oder eine Kante und er merkte, dass Blut über sein Gesicht lief. Mit lautem Stöhnen zog er die Beine an und wollte sie gleich darauf wieder ruckartig nach vorne schieben, doch seine kalten Muskeln gehorchten ihm nicht. Die Bewegung, nein, alle Bewegungen, lösten entsetzliche Schmerzen aus. Er wollte mit den Armen um sich schlagen, doch seine Reichweite endete an den Schultern. Brutal wurde er auf den Boden geworfen, auf kalten, weichen Boden. Nein, das war kein Boden, das war etwas anderes. Eine bewegliche, kühle Masse war unter ihm. Was um alles in der Welt geschah hier?

›In einer knappen Stunde ist nichts mehr von ihm übrig außer ein paar gemahlenen Knochenresten.‹ Das hatte Kronberger gesagt.

Gemahlene Knochenreste?

Sein Atem ging kurz, weil der Schmerz in seiner Brust kaum noch auszuhalten war. Trotzdem zwang er sich dazu, sich zu bewegen, aber sein Radius war eng, sehr eng. Zuerst schlugen seine Füße an, als er die Beine ausstrecken wollte, dann die Knie und die Fersen, als er versuchte, die Beine anzuziehen. Und zeitgleich hatte er das Gefühl, dass sein Hirn plötzlich wieder mit voller Leistung arbeitete. Er lag in einer Kiste auf einem kalten, beweglichen Gegenstand, war blind und sollte innerhalb der nächsten Stunde zu gemahlenen Knochenresten verarbeitet werden. Und da war noch dieser eklige, die Nase reizende Geruch um ihn herum. Jetzt das Klappern und Schleifen von Holz. Ein paar weitere Geräusche, dann Stille. Gespenstische, bedrückende Stille. Lenz versuchte erneut zu schreien, aber wieder kamen nicht mehr als Wimmerlaute aus seiner Nase. Er strampelte in wilder, nackter Panik mit den Füßen, riss an den Fesseln, die seine Arme hinter dem Rücken hielten, doch er erreichte nichts.

Dann bemerkte er, dass sich die Kiste, in der er lag, in Bewegung setzte. Ganz leise drang das Geräusch von Gummirollen an sein Ohr. Wieder blieb er kurz völlig ruhig und lauschte, aber außer dem Rumpeln der Räder war da nichts. Eine Drehung, danach wieder Ruhe. Jetzt klopfte jemand von außen auf die Kiste. Wieder eine kurze Phase der Stille. Dann das Gefühl, als würde sein Gefängnis angehoben, gefolgt von einer Beschleunigung, die ihn überraschte und seine Panik potenzierte. Und im Anschluss eine Woge der Hitze, die ihm augenblicklich den Atem raubte.

36

Thilo Hain jagte mit seinem Wagen durch die verlassen wirkende nächtliche Stadt. Immer wieder kam er auf den noch nicht geräumten Straßen ins Schleudern, trotzdem holte er alles aus dem kleinen Motor vor seinen Füßen heraus. Dann hatte er das Friedhofsgelände erreicht, schoss am Haupteingang vorbei und nahm die nächsten beiden Linkskurven mit überhängendem Heck. Für einen Moment war er unschlüssig, ob er den Haupteingang oder den Hintereingang ansteuern sollte, doch diese Entscheidung wurde ihm abgenommen, als er die unberührt aussehende, dünne Schneedecke auf dem Platz vor dem Haupteingang vor sich sah. Eine weitere Rechtskurve, und er hatte den großen rückwärtigen Bereich vor sich liegen. Aus dem hinteren Eingang fiel diffuser, matter Lichtschein. Vor der Tür erkannte er zwei Wagen, einen dunklen Mercedes und einen hellen VW-Transporter. Mit Vollgas hielt er auf den Mercedes zu und wollte auf der letzten Rille bremsen, wobei ihm schlagartig klar wurde, dass dieses Manöver von ihm viel zu optimistisch geplant war. Mit einem vom ABS pulsierenden rechten Fuß und nahezu stehenden Rädern knallte er voll in die Seite der Nobellimousine. Der Airbag sprang ihm mit einem lauten Knall ins Gesicht, sein Körper wurde unsanft nach vorne geschleudert und von Gurt und Luftsack im gleichen Sekundenbruchteil aufgefangen und zurückgeschleudert. Trotzdem griff er sofort zum Gurtschloss neben seinem rechten Beckenknochen, drückte den Auslöser, schlug auf den langsam zurücksinkenden, stinkenden, weißen Kunststoffsack vor seinem Gesicht, entriegelte die Tür und stürzte sich aus dem Auto. Noch im Losrennen verfluchte er, ohne seine Dienstwaffe aufgebrochen zu sein, doch das war jetzt nicht mehr zu ändern. Gleich darauf hatte er die Hintertür des Krematoriums erreicht und riss daran. Das schwere Holzblatt schwang ihm entgegen, er stürmte in den Technikraum und nahm mit hochgestellten Nackenhaaren mehr wahr, als dass er es sehen konnte, dass genau in diesem Augenblick ein Sarg in den Verbrennungsofen einfuhr. Und es war ihm völlig klar, wer in diesem Sarg zu seiner Hinrichtung gefahren wurde. Direkt neben der im Ofen verschwindenden Kiste stand Roland Kronberger und starrte Hain mit verwundertem Gesicht an. Wichtiger für den Kommissar jedoch war der Mann, der neben der Steuereinheit, keinen Meter von ihm entfernt, mit dem Rücken zu ihm stand, und mit der rechten Hand die Bewegungen der Lafette überwachte, die den Sarg transportierte. Im Gegensatz zum seriös und edel gekleideten Kronberger trug er verwaschene, braune Cordhosen, ausgelatschte Stiefel und einen alten, olivgrünen Militärparka. Nun hatte die Holzkiste die Höllenglut im Innern des Verbrennungsofens erreicht, schwebte aber noch immer auf der Metalllafette über den Sargtragspitzen.

Hain überlegte für den Bruchteil einer Sekunde, ob er den Mann mit einem gezielten Schlag würde außer Gefecht setzen können, verwarf den Gedanken jedoch mit seiner Entstehung. In diesem Fall müsste er selbst dafür sorgen, dass der Sarg und sein Inhalt wieder ins Freie befördert werden würden. Also sprang er neben ihn, nahm seinen Hals in beide Hände und drückte zu. Der Mann zuckte verwirrt zusammen, sah dem Polizisten völlig panisch ins Gesicht und riss die Arme nach oben.

»Rausholen!«, schrie Hain ihn an. »Hol den verdammten Sarg aus dem Ofen. Sofort!«

Der Polizist spürte die enorme Hitze, die aus der offen stehenden Tür des Verbrennungsofens in den Raum strömte, und verstärkte den Druck auf den Hals des Mannes. Gleichzeitig nahm er aus dem Augenwinkel heraus wahr, dass der Sarg anfing zu brennen.

»Hol ihn raus!«

Mit zitternden Fingern tastete der Mann nach einem Schalter neben seinem Kopf und drückte darauf. Sofort schoss der Sarg aus dem Ofen und kam lichterloh brennend direkt vor Kronbergers Füßen zum Stehen. Und im gleichen Moment ließ Hain den Hals des Mannes neben sich los, schubste ihn in den Raum und griff nach einem Feuerlöscher, der etwa einen Meter entfernt an der seitlichen Wand hing. Ohne nachzudenken riss er den Sicherungsstift heraus und nebelte alles um den Sarg herum ein. Kronberger und sein Helfer flüchteten vor dem Löschmittel in den hinteren Teil des Raumes, konnten aber nicht verhindern, dass sie von oben bis unten in ein kräftiges Weiß getaucht wurden.

Hain nahm die Hand vom Abzugsgriff, ließ den Feuerlöscher neben sich fallen und trat mit dem rechten Fuß gegen den Sargdeckel, der herunterrutschte und mit lautem Poltern auf dem Boden aufschlug. Der Polizist begann zu husten, weil er jede Menge des weißen Pulvers in seine Lungen gesogen hatte, griff jedoch trotzdem mit beiden Händen in die rauchende Holzkiste, zog seinen Kollegen an der Jacke heraus und schleifte ihn ins Freie. Dort beugte er sich über den zappelnden Hauptkommissar und begann, beruhigend auf ihn einzureden.

»Hey Paul, ich bin's, Thilo. Thilo! Es ist vorbei.«

Sein Chef stöhnte, hustete, röchelte und schüttelte sich am ganzen Körper. Hain legte ihm behutsam eine Hand auf die Schulter, mit der anderen löste er vorsichtig das Klebeband, mit dem sein Mund verschlossen war.

»Es ist gut, Paul. Es ist gut.«

Da tauchte Kronberger in der Tür auf. Er warf einen kurzen Blick auf die beiden Polizisten, dann hetzte er an ihnen vorbei zu seinem Auto. Erst im letzten Moment erkannte er, dass eine Flucht mit diesem Wagen nicht möglich war, weil in seiner linken vorderen Tür formatfüllend ein kleines japanisches Cabriolet steckte. Mit einem lauten Fluch ließ er den Schlüssel fallen und fing an zu rennen. Hain, der dabei war, Lenz von dessen Augenbinde zu befreien, ließ ihn einfach laufen.

»Ich muss kurz telefonieren, Paul«, erklärte er seinem Boss danach, ohne den Arm von seiner Schulter zu nehmen, und griff zu seinem Telefon. Kurze Zeit später hörten sie die ersten Sirenen.

*

Der zweite Mann, den Hain nie in seinem Leben gesehen hatte, saß noch immer in der Ecke es Abschiedsraumes, nun jedoch mit Handschellen gefesselt. Hain trat auf ihn zu und musste sich zusammenreißen, dem Kerl nicht die Visage zu polieren.

»Wer sind Sie?«, pflaumte er ihn an.

»Langer«, schluchzte er. »Roland Langer.«

»Stehen Sie auf, los.«

Der Mann wuchtete sich ungelenk vom Boden hoch, ohne den Polizisten anzusehen.

»Und was haben Sie mit der ganzen Sache hier zu tun?«

»Eigentlich gar nichts. Dieser Kronberger hat mich da reingezogen.«

»Am Arsch hängt der Hammer! Sie wollten doch vorhin hier den Feuerteufel geben und meinen Kollegen grillen, mit allem Drum und Dran.«

Nun brach Langer völlig zusammen. »Ich erzähle Ihnen alles, wirklich, aber ich will hier weg. Ich will nicht, dass meine Kollegen mich so zu Gesicht kriegen.«

In diesem Moment dämmerte es Hain, wo er den Namen des Mannes schon einmal gehört hatte. Während ihres letzten Besuches im Krematorium, als der alte, ausscheidende Mitarbeiter ihnen die Zusammenhänge des Krematoriumsneubaus in Hofgeismar erklärt hatte, war auch der Name Langer gefallen.

»Sie wollten in Hofgeismar anfangen, als Betriebsleiter.«

Langer warf erneut die Hände vors Gesicht und begann, hemmungslos zu weinen.

Hain gab zwei Uniformierten, die ein wenig abseits standen, mit dem Kopf einen Wink. »Bringt ihn weg, Männer. So viel Selbstmitleid halte ich um diese Uhrzeit noch nicht aus.«

Die beiden, ein Mann und eine Frau, kamen auf Hain und Langer zu und packten den Gefangenen rechts und links am Arm.

»Wie geht es Hauptkommissar Lenz?«, fragte die Frau, auf deren Brust der Name Brede zu lesen war.

»Danke, es geht ihm den Umständen entsprechend. Seine Haare sind ein bisschen angesengt, an den Händen hat er ein paar Brandblasen und rundum blaue Flecken. Und eine leichte Rauchvergiftung. Wenn man überlegt, was ein paar Sekunden später alles los gewesen wäre, ist er damit doch richtig gut weggekommen.«

»Stimmt. Richten Sie ihm einen schönen Gruß von mir aus, wenn Sie ihn sehen.«

Hain sah noch einmal auf das Namensschild auf ihrer Brust und nickte.

»Das mache ich gerne, vielen Dank. Und jetzt bringt dieses Arschloch hier weg, sonst vergesse ich wirklich noch meine gute Kinderstube.«

37

Lenz trat durch die offene Tür ins Büro seines Freundes Uwe Wagner. Seine rechte Hand steckte in einem großen, weißen Verband, die linke war mit Pflastern übersät. Auch um den Kopf trug er einen dicken Verband.

»Moin«, begrüßte er den Kollegen.

»Hey, Paul«, erwiderte Wagner erfreut, kam um den Schreibtisch herum und nahm den Hauptkommissar in die Arme. »Haben sie dich etwa rausgelassen? Ich hab mir extra eine Stunde freigeschaufelt, um dich später im Krankenhaus zu besuchen.«

»Nein, alles klar mit mir. Nur das Atmen fällt noch ein bisschen schwer. Krieg ich einen Kaffee?«

»Nichts lieber als das. Setz dich.«

Der Pressesprecher befüllte einen großen Becher mit der braunen Brühe und stellte ihn vor Lenz auf den Schreibtisch.

»Erzähl! Wie geht's dir?«

Der Hauptkommissar griff nach der Tasse, nahm einen tiefen Schluck und dachte kurz nach. Dann schilderte er seinem Freund die ganze Geschichte des Morgens, bis zu dem Punkt, als er in Hains erleichtertes Gesicht gesehen hatte.

»Hattest du Schiss?«

»Hast du 'nen Vogel? Klar hatte ich Schiss. Und zwar bis in die tiefsten Wirrungen meines Darmes.«

»Wie war das eigentlich da drin, in dem Ofen?«

»Wo genau ich gewesen bin, ist mir erst klar geworden, als ich wieder draußen war. Das ging so schnell, das glaubst du gar nicht. Und wenn Thilo ein paar Sekunden später gekommen wäre, wer weiß? Auf jeden Fall ist es heiß gewesen, es hat gestunken und tierisch gequalmt. Ich habe nicht oft eingeatmet, aber das hat meinen Lungen gereicht. Und dabei war das in der Hauptsache noch die kühlere Luft in dem Sarg.«

Wagner sah ihn mit einer Mischung aus Mitleid und Ekel an. »Apropos Sarg: Du warst doch mit einer Frau da drin, oder? Einer toten Frau.«

»Hmm«, machte Lenz. »Sie war für heute Vormittag zur Einäscherung vorgesehen. Das Witzige, wenn man überhaupt von witzig sprechen kann, ist, dass sie über ein paar Ecken sogar mit dem Fall zu tun hatte.«

»Wie denn das?«

Lenz nahm einen weiteren Schluck Kaffee. »Sie ist die Frau, wegen der der Bestatter Wohlrabe zu diesem Herrn Brandau gefahren ist, ihrem Ehemann. Da ist er dann im Bad gestorben, an der Rizinvergiftung. Und so schließt sich der Kreis.«

»Interessant. Warst du schon bei Thilo?«

»Nein, ich hab mit ihm telefoniert. Er weiß, dass ich auf dem Weg ins Präsidium bin. Im Augenblick verhört er Monika Wohlrabe, aber das dürfte bald rum sein. Wie er mir gesagt hat, singt sie wie ein ganzer Chor. Allerdings schiebt sie die Hauptschuld Kronberger in die Schuhe, wohingegen der sie als Haupttäterin bezeichnet.«

»Das alte Spiel also?«

»Genau. Wie sollte es …« Er unterbrach seinen Satz, weil es an der Tür geklopft hatte und Thilo Hain ins Zimmer stürmte.

»Wie immer. Ich brauche dich unten, und du hängst hier bei Kaffee und Kuchen rum.«

Der junge Oberkommissar klopfte seinem Chef kurz auf die Schulter, goss sich einen Kaffee ein und zog sich einen Stuhl heran.

»Alles klar mit dir?«

»Soweit ja«, erwiderte Lenz, zog einen gefalteten Zettel aus der Innentasche seiner Jacke und wedelte mit einer Krankmeldung. »Ich bin die nächsten 14 Tage nur passives Mitglied der Kasseler Kripo«, erklärte er seinen Kollegen. »Obwohl ich das eigentlich gar nicht wollte. Aber der Arzt im Klinikum hat überhaupt nicht mit sich reden lassen. Und nun freue ich mich darüber.«

Er drehte den Kopf und sah Thilo Hain an.

»Danke, Thilo. Ganz ehrlich und ganz aufrichtig danke für das, was du gemacht hast. Ohne dich wäre ich jetzt ein Ascheklumpen in einer Urne. Daran darf ich überhaupt nicht denken.«

»Kein Problem, ich hab's gerne gemacht. Obwohl ich schon einen Moment am Überlegen war«, schob er grinsend hinterher, »als ich den Sarg in den Ofen einfahren gesehen hab. So schnell komme ich nie mehr zu einer Beförderung.«

»Von mir aus können sie dich heute Nachmittag zum Kriminaldirektor machen. Mich würde es freuen.«

»Schön wär's. Aber das würde dir spätestens in einer Woche leid tun, glaub mir.«

»Wahrscheinlich«, erwiderte der Hauptkommissar lächelnd, bevor sich seine Züge wieder entspannten.

»Bist du fertig mit der Wohlrabe?«

»Nein, ich mache nur eine Pause, weil ich auch nicht mehr der Frischeste bin. Aber das Gröbste haben wir hinter uns.«

»Und?«, fragte Wagner neugierig.

»Sie versucht, Roland Kronberger die Sache anzuhängen. Er sei derjenige gewesen, der alles ausgeheckt und geplant hat.«

»Und was hat der gesagt?«

»Dass sie alles ausgeheckt und geplant habe, was sonst?«

»Blöde Sache, oder?«

»Nein. Unser Trumpf ist dieser Langer, der Mitarbeiter der Friedhofsverwaltung. Der hat gestanden, dass sie die Sache mit Klaus Patzner eingefädelt und ihn auch im Krematorium abgeliefert hat.«

»Die haben Patzner ermordet?«, fragte Lenz überrascht.

Hain schüttelte den Kopf. »Ermordet wäre ein viel zu harmloser Begriff für das, was sie mit ihm veranstaltet haben. Sie haben nämlich das mit ihm gemacht, was sie mit dir vorhatten.«

»Und er hat dabei noch gelebt?«

Hain nickte. »Langer sagt ja.«

»Mir wird schlecht«, meldete sich Wagner zu Wort. »Wie hängt dieser Langer eigentlich in der ganzen Sache drin?«

»Das ist alles nicht so einfach zu verstehen. Ich musste es mir ausführlich von ihm erklären lassen, bis ich es kapiert hatte.«

Er trank an seinem Kaffee.

»Der junge Kronberger hat wohl im Hintergrund immer mit diesem van Dunckeren, dem Belgier, paktiert, also hinter dem Rücken seines Vaters. Wie es im Moment aussieht, hat Monika Wohlrabe ihren Mann während dieses Dinner in the Dark mit den Rizinussamen vergiftet. Sie bestreitet es zwar noch, aber Kronberger hat es gestanden. Gleichzeitig haben sie versucht, den alten Kronberger auf die gleiche Art um die Ecke zu bringen, aber bei ihm hat es nicht funktioniert. Nach Aussage seines Sohnes hat er für ihn Kohlrouladen gekocht, die Leibspeise seines Vaters, aber der hat die bitteren Pillen wohl rausgeschmeckt und das Zeug nicht mehr angerührt. Also musste Plan B herhalten, der vorgetäuschte Selbstmord.«

»Nach meinen Erfahrungen«, gab Lenz zu bedenken, »dürfte die Frau dafür gesorgt haben, dass er mit der Elektroschockpistole in herzlichen Kontakt kam.«

»Das räumt sie auch ein, aber sie bestreitet, dass er daran

gestorben ist. Wie auch immer, dieser Patzner musste auf jeden Fall deswegen dran glauben, weil er auf Rechnung des Alten und auf eigene Rechnung gearbeitet hat. Wenn Himmelmann als Bürgermeister von Hofgeismar gestürzt worden wäre, hätte van Dunckeren überhaupt keine Chance mehr gehabt, sein Krematorium zu bauen.«

»Und deshalb haben sie ihn umgebracht?«

»Deshalb, ja.«

»Die Welt wird immer verrückter«, fiel Lenz dazu ein.

»Wo wollten die beiden eigentlich hin, als Paul sie überrascht hat?«, wollte Wagner wissen.

»Das ist eine komische Geschichte. Angeblich wollten sie nach Polen, weil Günther Wohlrabe dort eine Sargfabrik gekauft hatte, die sie wieder loswerden mussten. Wie Kronberger es geschildert hat, war die ganze Welt Wohlrabe auf den Leim gegangen. Er selbst hatte das Gerücht gestreut, sich an dem Krematorium beteiligen zu wollen, obwohl er nie ernsthaft daran gedacht hat. Er wollte diese Sargfabrik in Polen, aber das wusste nicht einmal seine Frau. Nach ihrer Aussage hat sie es von einem anderen Bestatter erfahren, einem Peter Schrick. Woher der es allerdings erfahren hat, dazu hat sie keine Angaben gemacht.«

»Moment, Moment«, bremste Lenz seinen Kollegen, »jetzt komme ich nicht mehr mit. Wohlrabe wollte sich gar nicht an dem Krematorium beteiligen?«

»Nein, wollte er nicht. Er hat sein ganzes Geld und eine Menge geliehenes dazu in eine riesige Sargfabrik in Polen gesteckt. Ein paar Tage vor seinem Tod war der Deal dann perfekt, aber leider hatte er nichts mehr davon.«

»Und seine trauernde Witwe konnte mit einer Sargfabrik natürlich nichts anfangen.«

»Genau. Die war mehr an Bargeld interessiert, das sie in rauen Mengen vorzufinden vermutete.«

Lenz lehnte sich zurück und gähnte. »Aber wie um alles in der Welt sind die beiden eigentlich zusammengekommen, dieser Kronberger und die Wohlrabe? Immerhin war die Frau relativ frisch verheiratet.«

»Das hat mir Kronberger ziemlich detailliert geschildert. Die beiden kannten sich von früher, waren auch vor ein paar Jahren mal für einige Wochen liiert. Als Kronberger aus Amerika zurückgekommen war und in Frankfurt gearbeitet hat, haben sie sich zufällig im Speisewagen getroffen.«

Er machte eine wegwerfende Handbewegung.

»Ob das alles so zufällig war, werden wir vielleicht nie erfahren, weil nur sie es weiß. Das ging ein paar Wochen mit den beiden, dann hat sie ihm eröffnet, dass sie ihren Mann nicht verlassen und ihn auch nicht mehr betrügen will. Was ihn ziemlich mitgenommen hat. Wiederum ein paar Wochen später hat sie ihn angerufen und sie haben sich noch einmal getroffen. Bei diesem Termin hat sie ihm erklärt, dass sie in den vergangenen Wochen gelitten hätte wie ein Hund und nicht mehr ohne ihn leben könne, ihr Mann sich aber nie von ihr scheiden lassen würde. Den Rest könnt ihr euch denken.«

»Dann wurden zwei Fliegen mit einer Klappe geschlagen.«

»Oder mit dem Elektroschocker«, berichtigte Lenz.

Zwei Stunden später saß der Hauptkommissar in seinem Wohnzimmer auf der Couch und trank einen Rotwein. Die stinkenden Klamotten, die er in der Nacht getragen hatte, waren in der Mülltonne gelandet, bevor er in die Badewanne gestiegen war. Im Fernsehen begannen gerade die 15.00-Uhr-Nachrichten. Die Aufklärung der Morde in Kassel war das Thema Nummer eins. Nach einem kurzen Einspieler, in dem eine Außenansicht des Krematoriums und der verwüstete Abschiedsraum zu sehen waren, wurde ein kleines Bild von

Lenz eingeblendet, was er aber schon nicht mehr registrierte, denn er war im Sitzen eingeschlafen.

*

Um Viertel nach 1 Uhr klingelte der Wecker seines Telefons und beendete seinen von Albträumen durchzogenen Schlaf. Er zog sich so umständlich an, wie seine beiden verbundenen Hände es ihm geboten, rief ein Taxi und ließ sich zum Klinikum chauffieren. Pünktlich um 2 Uhr kam er mit einer Flasche Sekt unter den Arm geklemmt auf der Intensivstation an.

»Hallo, Mr. Smith«, wurde er von Anne Wolters-Richling empfangen, von der Flasche befreit und herzlich gedrückt. »Ich hab dich heute im Fernsehen gesehen.«

»Ach«, machte er.

»Ja, du bist der Held der Stunde.« Sie sah auf seine verbundenen Hände und seinen dick umwickelten Kopf. »Obwohl, eigentlich brauchst du Hilfe, als dass du sie geben könntest.« Ihr Gesicht wurde ernst. »Stimmt es, was sie im Fernsehen gesagt haben? Dass du schon im Ofen gesteckt hast?«

Er streckte ihr seine Hände entgegen. »Sieht so aus, oder?«

»Ja, sieht tatsächlich so aus. Was ist dir dabei passiert?«

»Nur Verbrennungen. Und viele blaue Flecken.«

»Hast vermutlich Glück gehabt, oder?«

»Ja. Wenn mein Kollege ein klein wenig später gekommen wäre, hätte es böse ausgehen können.«

Sie fing an zu grinsen. »Na, ich bin jedenfalls froh, dass sie dich nicht geröstet haben. Dann kann ich dir später bei einem Glas Sekt vielleicht noch erzählen, dass ich heute mit meinem Mann gesprochen hab. Und was dabei rausgekommen ist.«

»Das machen wir. Davor würde ich aber gerne unserer Patientin einen Besuch abstatten, wenn nichts dagegen spricht.«

Sie schüttelte den Kopf. »Nein, geh nur rein. Heute Nacht hast du noch sturmfreie Bude, ab morgen wird das leider anders, weil ich dann keinen Nachtdienst mehr habe.«

»Schade«, entgegnete er.

»Ja. Aber jetzt los. Und viel Spaß.«

Lenz betrat vorsichtig das Zimmer, in dem Maria Zeislinger lag. Noch immer piepsten leise die Geräte, die mit ihrem Körper verbunden waren. Er trat neben das Bett, griff nach ihrer Hand und streichelte sie. Zu seiner großen Überraschung öffnete sie wie in Zeitlupe die Augen und lächelte ihn matt an.

»Hallo, Paul.«

»Hallo, Maria. Wie geht es dir?«, fragte er mit tränenerstickter Stimme.

»War schon besser. Aber was ist denn mit dir passiert? Hattest du auch einen Unfall?«

Er machte eine verneinende Geste mit dem rechten Zeigefinger.

»Was denn?«

»Erzähle ich dir, wenn du wieder gesund bist.«

»Dann dauert es wohl noch eine Weile, wenn ich den Aussagen der Ärzte Glauben schenken kann.«

»Kannst du, ja.«

Sie hob langsam ihre Hand, legte sie auf seinen Arm und streichelte ihn. »Wie kommt es, dass du hier bist?«

Er lächelte. »Hier gibt es einen Engel auf der Station, der hat mich in den letzten Nächten zu dir gelassen, ohne zu fragen, wer ich bin.«

»Aber …«

»Alles in Ordnung. Sie weiß quasi was von uns, und ich weiß quasi was von ihr, aber es ist alles im Lot. Kein Grund sich aufzuregen. Das würde dir bestimmt nicht guttun.«

357

»Das mag sein.« Sie betrachtete eingehend sein Gesicht. »Du siehst wirklich scheiße aus.«

»So fühle ich mich auch. Aber im Vergleich zu dir bin ich richtig gut in Form.«

Maria holte tief Luft, was ihr augenscheinlich große Schmerzen bereitete. »Ich würde gerne mit dir nach Hause gehen und in deinem Arm einschlafen.«

»Machen wir, wenn du wieder gesund bist.«

»Versprochen?«

»Versprochen.«

E N D E

Kommissare Lenz und Hain ermitteln:

Hain und Ritter ermitteln:

SPANNUNG

GMEINER

WWW.GMEINER-VERLAG.DE
Wir machen's spannend

Daniel Verano
Canaria Criminal
Kriminalroman
256 Seiten, 12,5 x 20,5 cm,
Paperback
ISBN 978-3-8392-0459-7

Im Wahlkampf springt der polarisierende Politiker
Francisco Fraude mit dem Fallschirm über Gran
Canaria ab. Felix Faber, deutscher Auswanderer und
Journalist auf der Insel, beobachtet den Sprung von
seinem Bungalow aus. Es geschieht das Unvorstell-
bare, vor laufender Kamera schlägt Fraude auf einem
Felsen auf und ist tot. Faber beginnt zu recherchieren
und kreuzt dabei den Weg der taffen Ermittlerin Ana
Montero. Zusammen decken sie nach und nach eine
Verschwörung auf.

GMEINER SPANNUNG

WWW.GMEINER-VERLAG.DE
Wir machen's spannend

Jean Jacques Laurent
Elsässer Rache
Kriminalroman
213 Seiten, 12,5 x 20,5 cm,
Paperback
ISBN 978-3-8392-0480-1

Jules Gabin und seine Verlobte Joanna stecken mitten
in den Hochzeitsvorbereitungen, als die Skelette von
zwei Vermissten entdeckt werden: Das junge Paar
war vor neun Jahren kurz nach ihrer Trauung spurlos
verschwunden. Sein neuer Fall führt Major Gabin in
die feine Gesellschaft des beschaulichen Colmar – und
deckt menschliche Abgründe auf. Nebenbei dürfen sich
Jules und Joanna durch die elsässische Küche schlem-
men, denn sie müssen das Hochzeitsmenü zusammen-
zustellen ...

GMEINER SPANNUNG

WWW.GMEINER-VERLAG.DE
Wir machen's spannend

DIE NEUEN
Lieblingsplätze

 ISBN 978-3-8392-0370-5
Lieblingsplätze im BAYERISCHEN WALD

 ISBN 978-3-8392-0373-6
Lieblingsplätze im EMSLAND

 ISBN 978-3-8392-0371-2
Lieblingsplätze im BERCHTESGADENER LAND

 ISBN 978-3-8392-0158-9
Lieblingsplätze im HARZ

 ISBN 978-3-8392-0372-9
Lieblingsplätze am BODENSEE

 ISBN 978-3-8392-0376-7
Lieblingsplätze in HOHENLOHE

 ISBN 978-3-8392-0378-1
Lieblingsplätze in KÄRNTEN

 ISBN 978-3-8392-0386-6
Lieblingsplätze im SALZBURGER LAND

ISBN 978-3-8392-0375-0
Lieblingsplätze für Wanderer SCHWÄBISCHE ALB

ISBN 978-3-8392-0380-4
Lieblingsplätze NORDSEE NIEDERSACHSEN

 ISBN 978-3-8392-0381-1
Lieblingsplätze NORDSEE SCHLESWIG-HOLSTEIN

 ISBN 978-3-8392-0382-8
Lieblingsplätze in OBERÖSTERREICH

 ISBN 978-3-8392-0383-5
Lieblingsplätze im OSNABRÜCKER LAND

 ISBN 978-3-8392-0374-3
Lieblingsplätze in FRANKEN

 ISBN 978-3-8392-0377-4
Lieblingsplätze in und um MÜNCHEN NACHHALTIG

 ISBN 978-3-8392-0385-9
Lieblingsplätze RUND UM BERLIN

GMEINER KULTUR

WWW.GMEINER-VERLAG.DE
Mensch, Kultur, Region